Droemer
Knaur®

**Phillip Margolin**

# Auf glühenden Kohlen

Roman

Aus dem Amerikanischen übersetzt
von Benjamin Schwarz

**Droemer Knaur**

Titel der Originalausgabe: The Burning Man
Originalverlag: Doubleday, New York

Die Folie des Schutzumschlages sowie die Einschweißfolie sind
PE-Folien und biologisch abbaubar.
Dieses Buch wurde auf chlor- und säurefreiem Papier gedruckt.


Umschlaggestaltung: Agentur Zero, München
Umschlagfoto: Photonica, Hamburg
Satz: Ventura Publisher im Verlag
Druck und Bindung: Ueberreuter Print, Wien
Printed in Austria
ISBN 3-426-19421-X

5 4 3 2 1

*Für Bart C. und seine Eltern,*
*Phillip und Kaye,*
*die nie die Hoffnung aufgaben.*

# Teil 1

# Der Absturz

# Erstes Kapitel

## 1

Am Tag, als die Götter seine Vernichtung beschlossen, nahm Peter Hale sein Frühstück auf der Terrasse seines Eigentumsapartments ein. Die Sonne begann gerade über der Stadt Portland aufzugehen, und eine blutrote Aura umgab die flache, schwarze Silhouette des Mount Hood. Die dunkle Großstadt sah aus wie ein blauschwarzer Teppich, auf dem kreuz und quer Weihnachtskerzen brannten. Ein Dichter hätte die Schönheit des Sonnenaufgangs genossen, aber Peter freute sich aus einem anderen Grund auf den nahenden Tag. Er glaubte, daß Galilei sich geirrt hatte, als er sich eine Erde vorstellte, die sich um die Sonne dreht. Im Grunde seines Herzens wußte Peter, daß die Sonne, die langsam über seiner Stadt aufging, um ihn kreiste.

Ein Krümel seines Schrotbrötchens fiel ihm auf das Bein seiner grauen Armani-Hose. Er schnippte ihn weg, dann trank er einen kleinen Schluck von dem Cappuccino aus der Espressomaschine, die die marmorne Arbeitsfläche seiner Designerküche zierte. Peter bewohnte das Eigentumsapartment, fuhr einen feuerwehrroten Porsche und kassierte ein fünfstelliges Gehalt als Mitarbeiter der Anwaltskanzlei Hale, Greaves, Strobridge, Marquand & Bartlett, bei der er im vierten Jahr angestellt war. Das Gehalt deckte nicht alle seine Ausgaben, und Peter hatte sich gerade eben etwas übernommen, aber er hatte nie Schwierigkeiten, Darlehen, Kredite auf seinen Wagen oder ähnliches zu bekommen, weil jeder wußte, daß er der Sohn von Richard Hale war, dem Mitbegründer der Firma und ehemaligen Präsidenten der Anwaltskammer des Staates Oregon. Trotz allem war Peter kein glücklicher Mensch.

Die Wohnzimmervorhänge bewegten sich. Peter blickte über die Schulter. Priscilla tapste über die Terrasse, mit nichts weiter bekleidet als einem viel zu großen Trailblazer-T-Shirt. Sie war Stewardeß bei United. Peter hatte sich seit ein paar Monaten hin und wieder mit ihr verabredet. Die meisten Männer hätten für so eine Geliebte gemordet, aber Priscilla redete immer öfter von »Bindung«, und Peter fand es immer schwieriger, den Diskussionen über das gefürchtete »B«-Wort aus dem Weg zu gehen.

Priscilla beugte sich herab und küßte Peter auf die Wange. Sein Kopf bewegte sich leicht zur Seite, und sie spürte die Zurückweisung.

»Junge, bist du ein Miesepeter heute morgen«, sagte Priscilla, bemüht, sich die Kränkung nicht anmerken zu lassen.

»Ich muß los zum Gericht«, antwortete er schroff.

»Wie läuft der Prozeß?«

»Fabelhaft für Sir Richard. Nicht so gut für mich.«

Priscilla setzte sich gegenüber von Peter hin. »Woran hapert's?« fragte sie.

»An immer denselben verfluchten Sachen, seit ich den Fehler gemacht habe, für meinen Vater zu arbeiten.«

Peter versuchte nicht, seine Bitterkeit zu verbergen. Es tat so gut, seiner Wut freien Lauf zu lassen.

»Gestern abend, gleich nach der Verhandlung, hat mir Sir Richard mitgeteilt, daß er alle wichtigen Zeugen des Beklagten ins Kreuzverhör nehmen und seinen Schlußantrag stellen will.«

»Dein Vater hat dich doch aber einige Teile des Falls untersuchen lassen, oder?«

»Er hat mich ein paar unbedeutende Zeugen vernehmen lassen. Das ist so ungefähr alles.«

»Ach, Peter. Es tut mir leid. Ich weiß, wie sehr du damit gerechnet hast, Hauptbevollmächtigter zu werden.«

»Na gut«, zuckte Peter die Achseln, »ich hätte es wissen sollen. Mein Vater muß einfach allen Ruhm selber ernten.«

Peter sah hinaus in den Sonnenaufgang, aber seine Gedanken waren nach innen gerichtet. Als sein Vater ihn gefragt hatte, ob er Lust hätte, bei Hale, Greaves zu arbeiten, hatte Peter sich vorgestellt, er würde eine kurze Lehrzeit hinter sich bringen, der rasch eine Reihe größerer Fälle folgen würden, bei denen er als Hauptbevollmächtigter fungieren, Urteile, an denen viele Millionen hingen, für sich entscheiden und seinen Ruf in der Juristenwelt begründen könnte.

Vier Jahre Dienst als Richard Hales Untergebener waren nötig gewesen, um ihn zur Besinnung zu bringen. An der Sache Elliot gegen Northwest Maritime hatte er vom ersten Tag an mitgearbeitet, und er kannte sich in dem Fall besser aus, als sein Vater es je tun würde. Wenn sein Vater ihn nicht im Fall Elliot als Hauptbevollmächtigter auftreten lassen wollte, hatte er wenig Hoffnung, das bei einem größeren Fall in der nahen Zukunft zu schaffen. Er mußte sich vom Einfluß seines Vaters befreien. Wenn nötig, sogar von Hale, Greaves weggehen. Ein neuer Anfang bei einer neuen Kanzlei wäre vielleicht die Lösung. Nach Abschluß des Falls Elliot würde er ernsthaft einen Wechsel in Erwägung ziehen.

Die ranghöchsten Partner bei Hale, Greaves, Strobridge, Marquand & Bartlett blickten aus Eckbüros in der vierzigsten Etage des Continental Trust Building auf die Flüsse, die gewaltigen Berge und die üppig grünen Hügel, die Portland, Oregon, so einzigartig machten. Der Wolkenkratzer war zwar neu, aber die Kanzlei war mit schweren, dunklen Hölzern, polierten Messingbeschlägen und schönen alten Antiquitäten ausgestattet, die ihr ein Flair von Zeitlosigkeit verliehen.
Pünktlich um halb acht betrat Peter einen kleinen, fensterlosen Konferenzraum, in dem er und sein Vater sich jeden Morgen vor der Gerichtssitzung trafen, um über die Zeugen des jeweiligen Tages zu sprechen und alle juristischen Probleme, die sich ergeben könnten, zu erörtern. Peters Vater hatte immer noch die massige Statur, mit der er 1956 für die Oregon State University bei den All-American-Mannschaftswettbewerben im Football den zweiten Platz und eine NCAA-Meisterschaft im Ringen gewonnen hatte. Er hatte volles, weißes Haar, und sein zerfurchtes Gesicht wurde noch markanter durch eine zerschlagene Nase und ein Blumenkohlohr. Richard Hale praktizierte seinen Juristenberuf so, wie er Sport trieb: Volldampf voraus und nach mir die Sintflut. An diesem Morgen tigerte Peters Vater in Hemdsärmeln vor einem niedrigen Buffet hin und her, einen Telefonhörer ans Ohr gepreßt. »Himmel Herrgott!« knurrte er vor sich hin, bei jeder Kehrtwendung um ein paar Dezibel lauter.
Peter legte sein Jackett ab und hängte es hinter der offenen Tür auf

einen Kleiderbügel. Er bemerkte mit Abscheu, daß sein Vater sein Jackett auf eine Ecke des langen Konferenztisches geworfen hatte, wo es zusammengeknüllt dalag. Richard liebte es, vor Geschworenen den einfachen, schwerfälligen Mann des Volkes zu spielen, und er war der Meinung, schlampige Kleidung stütze dieses Image. Peter konnte sich nicht vorstellen, einen Anzug zu tragen, der nicht frisch gebügelt war.

»Wann wirst du's wissen?« bellte sein Vater, während Peter mehrere Akten aus seinem Aktenkoffer nahm und sie zu einem säuberlichen Stapel ordnete.

»Nein, gottverdammt noch mal, das reicht nicht! Wir sind mitten drin in dem gottverdammten Prozeß. Wir sind schon zwei Wochen vor Gericht.«

Richard verstummte. Seine Miene entspannte sich. »Ich weiß, es ist nicht zu ändern, aber du kennst Richter Pruitt nicht.«

Wieder schwieg er und hörte aufmerksam zu. Dann wurde sein Gesicht puterrot vor Zorn.

»Hör zu, Bill, das ist doch nicht so schwierig. Ich habe dir vor zwei Wochen gesagt, daß ich die gottverdammten Sachen brauchen würde. Genau das passiert, wenn man bis zur letzten Minute wartet.«

Wieder eine Pause.

»Na, das läßt du besser bleiben«, drohte Richard schließlich und beendete das Gespräch, indem er den Hörer aufknallte.

»Was ist passiert?« fragte Peter.

»Ned Schuster hatte einen Autounfall«, antwortete Richard besorgt und fuhr sich mit den Fingern durchs Haar. »Er liegt im Krankenhaus.«

»Wer?«

»Schuster. Er sollte heute aussagen. Und Bill Ebling sagt, sie schaffen's mit den Unterlagen nicht zur Verhandlung, weil Schuster das einzige Exemplar hatte.«

Peter hatte keine Ahnung, wovon sein Vater redete. Er blickte auf seine Akten. Es gab für jeden Zeugen eine, und keine war für Ned Schuster. Als er wieder aufsah, lehnte sein Vater an der Wand. Sein Gesicht war weiß wie Kreide, und er massierte sich mit beiden Händen heftig den Kiefer.

»Dad?« fragte Peter, den die fahle Blässe seines Vaters und die

Schweißperlen erschreckten, die plötzlich über sein Gesicht liefen. Statt zu antworten, verzog Richard vor Schmerz das Gesicht und begann sich mit geschlossener Faust die Brust zu reiben. Peter erstarrte.

»Herzanfall«, keuchte Richard.

Peter fuhr aus seiner Trance hoch und eilte um den Konferenztisch.

»Ich muß mich hinlegen«, brachte Richard noch heraus, als seine Knie nachgaben. Peter fing ihn auf, ehe er zu Boden stürzte.

»Hilfe!« schrie Peter. Eine junge Frau steckte den Kopf durch die Tür. Ihre Augen weiteten sich.

»Rufen Sie 911, schnell! Mein Vater hat einen Herzinfarkt.«

Als Peter nach unten sah, hatte Richard die Zähne fest zusammengebissen und die Augen zugekniffen. Er massierte weiter heftig seine Brust, als versuche er, seinen Schmerz auszuradieren.

»Halt durch, Dad«, flehte Peter. »Die Ärzte kommen gleich.«

Richards Körper zuckte. Seine Augen wurden glasig. Beide Männer lagen nun am Boden. Peter hielt den Kopf seines Vaters im Schoß. Er war so ausschließlich mit seinem Vater beschäftigt, daß er nicht bemerkte, wie immer mehr Menschen hereingehastet kamen.

Plötzlich machte Richard die Augen auf und keuchte: »Verfahrensfehler.«

»Was?«

»Plädiere ... Verfahrensfehler ... Mußt ...«

»Nicht sprechen. Bitte, Dad. Schon deine Kräfte.«

Richard packte Peter am Handgelenk und drückte so fest zu, daß seine Finger tiefe, rote Abdrücke hinterließen.

»Mußt ... Verfahrensfehler«, brachte er wieder heraus.

»Ja, mache ich«, versprach Peter, gerade als jemand rief: »Lassen Sie mich durch.« Peter sah zur Tür. Er erkannte die ältere Frau, die sich durch die herumstehenden Leute drängte. Sie war eine Krankenschwester, angestellt von der Kanzlei, um bei der Bearbeitung von Personenschadensfällen zu helfen. Einen Moment später stand er auf der anderen Seite des Konferenztisches, während die Schwester versuchte, seinem Vater das Leben zu retten.

Der Gedanke, daß Richard Hale sterben könnte, nahm Peter einfach die Luft. Er sackte auf einen Stuhl, als zwei Sanitäter mit Sauerstoff, einer Trage und einem transportablen Infusionsgerät ins Zimmer

eilten. Peters Mutter war vor mehreren Jahren nach langer Krankheit gestorben, und ihren Tod hatte man erwartet, aber sein Vater war für Peter wie ein Berg, der ewig leben würde. Als er aufblickte, konnte er seinen Vater durch das Gewühl des ärztlichen Personals, das ihn umringte, nicht sehen. Was, wenn Richard nicht durchkam? fragte er sich. Peters Herz klopfte so schnell, daß er sich zwingen mußte, sich zu beruhigen. Die plötzliche Angst ging vorbei. Er öffnete die Augen und sah seinen Aktenkoffer und die Akten. Der Prozeß! Peter sah auf seine Uhr. Es war fast Zeit, zum Gericht zu gehen. Mit einem Mal traten die Leute vor der Tür einen Schritt zurück, und die Sanitäter eilten mit der Trage, auf der sein Vater lag, aus dem Zimmer. Peter wäre ihnen am liebsten zum Krankenhaus gefolgt, aber jemand mußte Mrs. Elliot sagen, was passiert war, und Richter Pruitt bitten, auf Verfahrensfehler zu erkennen. Er hatte jetzt sowieso keine Möglichkeit, seinen Vater zu sehen. Wahrscheinlich würde er stundenlang im Warteraum des Krankenhauses sitzen müssen, ehe ihm die Ärzte irgend etwas sagen konnten.
Peter trat aus dem Konferenzzimmer hinaus auf den Gang. Er war leer. Alle waren den Sanitätern zum Aufzug gefolgt. Peter ging in die andere Richtung, weg von den Leuten, und verließ die Kanzlei durch eine Hintertür gleich neben der Herrentoilette. Er zitterte und fühlte sich erhitzt. Er ging in die Toilette, trat ans Waschbecken und klatschte sich kaltes Wasser ins Gesicht. Dann beugte er sich vor und betrachtete sich im Spiegel. Sein braunes, föngetrocknetes Haar war zersaust, sein Hemd war zerknittert, und seine Krawatte hing auf der Seite. Peter holte einen Taschenkamm hervor und machte ihn naß. Als sein Haar wieder vorzeigbar war, strich er sein Hemd glatt und richtete die Krawatte.
Noch einmal betrachtete sich Peter. Er sah einen Mann, dessen genetisches Erbe mütterlicherseits die scharfen Gesichtszüge, die sein Vater beigesteuert hatte, gemildert hatte. Peter hatte die strahlendblauen Augen seines Vaters, aber auch die glatten, hohen Wangenknochen seiner Mutter. Seine Nase war gerade, nicht so grob, und seine Lippen waren schmaler als die Richard Hales. Mit einsachtundsiebzig und zweiundsiebzig Kilo war er schlank und drahtig und hatte nichts von der Massigkeit und Größe seines Vaters.

Peter richtete sich auf. Er hatte das Gefühl, sich und die Lage wieder unter Kontrolle zu haben. Im Augenblick konnte er nichts für seinen Vater tun. Richard war sicher ohne Bewußtsein oder für Stunden unter Medikamente gesetzt. Peter beschloß, dem Richter rasch zu erklären, was geschehen war, bevor er sich auf den Weg zum Krankenhaus machte. Pruitt würde unter diesen Umständen sicher auf Verfahrensfehler erkennen. Kein Richter würde verlangen, einen Prozeß fortzusetzen, wenn der Hauptbevollmächtigte einen Herzinfarkt erlitten hatte.
Mit dem Aufzug fuhr Peter hinunter in die Vorhalle. Das Gerichtsgebäude war nur ein paar Querstraßen entfernt. Während er darauf zueilte, kam ihm plötzlich ein beunruhigender Gedanke. Mrs. Elliot litt schrecklich. Er sah, wie schwer es für sie war, den Prozeß durchzustehen, physisch wie psychisch. Wenn auf Verfahrensfehler erkannt werden würde, müßte Mrs. Elliot einen zweiten Prozeß über sich ergehen lassen. In einem zweiten Prozeß hätten die Verteidiger Abschriften der Aussagen von Mrs. Elliots Zeugen; das heißt, sie kannten dann deren ganze Strategie. Ein Aufschub half immer dem Beklagten, wenn der Kläger triftige Beweise hatte. Und die Sache des Klägers war fast abgeschlossen. Nur zwei kurze Zeugenaussagen standen noch aus.
Peter blieb unmittelbar im Innern des Gerichtsgebäudes stehen. Anwälte, Prozeßparteien, Polizisten und Gerichtsangestellte wirbelten um ihn herum, das Geräusch Dutzender von Unterhaltungen bildete einen ständigen Lärmpegel, aber er achtete nicht auf die Menge. War sein Vater klar bei Verstand gewesen, als er Peter gesagt hatte, er solle auf Verfahrensfehler plädieren? Er hatte unerträgliche Schmerzen gehabt. Wollte sein Vater wirklich den Fall abbrechen, wo doch alles so gut lief? Würde sich Richard überhaupt an seine Anweisung erinnern, wenn er sich von dem Trauma seines Herzinfarkts erholte? Peter war sich sicher, daß es nicht in Mrs. Elliots ureigenstem Interesse lag, wenn er die Wünsche seines Vaters befolgte, aber der Gedanke, Richard Hales Befehl zuwiderzuhandeln, schreckte ihn.
Peter bemerkte, daß er zitterte. Er holte tief Luft und zwang sich zur Ruhe. Ein Anwalt war als erstes seinem Klienten verpflichtet. Aber warum hatte sein Vater ihm dann gesagt, er solle auf Verfahrens-

fehler plädieren? Es dauerte eine Weile, bis Peter die Antwort dämmerte. Richard Hale hatte kein Vertrauen in Peters Fähigkeiten, den Fall zu übernehmen.
Peters Angst wich und machte Empörung Platz. Er straffte die Schultern und schritt durch die Eingangshalle auf die Fahrstühle zu. Als sich die Aufzugstüren öffneten, war Peter bereit, den Fall zu übernehmen. Er würde seinem Vater einfach zeigen, wie gut er war. Er würde den Fall Elliot gewinnen. Dann würde er Richard Hale den millionenschweren Schuldspruch servieren, unwiderleglicher Beweis dafür, daß er bereit, willens und in der Lage war, in die höheren Gefilde aufzusteigen.

Alvin Pruitt war ein spindeldürrer Richter mit militärischem Bürstenschnitt, kleinen, glänzenden, blutunterlaufenen Augen und eingesunkenen Wangen, die stets mit grauen Bartstoppeln bewachsen zu sein schienen. Er war schlecht gelaunt und führte seinen Gerichtssaal wie eine Marinekaserne. Als Peter den Raum betrat, kam er bereits zehn Minuten zu spät, und der Richter war wütend.
»Hoffentlich haben Sie eine triftige Erklärung für Ihre Unpünktlichkeit, Mr. Hale.«
»Gewiß, Sir. Es ist etwas Unerwartetes geschehen. Darf ich vor die Richterbank treten?«
Pruitt machte ein mißmutiges Gesicht und blickte suchend über Peter hinweg.
»Wo ist Ihr Vater?«
»Genau darüber möchte ich Ihnen Mitteilung machen«, antwortete Peter, als er sich durch das niedrige Türchen schob, das die Zuschauer von dem Bereich vor dem Richtersitz trennte.
Pruitt winkte Peter näher, dann wandte er sich an den Anwalt, der Northwest Maritime und ihren Fahrer vertrat.
»Mr. Compton, kommen Sie am besten mal hier rauf.«
Peter machte am Tisch der Klägerin halt, um seiner Klientin guten Tag zu sagen. Nellie Elliot war eine verbrauchte Frau, die schon durch Armut, den zu frühen Tod ihres Mannes und die strapaziöse Aufgabe, fünf kleine Kinder großzuziehen, aufgerieben war, als das Leben ihr eine letzte Wunde zufügte, indem es sie vor die Räder

eines Northwest-Maritime-Trucks geraten ließ. Jetzt saß Mrs. Elliot vollkommen gelähmt im Rollstuhl, und ihre Klage belief sich auf Millionen.

»Was ist los?« fragte Mrs. Elliot. Seit dem Unfall konnte sie nur ihren Kopf bewegen, der sogleich zur linken Schulter herabsank. Die Worte kamen nur stockend und undeutlich, ein weiteres Resultat der Fahrlässigkeit des Beklagten.

»Ich informiere Sie, wenn ich mich mit dem Richter beraten habe«, antwortete Peter mit einem beschwichtigenden Lächeln.

»Na?« fragte Richter Pruitt ungeduldig.

Peter sprach leise, damit seine Stimme nicht bis zu seiner Mandantin drang.

»Euer Ehren, mein Vater hat einen Herzinfarkt erlitten, als wir gerade zum Gericht aufbrechen wollten.«

Lyle Compton zog ein erschrockenes Gesicht, und der Richter legte sein bärbeißiges Betragen ab. Beide Männer kannten Richard Hale inzwischen länger als zwanzig Jahre. Richter Pruitt verfuhr zwar brüsk mit allen, die vor ihm erschienen, aber für Richard Hale empfand er allerhöchste Achtung. Und Richard und Lyle Compton waren in zahllosen Gerichtsschlachten freundschaftlich gesinnte Gegner gewesen.

»Wird er wieder gesund?« fragte Pruitt mit ehrlicher Besorgnis.

»Ich weiß es nicht.«

»Gut, ich vertage die Sitzung, und wir treten morgen wieder zusammen, damit Sie uns über den neuesten Stand informieren können«, sagte der Richter.

Peter hatte befürchtet, der Richter könnte versuchen, den Prozeß von sich aus abzubrechen. »Es gibt keinen Grund, zu vertagen«, sagte er und hoffte, man würde ihm nicht anhören, wie sehr ihm die Sache am Herzen lag. »Es wird Stunden dauern, bis ich meinen Vater besuchen kann.«

Richter Pruitts Stirn zog sich kraus. Er sah Peter an, als sei er sicher, daß er ihn falsch verstanden hatte.

»Sie haben doch nicht etwa vor, den Prozeß fortzusetzen?« fragte der Richter.

»Aber natürlich. Schließlich ist die Beweisaufnahme fast abgeschlossen, und man muß auf Mrs. Elliot Rücksicht nehmen. Es wäre schrecklich anstrengend für sie, wenn sie einen zweiten Prozeß durchstehen müßte.«

»Ja, schön, das mag ja sein, aber Ihr Vater ist der Hauptbevollmächtigte«, sagte der Richter.

Lyle Compton war klein, kahl und rundlich. Gewöhnlich lächelte er entwaffnend. Als Anwalt vertrat er Versicherungsgesellschaften, aber er war verständnisvoll gegenüber Klägern und fair und auf charmante Weise nicht unversöhnlich, bis er zur Verhandlung gezwungen wurde.

»Peter, es wäre nicht richtig, wenn man den Prozeß durch Sie fortsetzen ließe«, sagte Compton in aller Aufrichtigkeit. »Mrs. Elliot hat das Recht, vom Besten vertreten zu werden. Wenn Sie eine Vertagung beantragen oder auf Verfahrensfehler plädieren, werde ich mich nicht dagegenstellen.«

Peter hatte seine Miene auch weiterhin unter Kontrolle, aber innerlich kochte er. Er glaubte, Compton versuche, ihn herumzubekommen, auf Verfahrensfehler zu plädieren, damit er seinen Fall retten konnte. Und dieser Seitenhieb – Mrs. Elliot verdiene den Besten ... Peter verhärtete sich innerlich. Er würde Compton zeigen, was es hieß, es wirklich mit dem Besten aufzunehmen.

»Ich weiß Ihre Besorgnis zu schätzen, Mr. Compton, aber ich denke, ich möchte den Prozeß fortführen.«

»Fühlen Sie sich damit nicht überfordert, Mr. Hale?« fragte der Richter. »Sie sind noch nie in einem so komplizierten Fall Hauptbevollmächtigter gewesen, nicht wahr?«

»Nein, Euer Ehren, aber ich habe an diesem Fall von Anfang an mitgearbeitet. Ich habe die Zeugen vorbereitet, die notwendigen Schriftsätze und die Rechtsmemoranden verfaßt. In aller Bescheidenheit glaube ich, daß ich alle Feinheiten von Mrs. Elliots Verfahren genauso gut kenne wie mein Vater, wenn nicht besser.«

»Möchte das denn auch Ihre Mandantin?« fragte der Richter.

»Ich hatte noch keine Gelegenheit, mit ihr zu sprechen. Sie weiß noch nicht, was passiert ist.«

Richter Pruitt machte ein besorgtes Gesicht. »Na, dann nehmen Sie sich doch ein paar Minuten Zeit, um mit Mrs. Elliot zu reden. Aber bevor Sie das tun, muß ich Ihnen sagen, daß Sie meiner Ansicht nach einen Riesenfehler machen, wenn Sie den Prozeß fortführen. Sie sollten bei Ihrem Vater im Krankenhaus sein. Ich weiß, daß Sie die Interessen Ihrer Mandantin im Auge haben, das ist lobenswert, aber ich kann mir nicht vorstellen, wie Sie imstande sein wollen, sich auf diesen Fall zu konzentrieren, ohne zu wissen, ob Ihr Vater durchgekommen ist.«

Peter fühlte sich für den Bruchteil einer Sekunde in Hochstimmung. Der Prozeß ging weiter, und er persönlich würde den Fall vertreten. Aber als er zu seiner Klientin hinüberging, beschlichen ihn momentan Selbstzweifel. Abgesehen davon, daß sein Vater Peters Fähigkeiten nicht vertraute – gab es denn sonst noch einen Grund, warum er ihn angewiesen hatte, auf Verfahrensfehler zu plädieren? Peter erinnerte sich, wie aufgeregt sein Vater kurz vor dem Herzinfarkt gewesen war. Um was war's da gegangen? Um irgendeinen Zeugen und irgendwelche Papiere. Während Peter sich neben Mrs. Elliot setzte, versuchte er sich alles in Erinnerung zu rufen, was er über den Fall wußte. Ihm fiel kein Zeuge ein, der unbedingt aussagen mußte, außer den beiden, die für diesen Morgen vorgesehen waren, und keine Papiere, die vorgelegt werden mußten.

Ehe er über die Sache weiter nachdenken konnte, drehte Mrs. Elliot ihren Rollstuhl herum, so daß sie Peter ansehen konnte.

»Wo ist Mr. Hale?« fragte sie ängstlich.

Auf der Stelle vergaß Peter den mysteriösen Zeugen und sagte: »Mrs. Elliot, bitte regen Sie sich nicht auf. Ich habe ein paar Neuigkeiten für Sie, die vielleicht ein bißchen beunruhigend sind.«

»Die Klagepartei hat keine weiteren Zeugen«, verkündete Peter. Seine Stimme übermittelte der Jury, mit welchem Vertrauen er seinen Fall vertrat. Seine letzten beiden Zeugen waren großartig gewesen, und Peter konnte sich keinen Geschworenen denken, der nicht überzeugt war, daß Nellie Elliot Millionen zugesprochen werden müßten, um sie für die Fahrlässigkeit des Northwest-Maritime-Fahrers zu entschädigen.

»Darf ich mich einen Moment mit Mr. Hale besprechen?« fragte Lyle Compton den Richter.

»Ich kann auch die Jury zum Lunch gehen lassen, Mr. Compton.

Sobald Sie die Unterredung mit Mr. Hale beendet haben, können Sie alle Anträge stellen, die Sie wollen. Wir fangen nach dem Essen mit der Verteidigung an.«
»Das wäre wunderbar, Euer Ehren.«
Als die Geschworenen draußen waren, gab Compton Peter ein Zeichen, mit ihm aus der Hörweite von Mrs. Elliot zu gehen. Peter fühlte sich als Herr der Welt, als er den Gerichtssaal durchquerte. In einem Telefongespräch mit dem Krankenhaus war ihm versichert worden, daß sein Vater wieder voll hergestellt würde, und er stand kurz davor, seinen ersten Millionenprozeß zu gewinnen.
»Peter«, sagte Compton mit leiser Stimme, »ich bin bereit, einen Vergleich in Höhe von 1,5 Millionen vorzuschlagen. Ich denke, das ist ein faires Angebot.«
Peters Brustkorb schwoll. Compton war mit seinem Latein am Ende, und er wußte es. Das Angebot war der letzte verzweifelte Versuch, seinem Klienten die einigen Millionen mehr zu ersparen, die nach Peters fester Überzeugung die Jury zusprechen würde.
»Tut mir leid, Lyle, aber ich finde, das ist nicht genug.«
Compton schien es unbehaglich zumute zu sein. »Hören Sie zu, Peter, ich bin sehr beunruhigt über die Art und Weise, wie dieser Fall läuft. Sie hätten die Verhandlung nicht fortsetzen sollen. Sie sind zu unerfahren.«
»Ach«, antwortete Peter und konnte sich kaum ein Grinsen verkneifen, »warum lassen Sie das nicht die Jury entscheiden?«
Compton senkte den Blick. Er holte tief Luft und atmete aus.
»Ich sollte das wahrscheinlich nicht tun, aber ich will Sie nicht übervorteilen. Ich achte Ihren Vater ungeheuer, und deshalb fühle ich mich genötigt, Ihnen mitzuteilen, daß Sie mit Ihrer Klage Probleme haben. Unter den waltenden Umständen ist dies ein sehr gutes Angebot.«
Am liebsten hätte Peter Lyle Compton mitten ins Gesicht gelacht. Probleme mit seiner Klage, also wirklich. Dachte Compton im Ernst, er würde auf diesen durchsichtigen Versuch hereinfallen, sich an den Unsicherheiten eines jungen Anwalts schadlos zu halten, der seinen ersten großen Fall verhandelte? Es tat ihm unglaublich gut zu sehen, wie sich einer der besten Versicherungsanwälte des Staates wand wie ein Wurm an der Angel.

»Lyle, ich weiß Ihre Rücksicht zu schätzen, aber da ist nichts zu machen.«
Compton wirkte besorgt. »Na schön. Ich hab's versucht, Peter, aber auch ich habe einen Mandanten.«
Als die beiden Anwälte wieder zu ihren Tischen zurückgekehrt waren, fragte Mrs. Elliot: »Was passiert jetzt?«
»Mr. Compton wird wahrscheinlich ein vom Richter angewiesenes Urteil beantragen. Darüber brauchen wir uns keine Sorgen zu machen. Das ist Routine. Das macht die Verteidigung immer, wenn die Anklage die Beweisführung abgeschlossen hat. Er wird argumentieren, daß wir nicht genug Beweise vorgelegt haben, um den Fall der Jury vorzulegen. Er muß sein Programm durchspielen.«
»Und er wird nicht gewinnen?« fragte sie ängstlich.
»Natürlich nicht«, antwortete Peter mit einem überzeugten Lächeln. »Um gegen uns zu entscheiden, müßte der Richter erklären, daß die Beweise keine tragfähige Auslegung zulassen, die unsere Position stützt. Das ist ein kaum lösbares Problem.«
»Ich möchte einen Antrag an das Gericht stellen«, sagte Compton, der sich fast entschuldigend anhörte.
»Was ist die Grundlage Ihres Antrags, Mr. Compton?« fragte Richter Pruitt.
»Euer Ehren, in der Klageschrift der Beschwerdeführerin wird behauptet, daß Northwest Maritime eine im Staat Oregon registrierte Firma ist. Paragraph eins der Klageschrift.«
Peter warf einen Blick auf den Schriftsatz, der vor anderthalb Jahren eingereicht worden war, bevor der Fall formell vor Gericht gebracht wurde. In Mrs. Elliots Klageschrift wurde festgestellt, daß Northwest Maritime eine in Oregon ansässige Firma war, daß ein von einem ihrer Mitarbeiter gesteuerter Lkw Mrs. Elliots Verletzung verursacht hatte und daß der Fahrer fahrlässig gehandelt hatte. Es war eine simple, unkomplizierte Gerichtsakte.
»In unserer Entgegnung haben wir jegliche und jede Behauptung der Klageschrift zurückgewiesen«, fuhr Compton fort. »Wenn ein Beklagter das tut, ist es Pflicht des Klägers, jegliche und jede Behauptung in der Klageschrift zu beweisen. Ich habe mich über die Beweise auf dem laufenden gehalten und stelle fest, daß Mrs. Elliot es unterlassen hat, die Existenz der Firma zu beweisen.«

Peter hörte nichts mehr von dem, was Compton sagte. Es war, als wären die Motoren eines Flugzeugs, in dem er saß, plötzlich ausgefallen und als würde die Maschine in einem schwindelerregenden Tempo abstürzen. Peter hatte angenommen, daß sein Vater die Firmendokumente eingereicht hatte, als er mehrmals zur Überprüfung von Rechtsfragen in der Gerichtsbibliothek gewesen war. Jetzt sah es so aus, als wäre der Beweis nie vorgelegt worden.

Plötzlich fiel Peter Ned Schuster wieder ein, der mysteriöse Zeuge, der in den Unfall verwickelt war. Der Mann, der die Papiere bringen sollte, über die sein Vater so in Rage geraten war, kurz bevor er den Herzinfarkt erlitten hatte. Das mußten die Dokumente gewesen sein, die bewiesen, daß Northwest Maritime eine Firma war. Deshalb hatte Richard Peter beschworen, auf Verfahrensfehler zu plädieren.

»... die Klage gegen Northwest Maritime abzuweisen und meinem Klienten ein vom Richter angewiesenes Urteil zu erteilen«, schloß Compton.

Richter Pruitt sah sehr bestürzt aus. Er wandte sich an Peter, der die Klageschrift noch einmal las, als könnte er die Worte irgendwie zwingen, sich zu ändern. Die Frage, die Compton aufgeworfen hatte, war so eine Bagatelle. Eine reine Formsache. Jeder wußte, daß Northwest Maritime eine Firma war. Sie besaß riesige Gebäude und verkündete ihre Existenz mit dicken, roten Buchstaben von riesigen Reklamen herab. Das fehlende Aktenstück war so klein. Ein beglaubigtes Papier, das überhaupt keinen Raum einnahm.

»Mr. Hale«, stellte der Richter leise fest, »ich habe das erwartet. Die Verteidigung verneint die Existenz der Firma. Das erlegt Ihnen die Last auf, Ihre Behauptung hinsichtlich der Firma zu beweisen. Heute morgen habe ich in Erwartung dieses Antrages im Fallrecht nachgeschlagen.«

»Der Fahrer, Mr. Hardesty. Ich glaube, er hat gesagt ...«

Richter Pruitt schüttelte den Kopf. »Nein, Sir. Die Frage ist ihm nie gestellt worden.«

»Aber Mrs. Elliot? Was wird mit ihr?« fragte Peter mitleidheischend. »Wenn Sie die Klage gegen Northwest Maritime abweisen, bleibt nur der Fahrer übrig, und der hat nicht das Geld, um Mrs. Elliots Ansprüche zu befriedigen. Sie ist gelähmt. Sie wissen, daß Northwest Maritime haftbar ist.«

Peter verstummte. Der Richter konnte ihm nicht ins Gesicht sehen, und Lyle Compton wirkte todunglücklich, wie ein Kind, das jemandem mit Erfolg einen Streich gespielt und nun deswegen ein schlechtes Gewissen hat.
»Mr. Hale«, sagte Richter Pruitt, »ich habe in diesem Fall keinen Spielraum. Sie haben nicht bewiesen, daß Northwest Maritime eine Firma ist. Keine vernünftige Jury konnte das aus den feststellbaren Fakten schließen, und die Geschworenen dürfen nicht über die dem Gericht vorgelegten Beweismittel hinausgehen. Wenn ich Mr. Comptons Antrag ablehne, wird er Revision einlegen, und die Berufungsinstanz hebt mein Urteil auf. Anträge dieser Art sind in sieben Fällen, über die ich Berichte gefunden habe, in zweiter Instanz bestätigt worden. Mir sind die Hände gebunden.«
Richter Pruitt wandte sich Lyle Compton zu, und Peter sank zurück auf seinen Stuhl. In seinem Kopf drehte sich alles. Er hatte keine Ahnung, was er tun sollte. Gleich würde ihm übel werden.
»Ich gebe Ihrem Antrag statt, Mr. Compton. Ein Urteil für Northwest Maritime wird verfügt. Das Verfahren gegen Mr. Hardesty wird weitergeführt.«
Peter fühlte die Räder von Mrs. Elliots Rollstuhl, die gegen seinen Stuhl rumpelten.
»Was heißt das? Was heißt das?« fragte sie, und ihre nuschelige Stimme zitterte vor Panik und Angst. Mit jeder Wiederholung wurde Mrs. Elliot lauter und schriller, und alle im Gerichtssaal sahen Peter an, um die Antwort zu hören, die er dieser armen Gelähmten gab, die nicht einen Cent für die Schmerzen und Schrecken erhalten würde, die sie durchlitten hatte. Peter wollte ihr antworten, aber er bekam kein Wort heraus. Er saß nur da, den Blick starr nach vorn gerichtet, während seine Welt in Flammen aufging.

# 2

Nach der Verhandlung wankte Peter wie benommen zu Hale, Greaves zurück. Martin Strobridge war einer der eloquentesten Anwälte im Staat Oregon, aber ihm verschlug es die Sprache, als Peter ihm von seinem Versuch berichtete, den Fall Elliot gegen Northwest Maritime zu vertreten. Als Strobridge seine Fassung wiedergefunden hatte, gab er Anweisung, daß niemand Richard erzählen dürfe, was passiert war, aus Furcht, er könnte einen zweiten Infarkt erleiden. Dann suspendierte er Peter von allen Aufgaben in der Kanzlei, während eine Kommission sein Verhalten überprüfte. Strobridge hatte keine Ahnung, wie dankbar Peter dafür war, daß er dem Büro fernbleiben durfte, wo er die Zielscheibe von Hohn und Spott sein würde, sobald der Büroklatsch die Nachricht von seiner Blamage verbreitete.

Peter fuhr von der Kanzlei direkt zum Krankenhaus. Für nur wenige Minuten erhielt er Zutritt zur Intensivstation. Richards Arzt versicherte Peter, der Zustand seines Vaters sei nicht besorgniserregend. Richard könne das Krankenhaus noch in derselben Woche verlassen. Doch die Erschütterung, seinen Vater an die Infusionsflaschen und die blinkenden Apparate angeschlossen zu sehen, wirkte ebenso nachhaltig wie der Schock, daß er den Fall Elliot verloren hatte. Peter hatte seinen Vater zwar nie spielen sehen, aber zu dem Bild, das er von ihm hatte, gehörte immer Football. Für ihn war Richard Hale ein Mann von grenzenloser Energie, der sich durch die Linien tankte und in die Gegner hineinkrachte. Der Richard Hale, der ihn unter schweren Lidern hervor anblickte, war alt und zerbrechlich, und seine Stimme war kaum zu verstehen. Peter versuchte zu lächeln. Er machte ein paar lahme Anläufe zu einer Unterhaltung. Dann stolperte er aus dem Zimmer seines Vaters, ehe die genehmigte Zeit um war, dankbar, daß die Medikamente, die man seinem Vater verabreicht hatte, ihn nicht so klar denken ließen, daß er nach dem Ausgang des Falls Elliot fragen konnte.

In den Tagen, die zwischen seinem Debakel und der unausweichlichen Vorladung in die Kanzlei Hale, Greaves lagen, versteckte sich Peter in seinem Apartment und versuchte sich ein Szenario vorzustellen, in dem sein Leben so weiterginge wie bisher. Gott sei Dank war Priscilla an irgendeinen unbekannten Ort geflogen und hatte ihn mit seiner Verzweiflung allein gelassen. Peter wußte, daß seine Taten Folgen haben mußten, aber als der Anruf kam, der ihn ins Büro zitierte, hatte er sich in seiner Phantasie eine Szene zurechtgebastelt, in der er sich entschuldigte und versprach, niemals wieder etwas so Dummes zu tun, und alles war vergeben.

Bei einem von Peters Besuchen im Krankenhaus hatte sein Vater nach der Sache Elliot gefragt, und Peter hatte geantwortet, es sei alles erledigt. Kaum hatte er an dem Tag, an dem er bestellt war, das gediegene Eckzimmer seines Vaters betreten, wußte er schon, daß schließlich jemand seinem Vater die Nachricht von seiner Schande mitgeteilt hatte. Der Mann, der Peter gegenüber zusammengesunken hinter dem riesigen Eichenschreibtisch saß, war müde. Er musterte Peter mit mattem Blick. Er hatte im Krankenhaus abgenommen, und seine einst frische Gesichtsfarbe war käsig. Nach einer Weile schüttelte Richard langsam und traurig den Kopf.

»Nimm Platz, Peter«, sagte er und wies auf einen Lederstuhl. Peter setzte sich.

»Ich hätte nie gedacht, daß es so weit kommen würde.«

Peter hätte gern eine Erklärung abgegeben, sich verteidigt, aber er hatte einen Klumpen, groß wie ein Apfel, im Hals, und er konnte den Blick nur auf die polierte Schreibtischplatte senken.

»Du wolltest Hauptbevollmächtigter in einem wichtigen Fall sein. Darum hast du das getan, stimmt's?«

Peter nickte.

»Ich weiß, wie sehr du es mir verübelt hast, daß ich dir deine Chance verweigert habe.« Peter blickte überrascht auf. Er wußte gar nicht, daß er so durchschaubar war. »Aber ich konnte das nicht zulassen.« Richard seufzte. Er sah niedergeschlagen aus.

»Ich habe versucht, mir etwas über dich vorzumachen, Peter, aber was du getan hast, hat mich gezwungen, der Wahrheit ins Gesicht zu sehen. Du bist ein hochintelligenter junger Mann. Die Ergebnisse deiner IQ-Tests beweisen mir das. Aber du hast deine Möglichkeiten nie ausgeschöpft. Auf der High-School hast du dich nicht dahintergeklemmt, so daß ich meine Beziehungen spielen lassen mußte, um dich an eine gute Hochschule zu bekommen, auf der du vier Jahre herumgehangen und so schlechte Noten erhalten hast, daß ich alle nur möglichen Hebel in Bewegung setzen mußte, um dich in einer juristischen Fakultät unterzubringen. Und dann habe ich noch mal dasselbe gemacht, um dir in dieser Kanzlei einen Job zu verschaffen, in der verzweifelten Hoffnung, daß aus dir endlich doch ein verantwortungsvoller erwachsener Mensch werden würde.

Zum Teil gebe ich mir selbst die Schuld an deinem Versagen. Ich weiß, ich war nicht so oft da, wie ich es hätte sein sollen, als du groß wurdest, weil ich so verdammt hart gearbeitet habe, um diese Firma aufzubauen. Und wenn ich da war, habe ich versucht, meine Abwesenheiten damit wiedergutzumachen, daß ich dich wahnsinnig verwöhnte. Hinterher ist man immer klüger. Deswegen verstehe ich jetzt, daß es besser für dich gewesen wäre, wenn du ohne derartig viel Hilfe von mir durchs Leben gekommen wärst. Wenn du dich mit Niederlagen hättest auseinandersetzen müssen, hättest du vielleicht die Zähigkeit entwickelt, die Charakterstärke ...«

Richards Stimme schwand. Er schloß die Augen und rieb sich die Lider. Als er sie wieder öffnete, wirkte er traurig und resigniert.

»Tja, darauf kommt's jetzt nicht an. Ganz gleich, wem die Schuld zu geben ist – du bist, der du bist, und deshalb konnte ich dich den Fall Elliot nicht verhandeln lassen. Ich weiß, du hast die Intelligenz, um ein guter Anwalt zu sein, aber du bist faul und egozentrisch. Du hast immer die einfache Lösung gewählt. Du hast dich nie hundertprozentig für etwas eingesetzt. Für dich war die Sache Elliot eine Chance, dich mit deinen Prozeßerfahrungen aufzuspielen und in der Firma weiter nach oben zu kommen, aber an diesem Prozeß hing Mrs. Elliots Leben. Deine Arroganz und deine Gedankenlosigkeit haben diese arme Frau um das Geld gebracht, das sie für die ärztliche Behandlung und ihre Kinder dringend benötigt hätte. Du hast ihre Zukunft und die Zukunft ihrer Kinder zerstört, und am traurigsten für mich als deinen Vater ist dabei, daß es dich meiner Ansicht nach gar nicht interessiert.«

»Dad, ich ...«, setzte Peter an, aber Richard schüttelte den Kopf.

»Es gibt nichts mehr zu sagen, Peter. Mrs. Elliot wird die Kanzlei wegen fehlerhafter Prozeßführung verklagen, und ich werde ihren Anwälten sagen müssen, daß du meiner direkten Anweisung, auf Verfahrensfehler zu plädieren, zuwidergehandelt hast, daß du Richter Pruitt getäuscht hast, damit du einmal im Mittelpunkt des Geschehens stehen konntest, und daß dein Verhalten ein eklatantes Beispiel von Stümperei war. Unter diesen Umständen kannst du natürlich nicht mehr hier bleiben. Als Entgegenkommen mir gegenüber räumt dir das Büro die Möglichkeit ein, von dir aus den Dienst zu quittieren. Das ist aber auch das allerletzte Entgegenkommen meinerseits.«

Richard beugte sich vor. Er stemmte die Ellbogen auf den Tisch und faltete die Hände.

»Es tut mir weh, daß ich dir das sagen muß, aber zu deinem eigenen Nutzen muß ich offen zu dir sein. Vielleicht ist es deine letzte Chance. Ich habe lange und intensiv darüber nachgedacht, was ich dir sagen sollte, und ich hoffe und bete, daß ich das Richtige tue. Erstens habe ich mein Testament geändert, um dich zu enterben. Zweitens bekommtst du von mir nie wieder auch nur einen Penny. Du lebst in einem Stil, den du dir nicht verdient hast. Von nun an wirst du so leben, wie es deinem Gehalt entspricht.«

Die Worte trafen Peter wie ein Hammer. Er konnte nur noch den Mund aufsperren und starren. Sein Vater kehrte ihm den Rücken, die Kanzlei nahm ihm den Job weg. Keinen einzigen Penny mehr, hatte Richard gesagt. Wie sollte er da seinen Zahlungen für den Porsche und die Eigentumswohnung nachkommen? Wie sollte er seine Schulden bezahlen? Und das Testament. Enterbt, hatte Richard gesagt.

»Dad«, brachte Peter heraus, »ich weiß, ich habe einen Fehler gemacht. Es tut mir leid. Ich … Es ist nur …«

Richard schüttelte den Kopf. »Spar dir deine Worte, Peter. Ich liebe dich, aber ich ertrage deinen Anblick nicht mehr. Du hast keine Ahnung, wie schwer es für mich ist, mir selber einzugestehen, daß mein einziger Sohn ein Versager ist. Ich hatte so hohe Hoffnungen in dich gesetzt. Aber du enttäuschst alle. Mich, die Firma, Mrs. Elliot.«

»Das kannst du nicht tun. Du kannst mich nicht einfach aus deinem Leben streichen.«

»Nein, das kann ich nicht. Ich werde dir eine letzte Chance geben, etwas aus dir zu machen.«

Peter sank erleichtert zusammen, er fühlte sich wie ein Wanderer,

der, tagelang im Wald verirrt, dem Tode nahe und aller Hoffnungen beraubt, plötzlich die Stimme seines Retters hört.
»Alles, Dad. Ich weiß, ich habe einen Fehler gemacht. Ich werde tun, was du verlangst.«
»Mein Vorschlag gefällt dir vermutlich nicht, aber es ist wohl dein letzter Ausweg. Wenn du mir beweisen kannst, daß aus dir ein verantwortungsvoller, erwachsener Mensch geworden ist, werde ich meine Entscheidung, dich zu enterben, überdenken. Ich habe deshalb mit einem alten Freund gesprochen, Amos Geary. Amos und ich, wir kennen uns seit Urzeiten. Wir haben an der Oregon State zusammen Football gespielt, und wir waren mal Geschäftspartner. Er hat ein Anwaltsbüro in Whitaker, einer Kleinstadt mit ungefähr dreizehntausend Einwohnern im Osten von Oregon, und die Lizenz zur Armenverteidigung für die County Whitaker und mehrere andere kleine Countys dort in der Gegend. Sein Mitarbeiter hat nun gerade aufgehört. Amos ist bereit, dir den Job zu geben. Er bringt für den Anfang jährlich siebzehntausend.«
Peter traute seinen Ohren nicht. Vor zwei Jahren war er einmal in Whitaker gewesen, um Aussagen zu Protokoll zu nehmen. Es gab vier Straßen in Whitaker. Wenn Wind war, konnte man vor Staub die Häuser nicht sehen. Gäbe es dort nicht das College voller Ackerbaustudenten, wäre der Ort völlig tot.
»Das tue ich nicht«, sagte er und schüttelte heftig den Kopf.
»Dann haben wir uns nichts mehr zu sagen.«
Peter erhob sich. Es reichte ihm.
»Du irrst dich.« Peters Stimme zitterte, und Tränen stiegen ihm in die Augen. »Du hast mir vielleicht nichts mehr zu sagen, aber ich habe dir eine Menge zu sagen. Du nennst mich egozentrisch. Aber du bist der arroganteste Dreckskerl, dem ich je begegnet bin. Du nennst dich Vater. Aber zu mir warst du nie ein Vater. Mom hat mich großgezogen. Du bist hin und wieder erschienen und hast Vorschriften gemacht. Und es ist sicherlich keine Überraschung für mich, daß du mich für einen Versager hältst. Während ich aufgewachsen bin, hast du mich bei jeder Gelegenheit, die sich dir bot, wissen lassen, wie wenig du von mir hieltest. Meine Noten waren nie gut genug. Ich habe im Sport nie genug zuwege gebracht. Tja, ich sage dir, niemand konnte deinen Maßstäben standhalten. All

American, High-School-Abschlußredner, Primus deines Jahrgangs in Jura. Wie sollte ich denn mit einem Gott konkurrieren?
Aber ich habe es versucht, doch das hast du mir nie als Verdienst angerechnet. Und jetzt, wo ich dir beweisen wollte, was ich vor Gericht leisten kann, hast du mich bei jeder Gelegenheit, die sich dir bot, klein gemacht. Du fürchtest dich zuzugeben, was für ein guter Anwalt ich bin. Na schön, ich werd's dir zeigen. Ich besorg mir einen Job bei einer anderen Firma. Ich trete als Teilhaber ein, und Hale, Greaves kann mich am Arsch lecken.«
Richard hörte sich Peters Tirade gelassen an. Als Peter fertig war, fragte Richard: »Welche Firma soll dir denn einen Job geben nach dem tollen Ding, das du dir geleistet hast? Alle wissen, was du getan hast. Bei allen Juristen Portlands bist du das Thema. Wie willst du denn einen Job bekommen, wenn dein zukünftiger Arbeitgeber mit uns geredet hat? Ich sage dir ohne Umschweife, daß dir hier niemand eine Empfehlung geben wird.«
Peters Sprüchemacherei verpuffte. Er wußte, daß es stimmte, was sein Vater sagte.
»Du wirst mir vielleicht nicht glauben«, sagte Richard, »aber ich liebe dich wirklich. Du hast keine Vorstellung, wie weh es mir tut, dich rausschmeißen zu müssen. Aber ich muß es tun, um deinetwillen. Geh nach Whitaker. Dort wird es keine Versuchungen für dich geben. Lerne, auf deinen eigenen zwei Füßen zu stehen und deinen Verhältnissen entsprechend zu leben. Lerne, ein guter Anwalt zu sein. Lerne, ein Mensch zu sein.«

# Zweites Kapitel

Die Sonne war eine flammende, runde Scheibe, die gnadenlos auf den braunen Sand herunterbrannte, der die riesige Weite des Ödlands östlich von Whitaker bedeckte. Es gab keine Wolken, die es an dem blaßblauen und unversöhnlichen Himmel gegen sie aufgenommen hätten. Der junge Oregoner Staatspolizist war dankbar für seinen Stetson und wünschte sich sehnlich eine kleine Brise, die ihn abkühlen und eine Staubwolke aufwirbeln würde, die dicht genug war, um das Ding zu verdecken, das halb im Straßengraben zwischen den Beifußbüschen lag. Als Dr. Guistis Wagen auftauchte, in der Hitze flimmernd wie ein Spielzeug, das in einer Blase aus geschmolzenem Glas gefangen war, stand der Staatspolizist absichtlich mit dem Rücken zu dem Ding. Ein langer Blick, ehe er um Hilfe gefunkt hatte, hatte ihm gereicht.

Der Polizist wußte, es war respektlos, an die junge Frau als ein Ding zu denken, aber sie sah keiner Frau mehr ähnlich, die er je gekannt hatte. Die Tiere aus der Wüste hatten sich an ihrem Fleisch gelabt, die Naturgewalten hatten sie auf ihre Weise behandelt, und noch etwas hatte sich über sie hergemacht. Irgendeine Person, an die in menschlichen Begriffen zu denken dem jungen Polizisten ebenfalls schwerfiel.

Eine Gruppe Studenten aus dem Geologieseminar am Whitaker State College, die mit ihrem Professor auf Exkursion waren, hatten die Leiche gefunden. Sie drängten sich zusammen, während Angehörige der Kommission für Schwerverbrechen ihre Aussagen aufnahmen. Der junge Staatspolizist bemerkte, daß auch sie den Blick von dem Graben abwandten, obwohl sie von dort, wo sie standen, die Leiche unmöglich sehen konnten.

Die Stadt Whitaker besaß eine sechzehnköpfige Polizeitruppe. Das Büro des County-Sheriffs war noch kleiner, es umfaßte einen Un-

tersheriff und fünf Stellvertreter. Bei den seltenen Gelegenheiten, wenn ein Kapitalverbrechen begangen worden war, wurde es von der Kommission für Schwerverbrechen untersucht, zusammengesetzt aus einem Kriminalbeamten aus dem kleinen Büro der Oregon State Police, die ihr Hauptquartier in Whitaker hatte, dem Sheriff der County Whitaker oder einer von ihm bestimmten Person, einem Angehörigen der Polizeiverwaltung Whitaker und Polizisten aus den Nachbarcountys Blaine und Cayuse. Da die Leiche außerhalb der Stadtgrenzen von Whitaker gefunden worden war und die Oregon State Police den ersten Anruf erhalten hatte, hatte die Kommission Detective Jason Dagget von der Oregon State Police als leitenden Untersuchungsbeamten bestimmt.
Dagget hatte ein gerichtsmedizinisches Team aus dem Kriminallabor des Staates Oregon zum Schauplatz beordert, das nun das Gelände um die Leiche herum bearbeitete. Dann hatte er Dr. Harold Guisti angerufen, einen hochgewachsenen, magersüchtigen Mann mit rosiger Gesichtsfarbe, der in Whitaker seit dreißig Jahren als Hausarzt praktizierte und mit dem ärztlichen Leichenbeschauer des Staates vertraglich vereinbart hatte, daß er die Autopsien in den Countys Whitaker, Blaine und Cayuse durchführte. Der verbeulte Range Rover des Arztes hielt rumpelnd vor Detective Dagget. Der Kriminalbeamte ging zur Fahrertür herum. Dr. Guisti stieg aus. Ein plötzlicher Windstoß wehte dem Doktor Sand in die Augen und breitete sein schütteres, graues Haar über seinen teilweise schon kahlen Schädel.
»Wo ist sie?« fragte Guisti, sobald der Wind sich wieder gelegt hatte.
»Im Straßengraben. Wir meinen, sie wurde woanders ermordet und hier abgelegt. Blut haben wir nicht viel gefunden. Außerdem ist sie nackt, aber Kleider sind keine da.«
Guisti grunzte, dann ging er hinüber an den Rand des Grabens, an dessen Böschung er sich vorsichtig seitwärts hinabschob, weit genug weg von der Leiche, so daß die Fundstelle nicht beschädigt werden konnte, falls er bei seinem Abstieg etwas lostrat.
»Wie wurde sie umgebracht?« fragte er Dagget, der hinter ihm herunterkam.
»Sie wurde abgeschlachtet, Harold. Schlicht und einfach.«

Guisti hatte gehofft, die Frau wäre erschossen oder vergiftet worden, weil man bereits vor zwei Monaten eine andere Leiche in einem Felsgelände gefunden hatte, ebenfalls nackt und abgeschlachtet. Guisti glaubte, daß die benutzte Waffe so etwas wie ein Beil gewesen war. Er hoffte, bei der Untersuchung dieser jungen Frau würde er nicht zu denselben Schlußfolgerungen kommen, denn er wollte nicht darüber nachdenken, was das für die Leute in Whitaker, Blaine und Cayuse bedeuten würde.

## Teil 2

# Fingerübung für die Hölle

# Drittes Kapitel

## 1

Die Umgebung der Stadt Whitaker bestand aus Ackerland, das durch Bewässerungsanlagen, die sich aus dem Camas River speisten, grün gehalten wurde, aber jenseits der Farmen wehten heiße, staubige Winde Steppenhexen über weite, flache Ebenen, die nur gelegentlich durch hohe, braune Berge unterbrochen wurden. Bei der Fahrt durch die Wüste fühlte Peter, wie er innerlich verbrannte und langsam zu grauer Asche zerfiel, und er fuhr in die Stadt Whitaker so leer hinein wie das dürre Land, das sie umgab.

Die erste Nacht in Whitaker verbrachte Peter im Riverview Motel, das sauber und ruhig war und tatsächlich einen Blick auf den Camas River bot. Nach dem Frühstück machte Peter sich zu Fuß vom Motel zum Büro von Amos Geary auf. Er war erschöpft, weil er sich die ganze Nacht in der fremden Umgebung nur hin und her geworfen und gewälzt hatte, während seine Empfindungen von schäumender Wut über die Ungerechtigkeiten, mit denen ihn das Leben überschüttet hatte, zu Gefühlen der Angst und äußersten Verzweiflung wechselten und er sich mit der sehr realen Möglichkeit quälte, daß er die Liebe seines Vaters für immer verloren haben könnte.

Der Weg vom Motel führte Peter durch den Wishing Well Park, den Wunschbrunnenpark, der sich durch die ganze Stadt zwischen der High Street und dem Camas River erstreckte. Etwas wehmütig Schönes lag in dem langsam strömenden Fluß, doch Peter fand die Stadt so fade und uninteressant wie das Ödland, das sie umgab. Der größte Buchladen war die Christliche Buchhandlung; mühelos konnte man einen Laden finden, der Sättel reparierte, aber keinen, der Cappuccinos machte, und das einzige Kino der Stadt zeigte bekömmliche Familienunterhaltung. Peter kam Whitaker wie eine Fingerübung des Architekten vor, der die Hölle entworfen hatte.

Das Stadtzentrum begann an der Ecke High und First Street, an der das Gerichtsgebäude stand. Peter ging die First Street bis zur Main Street hinunter. Parallel zur Main Street verlief die Broad Street. Die Elm Street, die am weitesten vom Fluß weg war, begann als Geschäftsstraße, schlängelte sich dann durch ein angenehmes, von Bäumen beschattetes Wohnviertel und erreichte schließlich den Campus des State College von Whitaker. Gegenüber vom College stand das Krankenhaus.
Auf seinem Weg sah Peter verbeulte Ford-Pritschenwagen in den Parkbuchten stehen und bemerkte mehr Cowboyhüte, als er das ganze letzte Jahr in Portland zu Gesicht bekommen hatte. Als er an der Ecke Main und Fourth Street ankam, warf er einen Blick auf den Zettel mit Gearys Adresse. Auf beiden Seiten der Main Street standen alte, ein- oder zweistöckige Backsteinhäuser. Peter sah Dot's Coffee Shop, B. J.'s Schönheitssalon und ein orange-schwarzes Rexall-Reklameschild, aber keine Anwaltskanzlei. Dann schaute er ein Stockwerk höher nach und sah in blätternden Goldbuchstaben auf ein Fenster in der ersten Etage gemalt: AMOS J. GEARY, RECHTSANWALT. Er ging den Weg zurück und fand eine schmale Tür zwischen dem Schönheitssalon und dem Coffee Shop. Die Tür führte unmittelbar auf eine schmale Treppe. Schmuddeliges, grünes Linoleum war mit schartigen Messingschienen auf der Treppe befestigt. Sie knarrte, als Peter zum ersten Stockwerk hinaufstieg. Der Treppenabsatz oben war dunkel und muffig. Gearys Name und Beruf waren schwarz auf die Tür links von der Treppe gemalt. Die Tür klemmte, und Peter mußte heftig drücken, um sie aufzubekommen. Eine Frau mittleren Alters mit hennagefärbtem Haar saß hinter einem Schreibtisch und arbeitete an einem Computer, dem einzigen Gegenstand in dem Empfangsbereich, der nicht so aussah, als sei er in einem Gebrauchtwarenladen gekauft worden.
Zwei Nummern von *Field and Stream* und ein eselsohriges Exemplar von *Sports Illustrated* lagen auf einem niedrigen Beistelltisch mit Resopalplatte neben einer Couch aus rissigem rotem Kunstleder. Eine Deckenlampe mit einer schwachen Glühbirne und ein bißchen Sonnenlicht, dem es durch das staubbedeckte Fenster in den Raum durchzudringen gelang, bemühten sich gemeinsam, einen matten, gelben Lichtschein über das Zimmer zu breiten. Peter

verglich dieses antiquierte Dreckloch unwillkürlich mit dem eleganten Büro, aus dem er erst vor so kurzer Zeit hinausgesetzt worden war. Bei der Erinnerung an die edlen Teppiche, Messingbeschläge und polierten Hölzer krampfte sich sein Magen vor Wut und Enttäuschung zusammen. Es war einfach nicht fair.
Die Frau blickte auf, als sich die Tür öffnete, und sah Peter durch eine Brille mit einem dicken, schwarzen Plastikgestell an.
»Ich bin Peter Hale. Ich habe für neun Uhr eine Verabredung mit Mr. Geary.«
Die Frau betrachtete ihn mißtrauisch.
»Sie sind sicher der junge Mann, der hier arbeiten soll, nicht?«
»Ja, Ma'am.«
»Nehmen Sie Platz, Mr. Geary ist im Augenblick nicht da. Aber ich nehme an, er wird jede Minute hiersein. Er hat um zehn Gerichtstermin.«
Die Sekretärin/Empfangsdame machte sich ohne ein weiteres Wort wieder an die Arbeit. Peter war entsetzt über ihre schroffe Abfertigung, entschied sich aber, die Frau nicht zu tadeln. Wahrscheinlich tippte sie seine Arbeit, und es zahlte sich nicht aus, wenn man sich die – anscheinend einzige – Stütze des Büros zur Feindin machte.
Peter setzte sich auf die Couch. Nach einer Weile blickte er sich in dem Empfangszimmer um. Bis auf ein paar Risse im Putz der Decke sah er nichts, was er nicht schon beim ersten Hinsehen bemerkt hatte. Peter schaute auf die Uhr. Viertel nach neun. Er beschloß, einen Blick in *Sports Illustrated* zu werfen. Die Zeitschrift war neun Monate alt, aber Peter blätterte sie trotzdem durch. Um halb zehn hatte er sie flüchtig durchgesehen und überlegte gerade, ob er einen Artikel über einen peruanischen Boxer lesen oder zu *Field and Stream* greifen sollte, als die Tür zum Büro aufging.
Amos Gearys Gesicht war ein purpurrotes Netz aus geplatzten Blutgefäßen. Was von den ungepflegten Haaren noch übrig war, war schmutziggrau, und ihren Verlust hatte er dadurch kompensiert, daß er sich einen struppigen Walroßschnurrbart hatte wachsen lassen. Seine blutunterlaufenen Augen versanken in dicken Fleischwülsten. Geary war so groß wie Peters Vater und sah zweimal so schwer aus. Sein Bauch hing ihm über den Gürtel, und die Knöpfe seines Hemds sahen aus, als könnten sie jeden Moment wegplatzen. Peter trug

einen maßgeschneiderten grauen Nadelstreifenanzug und eine geschmackvolle kastanienbraune Krawatte. Geary hatte einen grauenhaften, marineblauen Schlips um, gesprenkelt mit Flecken, die zu denen auf seinem zerknitterten, braunen Anzug paßten. Peters Gesichtsmuskeln zuckten, als er sich bemühte, seinen Abscheu zu verbergen.

Geary musterte den jungen Mann von der offenen Tür her, wobei er im Geist Peters von der Mutter ererbte Züge löschte, während die seines Vaters für ihn scharf hervortraten.

»Peter Hale, nehme ich an?«

»Mr. Geary?« fragte Peter zögernd, während er Gearys Hängebacken und die knollige, mit roten Äderchen durchzogene Nase betrachtete. Geary nahm die abgewetzte Aktentasche in die Linke und streckte Peter die rechte Hand hin. Sie war schweißnaß, und Peter zog seine nach einer leichten Berührung zurück, als fürchte er, sich durch die kurze Berührung an Alkoholismus anzustecken.

»Wie war die Fahrt?« fragte Geary, ohne die Kränkung und Peters Unbehagen zu beachten.

»Schön«, antwortete Peter und zuckte leicht zusammen, als Gearys alkohol- und mundwassergeschwängerter Atem ihm voll ins Gesicht schlug.

»Freut mich.«

»Vergessen Sie nicht, daß Sie um zehn Gerichtstermin haben«, erinnerte die Sekretärin Geary.

»Welcher Fall, Clara?«

»Judd.«

»O Gott. Nicht *Judd*«, antwortete Geary, drehte Peter den Rücken zu und schlurfte einen dunklen, schmuddeligen Korridor entlang.

»Kommen Sie«, rief Geary über die Schulter. Peter folgte seinem neuen Chef in ein schwach erhelltes Büro, in dem es nach kaltem Rauch stank. Geary warf seine Aktenmappe auf ein Durcheinander aus Akten und Papieren, das sich auf einem zerschrammten hölzernen Schreibtisch türmte. Während Geary in einem klapprigen, grauen Metallaktenschrank nach der Akte Judd kramte, sah Peter sich in dem Büro um. Zwischen Urkunden und Zertifikaten, mit denen Gearys Zulassung zu verschiedenen Anwaltskammern des

Staates und des Bundes bestätigt wurde, hing an der einen Wand ein Schwarzweißfoto der Footballmannschaft der Oregon State aus dem Jahre 1956. Geary ertappte Peter, als er es sich ansah.
»Ich bin in der vorderen Reihe, auf den Knien. Ihr Vater steht rechts hinter mir. Ich habe für ihn vier Jahre lang die Schneisen geöffnet, ich habe noch die Narben von den Stollen am Rücken, die es beweisen«, sagte Geary mit einem abrupten Lachen.
Peter zwang sich zu einem Lächeln. Er war nicht in der Stimmung, einem alten Säufer zuzuhören, der wegen des Mannes, der ihn ins Büro dieser ungeheuren Null verbannt hatte, sentimental wurde. Dann bemerkte er ein gerahmtes Jura-Abschlußdiplom rechts von Gearys OSU-Zeugnis.
»Sie haben in Harvard studiert?« fragte Peter und versuchte, nicht skeptisch zu klingen.
»Jahrgang 59. Überrascht Sie das?«
»Tja ... äh, nein«, sagte Peter und wurde rot, weil Geary ihn so ohne weiteres durchschaut hatte.
»Sollte es aber. Ein Harvard-Mann, den's hier raus in die Wildnis verschlagen hat. Aber schließlich hat Sie's ja auch zu mir verschlagen, nicht?«
Diesmal wurde Peter vor Zorn rot. Geary fand die Judd-Akte und ließ sich hinter dem Schreibtisch auf einen Holzstuhl sinken.
»Ihr Vater hat mir alles erzählt, als er mich bat, Sie einzustellen. Um ehrlich zu sein, ich war dagegen. Nicht, weil ich für Dicks Versuche, Ihre Seele zu retten, kein Verständnis hätte. Ich wollte einfach meine Kanzlei nicht aufs Spiel setzen, bloß weil Ihr Vater sich um Ihre Rettung bemüht.«
»Wenn Sie mich hier nicht haben wollten«, fragte Peter gereizt, »warum haben Sie mich dann trotzdem engagiert?«
Geary faltete seine Hände im Nacken, lehnte sich zurück und musterte Peter ohne Groll.
»Ich bin Ihrem Vater sehr viel schuldig. Und die Überwachung Ihres Aufenthalts in der Vorhölle trägt ein bißchen davon ab. Aber ich habe Dick klargemacht, daß ich Sie fallenlasse wie eine heiße Kartoffel, wenn Sie Scheiße bauen. Ich besitze Ehrgefühl, aber kein Fünkchen Sentimentalität. Verstehen wir uns?«
Peter nickte.

»Gut«, sagte Geary. »Und nun erzähle ich Ihnen, wie das Leben hier in Whitaker so läuft. Es gibt in dieser County fünfzehn Anwälte in privaten Kanzleien. Fünf davon arbeiten bei Sissler, MacAfee & Petersen. Sie übernehmen alle Verteidigungen bei Versicherungsansprüchen in Whitaker und den fünf Countys drumherum. Die Jungs machen das dicke Geld. Die anderen zehn Anwälte, darunter meine Wenigkeit, nicht. Wir streiten uns um die Krümel. Mal einen gelegentlichen Fall von Körperverletzung. Ein netter alter Kerl rammt seine Kiste in die Kiste irgendeines anderen netten alten Kerls. Ich setze Testamente auf, ich erledige Scheidungen. Wenn's hier reinspaziert kommt und nicht allzuviel Vorarbeit verlangt, bin ich dabei.
Und Verbrechen. Aber Verbrechen zahlen sich nicht aus, nicht bloß für den Verbrecher. Sie fragen sich wahrscheinlich, wie ich mir diese Palastgemächer hier leisten kann. Na, ich werde Ihnen das Geheimnis verraten. Vor ungefähr fünfzehn Jahren beschloß der Staat, die Armenverteidigung auszuschreiben, und ich war der erste und schnellste. Seitdem habe ich die Lizenz für die Countys Whitaker, Blaine und Cayuse. Damit verdiene ich die festen Kosten und einen kleinen Überschuß. Es ist leicht verdientes Geld, und ich habe die Absicht, mir das zu bewahren. Und hier betreten Sie die Szene. Sie werden der Perry Mason von Whitaker County werden.«
Peter erfaßte tiefe Niedergeschlagenheit. Er hatte doch nicht Jura studiert, um in dem Morast namens Strafrecht herumzugammeln. Echte Anwälte verklagten auf Millionen oder wickelten riesige geschäftliche Transaktionen ab. Auf einer Skala von eins bis zehn, wobei zehn die angesehenste Art juristischer Praxis war, lag Strafrecht bei minus zweiundsiebzig.
»Ich hoffe, mein Vater hat meine Fähigkeiten nicht falsch dargestellt, Mr. Geary«, sagte Peter zögernd. »Einen Kriminalfall habe ich nie behandelt.«
»Peter, wir reden hier nicht über Jahrhundertverbrechen. Es geht um Ladendiebstähle bei J. C. Penney, Fahren im Suff: Die meisten dieser Fälle werden außergerichtlich geklärt, und der Rest könnte von Forrest Gump erledigt werden. Ihr Dad hat mir von ein paar Fällen erzählt, die Sie selbst vertreten haben, und von einigen, bei denen Sie der zweite Mann waren. Ich möchte sagen, daß Sie

wahrscheinlich im Augenblick einer der erfahrensten Anwälte der Stadt sind. Also, machen Sie sich wegen Kleinkram nicht ins Hemd. So also sieht's hier bei mir aus«, sagte Geary und grabbelte auf seinem Schreibtisch herum, bis er eine Zigarette fand. »Ihr Arbeitszimmer ist nebenan.« Eine Rauchwolke wehte über den Schreibtisch, und Peter hielt die Luft an, um die stinkenden, krebserregenden Abgase nicht einatmen zu müssen. »Die Wände sind dünn wie Papier, deshalb brauchen wir keine Gegensprechanlage. Machen Sie's sich bequem. Lesen Sie sich die zwanzig Fälle auf Ihrem Schreibtisch durch. Legen Sie sich das Strafgesetzbuch auf die rechte Seite, die Verfassungen der Vereinigten Staaten und des Staates Oregon auf die linke und das Strafrechtshandbuch der Anwaltskammer des Staates Oregon in Reichweite. Sollten Sie irgendwelche Fragen haben, versuchen Sie, mir damit nicht auf die Nerven zu gehen. Ich bin sehr beschäftigt.«

Peter zog ein verdutztes Gesicht. Geary grinste hämisch.

»Willkommen in der Wirklichkeit, mein Sohn. Und schönen Tag noch. Jetzt hauen Sie ab. Ich muß in den neunten Kreis der Hölle und gegen den Teufel um Elmo Judds Seele kämpfen.«

## 2

Das Whitaker State College war 1942 als Landwirtschaftliche Hochschule für Ost-Oregon gegründet worden, hatte aber inzwischen auch in bescheidenem Maße geisteswissenschaftliche Fächer im Programm. Die älteren, aus Backstein errichteten Gebäude umgaben einen viereckigen Hof in der Mitte des Campus und waren mit Efeu bewachsen. Das Parlament hatte Ende der fünfziger Jahre und dann noch einmal Anfang der achtziger Jahre ein Erweiterungsprogramm finanziert, und so gehörten eine Handelsschule, das Footballstadion, eine neue Sportanlage und eine Reihe einstöckiger, aus Backstein errichteter Studentenwohnheime zu den etwas neuer aussehenden Gebäuden, die sich von der Mitte aus ausbreiteten.

Hinter der Handelsschule befand sich ein großer asphaltierter Parkplatz. Kurz vor 22 Uhr endeten die Abendseminare, und die Lehrer und die nicht auf dem Collegegelände wohnenden Studenten strömten auf den Platz. Christopher Mammon fuhr einen mattgrünen Chevy, wenn er keine Aufmerksamkeit erregen wollte. Heute abend parkte der Chevy so unauffällig wie möglich am Rande des Parkplatzes im Schatten einer hohen Eiche, denn es lagen zwei in einzelne Plastikbeutel verpackte Kilo Kokain unter dem Fahrersitz.

Der Chevy war ein normal großes Auto, aber Mammon war so massig, daß für Kevin Booth auf dem Vordersitz kaum Platz blieb. Mammons gewaltiger Umfang grenzte schon ans Groteske. Mit seinen schlaffen neunzig Kilo war Booth kräftig genug gewesen, um auf der High-School Football zu spielen, aber neben Mammons gewaltigen Ausmaßen, den furchterregenden Schenkeln und dem gigantischen Brustkorb, wirkte er wie eindimensional.

Booth blickte über die Schulter durch die Heckscheibe, wie schon mehrere Male in jeder Minute, seit Mammon geparkt hatte. Nach ein paar Sekunden drehte Booth sich um und trommelte mit den Fingern auf das Armaturenbrett.

»Wo ist diese Zicke denn? Sie hat gesagt, Viertel vor zehn, und jetzt ist es nach zehn.«

»Ruhig Blut, Mann.« Mammons Augen waren geschlossen, und er klang gelangweilt. Booth konnte einfach nicht glauben, wie gelassen Mammon mit dieser Riesenmenge Dope im Wagen war. Sicher, Mammon war immer gelassen. Wenn man so riesig war, konnte einem nur King Kong den Blutdruck in die Höhe jagen. Wenn sie geschnappt würden und ins Kittchen kämen, wäre Mammon der König der Tiere in einem Dschungel voller Raubtiere. Und Booth würde im Gefängnis sterben, als Opfer des niedersten aller Fleischfresser.

»An dieser Fotze ist irgendwas, dem ich nicht über den Weg traue«, sagte Booth zu Mammon, als er wieder ängstlich nach hinten blickte.

»Du traust niemand übern Weg. Das ist dein Problem«, sagte Mammon, indem er die Augen aufmachte und den riesigen Kopf von der Kopfstütze hob.

»Wenn dieser Deal vermurkst wird, ist Rafael garantiert echt sauer«, knurrte Booth, mehr zu sich als zu Mammon. Booth konnte sich nicht entscheiden, wer ihm mehr angst machte, Mammon oder der

schlanke Mann mit den leblosen Augen, der Booth mit Koks versorgte.
»Darum solltest du froh sein, daß diesmal ich mich mit deinem Kumpel auseinandersetze.«
»Aber was ist, wenn die Zicke nicht aufkreuzt?«
»Sie wird schon kommen«, versicherte Mammon, und ein Anflug von Bedrohlichkeit schlich sich in seine Stimme. »Sie weiß, was mit ihr passieren würde, wenn sie mich sitzenläßt.«
Booth stellte sich vor, was Mammon tun würde, um die Blondine zu bestrafen, wenn sie sie reinlegte. Dann stellte er sich vor, was Rafael mit ihm machen würde, wenn der Verkauf nicht klappte. Einer von Rafaels Schleppern hatte heute am frühen Abend die zwei Kilo bei Booth abgeliefert. Booths Rolle bei der Transaktion war, das Kokain an Mammon zu übergeben und die dreißigtausend, die das Mädchen brachte, einem anderen von Rafaels Leuten auszuhändigen. Objektiv gesehen war Booth bloß ein Verbindungsglied, aber Booth hatte sich für Mammon verbürgt.
»Was ist, wenn sie zu den Bullen geht?« fragte Booth ängstlich. »Sie hat in letzter Zeit ziemliche Schoten losgelassen.«
Mammon seufzte. Er knipste das Deckenlicht an. Dann nahm er einen Spiegel und ein Rasiermesser aus dem Kartenfach in der Fahrertür und reichte beides Booth. Mammon machte einen der beiden Plastikbeutel auf und tauchte einen zierlichen Kokainlöffel hinein, den er dann über den Spiegel hielt. Wie hypnotisiert starrte Booth das weiße Pulver an.
»Ich brauche etwas Ruhe und Frieden, Kevin. Wenn du versprichst, daß du die Klappe hältst, schenk ich dir 'ne kleine Prise.«
Sein Gehirn sagte Booth, daß es gefährlich war, in der Öffentlichkeit zu schnupfen. Es war außerdem eine Art Selbstmord, etwas von Rafaels Kokain zu verwenden, ehe der Deal gelaufen war, denn Rafael würde den Stoff wiegen, falls Booth ihn zurückbrachte. Booth überlegte, ob er Mammons Angebot nicht lieber ablehnen sollte, aber sein Verlangen übermannte alle Einwände, und er beugte sich gierig vor, als das weiße Pulver auf den Spiegel fiel und dort ein kleines Häufchen bildete. Booth teilte das weiße Pulver in mehrere dünne Linien auf, dann rollt er einen Zehndollarschein dünn zusammen und steckte ihn sich ins Nasenloch. Als wäre der

Geldschein ein Strohhalm, sog er damit das Koks ein, dann lehnte er sich zurück, um den Kick zu genießen. Mammon steckte das Rasiermesser und den Spiegel zurück ins Kartenfach und knipste das Deckenlicht aus. Er wollte gerade die Augen schließen, als eine Stimme an seinem Ohr ertönte: »Keine Bewegung!« Er drehte sich leicht nach links und stellte fest, daß er in den Lauf einer Pistole blickte.

# Viertes Kapitel

## 1

Seinen zweiten Vormittag in Whitaker verbrachte Peter damit, sich eine Wohnung zu suchen. Nach dem Mittagessen ging er ins Büro. Kaum hatte er die Tür geöffnet, schob Clara Schoen ihm eine Fallakte hin.

»Mr. Geary hat aus Blaine County angerufen. Er bleibt den ganzen Tag dort. Er möchte, daß Sie diesen Mann im Gefängnis befragen.«

»Im Gefängnis? Wo ist das denn?« fragte Peter nervös, während Bilder von sabbernden Psychopathen und Perversen in seinem Kopf herumtanzten. Er hatte noch nie ein Gefängnis betreten.

»Es ist eine Querstraße vom Gericht entfernt«, teilte ihm die Sekretärin kopfschüttelnd mit.

Peter klappte die Akte auf. Auf der rechten Seite sah er eine Verfügung, in der Amos Geary dazu bestellt wurde, Christopher Eugene Mammon zu vertreten. Unter der Verfügung fand er eine vom Staatsanwalt eingereichte Klage, in der Mammon der Besitz einer verbotenen Substanz zur Last gelegt wurde: Kokain. Peter räusperte sich.

»Äh, Mrs. Schoen, was genau soll ich mit Mr. Mammon tun?«

»Woher soll ich wissen, was Sie tun sollen? Bin ich der Anwalt? Ich erledige hier bloß die Tipparbeit, Mr. Hale. Hat man Ihnen denn nicht auf der Uni beigebracht, was Sie tun sollen?«

Der enge Betonraum im Gefängnis von Whitaker, in dem Anwälte sich mit ihren Mandanten trafen, war ungefähr so lang wie ein überdachter Verbindungsgang und fungierte gleichzeitig als juristische Bibliothek des Gefängnisses. Er war kümmerlich beleuchtet, eiskalt im Winter und stickig heiß im Sommer. Die sogenannte Bibliothek bestand aus zwei selbstgebauten Holzregalen, in denen eine einbändige Ausgabe des Strafgesetzbuches von Oregon, eine

einbändige Ausgabe des Zeugnisrechts und eine abgegriffene Reihe von Fällen aus dem Obersten Gerichtshof und dem Appellationsgerichtshof von Oregon standen. Ein hochgelegenes Fenster aus dickem, ausbruchsicherem Glas ließ etwas Licht in den Raum. Die übrige Beleuchtung bestand aus zwei Glühbirnen, die in Drahtkäfigen von der Decke herabhingen.
Peter saß auf einem Metallklappstuhl vor einem wackeligen Holztisch mit dem Rücken zur Wand und wartete nervös darauf, seinem ersten kriminellen Klienten zu begegnen. Seine Finger trommelten ein Solo auf Mammons Akte, als die Tür zu dem Befragungszimmer aufging. Peter erhob sich. Ein Aufseher trat zur Seite, und alles Licht, das aus dem Gang hereinfiel, wurde durch den Mann verschluckt, der die Tür ausfüllte.
»Klopfen Sie, wenn Sie mich brauchen«, sagte der Aufseher. Dann hörte Peter das Schloß der dicken Stahltür zuschnappen, und er saß im Innern dieses überheizten Sarges gefangen. Christopher Mammon trat unter eine der Glühbirnen im Käfig, und Peter atmete geräuschvoll aus. Er war stattliche Männer gewohnt. Sein Vater war stattlich, Amos Geary war stattlich. Aber Christopher Mammon war bizarr. Lockige schwarze Haare hingen ihm in die flache Stirn und fielen ihm über die massigen Schultern. Haarbüschel ragten aus dem Kragen eines orangefarbenen, gefängniseigenen Overalls, der sich straff über seinen monströsen Brustkorb spannte. Der Overall hatte kurze Ärmel, und jedesmal, wenn Mammon sich bewegte, sah Peter Schlangen- und Panthertätowierungen über Unterarme und Bizeps wogen. Das einzige an Mammon, das nicht auf groteske Weise riesig wirkte, waren die kalten, blauen Augen, schmal und zielgerichtet wie die eines Raubtiers, und die kleinen, zierlichen Ohren.
»Guten Tag, Mr. Mammon. Ich bin Peter Hale, der Anwalt, den das Gericht zu Ihrer Verteidigung bestellt hat«, erklärte Peter nervös und streckte dem Mann eine von Amos Gearys Geschäftskarten hin. Die Karte verschwand in Mammons Hand. Er besah sie sich, dann besah er sich Peter.
»Wenn Sie mein Anwalt sind, warum steht dann nicht Ihr Name auf dieser Karte?« fragte Mammon mit einer Stimme, die samtweich und sehr furchterregend war. Es war ein Schnurren, das ein hungri-

ger Leopard von sich geben könnte, während er überlegte, welchen Teil einer angepflockten Ziege er zuerst fressen sollte.
»Nun ja, eigentlich hat das Gericht Amos Geary bestellt. Er wird Sie bei der Verhandlung verteidigen. Ich arbeite mit ihm zusammen. Das heißt, ich habe gerade angefangen. Meine Karten sind bestellt«, plapperte Peter, während ihm ein winziges Lächeln gelang. Er hoffte, es würde dem Mann seine absolute Harmlosigkeit zeigen und ihm zu verstehen geben, daß er ihn als Freund und nicht als Fressen betrachten sollte.
»Verstehe.« Mammon beantwortete Peters Lächeln mit einem drohenden Blick.
»Mr. Geary ist heute nachmittag in Blaine County. Er wollte, daß ich die erste Befragung durchführe. Aber setzen Sie sich doch, dann können wir sofort anfangen.«
Peter setzte sich auf seinen Klappstuhl und nahm einen Kugelschreiber und einen Block aus seinem Aktenkoffer. Mammon blieb stehen. Clara hatte links in die Akte ein Befragungsformular geklemmt. Peter überflog rasch einige der Fragen auf dem Formular, dann sagte er, ohne den Blick zu heben: »Ich werde ein paar Hintergrundinformationen benötigen. Würden Sie mir Ihr Geburtsdatum nennen?«
Mammon neigte den Kopf zur Seite und las das Befragungsformular verkehrt herum.
»Darf ich das mal sehen?« fragte er und zeigte auf das Formular.
Peter zögerte, dann nahm er das Formular aus der Akte und reichte es Mammon. Der besah es sich einen Augenblick lang, dann riß er es langsam in kleine Fetzen.
»Wenn Geary mein Anwalt ist, rede ich mit Geary und nicht mit irgendeinem Kuli.«
Als Mammon die Schnipsel des Formulars wie einen Mini-Schneesturm aus den Fingern flattern ließ, wurde Peter plötzlich bewußt, daß er in dem Befragungsraum eingeschlossen war und nur ein dürftiger Holztisch ihn von einem sehr gefährlichen wilden Tier trennte.
»Ja, nun ja, aber ich bin ein erfahrener Anwalt, und alles, was Sie mir sagen, ist vertraulich. Ich werde über unser Gespräch nur mit Mr. Geary reden«, erwiderte Peter, um seinen Mandanten aus der

Welt ultragewalttätiger Kung-Fu-Filme und drastischer Mord-und Totschlag-Streifen herauszulocken.
»Wie erfahren sind Sie 'nn eigentlich, Peter?« fragte Mammon.
»Ich bin seit vier Jahren Anwalt.«
»Und wie viele Kriminalfälle haben Sie schon abgewickelt?«
»Nun ja, keinen, aber, ähm, ich habe viele komplizierte juristische Dinge vor Gericht vertreten, und ich ...«
Mammon streckte eine Hand nach oben, und Peter verstummte. Dann legte Mammon die Hände auf den Tisch, der sofort auf eine Seite kippte. Er beugte sich über den Tisch, bis sein Gesicht nur Zentimeter von Peters entfernt war.
»Du hast mich gerade angelogen, stimmt's, Peter?«
Peter wurde blaß. Ihm blieb die Stimme im Halse stecken, und er brachte nichts weiter heraus als: »Ich ... ich ...«
Mammon fixierte ihn einen Moment lang mit den Augen. Dann ging er zur Tür und hämmerte dagegen. Die Riegel schnappten auf, und Mammon ging aus dem Zimmer. Es dauerte eine Weile, bis Peter bewußt wurde, daß er noch lebte.

## 2

**S**einen einzigen Besuch in Whitaker vor Jahren hatte Peter damit zugebracht, einen hiesigen Anwalt und seinen Klienten zu demütigen und einzuschüchtern. Nach der Aussage hatte Peter im Stallion gefeiert, einer Bar, die bei den Studenten des Whitaker State beliebt war und in der er eine Krankenschwester namens Rhonda Soundso kennengelernt und mit der Schilderung von der vernichtenden Niederlage seines Gegners fasziniert hatte. Am nächsten Morgen hatte Rhonda ihren Namen und ihre Telefonnummer auf ein Blatt Motelbriefpapier geschrieben, ehe sie sich auf den Weg zum Krankenhaus machte. Da das Stallion die einzige schöne Erinnerung war, die Peter an Whitaker hatte, lief er sofort dorthin, als er dem Gefängnis entronnen war.
»Was soll ich tun?« fragte sich Peter, als er mit seinem zweiten Jack Daniel's begann. Noch eine Begegnung mit einem Menschen wie Mammon würde er nicht ertragen. Das stand außer Frage. Aber was war die Alterative? Anwaltsarbeit war das einzige, was Peter konn-

te, und nach dem Elliot-Fiasko würde ihm niemand außer Amos Geary einen Job anbieten.
Peter sehnte sich nach seinem Apartment, das inzwischen einem der leitenden Angestellten von Merrill-Lynch gehörte, der es wegen Peters plötzlichem Abstieg in die Armut für einen Appel und ein Ei bekommen hatte, und nach seinem Porsche, den er gezwungermaßen gegen einen gebrauchten Subaru eingetauscht hatte. Er wünschte sich eine Arbeit, auf die er stolz sein konnte. Vor allem mußte er sein Ansehen zurückerlangen. Aber sein materieller Besitz, sein Job und sein Ansehen waren ihm entrissen worden. Er war, dachte er schmerzlich, ein Versager, wie es keinen größeren geben konnte.
»Peter Hale?«
Peter blickte hoch und sah einen hochgewachsenen, kompakt gebauten Mann im Straßenanzug, der auf ihn hinunterblickte.
»Steve Mancini«, stellte sich der Mann vor. »Wir haben zusammen Jura studiert.«
»Richtig!« Peter setzte ein Lächeln auf.
»Was dagegen, wenn ich mich setze?« fragte Mancini und schlüpfte gegenüber von Peter in die Nische.
»Himmel, nein. Was möchtest du trinken?«
»Nein, nein. Das geht auf meine Rechnung. Der Laden hier gehört zur Hälfte mir.«
Mancini winkte einer Kellnerin.
»Du wohnst in Whitaker?« fragte Peter ungläubig, der es sich beim besten Willen nicht vorstellen konnte, warum jemand, der alle Sinne beisammen hat, in einer Stadt wohnen wollte, in der es kein anständiges Bekleidungsgeschäft gab.
»Wohne hier und habe meine Anwaltspraxis hier. Aber was machst du in Whitaker? Ich dachte, du wolltest in der Firma deines Vaters arbeiten. Bist du wegen eines Falles unterwegs?«
»Äh, ja und nein«, erwiderte Peter, um Zeit zu schinden. Auf keinen Fall würde er Mancini die Wahrheit erzählen, aber was konnte er sagen?
»Da bist du ja«, sagte eine Frau. Peter blickte über die Schulter in zwei haselnußbraune Augen, die ihn kaum wahrnahmen, so sehr waren sie von Steve Mancini erfüllt. Neben der hübschen Brünetten

stand ein robust wirkender Mann mit den breiten Schultern und dicken Unterarmen eines Menschen, der sein Geld mit körperlicher Arbeit verdient. Er hatte lockiges, schwarzes Haar, einen buschigen Schnurrbart und blaue Augen, und er sah Steve mit breitem Grinsen an.

Mancini erhob sich und küßte die Frau auf die Wange. Dann nahm er ihre Hand.

»Pete, das ist meine Verlobte, Donna Harmon, und ihr Bruder, Gary.«

Eine Erinnerung aus Unizeiten an Steve Mancini und seine hübsche blonde Gattin brachten Peter einen Moment lang ins Grübeln, aber er fing sich wieder und sagte: »He, meinen Glückwunsch.«

»Danke«, antwortete Donna mit zufriedenem Lachen.

»Wann ist die Hochzeit?«

»Wir schließen den Bund in ein paar Wochen«, antwortete Mancini, während er Donna in die Nische schlüpfen ließ und sich neben sie setzte. Gary rutschte auf den Platz neben Peter.

»Hast du die Karten?« fragte Gary.

»Was denn für Karten?« fragte Mancini mit ausdruckslosem Gesicht zurück.

In Garys Gesicht trat Panik. »Meine Footballkarten. Die Dauerkarten. Du ... du hast meine Karten doch nicht vergessen, oder, Steve?«

»Hänsel ihn nicht, Steve«, sagte Donna streng. »Natürlich hat er sie, Gary.«

»Hier sind sie, Kleiner«, sagte Mancini und zog ein Kuvert aus seinem Jackett.

Gary Harmons Gesicht strahlte auf, als er nach den Karten langte.

»Was sagt man erst, Gary?« fragte Donna freundlich.

Einen Moment lang machte Gary ein verwirrtes Gesicht, und Peter betrachtete ihn sich etwas genauer. Der Bursche wirkte normal, aber er benahm sich wie ein kleiner Junge.

Plötzlich verzog sich Garys Gesicht zu einem Grinsen, und er sagte: »Danke, Steve.«

»He, Kleiner, gern geschehen.«

Gary nahm die Karten und betrachtete sie, als wären sie ein unbezahlbares Kunstwerk.

»Also, Pete«, fragte Mancini, »was treibt dich nach Whitaker?«
Peter hatte gehofft, daß Mancini die Frage vergessen hätte, aber die Ankunft von Donna und Gary Harmon hatte ihm die Zeit verschafft, sich eine Antwort auszudenken.
»Ich arbeite für Amos Geary.«
»Geary?« Mancinis Gesichtsausdruck drückte Mißfallen aus. »Du warst für mich nie der Typ, der als Kleinstadtanwalt arbeitet. Ich dachte, du wärst auf 'ne Teilhaberschaft in 'ner Megafirma aus.«
»Yeah, das habe ich auch gedacht. Aber ich hatte das Gehetze satt, und Dad ist ein alter Freund von Amos. Sie haben an der Oregon State zusammen Football gespielt.«
Mancini zwang sich zu einem Lächeln, und er und Donna gratulierten Peter zu seinem neuen Job.
»Wie bist denn du nach Whitaker gekommen?« fragte Peter, um Mancinis Aufmerksamkeit abzulenken.
»Hast du beim Reinkommen denTrophäenschrank nicht gesehen?«
»Äh, nein, ich ...«
»Dann wirf mal beim Rausgehen einen Blick rein. In meinem letzten Unijahr habe ich als Quarterback die Stallions zum Titel in der zweiten NCAA-Liga geführt, dem einzigen Meisterschaftstitel des Whitaker State in irgendeinem Sport.«
»Erzähl von dem Lauf, Steve«, bat Gary und lehnte sich begierig vor.
»Die Geschichte hast du doch schon millionenmal gehört«, wies Donna ihren Bruder zurecht.
»Aber ich nicht«, sagte Peter in der Hoffnung, Mancini würde ihm nicht weiter wegen der Gründe seines Aufenthalts in Whitaker zusetzen, wenn er ihn auf ein Footballthema festnageln konnte.
»Sieht so aus, als wärst du überstimmt«, lachte Mancini. Er legte den Arm um Donna und lehnte sich in der Nische zurück.
»Es war im vierten Viertel. Texas A & I hatte 'ne Drei-Punkte-Führung, und wir bauten bei weniger als 'ner Minute Spielzeit noch mal eine Angriffslinie auf. Ich sollte eigentlich zu Rick Sandusky abgeben, aber der Scheißkerl rutschte aus. Ich drehte mich zur gegnerischen Linie um und sah mich drei der größten menschlichen Wesen gegenüber, die ich je zu Gesicht gekriegt habe. Ihre Augen waren rot gerändert, Dampf stob aus ihren Nüstern, und ich konnte sehen,

daß sie gierig drauf waren, einen Akt extremer Gewalt an meiner Wenigkeit zu begehen. Das war der Moment, wo ich auf die Idee kam, einen der phantastischsten Läufe in der Footballgeschichte hinzulegen. Es gibt ein Foto von mir, groß wie 'ne ganze Wand, in der Sporthalle hier in Whitaker, wo ich grade die letzten zehn Yards vor der Endzone langgaloppiere. In dieser Stadt, Pete, bin ich ein Unsterblicher.

Nach dem Examen hat's die meisten von meinem Jahrgang in die Großstadt verschlagen, aber hier erinnern sich die Leute an mich. Ich hab 'ne große Kanzlei, ich bin in der Handelskammer 'n wichtiger Mann, und«, fügte Mancini hinzu und blähte den Brustkorb, »vielleicht habe ich bald das große Los gezogen.«

»Oh?«

»Yeah. Die Stadt Bend hat gute Karten für die nächste Winterolympiade, und ich habe enge Beziehungen zu 'n paar Leuten, die nur 15 Minuten vom Mount Bachelor entfernt Eigentumswohnungen bauen.«

»Wie lange sind Sie schon in der Stadt?« fragte Donna.

Peter fand, daß Steves Verlobte genauso gut aussah wie die Ehefrau, die er in Erinnerung hatte.

»Heute ist mein zweiter Tag«, antwortete er.

»Haben Sie schon eine Wohnung gefunden?«

Peter schüttelte den Kopf. »Ich wohne immer noch im Riverview Motel.«

»Das können wir nicht zulassen«, sagte Donna und wandte sich an ihren Verlobten. »Kannst du ihm nicht helfen, Steve?«

»Ich glaube, ja. Ich besitze ein paar Mietshäuser in der Nähe vom College, wenn du interessiert bist.«

»Ich habe ein eigenes Haus«, sagte Gary stolz.

»Du solltest nicht unterbrechen, Gary«, rügte Donna ihren Bruder freundlich. »Peter und Steve unterhalten sich doch.«

Garys Lächeln schwand. »Es tut mir leid«, entschuldigte er sich und senkte den Blick auf den Tisch.

Plötzlich wurde Peter klar, daß Gary Harmon geistig zurückgeblieben war. Er rutschte ein bißchen zur Wand. Gary sah völlig harmlos aus, aber Peter hatte sich immer noch nicht ganz von seiner Begegnung mit Christopher Mammon erholt, und es war ihm nicht ganz

wohl dabei, so dicht an einem Menschen zu sitzen, dessen Verhalten nicht berechenbar war.
»Gary ist gerade in sein eigenes Haus gezogen und arbeitet als Hausmeister am College«, erklärte Donna. »Er ist ganz aufgeregt. Es ist seine erste Arbeitsstelle.«
»Oh, yeah.« Peter versuchte sich ungezwungen zu geben. »Gefällt Ihnen Ihre Arbeit?«
Gary zog die Stirn kraus und dachte über die Antwort nach. »Sie ist schwer, aber Mr. Ness sagt, ich mache mich gut. Er sagt, ich arbeite wirklich viel.«
»Na, das ist doch phantastisch«, antwortete Peter lahm und hatte keine Ahnung, was er noch sagen sollte.
»Ich glaube, ich habe vielleicht 'ne Wohnung für dich«, sagte Mancini. »Ein kleines Haus, möbliert und nur einen guten Kilometer von der Stadt weg, gar nicht weit von meinem Haus entfernt.«
Mancini holte eine Geschäftskarte hervor und schrieb eine Adresse auf die Rückseite. Donna sah auf die Uhr.
»Wir müssen los. Mom erwartet uns.«
»War schön, dich zu sehen«, sagte Mancini zu Peter. »Ruf mich an, wenn du dir das Haus angesehen hast. Dann gehen wir zusammen essen, und ich mache dich mit Whitaker bekannt. Und da du ja hier wohnen wirst, schicke ich dir auch 'ne Einladung zur Hochzeit.«
Mancini folgte Donna und ihrem Bruder aus der Bar, und Peter bestellte sich ein Glas Bier und einen Burger mit allem Drum und Dran. Er fühlte sich etwas besser. Wenigstens kannte er jemanden in der Stadt. Peter hatte Mancini als echten Partytiger in Erinnerung. Wenn in diesem hoffnungslosen Kaff was los war – er wußte es garantiert.
Als Peter fertig gegessen hatte, fiel ihm plötzlich der Nachname der Krankenschwester wieder ein, mit der er den Abend verbracht hatte, als er das letztemal in Whitaker gewesen war. Kates. Rhonda Kates. Er beschloß, ins Motel zurückzugehen und sie anzurufen.
Als Peter aus dem Stallion hinausging, warf er einen Blick in den Trophäenschrank. Da lagen Mancinis Helm und Schuhe, ein Programm des Meisterschaftsspiels und ein Foto von Mancinis legendärem Lauf. Ruhm und Glück, dachte Peter wehmütig. Steve Mancini schien wahrlich beides zu haben.

# Fünftes Kapitel

Um halb sieben am Morgen des Freitags seiner zweiten Woche in Whitaker erwachte Peter in dem Haus, das er von Steve Mancini gemietet hatte, dann joggte er vier Meilen durch die stillen Straßen der Stadt. Die Häuser, an denen Peter vorbeikam, waren keine Mehrfamilienhäuser oder einförmigen Siedlungsbungalows. Es waren alte Holzhäuser mit Giebeln und Vorderveranden, umgeben von Gärten, um die sich weiße Lattenzäune zogen und in denen Schaukeln von den dicken, knorrigen Ästen alter Eichen hingen. Im Dämmerlicht des frühen Morgens konnte man sich leicht vorstellen, daß das sanfte Licht hinter den verhangenen Fenstern von einer Öllampe kam und daß die wackeligen Garagentore sich weit wie bei einer Scheune öffneten und den Blick auf ein Pferd mit Kutsche freigaben.

Nach dem Joggen duschte Peter, kleidete sich fürs Gericht an und machte sich einen Cappuccino in der Espressomaschine, die er aus Portland mitgebracht hatte. Er trank den Kaffee zu seinem Frühstück an einem wackeligen Holztisch in seiner briefmarkengroßen Küche. Amos Geary hatte Peter in den Countys Blaine, Whitaker und Cayuse herumgeschleift, damit er die Staatsanwälte, Richter und das Gerichtspersonal kennenlernte. Geary hatte Peter nichts allein erledigen lassen, aber so allmählich wurde Peter klar, daß Strafrecht nicht so furchtbar schwierig war. Nach dem Frühstück ging Peter zu Fuß zum Gericht, um zuzusehen, wie Geary mit der Vorverhandlung im Fall Christopher Mammon fertig wurde.

Öffentliche Anklagen in Verbrechensfällen wurden im Bezirksgericht erhoben, aber nur ein Landgericht hatte die Gerichtshoheit, ein Verbrechen gerichtlich zu verhandeln. Es gab zwei Möglichkeiten, die Rechtsprechung in einem Verbrechensfall ans Landgericht zu überweisen: Eine Anklagejury konnte unter Ausschluß der Öffentlichkeit zusammentreten und eine formelle Anklage übermitteln, oder ein Bezirksrichter konnte eine öffentliche Vorverhandlung abhalten und den Fall ans Landgericht überweisen. Staatsanwälte haßten Vorverhandlungen, weil sie den Anwälten der Verteidigung die Möglichkeit gaben, den Standpunkt der Anklage zu hören und deren Zeugen ins Kreuzverhör zu nehmen. Es kam sehr selten vor, daß in so schwerwiegenden Fällen wie Mammons eine Vorverhandlung abgehalten wurde. Amos Geary hatte die ganze Woche den Kopf über die Entwicklung der Sache geschüttelt, aber er würde einem geschenkten Gaul nicht ins Maul schauen.

Das dreistöckige Gerichtsgebäude war das größte Bauwerk in Whitaker. Es war ein viereckiger, nüchterner Kasten aus grauem Stein und stand am Ende der High Street gegenüber vom Wishing Well Park. Das Dienstzimmer des Staatsanwalts lag im obersten Stockwerk über den beiden Landgerichtssälen; Verwaltung und Verkehrsgericht befanden sich im Erdgeschoß. Kleinere Delikte und bestimmte Vorgeplänkel in Verbrechensfällen wurden im Bezirksgerichtssaal erledigt, in dem die Vorverhandlung für Christopher Mammon und Kevin Booth stattfinden sollte.

Peter stieg die große Haupttreppe zum Gerichtssaal im ersten Stock hinauf und fand Steve Mancini in der Vorhalle im Gespräch mit dem süßesten Ding, das Peter seit seinem Umzug nach Whitaker zu Gesicht bekommen hatte. Peter schätzte sie auf höchstens eins siebenundfünfzig. Sie hatte lockiges rotes Haar, Sommersprossen, die sie wie eine High-School-Schülerin aussehen ließen, und einen Körper, der entschieden nicht backfischhaft wirkte. Wenn er sie nur ansah, wurde Peter ganz flau und gleichzeitig ausgesprochen lüstern zumute. Mancini winkte Peter herüber. »Du bist doch hier, um Amos bei der Vorverhandlung zu helfen, oder?«

»Ja. Er wollte, daß ich dabeisitze«, sagte Peter, der sich mühte, den Rotschopf nicht anzustarren.

»Dann solltest du Becky O'Shay kennenlernen, Whitakers bösartigste Staatsanwältin. Becky, das ist Peter Hale. Nimm dich vor ihm in acht. Er ist ein Großstadtanwalt, der in die Provinz gezogen ist, um Jagd auf so junge Dinger wie dich zu machen.«

Miss O'Shay blickte zu Peter hoch, und er hätte schwören können, daß sie ihm mit mehr als nur höflicher Neugier in die Augen blickte. »Freut mich, Sie kennenzulernen, Peter«, sagte sie. Ihre Stimme klang wie das Rieseln klaren Wassers, das in einem Bergbach über glatte Steine rinnt. Miss O'Shay streckte ihm ihre kleine, zierliche Hand hin. Peter ergriff sie und spürte einen Stromschlag.

»Es wird Zeit, Jungs und Mädels«, sagte Mancini.

»Hast du mit diesem Fall zu tun?« fragte ihn Peter.

»Ich verteidige Kevin Booth, den Mitbeschuldigten.«

Miss O'Shay betrat den Gerichtssaal, und Peter beobachtete, wie sie zum Tisch der Anklagevertretung ging. Als er den Blick von ihr losriß, sah er Christopher Mammon mit Amos Geary am Verteidigungstisch sitzen. Die beiden plauderten miteinander, als wären sie alte Freunde, und Geary wirkte kein bißchen eingeschüchtert.

Rechts von Mammon saß Kevin Booth. Mancinis Mandant sah furchtbar aus. Sein Overall hing schlaff an ihm herunter, sein schmutziges, schwarzes Haar war nicht gekämmt, und seine bleiche Haut war mit Pickeln übersät. Der Gegensatz zwischen Booth und Christopher Mammon war verblüffend. Obwohl sie Urteile zu erwarten hatten, die sie für Ewigkeiten hinter Gitter bringen würden, sah Mammon so aus, als würde er gleich einschlafen, während Booths markanter Adamsapfel vor Angst auf und nieder hüpfte und er seine Hände nicht stillhalten konnte. Als Mancini sich neben ihn setzte, fuhr er erschreckt zusammen.

Peter schob sich hinter Mammon und Geary ans Ende des Tisches. Sein Chef blickte mit blutunterlaufenen Augen zu ihm hoch.

»Guten Morgen, Mr. Geary«, sagte Peter.

Ehe Geary antworten konnte, klopfte der Gerichtsdiener mit seinem Hammer, und Bezirksrichter Brett Staley, ein kleiner Mann mit schütterem Haar und dicken Brillengläsern, stieg hinauf zum Richterstuhl. Becky O'Shay teilte Richter Staley mit, daß Earl Ridgely, der Staatsanwalt, im Urlaub sei und sie ihn bei der Vorverhandlung vertrete. Dann rief sie ihren ersten Zeugen, Jeffrey Loudhawk, auf.

Ein dunkelhäutiger Mann mit hohen Wangenknochen und glattem schwarzem Haar wurde vereidigt. Er trug die Uniform eines Campuswachmanns des Whitaker State College. Nach einigen einleitenden Fragen wollte Miss O'Shay von Loudhawk wissen, ob er einen der beiden Beklagten am Abend des 22. Mai gesehen habe.

»Ich habe beide gesehen.«

»Erzählen Sie Richter Staley, wie Sie mit ihnen in Kontakt gekommen sind.«
»Ja, Ma'am. Ich machte gegen 22 Uhr gerade meine Runde, als ich die Beklagten am anderen Ende des Parkplatzes in einem Auto sitzen sah.«
»Waren Menschen auf dem Parkplatz?«
»Oh, ja. Die Seminare waren gerade zu Ende, und viele Studenten drängten sich auf dem Platz und auch viele Autos.«
»Was machte Sie auf diese zwei Herren aufmerksam?«
»Die Innenbeleuchtung ging plötzlich an, und ich konnte in den Wagen hineinsehen. Etwas an Mr. Booth sah merkwürdig aus. Als ich näher kam, sah ich einen zusammengerollten Zehndollarschein in seinem rechten Nasenloch.«
»Warum erregte das Ihre Aufmerksamkeit, Wachmann Loudhawk?«
»Ich habe Seminare über Rauschgiftfälle besucht, die von der Polizei des Staates Oregon durchgeführt wurden, und ich weiß von meiner Ausbildung her, daß Rauschgiftsüchtige zusammengerollte Geldscheine als Röhrchen benutzen, um Kokain zu schnupfen.«
»Was haben Sie getan, nachdem Sie Mr. Booth mit dem Geldschein in der Nase gesehen hatten?«
»Ich rief über mein Walkie-talkie Verstärkung herbei. Ron Turnbull, ein Kollege, kam, und wir näherten uns dem Wagen. Ich ging zu Mr. Booths Seite, und Wachmann Turnbull ging zur Fahrerseite.«
»Dann saß also Mr. Mammon am Steuer?«
»Ja, Ma'am.«
»Was haben Sie beobachtet, als Sie an dem Wagen ankamen?«
»Mr. Mammon saß hinter dem Steuerrad des Wagens und hatte den Kopf gegen die Kopfstütze gelehnt. Mr. Booth saß in gleicher Haltung mit geschlossenen Augen auf dem Beifahrersitz.«
»Wo war der Zehndollarschein?«
»Ich fand ihn auf Mr. Booths Seite auf dem Boden des Wagens.
»Was geschah dann?«
»Wachmann Turnbull sagte zu Mr. Mammon, er solle sich nicht rühren, und ich sagte zu Mr. Booth dasselbe. Beide gehorchten. Ich blickte an Mr. Booth vorbei und sah einen durchsichtigen Plastikbeutel, der mit einem weißen Pulver gefüllt war, offen daliegen.«

»Wo lag dieser Beutel?«
»Halb unter Mr. Mammons Sitz auf der Fahrerseite.«
»Haben Sie sonst noch etwas gesehen, was Sie durch Ihre Ausbildung annehmen ließ, es stehe mit dem Gebrauch von Rauschgift im Zusammenhang?«
»Ja, Ma'am. Ich habe in einem Kartenfach auf der Fahrerseite einen Spiegel gesehen.«
»Warum hat der Spiegel Sie interessiert?«
»Ich weiß von meiner Ausbildung her, daß Leute, die Kokain nehmen, die Droge auf einem Spiegel präparieren, ehe sie sie schnupfen.«
»Was geschah, nachdem Sie den Beutel mit dem Pulver und dem Spiegel gesehen hatten?«
»Ich fragte Mr. Booth, was das für ein Pulver sei. Er sagte, er wisse es nicht. Ich beschuldigte ihn, Kokain zu schnupfen, und er leugnete es. Dann nahm ich beide Männer fest und rief über Funk die Polizei von Whitaker zu Hilfe. Als die Polizei kam, übergab ich die Gefangenen, zwei Beutel Kokain, den Spiegel und den zusammengerollten Geldschein.«
»Keine weiteren Fragen.«
Peter fand die Klage gegen beide Männer sonnenklar.
Geary stellte dem Zeugen ein paar nichtssagende Fragen, aber er war nicht mit dem Herzen bei der Sache. Dann war Steve Mancini dran.
»Wachmann Loudhawk, wie weit waren Sie von Mr. Mammons Wagen weg, als Sie Mr. Booth mit dem Geldschein in der Nase sahen?«
»Das ist schwer zu sagen.«
»Mehrere Wagenlängen?«
»Etwa sechs.«
»Und Sie haben keinen Spiegel gesehen, als Sie Mr. Booth mit dem Geldschein in der Nase beobachteten?«
»Nein, Sir.«
»Nur aus Neugier, wurde bei Mr. Booth ein Test vorgenommen, um festzustellen, ob Kokain in seinem Blut war oder nicht?«
»Nicht, daß ich wüßte.«
»Keine weiteren Fragen.«

Booth beugte sich zu Mancini hinüber. Er war völlig aus der Fassung.
»Ist das alles, was Sie zu fragen haben? Warum haben Sie ihm nicht gesagt, daß er mich gar nicht mit irgendwelchem Coke gesehen hat? Er lügt doch. Sie haben uns das Dope und den Geldschein ans Bein geschmiert. Rufen Sie ihn zurück.«
»Beruhige dich, Kevin. Laß mich meine Arbeit machen.«
»Aber er hat gesagt, er hätte mich Coke schnupfen gesehen.«
Schweißperlen standen Booth auf der Stirn, und sein Blick irrte ziellos in der Gegend herum.
»Willst du vielleicht die Klappe halten? Ich muß mich konzentrieren, und das kann ich nicht, wenn du mir die Ohren volljammerst.«
Booth kaute einen Moment lang auf der Lippe herum. Dann sagte er. »Okay. Tut mir leid. Ich will bloß nicht für etwas ins Gefängnis kommen, was ich nicht gemacht habe. Ich bin unschuldig. Das ist doch alles Quatsch. Ich hatte diesen Geldschein nicht mal in der Hand.«
»Klar, Kevin, ich glaub dir«, gab Mancini sarkastisch zur Antwort. »Wie wär's, wenn du mich jetzt diesem Zeugen zuhören ließest?«
Miles Baker, ein Chemiker bei der Polizei des Staates Oregon, war gerade mit der Aussage über seine Qualifikationen zu Ende. Dann erklärte er, wie er festgestellt hatte, daß die Substanz in den beiden Beuteln Kokain war. Geary nahm ihn nicht ins Verhör.
»Mr. Baker«, sagte Mancini, »auf der Beweismittelliste sind noch mehrere andere Gegenstände aufgeführt, die Ihnen übergeben wurden, darunter ein Zehndollarschein und ein Spiegel. Haben Sie den Geldschein und den Spiegel auf Kokainspuren untersucht?«
»Nein, das habe ich nicht.«
»Danke. Keine weiteren Fragen.«
»Die Anklage ruft keine weiteren Zeugen auf«, erklärte Miss O'Shay.
»Irgendwelche Zeugen für die Verteidigung?« fragte der Richter.
Geary schüttelte den Kopf.
»Keine Zeugen, Euer Ehren«, sagte Mancini, »aber ich stelle einen Antrag an das Gericht.«
»Sehr wohl, Mr. Mancini.«
Peter konnte sich nicht denken, was für einen Antrag Mancini stellen

könnte. Wenn er Richter gewesen wäre, hätte er beide Beklagten mittlerweile auf Devil's Island im Steinbruch arbeiten lassen. Peter vermutete, daß Mancini eine große Show abzog, um Booth den Eindruck zu vermitteln, er, Steve, habe sich sein Honorar verdient.
»Ich beantrage, die Beschuldigungen gegen Mr. Booth abzuweisen«, sagte Mancini. »Die Anklage hat Mr. Booth des Besitzes einer verbotenen Substanz bezichtigt. Nun, es befand sich eine verbotene Substanz unter Mr. Mammons Sitz in einem Wagen, der auf Mr. Mammon zugelassen ist, aber es ist kein Beweis erbracht worden, der Mr. Booth mit dieser verbotenen Substanz in Verbindung bringt. Wachmann Loudhawk hat kein Wort darüber gesagt, daß er Mr. Booth mit Kokain gesehen habe, und es ist nichts unternommen worden, um festzustellen, ob Mr. Booth Kokain zu sich genommen hatte, obwohl dies mit einem einfachen Bluttest möglich gewesen wäre. Ich glaube, es besteht kein hinreichender Tatverdacht, um Mr. Booths Fall ans Landgericht zu überweisen.«
»Aber was hat er mit dem Zehndollarschein in der Nase gemacht?« fragte der Richter mit unbewegtem Gesicht.
»Das zu erklären ist Aufgabe der Anklage, Euer Ehren. Er kann seine Nasengänge gereinigt haben, vielleicht liebt er den Duft von amerikanischem Geld. Was weiß ich. Aber es gibt ganz gewiß keinen Beweis dafür, daß er mit diesem Geldschein Kokain geschnupft hat. Wie uns der Wachmann mitgeteilt hat, benützt man dazu einen Spiegel. Es gibt keinen Beweis, daß der Spiegel und der Geldschein mit einem positiven Ergebnis auf Kokain getestet worden sind.«
Richter Staley zog die Stirn kraus. Er dachte einen Augenblick angestrengt nach. Als er sich an Becky O'Shay wandte, klang er beunruhigt.
»Was haben Sie auf Mr. Mancinis Einwand zu erwidern, Miss O'Shay?«
Peter starrte die Staatsanwältin an. Er war sicher, daß sie mit einem schlagenden Argument antworten würde. Doch alles, was sie zustande brachte, war: »Mr. Mancini macht sich lächerlich, Euer Ehren. Es ist doch sonnenklar, daß Mr. Booth Kokain geschnupft hat.«
»Warum ist das sonnenklar? Es gibt keinen Beweis, daß Kokain an

dem Geldschein oder dem Spiegel war. Das Kokain befand sich unter dem Sitz von Mr. Mammon, der Wagen ist auf Mr. Mammon zugelassen, und Mr. Booth bestreitet, Kokain genommen zu haben.«
»Er hatte den Geldschein in der Nase«, wiederholte Miss O'Shay, offenbar frustriert über ihr Unvermögen, Mancinis Einwand zu entkräften.
»Das ist in diesem Staat keine verbotene Handlung, ganz gleich, wie ekelerregend sie vielleicht ist. Nein, Miss O'Shay, ich werde Mr. Mancinis Antrag stattgeben müssen.«
Becky O'Shay sah aus, als wollte sie noch etwas sagen, doch sie ließ sich auf ihren Stuhl plumpsen. Peter fand, daß sie anbetungswürdig aussah. Am liebsten wäre er zu ihr hinübergelaufen und hätte sie getröstet. Statt dessen besah er sich Christopher Mammon, von dem er erwartete, er würde wahnsinnig werden vor Wut darüber, daß sein Mitangeklagter frei war und er nicht, aber Mammon saß völlig apathisch da, als Richter Staley das Wort an Steve Mancinis Mandanten richtete.
»Mr. Booth, glauben Sie ja nicht, Sie hätten mich auch nur im geringsten getäuscht. Ich weiß verdammt genau, daß Sie an dem Abend Ihrer Festnahme Kokain besessen und eingenommen haben, aber wir sind ein Land von Recht und Gesetz, und eine unserer fundamentalsten Regeln bei Strafverfahren ist, daß die Anklage ihre Beschuldigung mit Beweisen, nicht mit Mutmaßungen belegen muß. Wenn die Anklage dies nicht kann, muß ich Sie freilassen, ganz gleich, wie meine persönlichen Gefühle dabei sein mögen. Also, ich weise die Klage gegen Sie ab. Aber das heißt nicht, daß ich Ihr Gesicht vergessen werde. Sehen Sie zu, daß Sie sich hier nicht wieder blicken lassen, junger Mann. Sie haben Ihre Chance. Sollte ich Sie hier jemals wiedersehen, werde ich dafür sorgen, daß Sie für lange, lange ins Gefängnis gehen.
Was Sie betrifft, Mr. Mammon, so findet dieses Gericht Sie hinreichend verdächtig, um Sie unter der Beschuldigung des Besitzes einer verbotenen Substanz zur Strafverfolgung an das Landgericht zu überstellen. Sie werden entlassen, Mr. Booth. Wache, Sie können Mr. Mammon zurück ins Gefängnis bringen.«

Amos Geary nahm einen langen Zug von seiner Zigarette und stapfte langsam auf sein Büro zu. Dem alten Anwalt ging die Puste aus, und er bewegte sich mit Mühe vorwärts. Peter hoffte, er würde die drei Querstraßen bis zum Büro schaffen, ohne schlappzumachen.
»Was haben Sie auf dem Ausflug heute morgen gelernt, Mr. Hale?« keuchte Geary.
»Äh, na ja, ich habe gesehen, wie eine Vorverhandlung abläuft.«
Geary schüttelte seinen Kopf. »Sie haben eine Anomalie erlebt. In neunundneunzig von hundert Fällen überweist der Richter den Beklagten. Ich weiß nicht, was heute morgen in Brett gefahren ist.«
»Steve war ziemlich toll. Ich wußte gar nicht, daß er so ein guter Anwalt ist.«
»Sie kennen Mancini?«
»Ich habe mit ihm zusammen studiert.«
»Hmmm«, machte Geary.
»Was heißt das?«
»Passen Sie auf sich auf. Mancini ist ein Opportunist.«
»Warum sagen Sie das?«
Geary nahm wieder einen Zug von seinem Sargnagel. »Hat er Ihnen vorgeschlagen, daß Sie in Mountain View investieren?«
»Ist das der Deal mit den Eigentumswohnungen?«
Geary nickte. »Er hat jeden Anwalt der Stadt zu einer Beteiligung zu überreden versucht, bis auf mich. Er weiß, daß ich arm bin wie eine Kirchenmaus.«
»Steve scheint der Meinung zu sein, daß diese Apartments ihn reich machen werden.«
»Oh, das werden sie auch. Wenn Bend die Olympischen Winterspiele zugesprochen bekommt. Das ist ein riesiges *Wenn.* Wenn Bend die Spiele nicht kriegt, könnte Steve ganz leicht in meiner Steuerklasse landen. Ich hoffe bloß, er bequatscht nicht auch Jesse Harmon dazu, Geld anzulegen.«
Der Name kam Peter irgendwie bekannt vor, und er fragte: »Wer ist Jesse Harmon?«
»Er ist einer der erfolgreichsten Farmer in der County. Mancini war kaum einen Monat geschieden, da hatte er's schon auf Donna Harmon abgesehen, Jesses Tochter.«

Geary zog an seiner Zigarette, und sie gingen schweigend weiter. Es überraschte Peter nicht, daß Geary schlecht über Steve redete, vor allem, nachdem Mancini ihn vor Gericht derart bloßgestellt hatte. Geary hatte nie etwas Nettes über jemanden zu sagen. Peter kam zu dem Schluß, daß Geary einfach ein mürrisches altes Arschloch war, das es, wie sein Vater, nicht ertragen konnte, wenn ein Jüngerer Erfolg hatte.

Peters Gedanken wanderten zu Becky O'Shay. Er fragte sich, ob sie wohl fest liiert war. Peter war erneut mit Rhonda Kates ausgegangen. Sie war in Ordnung, aber Becky O'Shay war wirklich interessant.

»Die Staatsanwältin war ja wirklich ganz schön sauer, als der Richter Steves Argument schluckte«, sagte Peter.

»Rebecca verliert nicht gern.«

»Wie lange ist sie schon Anklagevertreterin?«

Geary blieb abrupt stehen und sah Peter an. Dann schüttelte er indigniert den Kopf.

»Ich weiß genau, was Sie denken. Vergessen Sie's.«

»Was vergessen?« fragte Peter naiv. Wieder schüttelte Geary müde den Kopf.

»Hinter diesem süßen kleinen Ding hecheln alle jungen Böcke aus drei Countys her, aber ich will Ihnen einen guten Rat geben, den Sie vermutlich nicht annehmen werden. Lassen Sie die Finger von Rebecca O'Shay.«

»Was ist verkehrt an ihr?«

»Haben Sie diesen Film mit Tom Cruise gesehen, in dem er einen Vampir spielt?«

*»Interview mit einem Vampir?«*

»Genau den.«

»Klar. Toller Film.«

»Erinnern Sie sich an die kleine Vampirin?«

»Ja.«

»Rebecca O'Shay war das Vorbild dazu.«

# Sechstes Kapitel

## 1

Sein Mund war trocken, und er konnte kaum atmen. Sie war so schön. Weich wie ein Angorahäschen wäre sie, wenn er sie berühren würde. Am liebsten hätte er Augen und Ohren verschlossen, damit die Zeit sich schneller bewegte, bis zu dem Augenblick, an dem sie ihre Kleider ausziehen würde, aber er fürchtete, er würde den Moment verpassen, wenn er die Augen zumachte.

Er hörte ein Geräusch auf dem Weg, der an dem Studentinnenwohnheim vorbeiführte. Sofort war er in der Hocke, von Gebüsch verborgen. Zwei Mädchen gingen vorbei und schwatzten über einen Jungen, mit dem eine von beiden liiert war. Sie kicherten. Als sie weg waren, richtete er sich langsam auf, bis seine Augen auf der Höhe des Fensterbretts waren.

Wo war sie? Er konnte sie nicht sehen. Sie war verschwunden. Bitte, laß sie nicht weg sein, betete er. Dann ging die Badezimmertür auf, und sein Herz blieb stehen. Sie hatte die Jeans ausgezogen. Sie hielt sie in der Hand. Warf sie aufs Bett. Ihre Beine waren nackt. Er leckte sich über die Lippen und zog den Reißverschluß auf. Bitte, bitte, betete er.

Sie ging an die Kommode und nahm ein ziemlich kurzes Nachthemd heraus. Plötzlich erinnerte sie sich an das Fenster. Sie drehte sich um, und nur seine schnelle Reaktion bewahrte ihn davor, entdeckt zu werden. Er hörte, wie die Jalousie heruntergezogen wurde. Nein! schrie er lautlos. Das war nicht fair. Er war schon so lange hier, hatte eine Ewigkeit gewartet und sie angebetet, während sie lernte. So inbrünstig darum gebetet, daß er sie nackt sehen würde. Und nun dies.

Plötzlich bemerkte er einen winzigen Lichtfleck und stellte sich wieder in Positur. Gottlob. Da war ein Spalt. Eine Lücke zwischen dem unteren Ende der Jalousie und dem Fenstersims. Er spähte in

das Zimmer und wurde belohnt mit dem Anblick einer Göttin mit langem, blondem Haar.
Langsam begann sie ihre Bluse aufzuknöpfen, als wüßte sie, daß er zuschaute. Vielleicht wußte sie es auch. Vielleicht tat sie es für ihn. Sie würde sich ganz langsam ausziehen und ihn damit quälen, dann würde sie ans Fenster treten, die Jalousie hochziehen und ihn hereinbitten.
Sein Glied war jetzt hart, und er bearbeitete es mit den Fingern, während sie ihre Bluse ablegte. Brüste, dachte er. Er spürte, wie sein Körper sich spannte und seine Erregung mit jeder immer schnelleren Bewegung der Hand wuchs. Jetzt war der Augenblick da. Sie griff nach hinten, um ihren BH aufzuhaken. Jetzt! Er spürte, wie sein Körper zitterte. Jetzt! Er kniff die Augen zu und biß vor Ekstase die Zähne fest zusammen, während sein Rücken sich langsam krümmte.
Dann sagte eine tiefe Stimme: »Na, na. Was haben wir denn hier?«
Und Angst und Scham überfluteten ihn.

## 2

**R**honda Kates wollte unbedingt den Liebesfilm sehen, der im Kino von Whitaker lief, und Peter und sie erwischten die Frühvorstellung, dann aßen sie in einem italienischen Restaurant in der Elm Street zu Abend. Rhonda wohnte unmittelbar auf der anderen Seite des Collegegeländes in der Nähe des Krankenhauses. Es war ein wunderschöner Juniabend, und sie gingen die etwa anderthalb Kilometer zum Kino und zurück zu Fuß. Rhonda mußte zeitig aufstehen, und so blieb Peter nur kurz. Bevor er ging, versprach er, sie anzurufen, aber er war nicht sicher, ob er sein Versprechen halten würde. Rhonda mochte er gern, aber Becky O'Shay hatte etwas, das ihn verzauberte. Ja, Peter hatte bei Becky im Laufe des Tages angerufen, aber sie war im Gericht, und er verlor den Mut und rief statt dessen Rhonda an.
Peter wollte gerade zu ergründen versuchen, was Becky eigentlich an sich hatte, das ihn so faszinierte, als er eine heftige Bewegung bemerkt. Eine kleine Menschenansammlung sah zwei Männern zu, die in den Büschen unter einem Fenster auf der Seite des Studentinnenwohnheims miteinander kämpften. Peter drängte sich nach vorn

durch und sah Jeffrey Loudhawk, den Campuswachmann, der bei der Vorverhandlung ausgesagt hatte, mit einem Mann ringen, der wild um sich schlug und unverständliches Zeug plärrte. Das schrille Jammern, das der Gefangene von sich gab, klang schaurig und beängstigend. Dann riß Loudhawk den Mann mit einem Ruck herum, und Peter erkannte Gary Harmon.

»Was ist hier los?« fragte Peter, als es Gary gerade gelungen war, wieder halbwegs auf die Knie zu kommen. Loudhawk war ein massiger, muskulöser Mann, aber er mußte alle seine Kräfte einsetzen, um Gary wieder zu Boden zu ringen.

»Gary, nicht raufen. Sie stecken bloß Prügel ein«, sagte Peter.

Kaum hörte Gary seinen Namen, drehte er auch schon den Kopf zu Peter herum.

»Ich bin Steve Mancinis Freund Peter Hale«, sagte Peter zu Gary.

Gary starrte Peter mit weit aufgerissenen Augen an. Entsetzen stand ihm ins Gesicht geschrieben.

»Sie kennen diesen Burschen?« japste Loudhawk, dankbar, daß Gary sich nicht mehr wehrte.

»Er heißt Gary Harmon. Ich habe ihn durch einen Freund kennengelernt. Was hat er denn getan?«

»Ich habe ihn dabei erwischt, wie er in das Zimmer eines Mädchens geguckt hat.«

»Nicht Mama sagen«, flehte Gary mit immer lauterer Stimme.

»Sie sind doch Jeffrey Loudhawk, nicht wahr?« fragte Peter.

»Woher wissen Sie, wie ich heiße?«

»Ich arbeite bei Amos Geary. Ich habe neulich Ihre Aussage bei dieser Vorverhandlung gehört. Diese Drogensache.«

»Richtig.«

»Sie können wohl Gary nicht einfach laufen lassen? Er ist geistig zurückgeblieben. Ich bin sicher, er hat mit dem, was er getan hat, nichts Böses beabsichtigt.«

»Dazu bin ich nicht befugt. Ich habe über Funk Unterstützung angefordert, ehe ich ihn festgenommen habe. Sie müssen das mit der hiesigen Polizei ausmachen.«

»Könnten Sie mit Ihrem schriftlichen Bericht warten, bis ich mit denen geredet habe? Gary arbeitet für das College. Wenn Sie ihn melden, kostet's ihn möglicherweise seinen Job.«

»Das sollte es auch«, antwortete Loudhawk aufgebracht.
»Ja. Normalerweise. Aber er kam mir wirklich sehr begriffsstutzig vor, als ich neulich mit ihm zusammen war. Wie ein kleiner Junge. Ich meine, hören Sie ihn sich doch an.«
Ihre ganze Unterhaltung hindurch hatte Gary vor sich hin geweint und gestöhnt. Loudhawk faßte seinen Gefangenen eingehend ins Auge. Dann sagte er: »Okay. Ich warte ab, was die Polizei sagt.«
»Danke. Vielen Dank.«

Peter lief schnell nach Hause, dann fuhr er zum Polizeirevier, während die Polizei Gary dorthin brachte. Peter wußte, daß er jemandem erzählen mußte, was passiert war, aber bei dem Theater, das Gary machte, wußte er auch, daß er nicht mit Garys Eltern oder seiner Schwester reden konnte. Es war fast Mitternacht, deshalb beschloß er, Steve Mancini nicht sofort anzurufen. Peter nahm sich vor, im Revier zu warten, bis klar war, was mit Gary passieren würde. Wenn die Polizei ihn laufen ließ, würde Peter Gary nach Hause fahren und dann Steve am Morgen alles erzählen.
Als Peter im Polizeipräsidium ankam, wurde Gary gerade verhört. Peter teilte dem diensthabenden Beamten mit, daß er Garys Anwalt sei. Einige Minuten später begleitete ein Beamter Peter in den hinteren Teil des Gebäudes. Die Tür zum Vernehmungszimmer wurde von Sergeant Dennis Downes geöffnet, einem jovialen Vierunddreißigjährigen, der sein Haar in einer Bürstenfrisur trug. Downes, ein passionierter Freiluftfanatiker, war vor vier Jahren zum Jagen und Fischen nach Oregon gezogen. Er war rund und pummelig, was manche Leute glauben ließ, er sei weich, und er lächelte immer, was manche Leute annehmen ließ, er sei blöd. Downes versuchte keinen dieser beiden Eindrücke zu zerstreuen. Als Polizist fand er es von Vorteil, wenn die Leute ihn unterschätzten.
Das Vernehmungszimmer war mit weißen Akustikplatten ausgekleidet, und die einzigen Möbel darin waren ein langer Holztisch und ein paar Stühle. Ein großer, von der Rückseite durchsichtiger Spiegel nahm einen Teil der einen Wand ein. Gary Harmon saß an dem Tisch, ihm gegenüber ein uniformierter Beamter. Er hatte eine Cola und einen halb verzehrten Hamburger vor sich, aber er sah

nicht hungrig aus. Peter konnte sich nicht erinnern, jemals jemanden gesehen zu haben, der sich dermaßen schämte.
Downes schickte den anderen Beamten weg. Als die Tür zu war, fragte Downes: »Was genau interessiert Sie eigentlich an dieser Sache, Mr. Hale?«
»Ich bin ein Freund von Steve Mancini. Wir haben zusammen Jura studiert. Steve ist mit Garys Schwester verlobt. Er hat mich mit Donna und Gary bekannt gemacht. Ich war zufällig gerade auf dem Campus, als Gary festgenommen wurde, und ich erkannte ihn wieder.«
»Na, da kann Gary aber von verdammtem Glück reden, daß er Sie als Freund hat.« Gary ließ den Kopf hängen. »Ich sollte ihn eigentlich verdonnern, aber ich werde ihn laufen lassen.«
»Das ist furchtbar nett von Ihnen, Sergeant.«
»Garys Familie ist sehr beliebt. Ich selber kenne sie nicht sehr gut, aber ich möchte sie absolut nicht in Verlegenheit bringen.« Downes wandte seine Aufmerksamkeit Gary zu. »Und Sie sollten das auch nicht. Haben Sie gehört?«
»Ja, Sir, Sergeant Downes, es tut mir wirklich leid.« Gary bekam feuchte Augen. »Ich werde es nie, nie wieder tun«, sagte er und bewegte den Kopf zur Bekräftigung hin und her. »Ich verspreche, daß ich brav sein werde.«
»Ihr Versprechen bedeutet mir nichts, Gary. Was Sie tun, darauf kommt's an. Überlegen Sie, was Sie Ihrer Familie damit antäten, wenn sie's erführe.«
Gary machte ein beunruhigtes Gesicht. »Sie sagen's ihnen doch nicht, oder?«
»Ich sollte es tun, aber ich tu's nicht. Was würde sich Ihre Mutter denken, wenn sie hörte, daß Sie um das Mädchenwohnheim herumgekrochen sind wie irgend so ein Sexmaniak?«
Gary begann zu weinen.
»Mit diesem Babygetue ändern Sie auch nichts.«
Gary wischte sich mit dem Unterarm über die Augen und schniefte.
Downes drehte sich zu Peter herum.
»Am besten, Sie reden dem Jungen mal ins Gewissen. Wenn das noch mal passiert, sieht er das Gefängnis von innen.«

Die Eingangstür von Garys winzigem Häuschen führte direkt in ein kleines Wohnzimmer. Links befand sich eine enge Küche. Ein gelber Tisch mit einer Resopalplatte stand neben dem Herd und diente als Eßecke. Ein kurzer Gang führte vom Wohnzimmer in den hinteren Teil des Hauses. Das Bad lag links vom Gang, und das Schlafzimmer gegenüber auf der rechten Seite. Das Schöne an dem Haus war seine Kleinheit. So konnte Gary es selbst in Ordnung halten, und zudem war es vom College aus schnell zu Fuß zu erreichen.

Gary schloß die Haustür auf und knipste das Licht im Wohnzimmer an, das ordentlich aufgeräumt war. Er machte es jeden Tag sauber, so wie es auf der »Was ist zu tun?«-Liste stand, die ihm seine Mutter mit Klebeband an die Kühlschranktür geheftet hatte.

»Möchten Sie eine Cola?« fragte Gary, so wie es ihm seine Mutter beigebracht hatte.

»Gern«, antwortete Peter, während er den Blick im Zimmer herumwandern ließ. An den Wänden hingen ein Seebild und eine Bauernszene, die Donna ausgesucht hatte. An der einen Wand, dem Fenster zur Straße gegenüber, standen ein Sofa, zwei Sessel, ein Beistelltisch neben dem Sofa, eine Stehlampe und ein Fernseher.

Peter hörte, wie die Kühlschranktür aufging. Er schlenderte den Gang entlang zu Garys Schlafzimmer. Die Wände waren mit Fotos von Stallion-Spielern und mit Stallion-Fahnen und -Plakaten bedeckt. Gary lächelte, als er sah, daß Peter sich die Fotos der Footballmannschaft betrachtete.

»Dieses Jahr schaffen wir's bis ganz oben«, sagte Gary, als er Peter die Cola gab.

Peter setzte sich aufs Bett. Auch dieses Zimmer war sauber und aufgeräumt. Peter bemerkte die »Was ist zu tun?«-Liste an der Kühlschranktür.

»Hat die Ihre Mutter geschrieben?« fragte Peter und zeigte auf die Liste.

»Yeah. Mama wollte nicht, daß ich was Wichtiges vergesse.«

Plötzlich fiel Gary etwas ein.

»Werden Sie meiner Mom erzählen, was ich gemacht habe?«

Gary wirkte ziemlich zerknirscht. Es sah so aus, als hatte Downes das Richtige getan, als er Gary einen Heidenschreck einjagte.

Manchmal war das bei einem Kind alles, was nötig war, um ihm dem Kopf zurechtzurücken, und Gary benahm sich mehr wie ein kleines Kind als wie ein Erwachsener.
»Eigentlich sollte ich es Ihrer Familie sagen, aber ich werde es nicht tun.«
»Danke.«
Peter trank einen Schluck von seiner Cola. Gary tat dasselbe.
»Da haben Sie heute abend aber wirklich Scheiße gebaut. Was haben Sie sich denn dabei gedacht, als Sie in das Zimmer des Mädchens guckten?«
Gary ließ den Kopf hängen und murmelte: »Ich weiß nicht.«
»Was würden Sie denn denken, wenn Sie einen Typen fänden, der ins Fenster Ihrer Schwester guckt?«
Gary gab keine Antwort.
»Das würden Sie doch nicht wollen, oder?«
»Nein.«
»So müssen Sie die Dinge mal sehen.«
»Das werde ich, ehrlich. Ich werde so was Schlechtes nie wieder tun.«
»Das wär auch besser so.«
Sie saßen eine Weile schweigend da, während Peter seine Cola trank.
»Haben Sie eine Freundin?«
Gary schüttelte traurig den Kopf. »Mich mögen keine Mädchen, so wie ich bin.«
»He, machen Sie sich nicht schlechter, als Sie sind. Sie sind doch ein gutaussehender Junge.«
»Ich bin doof. Wenn die Mädchen das merken, wollen sie nicht mehr mit mir zusammensein.«
Nun war Peter an der Reihe, verlegen zu sein. Ihm tat Gary leid.
»Jedes Mädchen, das nicht mit Ihnen zusammensein will, weil Sie nicht superklug sind, ist es auch nicht wert. Trotzdem können Sie nicht in der Gegend rumziehen und das tun, was Sie heute abend gemacht haben. Kapiert? Wenn Sergeant Downes nicht so ein Pfundskerl wäre, säßen Sie jetzt im Gefängnis, und Ihr Foto wäre groß auf der Titelseite der Zeitung. Nächstesmal, wenn Sie den Drang verspüren, was Schlechtes zu tun, denken Sie daran, wie

Ihren Eltern und Ihrer Schwester zumute wäre, wenn alle Leute in Whitaker davon erfahren würden.«

Peter stand auf und stellte seine leere Dose auf Garys Kommode. »Ich muß jetzt gehen. Wir müssen beide früh zur Arbeit und brauchen unseren Schlaf. Habe ich Ihr Wort, daß das nicht wieder geschieht?«

»Nie wieder. Ich schwör's.«

## 3

Als Peter weggefahren war, trug Gary die Coladosen in die Küche und warf sie in den Müll. Er überprüfte die »Was ist zu tun?«-Liste und sah erfreut, daß er alles, was er tun sollte, erledigt hatte. Dann verschloß er die Türen und knipste alle Lampen aus.

Gary zog seinen Schlafanzug an, sagte seine Gebete her und ging ins Bett. Er meinte, er würde sofort einschlafen, weil er von den Aufregungen des Abends ermüdet war, aber kaum hatte er die Augen zugemacht, da sah er das blonde Mädchen aus dem Wohnheim in ihrem BH und dem Höschen vor sich. Gary machte die Augen schnell wieder auf. Er wollte dieses Mädchen nicht sehen. Das war schlecht. Aber er konnte sicher sein, daß sie wieder da war, wenn er die Augen schloß. Um alles noch schlimmer zu machen, wurde sein Penis hart. Gary machte die Augen wieder auf. Er fürchtete sich. Er wollte nicht an schmutzige Dinge denken, er wollte einschlafen. Wie konnte er schlafen, wenn er jedesmal, wenn er die Augen zumachte, dieses Mädchen sah?

Die Magazine. Nein, heute abend wollte er das nicht tun. Was würde passieren, wenn seine Mutter ins Zimmer käme und ihn mit diesen Magazinen fände? Aber er wollte unbedingt schlafen. Was sollte er machen?

Gary wälzte und drehte sich von einer Seite auf die andere. Ihm war schlecht. Endlich stieg er aus dem Bett und machte den Schrank auf. Die Magazine lagen ganz hinten im obersten Fach unter ein paar Sportzeitschriften, wo Mom sie nie finden würde. Er zog das Magazin heraus, das er am liebsten hatte, und schlug es beim Klappfoto in der Mitte auf. Auch dieses Mädchen war blond. Genau wie das im Wohnheim. Gary bildete sich ein, sie wäre wirklich in seinem

Zimmer. Er schloß die Augen und nahm das Magazin mit ins Bett. Er stellte sich vor, er wäre mit dem Mädchen aus dem Magazin verheiratet. Als er sie berührte, war sie weich wie ein Häschen, und das Schönste war, sie mochte es, daß er sie berührte, und als er es tat, lachte sie ihn nicht aus.

Teil 3

# Das übernatürliche Bewußtsein

# Siebtes Kapitel

Gary Harmon fühlte sich immer sehr wichtig, wenn er ins Stallion ging, weil Steve Mancini einer von den Eigentümern war. Wenn er zur Tür hereinkam, war Steves Trophäenschrank das erste, was er sah. Die Barkeeper, die Kellner und Kellnerinnen wußten, daß Steve sein Freund war, und sie behandelten ihn gut. Falls Steve hereinkam, wenn Gary da war, spendierte er Gary immer ein Bier, auch wenn seine Eltern sagten, er sollte keinen Alkohol trinken. Steve zwinkerte ihm dann immer zu und sagte, das sei ihr Geheimnis.

Der Tisch, an dem Gary saß, stand in einem erhöhten Bereich, von dem aus man das Lokal überschaute. Unter Gary tanzten Paare ausgelassen zur Musik einer heiseren Band. Heute abend fühlte Gary sich im Stallion noch wichtiger als gewöhnlich, weil Steve und Donna morgen heirateten und er Trauzeuge war. Arnie Block, einer der Barkeeper, hatte ihm einen Drink spendiert, und das hatten auch mehrere andere Leute. Mit einem Wort, Gary war betrunken, als er Kevin Booth erspähte, der unter den Gesichtern an den vollbesetzten Tischen aufgeregt nach Christopher Mammon suchte, der Kevin angewiesen hatte, sich mit ihm um halb elf im Stallion zu treffen.

Beide, Gary wie Kevin Booth, waren Absolventen der Eisenhower High School. Gary hatte Booth als einen der wenigen Schüler in Erinnerung, die nicht Sonderschulkurse besuchten und trotzdem mit ihm redeten. Gary vergaß, daß Booth ihm Beachtung geschenkt hatte, weil Gary einer der wenigen Schüler auf der Eisenhower war, die Booth herumkommandieren konnte.

»He, Kevin«, schrie Gary über die Musik hinweg, als Booth vorbeiging. Booth blieb stehen, als er seinen Namen rufen hörte. »Ich bin's, Gary Harmon.«

Booth hatte keine Zeit mit einem Schwachkopf zu vertrödeln, aber

alle Tische waren besetzt, und er hatte keine Ahnung, wie lange es dauern würde, bis Mammon aufkreuzte.
»Wie geht's?« meinte Booth und setzte sich, ohne zu fragen.
»Phantastisch geht's! Kennst du Steve Mancini?«
»Klar. Er ist mein Rechtsanwalt.«
»Wirklich?«
»Yeah. Warum?«
»Steve ist mein Freund. Und morgen heiratet er meine Schwester.«
»Glückwunsch, Mann«, antwortete Booth, während er erneut die Menge absuchte, dann sah er gerade in dem Moment zurück zur Tür, als Mammon hereinkam. Kevin stand auf und winkte. Mammon sah ihn und kam die Treppe herauf.
»He, Kumpel«, sagte Mammon, gab Booth einen Klaps auf die Schulter und setzte sich mit an den Tisch. Gary betrachtete Mammon mit großem Respekt.
»Wer ist dein Freund?« wollte Mammon von Booth wissen.
»Ach, das ist Gary Harmon, den kenne ich von der High-School. Gary, das ist Chris Mammon.«
»Nett, deine Freunde kennenzulernen, Kevin«, ließ Mammon sarkastisch verlauten, »aber wir müssen über Geschäftliches reden.«
»Kennen Sie Steve Mancini?« fragte Gary mit breitem Lächeln.
»Was?« fragte Mammon, als könnte er nicht glauben, daß Gary die Frechheit besaß, ihn anzusprechen.
»Steve ist mein Freund«, erklärte Gary stolz. »Morgen heiratet er meine Schwester. Und ich bin Trauzeuge.«
»Warum zum Teufel sollte mich das interessieren?« schnauzte Mammon.
»Ist ja gut, Chris«, beschwichtigte Booth nervös, denn er fürchtete, Mammon könnte handgreiflich werden. Dann flüsterte er: »Gary hat se nicht alle. Er meint's nicht so.«
Mammon dachte einen Moment darüber nach. Er mußte Harmon loswerden, und er hatte eine Idee. Der Bodybuilder erspähte das, wonach er suchte, an der Bar.
»Dein Freund heiratet morgen?« fragte Mammon mit gespieltem Interesse.
»Ja. In der Kirche. Ich werde einen Smoking tragen.«

»Mann, das ist ja toll. Aber was machst du hier? Warum bist du nicht auf Steves Junggesellenparty?«
»Was ist denn das?« fragte Gary und legte die Stirn in Falten.
»Hast du noch nie was von 'ner Junggesellenparty gehört?« fragte Mammon und stieß Booth mit dem Ellenbogen an.
»Nein«, erwiderte Gary, dem es peinlich war, daß wieder einmal andere etwas wußten, was er nicht wußte.
»Wo kommst 'n du her, Gary? Das ist die Party, die einem die Freunde am Abend vor der Hochzeit schmeißen. Da wird jede Menge gesoffen, man erzählt sich Geschichten, und es gibt immer ein besonderes Geschenk für den künftigen Ehemann«, schloß Mammon mit einem obszönen Zwinkern.
»Was für ein Geschenk denn?«
Mammon beugte sich zu Gary hinüber und sagte im vertraulichen Flüsterton: »Mösen.«
Gary wurde rot. »Auf so 'ne Party würde Steve nicht gehen.«
»Warum denn nicht?« fragte Mammon mit übertriebener Beunruhigung. »Er ist doch nicht etwa schwul?«
»O nein. Er ist ganz normal. Er hat mir die Dauerkarten für die Spiele der Stallions besorgt.«
»Was hat er denn dann gegen Mösen?«
»Steve ist Rechtsanwalt«, antwortete Gary stolz.
Mammon und Booth krümmten sich vor Lachen. Auch Gary lachte, weil die anderen lachten, aber er wußte nicht, was so komisch war. Steve war ein guter Anwalt.
»Du willst mir doch nicht erzählen, daß Rechtsanwälte nicht ficken?« fuhr Mammon fort, als er aufgehört hatte zu lachen. »Ich wette, er fickt auf seiner Hochzeitsreise.«
Gary errötete. Er mochte über niemanden gern nachdenken, der Sex mit seiner Schwester hatte.
»Ist aber wirklich jammerschade, daß keine Junggesellenparty stattfindet.« Mammon schüttelte den riesigen Kopf.
»He!« sagte er dann, als fiele ihm plötzlich etwas ein. »Bloß weil Steve so rückschrittlich ist, heißt das doch nicht, daß du nicht deine eigene Junggesellenparty feiern kannst.«
Gary schaute verwirrt drein. Mammon rutschte mit seinem Stuhl neben Gary und legte ihm den Arm um die Schulter.

»Mach's nicht zu deutlich«, flüsterte Mammon Gary ins Ohr, »aber guck mal über meine Schulter zu der Blonden rüber, die am Ende der Bar neben der Tür steht.«
Gary drehte sich langsam herum. Eine schlanke Frau mit glattem, schulterlangem Haar, die enge Jeans und ein Whitaker-State-T-Shirt mit einem sich aufbäumenden Hengst darauf trug, unterhielt sich mit einer kleinen Brünetten. Ihre smaragdgrünen Augen funkelten, als sie lachte.
»Na, Gary, ich bin ein bißchen eifersüchtig. Diese Frau da hat dich die ganze Zeit, seit ich mich gesetzt habe, gierig angestarrt.«
Gary schaute wieder zu ihr hin. »Nää«, meinte er nervös, »doch nicht mich.«
»Wen denn sonst, Kumpel? Du bist doch 'n echt gutaussehender Bursche.«
»Sie hat mich nicht angesehen«, wiederholte Gary störrisch, in der Hoffnung, Mammon irrte sich, und voller Angst, er könnte recht haben.
»Kevin, hast du nicht auch bemerkt, daß die Blonde Gary angestarrt hat?«
»Yeah, Gary«, sagte Booth eifrig, »die ist scharf auf dich.«
»Bist du 'n Fan von den Stallions, der Footballmannschaft, Gary?«
»Klar!«
»Also, mein Lieber, wenn ich so'n schmucker Kerl wäre wie du und 'ne Frau wie die wäre scharf auf mich, würde ich schnell und fest zuschlagen wie 'n Stallion-Linebacker.«
»Was ... was meinen Sie damit?«
»Zisch da runter. Geh der Sache auf den Grund. Wie's aussieht, hast du sie fest am Wickel, ehe ich mein Bier austrinken kann.«
Gary war schwindelig vor Aufregung. Er wußte, ein Mädchen wie dieses würde er nie kriegen, aber Mammon schien so sicher zu sein.
»Hast du irgend 'ne Bleibe, wo du mit ihr hingehen kannst?« fragte Mammon.
»Ich hab mein eigenes Haus.«
»Ich wette, da geht's rund von morgens bis abends, was?«
Gary antwortete nicht. Mammons Arm um seine Schulter drückte fester zu, und er spürte Mammons Atem heiß an seinem Ohr.

»Du weißt, wie man 'n Mädchen aufreißt, oder?«
»Klar«, antwortete Gary, weil er zu verlegen war, um die Wahrheit zu sagen.
»Dann weißt du, daß du da runtergehen und sie fragen mußt, ob sie 'n Bier will. Da sagt sie natürlich zuerst nein. Die Weiber tun immer so, als wären sie nicht rumzukriegen. Aber du läßt nicht locker. Frauen mögen Männer, die nein nicht als Antwort gelten lassen. Sei energisch.«
»Ich weiß nicht. Sie sieht gar nicht so interessiert aus.«
»Soll das 'n Witz sein? Scheiße, Mann, die hat schon 'ne nasse Möse wegen dir.«
»Das stimmt«, pflichtete Booth bei, der begierig war, Gary loszuwerden, damit er endlich erfuhr, was Mammon von ihm wollte. »Die will's ganz klar besorgt kriegen.«
»Und sie will's von dir besorgt kriegen«, ermunterte Mammon Gary und zog ihn auf die Füße. »Also, du bist doch keine Schwuchtel, oder?«
»Oh, nein. Es ist bloß ...«
»Gar nichts ist, mein Lieber. Und weißt du was? Ich bin eifersüchtig wie verrückt, weil du heute nacht mit deiner Nase zwischen diesen seidigen Schenkeln schlafen wirst. Na, mach schon.«
Mammon schob Gary auf die Treppe zu. Gary stieg sie langsam hinunter, wobei er sich zweimal zu Booth und Mammon umsah, die ihm Zeichen machten, weiterzugehen. Ihm war übel vor Aufregung, aber er wollte sich nicht mit Schmach bedecken, indem er umkehrte. Was würden die Typen denken, wenn er ein Mädchen nicht ins Bett kriegte, das ihn gierig anstarrte? Und ein so hübsches Mädchen im Bett wär doch wirklich was. Vielleicht würde er sie sogar bitten, mit ihm zusammen auf die Hochzeit zu gehen.
Neben der Blondine war an der Bar eine Lücke. Aus der Nähe sah sie sogar noch besser aus. Gary blieb einen Moment dort stehen, aber das Mädchen schien ihn nicht zu bemerken. Schließlich brachte Gary den Mut auf, sie anzusprechen, aber die Worte blieben ihm im Hals stecken, als er etwas zu sagen versuchte. Gary schluckte. Dann fragte er sie mit zitternder Flüsterstimme, ob sie ein Bier wolle, aber der Lärm in der Bar war so groß, daß sie ihn nicht hörte.
Gary war übel. Er hatte seinen ganzen Mut für diesen Versuch

zusammengenommen, aber er hatte zu große Angst, es noch mal zu probieren. Er sah sich nach Booth und Mammon um. Die beiden krümmten sich vor Lachen. Mammon gab ihm ein Zeichen, weiterzumachen. Er drehte sich wieder zu dem Mädchen um, tippte ihr auf die Schulter und zog die Hand sofort zurück, als er sie berührt hatte. Das Mädchen unterbrach sich mitten im Satz und drehte sich zu ihm um.

»Kann ... kann ich Ihnen ein Bier spendieren?« brachte Gary heraus.

Das Mädchen ließ ein Lächeln aufblitzen, das ihren Mißmut kaum verbarg. »Nein, danke«, antwortete sie rasch in einem Ton, der klarmachte, daß sie es gewohnt war, angequatscht zu werden, und es nicht ausstehen konnte. Als sie sich wieder zu ihrer Freundin umdrehte, blickte Gary hilfesuchend zu dem Tisch hinüber. Seine Freunde lachten wieder. Warum lachten sie nur so? Am liebsten wäre er weggelaufen, aber ihm fiel wieder ein, was Chris von wegen nicht lockerlassen gesagt hatte.

Er tippte dem Mädchen noch mal auf die Schulter, etwas fester. Sie drehte sich um, und diesmal sah sie wütend aus.

»Was wollen Sie?« fragte sie.

»Ich mag Sie, und ich möchte Ihnen ein Bier spendieren.«

»Danke, aber ich unterhalte mich mit jemandem, okay?«

»Ich kann ihr auch ein Bier spendieren.«

»Hören Sie, ich möchte von Ihnen kein Bier spendiert haben. Und meine Freundin auch nicht. Betrachten Sie nein als Antwort, okay?«

»Ich mag Sie«, wiederholte Gary lahm.

Das Mädchen guckte hoch zur Decke und rollte die Augen. Gary wand sich vor Verlegenheit.

»Ch... Chris hat gesagt, Sie möchten, daß ich Ihnen ein Bier spendiere«, stammelte er.

»Wer?«

»Chris. Mein Freund«, erklärte Gary und zeigte zu dem Tisch hinüber, an dem Mammon und Booth immer noch lachten. Das Mädchen sah sie und verstand, was hier los war.

»Sagen Sie Ihren Freunden, sie hätten sich geirrt, und lassen Sie mich in Ruhe.«

»Sie ... Sie mögen mich nicht?« fragte Gary, verletzt und verwirrt.

»Sind Sie ein Idiot?« fragte die Frau ungläubig. »Habe ich Ihnen nicht gerade gesagt ...«
Garys Hand schoß nach vorn und packte das Mädchen am T-Shirt. »Ich bin kein Idiot«, schrie er.
Über Garys plötzliche Wut erschrocken, taumelte das Mädchen zurück.
»Sagen Sie nicht so was zu mir«, brüllte er ihr ins Gesicht.
»Lassen Sie mich los«, schrie sie und versuchte, sich aus Garys Griff zu befreien. Gary riß sie dicht an sich heran.
Arnie Block, der Barkeeper, der dem Getümmel am nächsten war, drehte sich um, als er das Mädchen schreien hörte.
Am anderen Ende des Tresens, am weitesten vom Eingang entfernt, saß eine andere attraktive Blondine, die ein Whitaker-State-T-Shirt und Jeans trug, Dave Thorne, dem anderen Barkeeper, gegenüber. Das Mädchen trug ein silbernes Medaillon, in das ein Kreuz geprägt war, um den Hals. Es spielte an dem Medaillon herum, während es langsam ein Bier trank.
Thorne bearbeitete gerade eine Bestellung, als Arnie zu ihm herüberrief.
»Dave, ruf Steve an. Sag ihm, Gary macht Stunk, und er soll rüberkommen.«
Dave blickte den Tresen entlang, dann griff er hinter sich ins Regal zum Telefon. Als er wieder auflegte, bemerkte er, daß die Blondine mit dem Medaillon zwei Männer beobachtete, die auf die Hintertür zum Parkplatz hinter dem Lokal zugingen. Einer der beiden war dick und schlaff, der andere sah wie ein Berufsringer aus. Das Mädchen wirkte sehr verängstigt, aber Thorne hatte keine Zeit mehr, über sie nachzudenken, weil Gary das andere Mädchen an beiden Schultern rüttelte.
»Sag, daß es dir leid tut!«, schrie er. »Sag, daß ich kein Idiot bin, oder ich ... ich bring dich um!«
Arnie Block griff über den Tresen und packte Gary am Genick. Der schüttelte ihn ab.
»Laß sie los, Gary«, schrie Arnie. Diesmal wurde Gary bewußt, wer mit ihm redete, und sein Griff lockerte sich.
»Sie hat gesagt, ich sei ein Idiot«, verteidigte Gary sich vor dem Barkeeper. Block fand eine Lücke und sprang über den Tresen.

»Sie hätte das nicht sagen sollen, aber du kannst sie nicht so schütteln. Siehst du nicht, daß sie Angst hat?«

Gary sah das Mädchen an. Sie atmete heftig und war den Tränen nahe und sehr verängstigt. Gary ließ sie los, und sie taumelte ins Lokal, wobei sie ihren Drink umkippte.

»Ich habe Steve angerufen. Er ist stocksauer«, sagte Block, während Dave Thorne sich den Weg durch die Menge bahnte. »Du hast Glück, wenn du nicht verhaftet wirst.«

Garys Augen weiteten sich, als ihm einfiel, was mit ihm geschehen würde, wenn er noch mal verhaftet würde. Dann käme er ins Gefängnis, und das würde auf der Titelseite der Zeitung stehen. Mama würde es lesen, und es würde sie umbringen.

»Dave«, sagte Block und drehte sich von Gary weg, »kümmer dich um die Dame. Stell fest, ob's ihr gutgeht.«

Als Block sich umdrehte, flitzte Gary gerade auf die Tür zu. Arnie schüttelte den Kopf, als Gary in die Nacht hinausrannte. Er versuchte nicht, ihn aufzuhalten. Dave Thorne führte die Blondine und ihre Freundin in eine leere Nische. Arnie brachte ihr gerade ein Glas Brandy, als Steve Mancini hereinkam. Er trug einen Anzug, aber sein Hemd war am Hals aufgeknöpft und die Krawatte gelockert.

»Was ist passiert?« fragte Mancini den Barkeeper.

»Gary hat gegenüber dem Mädchen da drüben ein bißchen die Beherrschung verloren.«

»Die Blonde?« fragte Mancini und sah in die Richtung, in die Arnie zeigte.

»Yeah.«

»Was hat Gary gemacht?«

Arnie erzählte es ihm.

»Herrgott. Wo ist er?«

»Ich weiß nicht. Er ist weggerannt, als ich ihm gesagt habe, daß Sie rüberkommen.«

»Dieses blöde Arschloch«, stöhnte Mancini und fuhr sich zerstreut mit den Fingern durchs Haar. »Na schön, na schön. Schadensbegrenzung«, murmelte er vor sich hin. »Ich werde mit ihr reden«, sagte er zu Block.

Mancini ging zu der Nische hinüber. Die Blondine blickte auf. Ihr Make-up war verschmiert, und sie sah völlig verstört aus.

»Ich bin Steve Mancini, einer von den Besitzern. Darf ich mich setzen?«
Das Mädchen nickte, und Mancini schob sich gegenüber von den Frauen in die Nische.
»Ist mit Ihnen alles in Ordnung, Miss ...?«
»Nix. Karen Nix. Ich bin bloß furchtbar aufgeregt.« Sie schüttelte den Kopf. »Er ist einfach ausgerastet. Ich dachte, er würde mich schlagen.«
»Aber das hat er nicht.«
»Nur, weil der Barkeeper ihn dran gehindert hat«, entgegnete Miss Nix, und Zorn flammte in ihren Augen auf. »Wissen Sie, was er gesagt hat? Er hat gedroht, mich umzubringen. Ich rufe die Polizei an, sobald ich rausfinde, wer dieser widerliche Kerl ist.«
»Es wäre mir lieber, wenn Sie es nicht täten«, sagte Steve.
»Machen Sie Witze? Das ist ein Irrer. Er könnte noch jemand anderem Schaden zufügen.«
»Das glaube ich nicht. Gary sagt das Erstbeste, was ihm einfällt, wenn er wütend ist. Er meint nicht, was er sagt.«
»Sie kennen ihn?«
»Ich heirate morgen, und Gary wird mein Trauzeuge sein. Er ist der Bruder meiner Braut. Normalerweise ist er ein netter Junge, aber er ist geistig etwas zurückgeblieben und ...«
Miss Nix preßte sich erschrocken die Hand auf den Mund.
»Oh, mein Gott. Deshalb ist er so wütend geworden.«
Mancini machte ein verdutztes Gesicht.
»Ich komme mir schrecklich vor«, sagte Miss Nix. »Er wollte mir was zu trinken spendieren. Und ich dachte, er wollte mich anmachen. Ich sagte ihm ein paarmal, daß er mich in Ruhe lassen sollte, aber er ließ nicht locker. Dann habe ich ihn einen Idioten genannt. Und da ist er durchgedreht.«
»Das erklärt die Sache«, sagte Mancini. »Gary reagiert sehr empfindlich, wenn's um seine Intelligenz geht.«
»Ich komme mir ganz scheußlich vor.«
»Nicht doch. Sie konnten es ja nicht wissen, und Gary hätte einsichtiger sein sollen, aber er ist wie ein kleines Kind ...«
»Sie brauchen nichts weiter zu sagen. Ich werde nicht die Polizei rufen. Wenn ich das gewußt hätte, hätte ich ...«

Miss Nix zögerte. Sie blickte zu dem Tisch hinüber, an dem Mammon und Booth gesessen hatten.
»Stimmt was nicht?« fragte Mancini.
»Gary hat behauptet, ein Freund hätte ihm gesagt, ich wollte, daß er mir ein Bier spendiert. Er hat auf einen Tisch auf dem Podest gezeigt. Zwei Männer haben dort gesessen und gelacht. Vielleicht haben sie Gary als Scherz dazu angestiftet. Sie wissen schon, Schindluder mit ihm getrieben.«
»Sind sie noch hier?« fragte Mancini.
»Sie sind gegangen, aber einen von ihnen würde ich überall wiedererkennen. Er war gigantisch, wie ein Bodybuilder. Einfach riesengroß. Und er hatte Tätowierungen auf den Armen.«
Mancini zog eine finstere Miene. »Hat Gary irgendwelche Namen genannt?«
Miss Nix überlegte einen Moment. Dann erhellte sich ihr Gesicht.
»Chris! Ich bin sicher, so hat er ihn genannt.«
Angst zuckte kurz über Mancinis Züge. Dann war sie verschwunden. Miss Nix streckte die Hand über den Tisch und berührte ihn am Unterarm.
»Mr. Mancini, Sie brauchen sich keine Sorgen zu machen. Gary war anscheinend Zielscheibe eines groben Scherzes. Ich hätte auf alle Fälle nicht ›Idiot‹ zu ihm sagen sollen. Und ich möchte Ihnen Ihren Hochzeitstag nicht verderben.«
»Vielen Dank, Karen.« Mancini sah auf seine Uhr. »Hören Sie, wenn's Ihnen recht ist, gehe ich jetzt. Ich habe noch einige Arbeiten in meinem Büro zu erledigen.«
»Tun Sie das.«
»Sie sind fabelhaft. Ich sage bei den Barkeepern Bescheid. Wann immer Sie herkommen, die Drinks gehen auf mich.«
»Oh, das ist nicht nötig.«
Mancini hob die Hand. »Keine Widerrede. Sie sind sehr verständnisvoll gewesen. Das wäre nicht jeder Mensch in Ihrer Lage.«
Auf der anderen Seite des Stallion machte Dave Thorne die Getränkebestellung für eine Kellnerin fertig. Die Blonde mit dem Medaillon saß nicht mehr auf ihrem Hocker. Thorne nahm an, daß sie in der Zwischenzeit gegangen war, aber als er sich umdrehte, um der

Kellnerin die Bestellung auszuhändigen, sah er, wie die Blondine hinter Steve Mancini das Lokal verließ.

Christopher Mammon begleitete Kevin Booth aus dem Stallion, während Gary auf Karen Nix einschrie. Die gedämpfte Musik aus der Bar wummerte in der Nachtluft. Angst krampfte Booth die Därme zusammen, als Mammon in der dunkelsten Ecke des hinteren Parkplatzes stehenblieb.
»Schön, dich in Freiheit zu sehen, Chris«, sagte Booth und bemühte sich, ehrlich zu klingen. »Was meint denn dein Anwalt, wie's jetzt mit deinem Fall weitergeht?«
»Geary ist ein alter Säufer, aber in seinem Job scheint er sich auszukennen. Allzuviel Hoffnung macht er mir aber nicht.«
»Das ist blöd.«
Mammon zuckte die Achseln. »So 'ne Scheiße passiert eben.«
»Also, Chris, über was wollste mit mir reden?«
»Da ist ein Problem, Kevin.«
»Welches?«
»Rafael will seine dreißigtausend Dollar.«
Dreißigtausend war die Summe, die Mammon für die zwei Kilo Kokain hatte zahlen sollen, die von den Polizisten beschlagnahmt worden waren, als sie Booth und Mammon festgenommen hatten.
»Das ist nicht mein Problem«, antwortete Booth nervös. »Du hast den Deal mit Rafael gemacht.«
»Ich bin ganz deiner Meinung, aber Vargas sieht das anders. Er sagt, du hättest den Deal eingefädelt, also haftest du auch für die Moneten.«
»Das ist nicht fair. Es war 'ne Gefälligkeit, daß ich dich mit ihm bekannt gemacht habe. Du hättest ihm sagen müssen, daß es nicht meine Schuld war.«
»Habe ich doch, Kevin. Leider sagt Vargas, daß wir beide, du und ich, ihm das Geld schulden, und ihm ist es egal, wer zahlt.«
»Du hast doch noch das Geld, mit dem du das Dope kaufen wolltest. Gib's ihm halt.«
»Das geht nicht. Verstehst du, ich vertrete Leute. Diese Leute haben das Geld aufgebracht, aber sie wollen natürlich nur zahlen, wenn sie

Kokain dafür kriegen. Die Leute, die ich vertrete, haben mit Mildtätigkeit nicht viel am Hut.«
»Ich hab keine dreißigtausend Dollar. Und ich muß doch wohl nicht mit Geld gradestehen, das deine Leute schulden. Das werd ich Rafael sagen.«
»Das würde ich nicht tun. Er war stocksauer auf dich, Kevin. Er hat mir gesagt, ich soll dir ausrichten, daß du ihn nicht anrufen sollst, außer du hast das Geld. Er meint's anscheinend bitterernst. Natürlich kennst du Vargas besser als ich. Vielleicht hat er bloß Spaß gemacht.«
Booth kannte Rafael Vargas gut genug, um zu wissen, daß er nur zeitweise verständnisvoll, aber immer sehr rabiat war. Wenn Rafael »nicht anrufen« sagte, würde Booth es nicht wagen.
»Es gibt eine Lösung für unser Problem«, sagte Mammon.
»Welche?«
Meine Leute sind immer noch dran interessiert, eine sehr große Lieferung von Vargas zu kaufen, und Vargas möchte mit ihnen das Geschäft machen. Für mich ist die Sache zu brenzlig wegen der Verhaftung, deswegen habe ich mir einen Plan ausgedacht, der meinen Leuten hilft und dir hilft, mit Rafael wieder ins reine zu kommen.«
Booth spürte eine Welle von Übelkeit. Christopher Mammon war ein Sadist und ein Maulheld. Seit Mammon vor sechs Monaten in Whitaker aufgekreuzt war, hatte Booth ihn nie etwas für andere Leute tun sehen, ohne daß ein Hintergedanke dabei war. Ganz gleich, was Mammon im Sinn hatte, es konnte für Kevin Booth nur Scherereien bedeuten.
»Du tust damit meinen Leuten und Rafael einen Gefallen. Wenn alles klappt, sind wir beide wegen der dreißigtausend aus dem Schneider.«
»Ich möchte damit nichts zu tun haben, Chris. Ich hatte das Glück, daß die Anklage kassiert wurde. Aber du hast gehört, was der Richter gesagt hat. Ich meine, was los ist, wenn ich wieder verhaftet werde.«
Das Lächeln wich aus Mammons Gesicht; sein Blick war wie eine Wand aus Eis. Booth verstummte und leckte sich die Lippen.
»Es geht dabei auch um meinen Arsch.« Mammons Stimme ließ

deutlich ahnen, welch üble Folgen drohten. Booth fühlte sich wie ein kleines Kind vor einem streng strafenden Vater.
»Ich möchte bloß ...«
»Kevin«, sagte Mammon sanft, »hab keine Angst. Du kriegst das hin.«
»Ich bin für so was nicht der Richtige, Chris. Die Bullen haben mich doch im Auge.«
»Du bist bloß ein kleines Würstchen, Kevin. Die Bullen haben sofort das Interesse an dir verloren, als man die Klage gegen dich abgewiesen hat. Außerdem besteht gar kein Risiko. Du brauchst nichts weiter zu tun, als 'n bißchen Stoff aufzubewahren.«
»Chris, bitte. Ich möchte nicht ins Gefängnis«, flehte Booth.
Mammon sah ihn scharf an. »Es gibt Schlimmeres als das Gefängnis, Kevin.« Mammon sprach ganz leise und gedehnt. »Außerdem hast du gar keine Wahl. Ich habe Vargas bereits zugesagt, daß er auf dich zählen kann.«
»Oh, Gott. Ruf ihn noch mal an.«
Mammon legte Booth die Hand nahe am Hals auf die Schulter und drückte ein bißchen zu. Booth wurde weiß.
»Wenn du tust, was man dir sagt, kommst du nicht ins Gefängnis und hilfst dir wegen der dreißigtausend aus der Patsche.«
Mammon drückte etwas fester. Booth fiel auf dem Asphalt auf die Knie. Er versuchte, Mammons Hand von seinem Hals zu zerren, konnte den eisernen Griff aber nicht lösen.
»Andererseits«, fuhr Mammon leise fort, »wenn du mir die Sache in die Scheiße reitest, wirst du dir wünschen, daß du im Gefängnis wärst.«
Booth knirschte mit den Zähnen, zuckte und wand sich vor Schmerzen.
»Bitte, Chris.«
Mammon ließ Booth los, und er fiel auf den Asphalt, wo Mammon ihn einen Moment liegen ließ. Dann griff er nach unten und zog Booth so mühelos auf die Beine, als wäre er ein Kind.
»Tut mir leid, daß ich das tun mußte, aber lieber tu ich dir jetzt ein bißchen weh, als daß ich dir später sehr weh tun muß, weil du nicht kapierst, wie ernst mir das ist. Meine Leute und ich wollen, daß die Sache läuft, und Vargas will, daß die Sache läuft. Ich hab keine Lust,

was von meinem Geld zu bezahlen, um die Geschichte in Ordnung zu bringen. Also, versprichst du mir, daß du ein braver Junge sein wirst?«
»Klar, Chris. Ich mach alles, was du sagst.«
Mammon lächelte. »Das weiß ich.«
»Was ... was muß ich denn machen?«
»Dich einfach nicht vom Fleck rühren. Man wird bald Kontakt mit dir aufnehmen. Ich halte es für keine gute Idee, wenn man uns beide von jetzt an zusammen sieht, also ruf mich nicht an, und versuch mich nicht zu treffen.«
»Okay«, versicherte Booth, unendlich dankbar dafür, daß er Mammon für die nächste Zeit los war.
Mammon marschierte auf seinen Wagen zu. Er blieb abrupt stehen, als ein Mann aus dem anderen Ausgang des Stallion auf den seitlichen Parkplatz trat. Mammon drehte sich zu Booth herum, der nur ein paar Schritte von ihm weg war.
»Noch eines, Kevin. Komm nicht etwa auf die Idee abzuhauen.«
Booth gab keine Antwort. Er zitterte vor Angst. Mammon drehte sich wieder zum Parkplatz um. Eine Lampe am anderen Ende des Gebäudes beleuchtete eine schlanke Blondine in einem Whitaker-T-Shirt und Jeans. Sie blieb kurz stehen, ging dann auf den seitlichen Parkplatz zu und rief den Mann, den Mammon gerade gesehen hatte.
Mammon kniff die Augen zusammen. Er kannte das Mädchen. Er fragte sich, was sie dort wollte.

# Achtes Kapitel

## 1

Zwei Säulen aus Stein an dem dem Gerichtsgebäude entgegengesetzten Ende der High Street markierten den Haupteingang zum Wishing Well Park. Zwischen den Säulen führte ein breiter Weg zu dem Wunschbrunnen, der 1972 zur Erinnerung an die Männer aus der Whitaker County errichtet worden war, die ihr Leben im Vietnamkrieg geopfert hatten. Hinter dem Wunschbrunnen erweiterte sich der Park zu einem großen Erholungsgebiet mit einem Bootshafen, Baseballplätzen, einem Spielplatz, einer Orchestermuschel und einer Reihe von Wanderwegen.

Es waren nur anderthalb Kilometer von Oscar Watts Haus bis zum Wunschbrunnen, aber Oscar war ein Neuling in der Welt körperlicher Fitneß, und die drei Kilometer Rundweg, die er abwechselnd joggend und gehend zurücklegte, waren die reinen Höllenqualen. Oscar arbeitete als Buchhalter bei J. C. Penney in der Broad Street. Obwohl sein Arzt ihm ständig wegen seines Gewichts in den Ohren lag, ließ Oscar sich keine Sekunde lang durch den Umstand beunruhigen, daß sein Gürtel unter überhängenden Fettrollen verschwand. Er aß gern, und eigentlich mußte er nicht unbedingt körperlich fit sein, um Zahlenreihen zu addieren. Aber dann bekam Oscar einen Schlaganfall, und sein Arzt hielt ihm einen feierlichen Vortrag über verstopfte Arterien, irrsinnig hohe Cholesterinwerte und gesättigte Fette. Und statt nun jeden Morgen stapelweise die berühmten mit Ahornsirup und Butter durchtränkten Pfannkuchen seiner Frau zu verzehren, brachte Oscar den Morgen damit zu, sich vor Schmerzen keuchend über die Wanderwege des Wishing Well Park zu quälen.

Mit gesenktem Kopf, schlurfenden Füßen und offenem Mund, um nach Luft zu hecheln, schleppte Oscar sich auf Beinen aus Blei voran. Als der schnaufende Jogger aufblickte, sah er den Wunschbrunnen wie eine geisterhafte Ampel im Dämmerlicht des Morgengrauens schwanken, was ihn daran erinnerte, daß seine selbstauferlegte Tortur zur Hälfte vorbei war. Er war hundert Meter von dem Brunnen weg, als er den Gegenstand an dessen Sockel erspähte. Er war fünfzig Meter entfernt, als er meinte, es könnte sich um einen Menschen handeln. Oscar hörte auf zu rennen, beugte sich vor, die Hände auf die Knie gestützt, und versuchte, genauer hinzusehen. Schweiß verdunkelte ihm den Blick. Er wischte sich mit dem Unterarm über die Augen. Konnte das eine Frau sein? Es war schwer zu sagen. Ganz gleich, welchen Geschlechts, die Person lag zusammengerollt um den Sockel des Brunnens, wobei die Knie fast den roten Backstein berührten und die angewinkelten Hände und Arme nicht zu sehen waren, als schliefe die Person. Vielleicht schläft sie ja, dachte Oscar hoffnungsvoll, als er auf den Brunnen zuschlich.

Fünfundzwanzig Meter entfernt begann Oscar die dunklen Flecken zu erkennen, die die langen, blonden Haare durchtränkt und am Sockel des Brunnens Pfützen gebildet hatten. Er überlegte, ob er gleich einen Polizisten rufen oder noch genauer hinsehen sollte. Oscar wollte keine voreiligen Schlüsse ziehen und dann wie ein Narr dastehen. Er beschloß, der Sache auf den Grund zu gehen. Es war für lange Zeit das letzte Mal, daß Oscar an Essen dachte.

## 2

Earl Ridgely hörte den Fluß leise rauschen. In der Sommerluft roch es nach frisch gemähtem Gras und Rosen. Der Morgentau polierte ihm die abgestoßenen schwarzen Lederschuhe. Es war einer dieser milden Julitage, die in Ridgely stets den Wunsch weckten, faul in einer Hängematte zu liegen und an einem Glas kalter Sangria zu nippen. Statt dessen schwitzte er in einem Straßenanzug unmittelbar innerhalb der Linie, die von den Gerichtsmedizinern des Kriminallabors des Staates Oregon abgesteckt worden war, während sie die Leiche untersuchten, die neben dem roten Backsteinbrunnen wie hingeworfen lag.

Ridgely war ein schlanker Mann mit schütter werdendem, strohblondem Haar, einer Schildpattbrille und einem dichten Schnurrbart. Er stammte aus dem Ort, hatte Stanford mit Auszeichnung absolviert, war aber so klug, an einer Universität des eigenen Staates Jura zu studieren, weil er Karriere in der Politik machen wollte. Ridgely war vierzig und am Ende seiner zweiten Dienstzeit als Staatsanwalt in der Whitaker County angekommen. Eine Richterstelle im Landgericht würde sich bald auftun. Ein guter Studienfreund war der Rechtsberater des Gouverneurs, und Earl war versichert worden, daß er bald seinen ersten Schritt die Leiter hinauf tun werde, die ihn, wie er hoffte, in den Obersten Gerichtshof von Oregon führen würde.

Als er sich der Leiche näherte, hielt ein junger Polizist mit Gummihandschuhen behutsam ein dünnes Metallkettchen, an dessen Ende ein Medaillon baumelte, in die Höhe, damit Sergeant Dennis Downes es begutachtete. Downes war von der Kommission für Schwerverbrechen als leitender Beamter ausgewählt worden, weil das zu untersuchende Verbrechen innerhalb der Stadtgrenze von Whitaker verübt worden war. Das Team bestand aus denselben Leuten, die die Leiche untersucht hatten, die vor einigen Wochen in einem Straßengraben im Ödland an der Grenze der Whitaker County gefunden worden war. Die Art der Ermordung und der Typ des Opfers waren ähnlich genug, um jeden dieser ausgebufften Profis nervös zu machen.

»Soll ich das eintüten?« fragte der Beamte.

»Wo haben Sie's gefunden?«

»In den Büschen beim Eingang.«

»Tun Sie's lieber«, entschied Downes, auch wenn die Büsche ein Stück von dem Wunschbrunnen weg waren. Der Beamte ging mit seinem Fund davon.

»Morgen, Dennis«, sagte der Staatsanwalt.

»Moin, Earl.«

»Irgend 'ne Idee, wer sie ist?«

»Noch nicht, aber sie muß vom College sein. Hat das Alter, und sie trägt ein Whitaker-T-Shirt.«

»Hatte sie irgendeinen Ausweis bei sich?«

»Wenn sie ein Portemonnaie oder eine Brieftasche hatte, haben wir sie nicht gefunden.«

»Dann lassen Sie uns ihr Foto ins Fernsehen bringen und den

*Clarion* bitten, es auf die Titelseite der Nachmittagsausgabe zu setzen.«
Downes bewegte seinen Kopf mit einem Ruck zu der Leiche hin. »So?« fragte er, um sicher zu sein, daß er Ridgely richtig verstanden hatte.
»Natürlich nicht. Wenn sie nicht zurechtgemacht werden kann, lassen Sie King eine Zeichnung anfertigen.«
Downes machte ein erleichtertes Gesicht. Ridgely nahm es ihm nicht übel. Er hatte nur einen einzigen, raschen Blick auf die Leiche geworfen, aber der reichte aus, daß er sich leicht schwummerig fühlte. Es gab in der Whitaker County Menschen, die eines unnatürlichen Todes starben, aber normalerweise waren sie Opfer von Autounfällen und Unglücksfällen in der Landwirtschaft. Dem Mädchen war der Schädel gespalten worden, so daß das Hirn offen dalag und ihr langes, blondes Haar mit Blut getränkt war, das auch ihre Kleider durchnäßt und sich in solchen Mengen auf den Boden ergossen hatte, daß sich selbst die vorsichtigen Gerichtsmediziner damit besudelten. Auf das Gesicht des Mädchens war eingehackt worden, so daß offene Wunden entstanden, die ebenfalls reichlich geblutet hatten.
Ridgely erspähte Dr. Guisti, der sich über den Leichnam beugte. Guisti richtete sich auf, als er den Staatsanwalt herankommen sah.
»War die Mordwaffe ein Beil?« fragte Ridgely, als sie von allen anderen weit genug entfernt waren, um gehört zu werden.
»Das kann ich nicht sicher sagen, aber ich möchte sagen, daß es für mich genügend Ähnlichkeiten zwischen diesem Verbrechen, dem Mord im Straßengraben und dem Mord in Blaine gibt, um zu sagen, daß sie entweder das Werk derselben Person sind oder das eines sehr guten Nachahmers.«
»Irgendein Zeichen sexueller Handlungen?« fragte Ridgely. Die ersten beiden Frauen waren vor Ihrer Ermordung vergewaltigt worden.
»Das weiß ich erst, wenn ich sie untersucht habe, aber ich vermute, nein. Die anderen Frauen waren nackt. Sie hat ihre Kleider an. Die ersten beiden wurden an einem anderen Ort ermordet als dem, an dem sie gefunden wurden. Ich nehme an, der Mörder entführte die anderen Frauen und hielt sie eine Zeitlang fest, aber hier verpatzte er die Entführung und mußte die Frau töten.«

»Dieser Teil gefällt mir überhaupt nicht, Harold. Was Sie mir erzählen, bedeutet, daß wir's mit einem Serienmörder in der Whitaker County zu tun haben.«
»Sieht so aus.«
»Na, schöne Scheiße. Ich habe gar nicht das Personal, um in so was Ermittlungen anzustellen.«
»Sie überlegen sich besser, wie sie's ganz schnell hinkriegen. Ich habe ein bißchen über das Thema gelesen, seit wir Emily Curran in dem Straßengraben gefunden haben. Eines ist sicher. Unser Junge hat Blut gerochen, und wenn, so steht's in der Literatur, er erst mal Geschmack am Morden gefunden hat, hört er damit auch nicht auf.«

## 3

Der Empfang zur Hochzeit Mancini-Harmon wurde im Speisesaal des Whitaker Elks Club abgehalten. Ein langer Tisch mit Horsd'œuvres, Salaten, Desserts und einer Auswahl an Roastbeef und gebratenem Huhn stand an einer Wand gleich neben der Bar. Eine Band spielte vor einer großen Tanzfläche auf der gegenüberliegenden Seite des Saales. Die Gäste plauderten geräuschvoll an Tischen mit rot-weiß karierten Tischdecken. Peter füllte sich an der Bar gerade wieder sein Glas, als ihm jemand mit dem Finger in den Rücken pikte.
»Hallo, Peter.«
Peter drehte sich zu schnell um, und etwas Gin Tonic schwappte über den Rand seines Glases und machte ihm die Hand naß. Unwillkürlich zog er die Hand mit einem Ruck zurück, und wieder schwappte etwas Flüssigkeit aus dem Glas.
»Haben Sie Schwierigkeiten, Ihren Schnaps bei sich zu behalten?«
Peter sah nach unten und bemerkte Becky O'Shay, die ihn mit amüsiertem Lächeln beobachtete.
»Fällt Ihnen nichts Besseres ein, als sich auf die Art an jemanden heranzuschleichen?« fragte er, verärgert, weil Whitakers Strafverfolgungselfe ihn hatte dusselig erscheinen lassen.
»Setze nur in die Praxis um, was ich auf der Uni gelernt habe«, antwortete Becky mit noch breiterem Grinsen. Peter lachte ebenfalls, obwohl er aus dem Gleichgewicht geraten war. Er konnte nicht

anders. Miss O'Shay war einfach zu reizend, als daß man lange sauer auf sie zu sein konnte.
»Sind Sie eine Freundin der Braut, des Bräutigams oder beider?« fragte Peter.
»Von Steve. Und Sie?«
»Steve. Wir haben zusammen studiert. Und woher kennen Sie ihn?«
»Ach, von hier und da«, lautete Miss O'Shays rätselhafte Antwort. »Steve hat mir erzählt, Sie haben bei Hale, Greaves gearbeitet, ehe Sie nach Whitaker gezogen sind.«
»Warum hat er Ihnen das erzählt?«
»Ich habe ihn danach gefragt«, antwortete Miss O'Shay mit einem schadenfrohen Grinsen. Dann neigte sie den Kopf zu einer Seite und fragte: »Sie sind mit Richard Hale verwandt, stimmt's?«
»Er ist mein Vater.«
»Ich bin beeindruckt. Es muß wunderbar sein, mit ihm zu arbeiten.«
»Dad ist 'ne Pest, aber okay.«
»Ist Whitaker nicht ein bißchen still nach der Großstadt? Bei Hale, Greaves zu arbeiten muß irrsinnig aufregend sein.«
»Stille habe ich mir gewünscht nach vier Jahren Hetzjagd«, antwortete Peter knapp und hielt sich an die Geschichte, die er jedem erzählte. »Was hat Steve sonst noch über mich gesagt?« fragte Peter, insgeheim erfreut, daß Miss O'Shay interessiert genug war, um Steve über ihn auszuholen.
»Ich habe gesagt, du seist ein Perverser und ein unheilbarer Weiberheld«, antwortete Steve Mancini und legte Peter einen Arm um die Schulter. »Wie kommt ihr beiden zurecht? Habt ihr genug zu essen, genug zu saufen?«
In seinem Smoking sah Mancini blendend aus, aber seine Augen waren blutunterlaufen, und seine Sprache war etwas verschliffen.
»Meine Glückwünsche, Steve«, sagte Miss O'Shay zu dem Bräutigam.
»Du bist ein Glückspilz«, setzte Peter hinzu. »Donna sieht wunderbar aus.«
»Finde ich auch«, sagte Mancini.
»Was habt ihr geplant?« fragte Peter.
»Portland heute abend und Sonntag. Dann eine Woche auf Hawaii.«

»So könnt ich's aushalten«, sagte Peter.

»Ich brauche es. Ich habe mir wegen Mountain View den Arsch aufgerissen.«

»Ist das dein Deal mit den Eigentumswohnungen?«

»Yeah«, bestätigte Mancini und setzte ein flüchtiges Lächeln auf, das ein bißchen gezwungen wirkte. »Wir haben ihn fast unter Dach und Fach, aber ich muß bei allen Leuten entsetzlich am Ball bleiben, um die Sache in Schwung zu halten. Außerdem habe ich zwei Fälle, für die nächsten Monat der Prozeß angesetzt ist. Ich hätte fast die Hochzeitsreise verschoben, aber ich konnte Donna nicht enttäuschen.«

»Vergiß doch mal einfach die Geschäfte«, sagte Peter. »Entspann dich. Es ist deine Hochzeit.«

»Du hast recht«, sagte Mancini, nahm vom Barkeeper einen Scotch entgegen und kippte ihn zur Hälfte herunter.

»Du brauchst einen Partner, der dir etwas von dem Druck abnimmt. Warum läßt du Donna nicht Jura studieren?« scherzte Miss O'Shay.

»Donna? Anwältin werden?« fragte Mancini spöttisch. »Keine Chance. Außerdem wird sie mit den kleinen Mancinis viel zu beschäftigt sein, um Zeit für was anderes zu haben.«

»Was höre ich da von kleinen Mancinis?« fragte Donna, die ein Paar im mittleren Alter im Schlepptau hatte. In Weiß sah sie prächtig aus.

»Ich habe Peter und Becky gerade von unseren Plänen erzählt«, sagte Mancini und gab Donna einen Kuß. Donna errötete vor Stolz.

»Steve, ich möchte dir Bob und Audrey Rosemont vorstellen«, sagte Donna. Rosemonts und die frisch Vermählten schlenderten davon.

»Sind sie nicht ein wunderbares Paar?« meinte Peter.

»Ja, wirklich«, antwortete Becky O'Shay ohne Begeisterung. Dann fügte sie hinzu: »Hoffentlich fährt Donna nach Portland.«

»Ich hatte gerade eine Idee.«

»Ja?« sagte Miss O'Shay und wandte ihre Aufmerksamkeit wieder Peter zu.

»Ich habe gehört, im Range Rider gibt's phantastische Steaks. Wollen Sie mir helfen rauszukriegen, ob die Gerüchte stimmen?«

»Wie sollte ich das denn machen?«

»Indem Sie mich heute abend zum Essen begleiten.«

»Ich weiß nicht, ob das so eine gute Idee ist.«

»Ich kann Ihnen versichern, daß die Idee großartig ist«, erklärte Peter und schenkte ihr sein schönstes Lächeln.
»Hören Sie, Peter, dies hier ist eine Kleinstadt, und wir sind Prozeßgegner. Wie würden wir dastehen, wenn ein Geschworener bei einem unserer künftigen Fälle sich erinnerte, uns bei einem Rendezvous zusammen gesehen zu haben?«
»Ach, kommen Sie, Becky. Seit ich nach Whitaker umgezogen bin, habe ich den größten Teil meiner Abende vor der Glotze verbracht. Ich krieg noch einen Einsamkeitskoller.«
Während Becky O'Shay über Peters Vorschlag nachdachte, saugte er die Wangen nach innen und ließ die Schultern heruntersacken, um Mitgefühl zu schinden.
Miss O'Shay lachte. »Oh, in Ordnung. Wenn Sie so verzweifelt sind.«
Peter richtete sich auf und grinste.
»Wunderbar«, sagte er. »Ich hole Sie um halb neun ab und werde Sie behandeln wie eine Göttin.«
»Das möchte ich auch geraten haben.«

Gary nahm zwei Garnelen von einer der Silberplatten auf dem massiven Tisch, auf dem die Horsd'œuvres standen, dann wanderte er die Reihe entlang und legte sich noch ein Hühnerbein auf den Teller. Als nächstes erspähte Gary neben dem Aufschnitt etwas, das in Speck gewickelt war. Speck mit Pfannkuchen mochte er sehr gern, aber dieser Speck sah aus, als sei er um Leber gewickelt. Leber mochte Gary nicht. Er überlegte, ob es in Ordnung wäre, den Speck zu essen und die Leber übrigzulassen. Er wollte alles richtig machen, damit er Donna und Steve nicht in Verlegenheit brachte. Schließlich war er Trauzeuge.
Gary fiel seine Rolle bei der Zeremonie wieder ein, und er lächelte. Als Steve am Morgen mit ihm zur Kirche gefahren war, hatte er zu Gary gesagt, daß er in seinem Smoking prima aussehe. Gary fragte sich, ob in der Kirche wohl ein Mädchen gewesen war, das ihn hübsch fand. Das wäre was. Gary blickte sich in dem überfüllten Raum um, um zu sehen, ob ihn irgendein Mädchen ansah. Er sah keines, aber er hörte, wie eine Dame mit grauem Haar sich mit einer anderen Dame mit braun-graumeliertem Haar über die Leiche un-

terhielt, die man am Wunschbrunnen gefunden hatte. Gary trat näher, um zuzuhören.
»Eric meint, dieser Mord könnte mit dem Mädchen zusammenhängen, das sie in dem Straßengraben gefunden haben, und mit dem anderen Mädchen, das in Blaine ermordet wurde«, sagte die grauhaarige Dame.
»Oh, nein.«
»Eric hat die Leiche gesehen. Er sagt, es war schrecklich. Der Mörder hat ein Beil benutzt. Den Kopf hatte er ihr fast abgehackt.«
»Ich kann mich noch an Zeiten erinnern, da konnte man zu jeder Tageszeit überall in der Stadt herumspazieren«, sagte die andere Frau kopfschüttelnd. »Es wird noch soweit kommen, daß ich mich abends nicht mehr aus dem Haus traue.«
»Dieses Mädchen war gestern abend im Stallion«, sagte Gary.
Die beiden Frauen sahen Gary an. Er lächelte, stolz darauf, daß er etwas wußte, was sie nicht wußten.
»He, Gary, du siehst fabelhaft aus«, sagte ein dicker Mann mit Halbglatze, der einen schlecht sitzenden braunen Anzug trug. Gary erkannte Eric Polk, einen Polizisten aus Whitaker, den er bei mehreren festlichen Anlässen des Elks Club erlebt hatte.
»Schatz, wir müssen los«, sagte Eric. »Es ist halb zwei, und die Kinder erwarten uns um zwei.«
Wilma sah auf ihre Uhr. »Das habe ich gar nicht bemerkt. Ich muß leider gehen, Mabel. Heute ist Kennys dritter Geburtstag.«
»Ist dein Enkel schon drei?« fragte Mabel Dawes.
»Sieht wie fünf aus, so groß ist er«, erklärte Eric stolz.
»Donna hat wunderschön ausgesehen, Gary«, sagte Wilma Polk, als sie, ihr Mann und Mabel Dawes weggingen. Garys Brust schwoll vor Stolz. Seine Schwester war wunderschön. Das war auch das Mädchen im Stallion, das böse zu ihm gewesen war. Mrs. Polk hatte gemeint, der Kopf des Mädchens sei fast abgehackt gewesen. Gary dachte an die Schweine, die er auf dem Bauernhof seiner Familie geschlachtet hatte. Sie schrien und regten sich furchtbar auf, wenn's ans Sterben ging. Das Bild eines bösen Mädchens, das gefesselt war und schrie, kam ihm unwillkürlich in den Sinn. Einen Moment lang war es so, als passierte es wirklich. Garys Mund war trocken, und sein Glied wurde langsam hart.

Wenn das böse Mädchen in seinem Zimmer gefesselt wäre, könnte er es fragen, warum es böse zu ihm war. Nein, nicht in seinem Zimmer. Mom würde sie finden, wenn sie zum Saubermachen kam. Aber woanders. Er könnte sie irgendwohin bringen, wo niemand sie fände. Nur er würde wissen, wo sie war. Und sie würde alles tun müssen, was er ihr sagte. Sie würde ihn küssen müssen, wenn er es wollte, und ihn lieben lernen. Das war das Allerwichtigste. Ihn lieben, wie Donna Steve liebte. Ihn lieben für immer und ewig.

## 4

Marjorie Doolings Schultern bebten jedesmal krampfhaft, wenn sie an der Schulter ihres Freundes schluchzte. Tommy Berger hielt Marjorie in seinen Armen und versuchte sie zu trösten. Dennis Downes wartete geduldig. Er verstand den Schock, den Marjorie erlitten hatte, als sie Sandra Whileys Gesicht sah, weil er am Morgen im Park dasselbe empfunden hatte.

»Es tut mir leid«, entschuldigte sich Marjorie, die sich alle Mühe gab, ihrer Tränen Herr zu werden.

»Lassen Sie sich nur Zeit«, antwortete Downes voll Mitgefühl. »Möchten Sie etwas Wasser?«

Marjorie nickte, und Downes goß ihr etwas aus einem Krug ein. Er hatte sich extra davon überzeugt, daß der Krug auf seinem Schreibtisch stand, bevor er sie von der Besichtigung der Leiche zurückbrachte.

Marjorie setzte sich. »Es ist gleich vorüber«, brachte sie heraus, nachdem sie ein paar Schlückchen getrunken hatte. »Es ist nur ...« Sie schüttelte den Kopf, weil sie einfach keine Worte fand.

»Was hat Sie veranlaßt, die Polizei anzurufen?« fragte Downes, der dem Mädchen eine einfache Frage stellte, um sie von ihrem Kummer abzulenken.

»Ich habe die Zeichnung auf der Titelseite der Nachmittagsausgabe des *Clarion* gesehen. Sie sah Sandy so ähnlich.«

Downes nickte. »Sie bewohnen zusammen ein Zimmer im Studentenwohnheim?«

»Nein. Wir wohnen in einer Pension ganz in der Nähe vom Campus.«

»Haben Sie sich Sorgen gemacht, als Sandy gestern abend nicht nach Hause kam?«
»Sie, äh, hat die Nacht bei mir verbracht«, antwortete Tommy.
»Als ich heute morgen in das Zimmer zurückkam, war Sandy nicht da«, sagte Marjorie zu Downes. »Ich dachte mir, sie wäre im College oder so was.«
»Wann haben Sie sie das letzte Mal gesehen?«
Marjorie sah Tommy an.
»Ungefähr um halb elf«, sagte er. »Wir waren zusammen im Stallion.«
»Tommy und ich wollten gehen. Wir boten ihr an, sie zu Hause abzusetzen, weil wir in Tommys Wagen gekommen waren, aber sie wollte noch bleiben.« Marjories Augen füllten sich wieder mit Tränen. »Wenn sie doch bloß mitgekommen wäre ...«
Downes wartete geduldig, bis Marjorie Dooling sich wieder gefaßt hatte.
»Sergeant Downes, ich habe überlegt ... Als man Sandy fand, trug sie da eine Halskette?«
»Warum fragen Sie?«
»Sandy trug immer ein Medaillon um den Hals. Ein Malteserkreuz. Das müßte ihre Mom bekommen. Ich weiß, sie wird's haben wollen. Sandys Großmutter hat es ihr geschenkt, und es war ihr Glücksbringer.«
Sandy Whiley hatte nichts um den Hals getragen, als der erste Beamte am Schauplatz eintraf, aber es schien Downes, daß einer der Beamten etwas gefunden hatte, das dem von Miss Dooling beschriebenen Schmuckstück ähnelte. Das würde er später nachprüfen. Im Moment war das Medaillon ein Beweisstück und mußte einbehalten werden, bis der Mörder gefaßt und verurteilt war.

## 5

Nachmittags um vier war das Geschäft im Stallion normalerweise flau, und das wunderbare Sommerwetter hielt alle bis auf die treuesten Stammkunden im Freien. Sobald sich seine Augen an die Dunkelheit in der Kneipe gewöhnt hatten, erspähte Dennis Downes Arnie Block und Dave Thorne, die hinter der Bar plauder-

ten. Downes war in Uniform, und die Barkeeper stellten ihre Unterhaltung ein, als er sich setzte.
»Hi, Sergeant«, sagte Block. »Das Übliche?«
»Heute nicht, Arnie. Hatten Sie und Dave gestern abend Dienst?«
»Yeah. Wir waren beide hier.«
Downes holte ein Foto von Sandra Whiley hervor, das Marjorie Dooling ihm gegeben hatte, als er mit ihr zurück in die Pension gegangen war.
»Erinnern Sie sich, dieses Mädchen hier gesehen zu haben?«
Arnie besah sich das Foto. »Sie kommt mir bekannt vor, aber ich weiß nicht, ob sie gestern abend hier war.«
Thorne zog die Stirn kraus. »Es könnte sein ... Yeah. Ihr Haar war ein bißchen länger, aber ich bin mir sicher ...« Er nahm Block das Foto aus der Hand und betrachtete es näher.
»Sehen Sie das Medaillon an ihrem Hals? Sie hat damit an der Bar herumgespielt. Sie ist es zweifellos.«
»Wann war sie hier?«
»Es muß so um elf herum gewesen sein. Ja, ich bin ganz sicher, weil ich sie habe rausgehen sehen, kurz nachdem der Streit losgegangen war.«
»Was für ein Streit?« fragte Downes.
»Ach, das war nichts. Gary Harmon hat eine Frau angeschrien. Arnie hat ihn wieder beruhigt.«
»Was ist mit dem Mädchen?« fragte Block.
»Wir versuchen, ihre Spuren zu verfolgen. Sie wurde irgendwann, nachdem sie aus dem Stallion weggegangen war, ermordet.«
»Machen Sie keinen Witz!« sagte Thorne und besah sich das Foto genauer. »He, ist sie nicht das Mädchen, das am Wunschbrunnen gefunden wurde?«
Downes nickte.
»Du lieber Himmel. Zwei Kunden haben sich vorhin drüber unterhalten. Wir dachten, es wäre vielleicht die andere.«
»Welche andere?«
»Die Frau, mit der Gary Krach hatte. Ich habe die Zeichnung im *Clarion* gesehen, und dic sah aus wie sie.«
»Was war passiert?«
»Kennen Sie Gary?« fragte Arnie.

Downes nickte.
»Dann wissen Sie, daß er ein bißchen langsam ist, außerdem hatte er einen sitzen. Er hat versucht, das Mädchen anzumachen. Sie ließ ihn abblitzen, und er nahm's nicht besonders freundlich auf. Hat sie am T-Shirt gepackt und ihr ins Gesicht geschrien.«
Arnie schüttelte den Kopf.
»Was für ein T-Shirt?« fragte Downes, der sich erinnerte, wie Sandra Whiley gekleidet gewesen war.
»Äh, eins vom Whitaker State. Das mit dem sich aufbäumenden Pferd drauf.«
»Trug sie Jeans?«
»Ich glaube, ja.«
»Und Sie dachten, Gary hätte vielleicht dieses Mädchen umgebracht?« fragte Downes.
»Eigentlich nicht«, sagte Block lachend, um zu zeigen, wie lächerlich das Ganze war. »Gary regt sich manchmal einfach auf und benimmt sich wie ein Kind. Ich meine, er hat gedroht, sie umzubringen, aber niemand hat das ernst genommen.«

# Neuntes Kapitel

## 1

Dennis Downes war normalerweise ein gelassener Typ, aber die Möglichkeit, den einzigen Serienmörder in der Geschichte der Whitaker County zur Strecke zu bringen, machte ihn kribbelig. Neben Downes, auf dem Beifahrersitz des Streifenwagens, saß Bob Patrick, den alle Pat nannten. Pat war groß und dünn, mit kräftigen Muskeln. Sein Gesicht war schmal und pockennarbig, und seine Augen standen dicht beieinander, was ihn angsteinflößend und bösartig erschienen ließ. Pat trug sein langes, fettiges Haar in einer Elvis-Presley-fünfziger-Jahre-Entenschwanzfrisur, die ein bißchen einschüchternd wirkte, weil sie so merkwürdig war. Alles an ihm verkündete »fieser Bulle«, was auch der Grund war, warum Downes ihn mitgenommen hatte. Pat war genauso aufgeputscht wie sein Kollege.

»Herrgott, Dennis, ich glaube, du bist hier ganz bestimmt was auf der Spur«, sagte er, als Downes auf Gary Harmons Haus zufuhr. Hinter ihnen war ein weiterer Streifenwagen mit noch zwei Beamten.

»Er muß es sein«, erwiderte Downes überzeugt. »Ich habe gegen sechs mit Karen Nix in ihrem Wohnheim gesprochen. Sie und Whiley sind keine Zwillinge, aber derselbe Typ. Blondes, langes Haar, schlank. Und sie trugen beide Jeans und dieses Whitaker-T-Shirt mit dem Pferd. So wie ich die Sache sehe, hatte Harmon diesen Streit mit Karen Nix. Er bleibt wütend wie ein kleiner Junge und grübelt über die Demütigung nach. Dann beschafft er sich eine Waffe und wartet vor dem Stallion auf sie. Die Tür geht auf, und eine Blondine kommt raus. Bloß ist es die falsche. Er geht ihr nach, wartet auf seine Chance ...«

»Und bringt sie um, so wie er ihr's angedroht hat.«

»Da ist noch was. Vor ein paar Wochen wurde Harmon festgenom-

men, weil er beim Wohnheim ins Zimmer einer Studentin geguckt hat.«
»Na, klasse.«
Sie bogen um die Ecke, und Garys Haus kam in Sicht.
»Wir müssen vorsichtig rangehen«, mahnte Downes. »Alles nach den Regeln der Kunst. Viel ›bitte‹ und ›danke‹. Die Toilette, wenn er pinkeln muß. Cola, wenn er Durst hat.«
»Okay«, stimmte Patrick mit einem wissenden Lächeln zu.
»Mit einer Ausnahme.«
»Und die ist?«
»Der Junge wird mir vertrauen«, sagte Downes, als er den Wagen parkte. »Ich habe ihm aus diesen Spannerschwulitäten rausgeholfen und ihn korrekt behandelt. Wir können das ausnutzen, aber ich könnte Hilfe brauchen. Deswegen habe ich den fiesesten Scheißkerl in der ganzen Truppe mitgenommen.«
Patricks Lächeln wurde breiter. Er wußte genau, was Downes wollte. Sie hatten das Spiel schon früher gespielt.
Es war halb acht, und in Garys Haus brannte das Licht im Wohnzimmer. Downes konnte das geistlose Geplapper des Fernsehers hören, als er klingelte. Einen Augenblick später öffnete Gary die Tür. Er war barfuß und trug Jeans und ein T-Shirt der Footballmannschaft von Whitaker. Die Gegenwart von vier Polizisten vor seiner Tür verwirrte und ängstigte ihn.
»Hallo, Gary, erinnern Sie sich an mich?« fragte Downes mit einem fröhlichen Lächeln.
Garys Stirn legte sich in Falten. Dann erinnerte er sich an Sergeant Downes. Das war der nette Polizist, der ihm geholfen hatte an dem Abend, als ... Garys anfängliche Erleichterung machte Angst Platz, als er sich an die beschämenden Umstände seiner Festnahme erinnerte, als er das Mädchen beobachtet hatte. Hatte sie auf einer Anklage bestanden? Waren diese Männer hier, um ihn zu verhaften?
»Was wollen Sie?« fragte Gary argwöhnisch.
»He, Gary, es besteht kein Grund zur Sorge. Ich bin hier, weil ich Ihre Hilfe brauche. Darf ich reinkommen?«
Gary zögerte einen Moment, aber er entsann sich der guten Manieren, die ihm Mom beigebracht hatte, und trat zur Seite.
Downes führte die anderen Polizisten ins Haus.

»Hübsches Haus haben Sie hier«, bemerkte Downes.
»Danke. Möchten Sie sich setzen?« fragte er, indem er genau das tat, was er nach Moms Anweisung tun sollte, wenn Besuch kam.
»Klar«, sagte Downes und ließ sich auf dem Sofa nieder. »Sagen Sie, Gary, könnten wir nicht den Fernseher ausmachen? Er ist ein bißchen laut.«
Gary schaltete das Gerät aus und setzte sich dem stämmigen Polizisten gegenüber. Gary bemerkte, daß sich keiner der übrigen Polizisten setzte. Einer blieb an der Haustür, einer stand in der Nähe von der Tür zum Korridor, und der Beamte mit den fettigen Haaren beunruhigte Gary, weil er aus seinem Sichtfeld verschwand und sich hinter seinem Sessel aufstellte.
»Haben Sie von dem Mädchen gehört, das im Wishing Well Park ermordet wurde?« fragte Downes.
Gary nickte. Downes zog einen Schnappschuß von Sandra Whiley aus seiner Brusttasche und reichte ihn Gary. Sandy stand in Shorts und T-Shirt auf einer Rasenfläche vor der Handelsschule und benahm sich albern. Sie beugte sich leicht nach vorn, weil die Kamera sie erwischt hatte, während sie lachte.
»Sie war wirklich hübsch, finden Sie nicht?« fragte Downes.
Gary nickte unverbindlich, obgleich er das Mädchen tatsächlich für hübsch hielt. Nach seinen Schwierigkeiten im Stallion und seiner Festnahme am Wohnheim hatte Gary Angst, allzu großes Interesse an Mädchen zu bekunden.
»Wir sprechen mit jedem, der diese Frau gestern abend gesehen haben könnte. Haben Sie sie gesehen?«
»Ich glaube nicht.«
»Gucken Sie noch mal hin. Sie waren gestern abend im Stallion, nicht wahr?«
Garys Puls beschleunigte sich. Sie waren wegen des Mädchens hier. Das er angebrüllt hatte.
»He, Gary, bleiben Sie ganz locker. Sie wirken nervös«, sagte Downes.
»Nein, bin ich nicht«, verteidigte Gary sich.
»Na, dann ist es ja gut, weil Sie keinen Grund haben, besorgt zu sein. Dies hier ist eine reine Routineuntersuchung. Also, Sie waren gestern abend im Stallion, nicht wahr?«

»Yeah.«
»Erzählen Sie mir doch mal, was Sie da gemacht haben.«
Gary wurde übel. Er wußte nicht, was er sagen sollte. Downes wartete geduldig.
»Ich erinnere mich nicht an sehr viel, was passiert ist. Ich hab viel getrunken.«
»Haben Sie an der Bar versucht, ein Mädchen anzumachen?« bohrte Downes.
»Ich … ja, vielleicht.«
Downes hob seinen Kopf um den Bruchteil eines Zentimeters und nahm mit Bob Patrick Blickkontakt auf.
»Hören Sie, Harmon«, schnauzte Patrick, »wir wissen, daß Sie an der Bar ein Mädchen angefallen haben, also hören Sie auf mit der Scheiße.«
Garys Kopf fuhr herum. Patrick ragte über ihm auf. Er sah aus, als wolle er Gary womöglich schlagen.
»Beruhigen Sie sich, Officer Patrick«, sagte Downes energisch. »Mr. Harmon hat uns in sein Haus hereingebeten. Er ist kein Verdächtiger, und diese Bemerkung war unangebracht.«
Patrick sah Gary scharf an, sagte aber nichts mehr.
»Es tut mir leid, Gary, aber wir haben mit dem Barkeeper und noch ein paar Zeugen gesprochen, und sie haben uns von dem Streit erzählt, den Sie mit einem Mädchen hatten. Haben die Leute uns die Wahrheit gesagt?«
Gary ließ den Kopf hängen. Er wünschte sich, Steve oder Donna wäre hier, um ihn zu beschützen, aber die waren auf ihrer Hochzeitsreise.
»Nun, Gary?«
»Ich bin ein bißchen wütend geworden. Hätte ich nicht tun sollen.«
»Was hat Sie denn wütend gemacht?«
»Ich weiß nicht«, murmelte Gary.
»Sie würden doch nicht ohne Grund grob zu einem Mädchen sein. Habe ich recht?«
Gary blickte zu Boden. Er wußte nicht, was er sagen sollte. Downes ließ ihn eine Weile so sitzen, dann sagte er: »Ich habe Ihnen einen Vorschlag zu machen. Warum setzen wir unser Gespräch nicht im Polizeirevier fort? Sind Sie damit einverstanden?«

Gary hob mit einem Ruck den Kopf. Er wirkte panisch.
»Sie wollen mich doch nicht verhaften?«
Downes ließ ein tiefes, freundliches Lachen hören.
»Sie verhaften? Wie kommen Sie denn auf die Idee? Ich brauche Ihre Hilfe, das ist alles. Wir fahren Sie nach Hause, sobald wir die Sache hinter uns haben. Sie wollen mir doch helfen, nicht wahr, Gary?«
Gary lehnte sich ein wenig vor und rang die Hände in seinem Schoß. Er mochte das Polizeirevier nicht. Er fürchtete sich davor.
Downes beugte sich dicht an Gary heran. »Erinnern Sie sich, wie ich Ihnen aus der Patsche geholfen habe? Erinnern Sie sich, wie ich für Sie alles wieder geradegebogen habe?«
Gary nickte.
»Vertrauen Sie mir, Gary? Glauben Sie, daß ich Ihr Freund bin?«
Gary zögerte.
»Ich habe Ihrer Mom nichts davon erzählt, was Sie mit dem Mädchen im College getan haben, oder?«
»Nein«, antwortete Gary widerwillig.
»Wollen Sie dann nicht auch mein Freund sein und mir helfen, diesen schrecklichen Fall aufzuklären?«
Gary wand sich in seinem Sessel. Dann nickte er widerstrebend mit dem Kopf.
»Großartig! Na, dann ziehen Sie sich doch einfach an, und wir fahren los.«
Gary ging in sein Schlafzimmer, und Downes und der fiese Polizist folgten ihm. Patrick blieb an der Tür stehen, aber Downes ging in das Zimmer hinein. Das erste, was er sah, waren die Stallion-Footballplakate und -Souvenirs.
»Sie sind aber wirklich ein Stallion-Fan«, meinte Downes, während Gary sich seine Sneakers anzog.
»Yeah«, bestätigte Gary etwas lebhafter. »Wir schaffen's bis ganz oben.«
»Das hoffe ich ganz bestimmt. Ich versäume nie ein Spiel.«
»Steve hat mir Dauerkarten besorgt.«
»Er ist ein netter Kerl. Auch wenn er seine Klienten vor Gericht verteidigt, behandelt er uns Polizisten mit Respekt. Er ist ein rechtschaffener Bürger, genau wie Sie.«

Gary war stolz, daß Downes dachte, er sei wie Steve. Er hatte jetzt nicht mehr solche Angst, da er begriff, daß er einfach ein rechtschaffener Bürger war und der Polizei dabei half, einen Mord aufzuklären.

»Ach, da wäre noch was«, sagte Downes, als Gary sich zum Weggehen erhob. »Hätten Sie was dagegen, wenn meine Leute sich in Ihrem Haus ein bißchen umsehen würden? Sie täten mir damit einen Gefallen.«

»Sich umsehen?«

»Yeah. Als Teil der offiziellen Ermittlung. Das wäre doch für Sie kein Problem, oder? Sie würden das tun, während wir unten in der Stadt sind, und auch alles wieder richtig ordentlich zurücklegen.«

»Warum müssen sie sich denn umsehen?«

»Wir sehen uns immer um, wenn wir in einem Fall ermitteln, Gary. Rechtschaffene Bürger haben nie was dagegen. Sie haben doch nichts zu verbergen, oder?«

Garys Gedanken wanderten auf der Stelle zu den Magazinen mit den Fotos nackter Frauen, aber sie waren so gut versteckt, daß er sicher war, daß niemand sie finden konnte.

»Na, Gary?«

»Ich denke, es ist okay.«

»Das ist wunderbar«, sagte Downes zu ihm und strahlte vor Kameradschaftlichkeit, während er ein Blatt Papier aus seiner Tasche angelte und das Papier und einen Kugelschreiber Gary reichte. »Lesen Sie sich das mal durch, und setzen Sie Ihren Friedrich Wilhelm drunter, wo ich das X hingemalt habe.«

»Was ist das?«

Ein Formular, mit dem Sie sich mit der Durchsuchung einverstanden erklären. Reine Routine.«

Gary sah auf das Formular. Er konnte lesen, aber es kostete viel Anstrengung, und dieses Papier enthielt eine Menge schwerer Wörter. Nachdem er sich eine Minute herumgemüht hatte, gab er auf und unterschrieb. Hinter Gary lächelte Bob Patrick. Downes sah es, behielt aber die Fassung. Alles ging nach Plan.

Gary erkannte den Raum sofort wieder. Es war dasselbe fensterlose Vernehmungszimmer, in dem er in der Nacht, als man ihn beim Spannen geschnappt hatte, verhört worden war.
»Kann ich Ihnen was zu trinken holen?« fragte Sergeant Downes, als Gary sich gesetzt hatte. Gary hatte Durst, doch er schüttelte den Kopf. Er wollte mit dem fiesen Polizisten nicht allein bleiben, der sich auf einem Stuhl an der Tür lümmelte und ihn anstarrte.
»Na okay«, sagte Downes und setzte sich Gary gegenüber hin. »Ich möchte Sie nicht lange aufhalten, also kommen wir gleich zur Sache. Was hast sich im Stallion zwischen Ihnen und dem Mädchen abgespielt?«
Gary zuckte die Achseln und starrte auf die Tischplatte.
»Ich glaube, ich bin wütend geworden.«
»Das ist nicht schlimm. Wenn ich nicht wütend auf Sie geworden bin wegen dem, was Sie am Wohnheim gemacht haben, glauben Sie, ich würde dann die Fassung verlieren, weil Sie auf irgendein Mädchen wütend geworden sind? Sie hat Sie möglicherweise nicht korrekt behandelt, das ist meine Vermutung.«
»Ich hab sie gefragt, ob wir uns nicht mal treffen könnten, und sie hat nein gesagt. Deswegen war ich wütend.«
Downes schüttelte ungläubig den Kopf und gluckste in sich hinein.
»Ist das alles? Mann, so wie Sie sich aufgeführt haben, dachte ich, Sie hätten irgendein tiefes, dunkles Geheimnis. Also, was ist passiert?«
»Chris hat gesagt, sie wollte mit mir ausgehen.«
»Chris?«
»Er ist ein Freund von Kevin Booth. Kevin und Chris haben mit mir zusammen gesessen.«
»Und dieser Chris sagte, das Mädchen habe es auf Sie abgesehen?«
Gary nickte. »Ich glaube bloß, eigentlich war's gar nicht so. Ich denke, Chris hat mir einen Streich gespielt.«
»Wieso?«
»Eigentlich schien sie mich überhaupt nicht zu mögen.«
»Was brachte Sie zu der Annahme, daß sie Sie nicht mochte?«
»Sie wollte nicht, daß ich ihr 'n Drink spendiere, und sie sagte, ich solle sie in Ruhe lassen. Dann … dann sagte sie …«
»Ja, weiter.«

»Sie sagte, ich sei blöd«, stieß Gary hervor. Seine Wangen wurden feuerrot.

»Tja, Scheiße, Gary, das Mädchen hatte keinen Grund, so was zu sagen, was, Pat?«

Gary sah zu dem anderen Polizisten hin, um dessen Reaktion mitzukriegen, aber es kam keine. Bob Patrick starrte nur immer weiter mit seinen harten, kalten Augen.

Downes beugte sich über den Tisch. »Gary«, fragte er in einem leisen, mitfühlenden Ton, »was haben Sie gemacht, als Sie auf Karen Nix wütend wurden?«

»Ich … ich glaube, ich habe sie gepackt.«

»Was soll denn andauernd diese ›ich glaube‹-Scheiße«, bellte Patrick wütend. »Entweder du hast oder du hast nicht.«

Patricks laute Stimme erschreckte Gary, und er sah Downes hilfesuchend an.

»Ganz ruhig, Pat«, sagte Downes.

»Mir wird langsam übel, und ich hab die Schnauze voll von diesem kleinen Arschloch, Dennis. Er führt uns doch bloß an der Nase rum.«

»Officer Patrick, mein Rang ist Sergeant, und ich führe hier dieses Gespräch.«

Downes blickte Patrick scharf an. Patrick versuchte dem Blick standzuhalten, dann wich er aus. Gary war begeistert. Downes wandte sich Gary wieder zu.

»Ich weiß, es ist schwer für Sie, aber wir brauchen Ihre Hilfe, um den Mörder zu fassen. Also, erzählen Sie mir, was Sie zu Karen Nix gesagt haben, als Sie sie packten.«

Gary ließ den Kopf hängen. Ihm war schwindelig.

»Ich … ich glaube, ich habe so was gesagt wie, ich würde sie umbringen.«

»Dann kam Arnie Block dazu, stimmt's?« fragte Downes.

Gary nickte. Downes sah erleichtert aus, doch das war er nicht, denn jetzt ging's erst wirklich zur Sache.

»Was haben Sie getan, nachdem Sie die Bar verlassen hatten?« fragte er in beiläufigem Ton.

»Daran erinner ich mich nicht genau. Ich glaube, ich bin bloß rumgelaufen.«

»Sind Sie zu einem bestimmten Ort gegangen?«

»Ich bin zu Steve gegangen.«
»Steve Mancini?«
Gary nickte.
»Haben Sie ihn gesehen?«
»Nein. Ich bin an seinem Haus vorbeigegangen, aber er war nicht da.«
Downes lehnte sich erwartungsvoll vor. »Was haben Sie dann getan?«
»Ich bin in die Ponderosa gegangen.«
Downes' Puls machte einen Hüpfer. Die Ponderosa war eine Arbeiterkneipe in der Nähe des Riverview Motel. Sie war nur ein paar Querstraßen von der Stelle entfernt, wo sie im Augenblick saßen. Das war auch Sandra Whileys Pension. Wenn die Whiley durch die High Street nach Hause und Gary von Steve Mancinis Haus aus zur Ponderosa gegangen war, konnten sie sich begegnet sein.
»Wie sind Sie zur Ponderosa gegangen, Gary?«
»Die High runter.«
»Also kamen Sie am Park vorbei?«
»Yeah.«
»Auf welcher Seite der Straße sind Sie gegangen?«
»Ähm, auf der anderen Seite. Nicht, wo der Park ist.«
Downes beugte sich vor. »Das ist wirklich wichtig, Gary. Der Mord könnte sich genau in dem Moment ereignet haben, als Sie am Park vorbeikamen; Sie könnten also ein Augenzeuge sein.« Gary machte ein überraschtes Gesicht. »Ich möchte Sie bitten, ganz genau nachzudenken. Haben Sie irgend etwas im Park bemerkt, als Sie vorbeigingen?«
Garys Stirn legte sich in Falten, als er sich genau nachzudenken bemühte. Dann erhellte sich sein Gesicht zu einem breiten Grinsen. »Ich habe wirklich was gesehen, Sergeant Downes. Wirklich.«
»Was haben Sie gesehen, Gary?«
»Ich habe einen Mann und dieses Mädchen gesehen. Sie haben sich umarmt.«
»Wo haben Sie sie gesehen?«
»An dem großen Parkeingang, in der Nähe von der Stelle, wo man runter zum Wunschbrunnen geht, bloß näher zur Straße.«
»Wie sah der Mann aus?«

»Ich bin nicht sicher. Es war dunkel.«
»Wie groß war der Mann?«
»Weiß ich nicht. Er hat sich auf sie gestützt.«
»Gestützt?«
»Yeah. Verstehen Sie. Sie umarmt. Und sich nach unten gebeugt.«
»Gary, das ist wichtig. Denken Sie ganz scharf nach. Könnte das Mädchen Sandy gewesen sein? Könnte der Mann der Mörder sein?«
Gary schwieg einen Moment. Downes rutschte auf seinem Sitz nach vorn. Als Gary den Kopf hob, wirkte er kleinlaut.
»Sie haben sich bloß umarmt, Sergeant Downes. Tut mir leid, aber sie haben sich bloß umarmt.«

Eine Stunde später gingen Downes und Patrick hinaus auf den Gang und ließen Gary im Vernehmungszimmer allein.
»Was denkst du?« fragte Downes.
»Ich weiß nicht. Und du?«
Downes schüttelte den Kopf. »Er scheint mir zu dumm zum Lügen zu sein, aber ich glaube nicht an Zufälle. Er hat zugegeben, genau zu der Zeit am Park gewesen zu sein, als der Mord wahrscheinlich begangen wurde, und er hatte gedroht, das Mädchen umzubringen, das der Whiley ziemlich ähnlich sieht.«
»Ich finde, wir müssen einen Staatsanwalt hinzuziehen, ehe wir auch nur einen Schritt weitergehen«, sagte Patrick.
Downes zog die Brauen zusammen. Earl Ridgely hatte Downes angewiesen, ihn anzurufen, falls es in der Angelegenheit einen Durchbruch gebe, aber Ridgely war zu eng mit den Harmons befreundet. Er war zu Donnas Hochzeit eingeladen worden, und Jesse Harmon hatte einen ansehnlichen Beitrag zu Earls Wahlkampagne geleistet. Ridgely könnte darauf bestehen, daß Gary sich einen Anwalt nahm, und das wär's dann.
Becky O'Shay würde niemals den Vorschlag machen, daß Harmon einen Anwalt erhielt, aber sie würde versuchen, es als ihr eigenes Verdienst auszugeben, falls Harmon gestand. Dennoch, sie würde sich in das Verhör nicht einmischen, und das war die Hauptsache.
»Ich versuche mal, Becky O'Shay zu finden. Da hast du 'n bißchen Zeit, Gary weichzuklopfen.«
»Wie soll ich das deiner Meinung nach angehen?« fragte Patrick.

Downes überlegte einen Augenblick. Dann hatte er eine Idee.
»Wahrscheinlich würde das bei den meisten Leuten nicht funktionieren, aber Gary ist dumm wie Stroh. Warum probierst du's nicht mit dem Schwarzlicht?«
Als Downes erklärt hatte, was er meinte, machte Patrick ein ernstes Gesicht.
»Ich weiß nicht, Dennis. Das hört sich für mich nicht korrekt an.«
»Wo liegt das Problem?«
»Es ist Betrug. Es könnte das ganze Geständnis beeinträchtigen, wenn wir eines kriegen.«
»Nein. Nicht, wenn du ihm nicht Worte in den Mund legst. Ich werde dir sagen, wie du's machen mußt.«

## 2

Peter Hale war sicher, daß das Badezimmer in seinem Haus für Zwerge gebaut war. Zwischen der winzigen Badewanne und dem Waschbecken war so wenig Platz, daß er sich nur abtrocknen konnte, wenn er sich seitlich hinstellte, und der Duschkopf war so tief angebracht, daß Peter sich bücken mußte, um das spärlich herausrieselnde Wasser abzubekommen. Das alles war fraglos meilenweit entfernt von seiner offenen Dusche und ihren vier Jetstream-Düsen in seinem Eigentumsapartment. Trotzdem war Peter guter Laune. Er würde heute abend mit einer attraktiven, reizvollen Frau ausgehen, und er war sicher, daß er sich sehr amüsieren würde.
Peter wischte etwas von dem Dampf weg, von dem der Spiegel beschlagen war, und kämmte sich. Er sang gerade ein paar Takte von »Life in the Fast Lane«, einem seiner Eagles-Lieblingssongs, als das Telefon klingelte. Peter schlang sich ein Handtuch um die Taille und lief ins Schlafzimmer.
»Peter?«
»Hallo, Becky. Ich mache mich gerade fertig, um rüberzukommen.«
»Deswegen rufe ich an. Es gibt einen dringenden Fall, und ich muß rüber ins Polizeirevier.«
»Möchten Sie, daß ich Sie dort abhole?«
»Ich fürchte, das wird nicht gehen. Es könnte die ganze Nacht dauern. Ich werde Sie um einen Gutschein bitten müssen.«

Peter war am Boden zerstört.
»Schon gewährt«, erwiderte er unbeschwert, um seine Enttäuschung zu verbergen. »Ich kenne mich mit dringenden Fällen aus. Bei Hale, Greaves hatten wir sie alle naselang.«
»Danke, daß Sie das so gut aufnehmen. Lassen Sie uns im Laufe der Woche miteinander reden.«
Becky legte auf, und eine Welle der Mutlosigkeit flutete über Peter hinweg. Er ließ sich aufs Bett fallen. Er hatte sich auf dieses Rendezvous wirklich riesig gefreut. Nun versuchte er die Sache von der heiteren Seite zu betrachten. Ein Rendezvous in letzter Minute abgesagt zu bekommen war nicht das Ende der Welt. Er dachte an die vielen Male, die er abgesagt hatte. Außerdem, sagte er sich, hatte er eine Gourmet-Lasagne als Mikrowellen-Abendessen im Eisfach, und im Fernsehen kam ein Chuck-Norris-Film. Nahrung für Leib und Seele. Er hatte alles, was er für einen anregenden Abend brauchte, auch zu Hause.
Peters Versuch, sich aus seiner Niedergeschlagenheit herauszulügen, schlug jämmerlich fehl und machte ihn nur noch melancholischer. Er konnte heute abend nicht zu Hause bleiben, nachdem er seine Hoffnungen auf einen Abend gesetzt hatte, der vage den guten Zeiten ähneln sollte, die er früher erlebt hatte. Peter dachte daran, allein in ein Restaurant zu gehen, aber er hatte keinen Appetit mehr. Er überlegte, ob er Rhonda anrufen oder sich im Stallion eine Collegestudentin aufreißen sollte, aber er war nicht mit dem Herzen dabei. Dann kam ihm die Idee, seinen Vater anzurufen.
Peter war inzwischen länger als einen Monat in Whitaker. Sicherlich war das als Verbannung lange genug. Vielleicht hatte Richard ihm einfach Angst einjagen wollen. Vielleicht war er gar nicht wirklich aus dem Testament gestrichen. Er würde seinen Vater anrufen und ihm erklären, daß die Arbeit für siebzehntausend pro Jahr und das Leben in diesem Kaff ihm über den Wert des Geldes die Augen geöffnet hätten. Er würde ein, zwei Geschichten von den armen Unglücklichen, die er vertrat, erzählen. Sicherlich würde Richard erkennen, daß er ein neuer Mensch mit Verantwortungsgefühl geworden war. Bestimmt würde er sagen, alles sei vergeben, und er würde Peter mit offenen Armen zu Hause willkommen heißen.

Peter wählte die Privatnummer seines Vaters. Beim dritten Klingeln nahm Richard ab.
»Richard Hale«, meldete sich die starke, selbstbewußte Stimme.
Peter wollte etwas sagen, aber er bekam keinen Ton heraus.
»Hallo?« fragte sein Vater mit einem Anflug von Verärgerung.
Peters ganze Energie schwand dahin und ließ ihn hilflos zurück. Der Hörer an Richard Hales Ende der Leitung wurde wütend auf die Gabel geworfen.
»Dad, ich bin's, Peter«, flüsterte Richard Hales Sohn in die tote Leitung.

## 3

Gary blickte ängstlich auf, als sich die Tür zu dem Vernehmungszimmer öffnete. Er war für fast eine halbe Stunde allein gelassen worden und bekam allmählich Angst. Seine Furcht nahm zu, als Bob Patrick das Zimmer betrat.
»Hallo, Gary«, sagte Patrick freundlich, »ich habe Ihnen was zu trinken mitgebracht.«
Bevor er das Zimmer betreten hatte, hatte Patrick eine Coca-Cola-Dose trockengewischt und mit Markierungspuder bestäubt. Fürs bloße Auge unsichtbar, würde der Puder unter dem ultravioletten Licht der Schwarzlichttaschenlampe, die Patrick bei sich trug, orange erscheinen. Gary wollte die Dose von Patrick nicht annehmen, aber er war sehr durstig. Er beäugte den Polizisten argwöhnisch.
Die Tatsache, daß Patrick freundlich zu ihm war, machte Gary mißtrauisch.
»Wo ist Sergeant Downes?«
»Er hatte was zu tun. Er kommt gleich wieder.«
Gary nahm die Cola mit der rechten Hand und trank sie gierig. Patrick setzte sich neben Gary und legte die Schwarzlichtlampe so hin, daß Gary sie sehen konnte. Dann holte Patrick mehrere Fotos von Sandra Whiley hervor, die am Tatort gemacht worden waren, und legte sie neben die Taschenlampe. Gary warf einen raschen Blick auf die Fotos und schaute weg.
»Was ist los, Gary?«
»Ich mag diese F… Fotos nicht.«

»Ist es das Blut, das Sie stört?«
»J… ja.«
»Die meisten Mörder, die ich verhört habe, konnten das Blut ihres Opfers nicht ansehen«, log Patrick. Seit er bei der Polizei war, hatte es nur zwei Morde in der Whitaker County gegeben, und er hatte niemals auch nur einen der Gefangenen vernommen. »Ich weiß nicht, woran das lag, aber das Blut ihres Opfers machte ihnen angst. Vielleicht dachten sie, ich könnte das Blut an ihnen sehen, auch wenn sie sich die größte Mühe gemacht hatten, es abzuwaschen. Wie denken Sie darüber, Gary?«
»Ich weiß nicht«, antwortete Gary, der immer noch den Blick von den Fotos abwandte.
Patrick raffte die Bilder zusammen und steckte sie weg. Gary wurde sichtlich lockerer. Patrick tippte auf die Schwarzlichtlampe.
»Wissen Sie, was das ist?«
Gary schüttelte den Kopf.
»Das ist ein Blutapparat, eine Lampe, die den kleinsten Blutstropfen an den Händen eines Mörders sichtbar machen kann. Die meisten Mörder denken, daß man sich das Blut eines Opfers abwaschen kann, aber das kann man nicht. Oh, da kann man schrubben und schrubben, aber das Blut eines Ermordeten dringt in die Haut ein, und kein Waschen und Putzen kann es völlig zum Verschwinden bringen.«
Patrick machte eine Pause, um Gary in sich aufnehmen zu lassen, was er gerade gesagt hatte.
»Also, Sie sagen, Sie haben dieses Mädchen nicht umgebracht. Nun, ich habe keine Vorurteile.« Patrick griff zu der Schwarzlichtlampe und richtete sie auf Gary. »Strecken Sie doch einfach mal Ihre Hände aus, da können wir das ja gleich feststellen.«
Gary legte beide Hände um die Coladose und preßte sie gegen seine Brust.
»Was ist denn los, Gary? Sie machen sich doch nicht etwa Sorgen um das, was der Blutapparat zeigen könnte, oder?«
»N… nein.«
»Dann öffnen Sie die Hände, und halten Sie die Handflächen nach oben.«
Gary stellte die Dose ab. Er öffnete die Hände und starrte sie an. Es

war nichts an ihnen zu sehen. Ganz langsam streckte Gary seine Hände Patrick entgegen. Patrick drückte auf den Schalter der Taschenlampe und richtete den ultravioletten Lichtstrahl auf Garys Handflächen. Große schillernde, orangefarbene Flecken erschienen an beiden Händen. Entsetzt starrte Gary sie an.

# Zehntes Kapitel

Dennis Downes und Becky O'Shay berieten sich in dem kleinen Raum auf der anderen Seite des Einwegspiegels. Durch die Scheibe konnte Becky Gary Harmon sehen. Der Verdächtige hockte zusammengesunken auf seinem Stuhl und warf unentwegt ängstliche Blicke auf Bob Patrick.

»Ich habe Don Bosco vom Psychologischen Dienst der County angerufen, und der geht mal seine Akten durch, um zu sehen, ob er irgendwas über Gary hat«, sagte Downes.

»Gute Idee«, pflichtete Becky bei. »Ich denke bestimmt, Sie sind da an was dran. Nehmen Sie die Magazine.« Becky deutete auf den Stapel Sexmagazine, den die Polizei in Garys Haus gefunden hatte. »Wir können davon ausgehen, daß Harmon speziell diese Nummern aus einem bestimmten Grund aufgehoben hat, und ich habe etwas bemerkt, was ihnen gemeinsam ist. Die Klappfotos in der Mitte stellen allesamt Blondinen dar, wie unser Opfer und Karen Nix.«

»Ganz schön flott, Becky. Ich hab das nicht bemerkt.«

»Waren die Tote im Straßengraben und die in Blaine blond?«

»Die eine, und das Mädchen, das er im College heimlich beguckt hat, war blond.«

»Na wunderbar!« rief Becky.

»Wie steht's damit, daß an seinen Kleidern und im Haus kein Blut gefunden wurde?« fragte Downes.

»Ich finde, wir sollten uns jetzt nicht mit Sorgen darüber aufhalten. Lassen Sie die Kriminalisten ihre Tests machen. Wenn sie nichts finden, können wir uns immer noch Gedanken darüber machen. Harmon hat vielleicht ganz was Simples getan, nämlich sich seine blutigen Sachen vom Halse geschafft.«

»Sie haben recht. Wenn er gesteht, werden wir rausfinden, was mit dem Blut passiert ist.«

Downes erhob sich. »Wird langsam Zeit, daß ich wieder anfange,

Gary zu verhören. Meinen Sie, ich sollte ihn auf seine Rechte aufmerksam machen?«

»Haben Sie das noch nicht?«

»Ich wollte ihm keinen Schrecken einjagen. Außerdem befindet er sich nicht in Gewahrsam. Ich habe ihm klipp und klar gesagt, daß es ihm freisteht zu gehen, wann immer er möchte.«

»Technisch gesehen mögen Sie recht haben, Dennis, aber ich würde es jetzt tun. Harmon ist schon mehrere Stunden hier. Mancher Richter könnte der Meinung sein, er befinde sich bereits im Gewahrsam.«

»Okay. Ich werde ab jetzt das Gespräch auf Band aufnehmen. Sie können hier drin alles mithören, was wir sagen, sobald ich die Gegensprechanlage einschalte.«

»Gut. Wissen Sie, es wäre vielleicht gar keine schlechte Idee, wenn Don Bosco mit hier drin bei mir säße. Die Beobachtungen eines geübten Psychologen könnten beim Prozeß von Nutzen sein.«

Downes ging, um ein Tonbandgerät zu holen. Becky war wirklich aufgeregt. Sie bekam selten Gelegenheit, bei einer Ermittlung von Anfang an dabei zu sein, und das hier war keine gewöhnliche Ermittlung. Ihr Rendezvous mit Peter Hale war vergessen. Mit Richard Hales Sohn auszugehen hätte nützlich sein können, aber Peter verschwand ja nicht aus dem Ort. Und sie würde ihn vielleicht sowieso nicht brauchen, um an einen Job zu kommen. Zu Miss O'Shays Plänen gehörte nicht, daß sie sich lange in Whitaker aufhielt. Hier würde sie Erfahrungen sammeln und dann versuchen, sich eine Stelle bei der Staatsanwaltschaft der Multnomah County in Portland oder bei der angeseheneren US-Generalstaatsanwaltschaft zu angeln. Nach ein paar Jahren dann würde sie diese Erfahrungen in eine Stellung bei einer großen Kanzlei einbringen, wo sie richtig großes Geld machen könnte. Wenn sie das Verdienst für sich beanspruchen dürfte, einen Fall um einen Serienmörder gelöst zu haben, würde sie möglicherweise nicht lange darauf warten müssen, daß sich ihr alle Türen öffneten.

»Wie lief es mit dem Schwarzlicht?« wollte Downes von Patrick wissen. Sie standen vor dem Vernehmungszimmer auf dem Korridor.

»Gary ist ausgeflippt. Er fing an zu stöhnen und die Hände zu ringen, als ich kaum das Licht angeschaltet hatte.«

»Hat er etwas gestanden?«

»Nein, aber er hat ziemliche Angst. Sollte er zusammenbrechen, dann jetzt.«

Gary stand auf, als Dennis Downes vor Bob Patrick ins Zimmer kam.

»Kann ich jetzt nach Hause gehen? Ich möchte nicht hierbleiben«, flehte er und warf Bob Patrick einen ängstlichen Blick zu.

»Ich habe Ihnen bloß noch ein paar Fragen zu stellen.«

»Kann ich dann gehen?«

»Aber sicher. Und glauben Sie nicht, daß ich nicht dankbar bin für all das, was Sie tun, um der Polizei zu helfen. Ich würde Sie nicht hierbehalten, wenn ich nicht dächte, Sie könnten den Menschen dieser Stadt helfen, diesen schrecklichen Fall zu lösen.«

Downes hielt das Tonbandgerät in die Höhe. Während Gary es betrachtete, warf Downes Bob Patrick einen raschen Blick zu.

»Um sicherzugehen, daß ich, was Sie sagen, hundertprozentig mitkriege«, sagte Downes, »möchte ich gern ein Tonbandgerät benutzen. Mein Gedächtnis ist nicht mehr, was es mal war, und dieses Gerät erspart mir, alles aufschreiben zu müssen. Haben Sie etwas dagegen, daß ich unsere Unterhaltung auf Band aufnehme?«

»Nein.«

»Wunderbar. Bevor wir anfangen, möchte ich Ihnen die Rechte vorlesen, die Ihnen vom Gesetz her zustehen.«

»Warum tun Sie das?« fragte Patrick wütend. »Dieser Heini wird sich bloß hinter den Rockschößen eines Anwalts verstecken wie jedes andere schuldige Arschloch.«

Downes sprang auf.

»Jetzt habe ich genug von Ihnen gehört, Officer Patrick. Gary hat nichts zu verbergen. Wenn er einen Anwalt haben will, ist das sein Recht. Ich erwarte, daß Sie sich jetzt bei Mr. Harmon entschuldigen.«

»Soll das etwa ein Witz sein?«

»Entschuldigen Sie sich, und dann raus mit Ihnen.«

Gary beobachtete, wie Bob Patrick vor Wut rot wurde, dann hörte er ihn eine Entschuldigung brummeln und hinausstürmen, wobei er

die Tür hinter sich zuschlug. Er fühlte sich so erleichtert, daß er auf seinem Stuhl in sich zusammensank.
»Den wären wir Gott sei Dank los«, sagte Downes.
»Ich mag ihn nicht.«
Downes beugte sich vor und sagte in vertraulichem Ton zu Gary: »Ich auch nicht. Der Kerl hat keinen Respekt vor einem rechtschaffenen Bürger wie Ihnen. Teufel noch mal, Sie würden sich doch niemals hinter einem Anwalt verstecken, oder?«
»Nein«, antwortete Gary und schüttelte nachdrücklich den Kopf.
Sie lächelten sich gegenseitig an. Downes schaltete das Tonbandgerät ein.
»Also, Gary, an die Arbeit. Aber zuerst werde ich Ihnen diese Rechte vorlesen, über die wir gesprochen haben.«
Downes ging daran, Gary mitzuteilen, daß er das Recht habe zu schweigen und daß er einen Anwalt bei der Befragung dabeihaben dürfe. Gary sagte, er wisse über seine Rechte Bescheid, aber er wolle trotzdem mit Downes reden.
»Ich möchte helfen, den Kerl zu schnappen, der dieses Mädchen umgebracht hat«, sagte Gary.
»Das ist großartig.«
Downes ließ Gary noch einmal über den Vorfall im Stallion sprechen, damit das auf Band war. Dann zog er seinen Stuhl etwas näher.
»Gary, ich möchte, daß Sie noch mal auf etwas zurückkommen, das Sie mir erzählt haben und das ich für wirklich wichtig halte. Sie erinnern sich, daß Sie sagten, Sie seien auf dem Weg zur Ponderosa gewesen, nachdem Sie von Steves Haus weggegangen waren, und da hätten Sie einen Mann und eine Frau am Eingang zum Wishing Well Park gesehen?«
Gary nickte.
»Ich möchte, daß Sie noch mal über dieses Paar nachdenken.«
Gary dachte scharf nach. Dann schüttelte er den Kopf.
»Ich erinnere mich bloß, daß sie sich umarmt haben, Sergeant Downes.«
»Können Sie sich erinnern, was sie anhatten?«
»Nein.«
»Haarfarbe?«
»Äh-äh.«

Downes schien einen Moment enttäuscht zu sein. Dann kam ihm ein Gedanke.

»Gary, Sie meinen, Sie können sich an nichts weiter erinnern, aber ich werde Ihnen von ein paar Dingen erzählen, die ich bei der Polizeiarbeit gelernt habe. Haben Sie schon mal was vom Unterbewußtsein gehört?«

»Ich glaube«, antwortete Gary zögernd, weil er nicht zugeben wollte, daß er keine Ahnung hatte, wovon Downes redete.

»Jetzt im Augenblick hören und sehen Sie mich mit Ihrem Bewußtsein. Das benutzen Sie, wenn Sie wach sind. Aber die beiden am Park beobachten Sie nicht jetzt in diesem Augenblick, nicht wahr?«

»Nein.«

»Wieso konnten Sie mir von denen erzählen?«

Gary dachte einen Augenblick nach. Dann erhellte sich sein Gesicht. »Ich hab mich erinnert.«

»Absolut richtig. Aber wo war diese Erinnerung die ganze Zeit gespeichert?«

Gary überlegte wieder. »Ich weiß nicht«, sagte er dann ein bißchen traurig darüber, daß er Sergeant Downes' Frage nicht beantworten konnte.

»He, das ist doch nicht schlimm. Die Antwort ist kniffelig. Also, passen Sie auf, man hat ein Unterbewußtsein, das Sachen speichert, wenn man nicht an sie denkt. Nicht sehr viele Leute wissen das. Die Kunst in der Polizeiarbeit ist, einem Zeugen zu helfen, sein Unterbewußtsein zu erschließen, so daß er sich an Dinge erinnert, von denen er denkt, er habe sie vergessen.«

»Wie kann ich 'n das machen?« fragte Gary begierig.

»Indem Sie sich entspannen und konzentrieren. Je mehr Sie sich entspannen, desto leichter wird es, das Unterbewußtsein zu erschließen. Ich möchte, daß Sie Ihre Augen zumachen und ganz locker werden, und dann werden wir sehen, was wir gemeinsam tun können, um Sandys Mörder zu fangen, denn nach allem, was ich weiß, besteht, glaube ich, eine gute Chance, daß Sie Sandy und ihren Mörder gesehen haben, als Sie am Wishing Well Park vorbeigingen.«

Gary folgte der Aufforderung. Die beiden Männer saßen ein paar Minuten schweigend da, bis Gary die Augen wieder aufmachte.

»Hat keinen Zweck. Alles, was ich sehe, ist, wie die beiden sich umarmen.«
»Hmm«, sagte Downes nachdenklich. »Wissen Sie was, Gary, wenn die beiden gar nicht Sandy und ihr Mörder waren, haben sie sich wahrscheinlich umarmt, aber was ist, wenn es Sandy und ihr Mörder waren?«
»Sie meinen, dann würden sie sich nicht umarmen?«
»Das habe ich nicht gesagt. Ich möchte Ihnen nichts in den Mund legen. Ich meine nur, das Gedächtnis kann einem Streiche spielen. Zum Beispiel haben Sie sich doch gewünscht, Sie könnten Karen Nix umarmen, stimmt's?«
Gary wand sich auf seinem Stuhl und wurde rot.
»Na, kommen Sie, Gary«, sagte Downes mit einem herzlichen Lachen. »Karen Nix ist hübsch. Jeder temperamentvolle amerikanische Mann würde sich wünschen, sie zu umarmen. Erzählen Sie mir nicht, das wäre Ihnen nicht in den Sinn gekommen.«
Gary zögerte.
»Na, kommen Sie schon. Jetzt müssen wir ehrlich zueinander sein. Sie haben sie doch umarmen wollen, oder?«
Gary ließ den Kopf hängen und murmelte: »Yeah.«
»Na, also. Und als Sie diesen Jungen und das Mädchen beisammen sahen, versetzten Sie sie in eine romantische Lage. Aber es gibt noch anderes, was wie Umarmungen aussieht. Was sie wirklich getan haben, könnte in Ihrem Unterbewußtsein gespeichert sein.«
»Was könnten sie denn machen, wenn sie sich nicht umarmen?«
»Das frag ich Sie.«
Gary knobelte an dem Problem herum. Es dauerte eine Weile, dann strahlte er plötzlich.
»Sie könnten Ringkampf gemacht haben.«
»He, wie sind Sie denn darauf gekommen? Sie sind mir ja schon einen Schritt voraus, Gary. Das ist großartig! Verstehen Sie jetzt, was ich mit dem Unterbewußtsein meine? Ihr Bewußtsein hat gesehen, wie sich die beiden umarmt haben, aber sie konnten auch was anderes getan haben. Ihr Unterbewußtsein wird die Wahrheit kennen. Ich möchte jetzt von Ihnen, daß Sie sich entspannen, die Augen schließen und sich den Abend neulich vor Augen führen.«

»Ich versuch's«, nickte Gary, machte die Augen zu und lehnte den Kopf zurück.
»Okay. Also, vielleicht hilft folgendes. Denken Sie drüber nach, was Sie anhatten. Können Sie das?«
Gary nickte.
»Was sehen Sie?«
»Äh, ich glaube, es waren Jeans und ein kurzärmeliges Hemd.«
»Jeans, wie Sie sie jetzt tragen?«
»Yeah. Ich hab vier Paar Jeans, und es war ein anderes.«
»Wo ist dieses Paar jetzt, Gary?«
»Im Schrank.«
Downes versuchte seine Erregung nicht zu zeigen. »Haben Sie mit diesen Jeans irgendwas gemacht, als Sie sie anhatten?«
»Oh, ja. Ich muß sie waschen, wenn sie schmutzig sind. Das steht auf der Liste, die meine Mom zusammengestellt hat. Jeden Samstag ist Waschtag, und ich habe alles aus dem Korb gewaschen, gleich als ich aufgestanden bin, weil ich doch auf die Hochzeit wollte.«
Downes sank der Mut. Die Whiley war Freitag abend oder am frühen Samstagmorgen ermordet worden. Wenn an Garys Jeans und Hemd Blut gewesen war, dann war es jetzt weg. Laut sagte er: »Okay, Sie machen das großartig. Halten Sie die Augen geschlossen, und fühlen Sie, wie warm es ist. Stellen Sie sich Sie selber in Ihren Jeans und dem kurzärmeligen Hemd vor. Sie gehen am Park vorbei. Können Sie den Park sehen?«
»Yeah.«
»Ist es warm, Gary?«
»Yeah.«
»He, das ist toll. Sie sind auf dem richtigen Dampfer. Also, machen Sie weiter. Was sehen Sie?«
»Ich sehe die Steinmäuerchen.«
»Gut. Machen Sie jetzt etwas langsamer. Was sehen Sie? Entspannen Sie sich, und lassen Sie es kommen.«
Es wurde still in dem Zimmer. Downes lehnte sich erwartungsvoll vor. Er sah, wie Garys Gesicht sich vor Anstrengung verzog. Dann machte Gary die Augen auf.
»Hat keinen Zweck. Ich sehe nichts Neues.«
»Gar nichts?« fragte Downes, der sich nicht bemühte, seine Ent-

täuschung zu verbergen. Gary fühlte sich schrecklich. Sergeant Downes schenkte ihm solches Vertrauen, und er ließ ihn im Stich.
»Kann ich's noch mal versuchen?« fragte Gary. Er schloß die Augen und versuchte sich zu entspannen. Da waren die beiden Steinsäulen und der Weg zwischen ihnen. Und auf dem Weg waren der Mann und das Mädchen. Er hielt sie in den Armen, beugte sich herunter, was bedeutete, daß er größer war. Und sie machte ... was? Lehnte sich gegen ihn? Nein. Gary ließ die Zeit innerlich ganz langsam abspulen und versuchte genau hinzusehen, weil er Sergeant Downes doch helfen wollte.
»Sie lehnt sich zurück und stößt ihn weg.«
»Haben Sie das gesehen?« fragte Downes aufgeregt.
»Ganz deutlich.«
»Ist es Sandy?«
»Das kann ich nicht genau sagen.«
»Sie müssen es versuchen, mein Junge. Sie machen das so prima, und es ist so wichtig.«
»Ich versuch's ja, aber ...«
»Wissen Sie, was vielleicht hilft? Stellen Sie sich doch einfach mal 'ne Kinoleinwand in Ihrem Kopf vor, und gucken Sie genau hin, was darauf passiert. So können Sie den Film langsamer laufen lassen, damit Sie ihn sich leichter ansehen können.«
»Das habe ich doch schon gemacht«, sagte Gary stolz.
»Eine Kinoleinwand vorgestellt?«
»Nein, alles langsamer laufen lassen.«
»Sie haben das von sich aus getan?«
»Yeah.«
»Mann, das ist ja nicht zu glauben. Wissen Sie was, Gary, Sie sind möglicherweise ein Naturtalent in solchen Dingen.«
Gary errötete über das Kompliment. »Ich will ja bloß diesen Kerl kriegen.«
»Das weiß ich, also sehen wir mal, ob Sie mit Gewißheit sagen können, ob es Sandy ist.«
»Okay«, sagte Gary und ließ seinen Kopf nach hinten sinken. Diesmal tat er, was Sergeant Downes vorgeschlagen hatte, und sah zu, wie das Geschehen ihn auf einer großen Kinoleinwand in die Vergangenheit zurückführte. Der Park erschien, fließend wie Was-

ser zuerst, dann nahm er Konturen an, bis nur noch die Ränder wogten. Als er sich dem Parkeingang näherte, verlangsamte sich die Szene zur Zeitlupe, und die beiden Leute tauchten allmählich auf. Wer waren sie? Er war größer als sie, aber sein Gesicht und sein Körper waren im Dunkeln. Gary befand sich jetzt ihnen gegenüber. Er zwang das Bild, langsam zum Stehen zu kommen, und bemühte sich zu erkennen, ob die Gesichtszüge der Frau dieselben waren wie ... wie die auf dem Foto von Sandra Whiley im College, das Sergeant Downes ihm gezeigt hatte.

»Ich kann sie sehen. Sie dreht sich irgendwie rum, und er packt sie.«

»Bei den Schultern, am Hemd?«

»Am Hemd. Sie macht so 'ne ganz schnelle Kehrtwendung, als er sie packt, und sie fährt herum, und ich denke, sie hängen wahrscheinlich irgendwie aneinander ... verstehen Sie.«

»Weiter, Gary. Das ist großartig. Können Sie ihr Gesicht sehen?«

»Irgendwie ja, aber es ist wie ... ich weiß nicht. Sie würden mich wahrscheinlich auch nicht erkennen, wenn ich auf einer dunklen Straße wäre.«

»Aber Sie waren ihr direkt gegenüber.«

»Yeah, als er sie zurückzog und sie packte.«

»War sie es, Gary? War es Sandy? Lassen Sie das Bild langsamer laufen. Machen Sie's auf der Leinwand heller. Sie können das, Gary. Sie können etwas Licht hinzutun. Was sagen Sie?«

»Ich glaube ... ich glaube ...«

»Weiter. Sagen Sie's.«

»Ich bin sicher, daß sie es ist. Das Mädchen, das umgebracht wurde. Und ... und das ist auch der Mörder, weil er sie zurückgezerrt hat. Sie haben sich nicht umarmt.«

»Bestimmt nicht.«

»Nein, nein. Weil er sie gepackt hat und sie sich losriß und er ...«

»Was? Er zerrte sie zurück?«

»Yeah. So ähnlich. Ein Ruck, so daß sie herumwirbelte. Und in dem Moment habe ich sie gesehen.«

»Haben Sie etwas Glänzendes gesehen, Gary? Das müßte wahrscheinlich genau in diesem Augenblick gewesen sein. In diesem Bruchteil einer Sekunde.«

»Glänzend?«

»Wir wissen, daß eine Waffe dagewesen sein muß.«
»Mann, ich weiß nicht ...«
»Sie sehen keine Waffe? Wir haben die Waffe noch nicht gefunden. Wir wissen nicht, was er benutzt hat, um Sandy zu töten.«
»Oh.«
»Also, schauen Sie auf seine rechte Hand. Die meisten Menschen sind Rechtshänder. Sie müßte wahrscheinlich dort sein.«
Gary konzentrierte sich ganz genau und ließ das Bild vor- und zurücklaufen, während Downes schweigend wartete. Er konnte Sandy sehen. Sie sah verängstigt aus.
»Was sehen Sie, Gary?«
Garys Augen gingen auf. »Nichts weiter«, antwortete er erschöpft. Er wurde langsam müde.
»Aber Sie wissen, daß es der Mörder und Sandy waren?«
Gary nickte. »Ich konnte sehen, daß sie Angst hatte.«
»Wirklich? Das haben Sie bisher noch nicht gesagt. Das ist gut. Sehen Sie, wir machen Fortschritte. Wie geht's Ihnen?«
»Ich habe Hunger.«
»Möchten Sie eine Cola und einen Burger?«
»Ein Burger wäre prima.«
»Machen wir 'ne Pause. Und dann versuchen wir's noch mal.«

Anderthalb Stunden später war Dennis Downes enttäuscht, und Gary Harmon wirkte erschöpft. Garys Augen waren gerötet, und sein Haar war in Unordnung, weil er so oft mit den Fingern hindurchgefahren war. Die Reste eines fettigen Hamburgers, eine leere Coladose und mehrere Pappbecher, in denen Kaffee gewesen war, lagen auf dem Tisch herum. Den Moment, in dem Gary am Eingang zum Wishing Well Park vorbeigekommen war, hatten sie sich immer und immer wieder vorgenommen, aber Gary konnte trotzdem keine neuen Einzelheiten liefern. Downes wußte, daß er mit seiner augenblicklichen Methode an einem toten Punkt angelangt war. Er wollte schon aufgeben, als ihm eine Idee kam.
»Genau gegenüber von mir«, murmelte Gary schläfrig. »Ich weiß, er ist größer als sie, trotzdem kann ich nicht genug sehen. Es tut mir leid, Sergeant.«
»Es ist okay, Gary. Sie müssen sich nicht entschuldigen. Sie haben

uns die ersten Hinweise gegeben, und Sie haben mich außerdem auf eine Idee gebracht. Eine Möglichkeit, zur Wahrheit durchzustoßen. Wären Sie bereit, noch eines zu probieren, ehe Sie nach Hause gehen?«

»Ich bin furchtbar müde, aber wenn Sie meinen, ich kann helfen, versuch ich's.«

»Großartig, Gary. Also, ich werde Ihnen meine Idee erklären. Wenn die nicht funktioniert, machen wir Schluß für heute. Haben Sie mal Leute im Fernsehen gesehen, die die Zukunft vorhersagen oder Gedanken lesen können?«

Gary nickte.

»Solche Leute heißen Medium, und manche von ihnen helfen der Polizei. Wenn ein Mord begangen worden ist, gibt man ihnen einen Gegenstand, der dem Ermordeten gehört hat, und sie können dann über diesen Gegenstand ihr übernatürliches Bewußtsein in das Bewußtsein des Mörders projizieren und eine vermißte Leiche ausfindig machen oder durch die Augen des Opfers sehen, wer den Mord begangen hat. Nach allem, was ich Sie bisher habe tun sehen, vermute ich, daß Sie ein sehr hoch entwickeltes übernatürliches Bewußtsein haben. Ich möchte, daß Sie es einsetzen, um mir aus der Not zu helfen.«

»Herrgott, Sergeant, ich hab so was noch nie gemacht«, sagte Gary. Er war fix und fertig. Alles, was er wollte, war schlafen. Er konnte sich nicht einmal vorstellen, daß er ein übernatürliches Bewußtsein haben sollte.

»Es überrascht mich nicht, daß Sie Ihr übernatürliches Bewußtsein noch nie benutzt haben«, sagte Downes. »Sie wußten ja auch bis heute abend nicht, daß Sie diese Kraft des Unterbewußtseins besitzen.«

Downes stand auf und streckte sich. »Dazu brauchen wir etwas von Sandy. Sie bleiben hier sitzen, und ich hole es. Wollen Sie noch einen Burger oder etwas Kaffee?

»Das wäre gut.«

Downes verließ das Vernehmungszimmer und ging nach nebenan. Becky O'Shay sah aus, als würde sie gleich einschlafen. Neben ihr saß Don Bosco, ein kleiner, untersetzter Mann in Khakihosen und einem kurzärmeligen Hemd. Bosco hatte ungeheuer behaarte Un-

terarme und buschige Brauen. Sogar auf den Ohren des Psychologen wuchsen extradichte schwarze Haare.
»Was sollte denn das alles?« fragte Bosco, als Downes den Raum betrat.
»Bloß eine Idee, die ich ausprobieren möchte«, antwortete Downes. Nachdem er seinen Plan erklärt hatte, fragte Downes: »Was meinen Sie, Becky?«
»Ich glaube, er hält mit was hinterm Berge. Sie haben ihn dazu gebracht, daß er zugegeben hat, den Mord gesehen zu haben. Wir müssen ihn dazu bringen, daß er sich bei einem Detail vertut, das beweist, daß er den Mord begangen hat. Ich würde sagen, versuchen Sie's.«
»Sehen Sie irgendwelche Probleme, Don?« fragte Downes.
Bosco machte ein besorgtes Gesicht. »Ich denke, es könnte riskant werden. Harmon reagiert wie jemand, der geistig behindert ist ...«
»So dumm ist er nicht.«
»Ich weiß nicht«, antwortete Bosco zögernd. »Und selbst wenn er normal intelligent wäre, er ist furchtbar müde. Da ist er für Suggestionen empfänglich. Sie müssen sehr darauf achten, daß Sie ihn nicht lenken. Schon wenn Sie ihm sagen, daß er mit seinen medialen Fähigkeiten etwas zu sehen imstande sein könnte, bedeutet das Suggestion.«
»Okay. Ich werde besonders vorsichtig sein. Keine Sorge.«

Gary hatte das Foto von Sandra Whiley in der einen Hand und ihr Malteserkreuz in der anderen. Es war ihm sehr unangenehm, das Schmuckstück der Toten in der Hand zu halten, aber Downes hatte ihm versichert, das würde seine medialen Fähigkeiten steigern.
»Okay, Gary, schließen Sie die Augen, und entspannen Sie sich wie vorhin.«
Downes wartete schweigend, während Gary den Kopf nach hinten neigte. Kurz darauf sackte ihm der Kopf zur Seite, so daß seine Wange fast die Schulter berührte. In Garys Kopf drehte sich alles. Vor Erschöpfung lockerte sich sein Griff um das Malteserkreuz, und die Kette schlüpfte ihm durch die Hand und baumelte kurz über dem Boden.

»Spüren Sie das Kreuz in Ihrer Hand?« fragte Downes.
»Hm-hm.«
»Gut, Gary, ich werde Ihnen einen Trick verraten, den Sie aufgrund Ihrer besonderen Fähigkeiten mit diesem Kreuz durchführen können. Es ist ein Trick, den wir gewöhnliche Menschen nicht ausführen können, und er heißt ›Projektionsübertragung‹. Das dort ist Sandys Kreuz. Sie trug es, als sie ermordet wurde. Ich möchte, daß Sie Ihr übernatürliches Bewußtsein in dieses Kreuz projizieren und mir sagen, was Sandy gesehen hat und was der Mörder gesehen hat. Entspannen Sie sich.«
Gary ließ seinen Gedanken freien Lauf, aber das Bild auf der Leinwand war verschwommen.
»Können Sie Sandy sehen?« fragte Downes.
»Langsam sehe ich sie weiter weg. Verstehen Sie, nachdem ich vorbeigegangen bin«, antwortete Gary mit vor Erschöpfung träger Stimme, die alle Worte nuschelig klingen ließ. »Sie ... sie ... Er hält sie fest.«
»Okay«, sagte Downes, plötzlich aufgeregt. »Genau das ist es, was wir brauchen.«
»Er klammert sich an sie.«
»Als versuchte sie, sich loszureißen?«
»Yeah. Es sieht so aus, als hätte sie ihm eine geklebt.«
»Sandy hat sich gewehrt?«
»Hm-hm. Und dann ...«
»Ja, Gary, Konzentrieren Sie sich. Gebrauchen Sie Ihre Fähigkeiten.«
»Seine rechte Hand. Es sieht so aus, als würd sie sich nach unten bewegen.«
»Sackt sie runter oder ...?«
»Als ob er sie schlägt.«
»Genau das wollen wir hören. Genau das, Gary. So, wir wissen jetzt, er hat sie gepackt und zurückgerissen, und sie ist herumgewirbelt. Das haben Sie gesehen, als Sie vorbeigegangen sind. Dann hat sie ihn geschlagen, und er schlägt sie mit seiner rechten Hand. Jetzt möchte ich, daß Sie nach noch etwas suchen. In diesem Moment, als der Unbekannte sie schlägt. Er müßte sie mit einem Gegenstand geschlagen haben. Etwas in seiner rechten Hand. Was

benutzt er? Das ist sehr wichtig. Ich möchte, daß Sie durch Sandys Augen auf seine rechte Hand schauen und mir erzählen, was Sie sehen.«

Gary konzentrierte sich so fest er konnte. Was konnte das sein? Dann fiel ihm ein, was die beiden Frauen auf der Hochzeit über das zerhackte Gesicht des Mädchens gesagt hatten. Was hatten sie denn gesagt, was der Mörder benutzt hatte?

»Ich versuche es, aber ich kann es nicht erkennen.«

»Wenn es jemand kann, dann Sie, Gary. Sie haben Fähigkeiten, die sonst keiner hat. Sie sind der Mann mit diesen Fähigkeiten.«

Gary machte die Augen auf. »Es ist fast da, aber ...«

Downes dachte an die Stelle der Kopfverletzungen. Er erhob sich. »Stellen Sie es sich vor, Gary«, sagte er und bewegte unbewußt die rechte Hand auf und nieder. »Sagen Sie mir, was er in seiner Hand hält.«

Gary schloß seine Augen und rief sich die Autopsiefotos in Erinnerung, die ihm Bob Patrick gezeigt hatte, kurz bevor er das Schwarzlicht angewandt hatte. Dann fiel ihm wieder ein, was die Dame auf der Hochzeit gesagt hatte.

»Es glänzt«, sagte er plötzlich.

»Hä?«

»Es glänzt wie Metall.«

»Wie ein ... wie was? Glänzend wie ein Messer?«

»Yeah, glänzend.«

»Sie besitzen doch Messer, Gary. Ist es wie ein Messer von Ihnen?«

»Kein Messer.«

»Kein Messer?«

»Er hat sie zerhackt. Zerhackt mit einer ... einem Beil.«

Downes Herz machte einen Sprung. »Was für ein Beil?«

»Ich kann die Klinge nicht sehen, aber ich glaub, es ist ein Beil.«

In dem langen Vernehmungstisch war eine Schublade, in der Kugelschreiber, Papier und ein Lineal lagen. Downes nahm Gary das Foto von Sandy aus der rechten Hand und drückte ihm statt dessen das Lineal hinein.

»Nehmen Sie das Lineal in die Hand.«

Gary gehorchte.

»Gary, Sie sind unglaublich. Ich habe noch nie jemanden mit Ihren

Fähigkeiten gesehen. Also, für mich ist dies ein Lineal, aber mit Ihrem übernatürlichen Bewußtsein können Sie die ›Projektionsübertragung‹ dazu benutzen, um dieses Lineal in das Beil zu verwandeln. Fühlen Sie es? Spüren Sie das silbern glänzende Beil?«
Gary nickte.
»Sehr gut. Und jetzt kommt es völlig auf Sie an. Ich werde jetzt aufstehen, und Sie auch. Ich werde Sandy sein, also mache ich mich ein bißchen kleiner, und Sie werden sich von dem Beil dazu bewegen lassen, so zuzuschlagen, wie es der Mörder getan hat, damit wir sehen können, wie Sandy ermordet wurde.
Okay, stehen Sie auf, und lassen Sie die Augen geschlossen. Ich stehe direkt vor Ihnen. Nur bin ich jetzt Sandy. Sind Sie bereit?«
Gary nickte.
»Lassen Sie's strömen, Gary. Erster Schlag. Wo traf der?«
Gary hob seinen Arm schwerfällig in die Höhe. »Oben auf dem Kopf«, sagte er, während sein Arm langsam herabsank.
»Großartig. Was dann?«
Gary sah alles. Sein Arm schwang zur Seite.
»Ein anderer auf der rechten Seite«, sagte er. »Und noch einer.«
Blut sprudelte aus Sandys Gesicht, als die Klinge des Beils hineinschnitt. Garys Arm hob und senkte sich. Ihr Gesicht löste sich auf, als sie nach hinten fiel, es flog auseinander wie Scherben eines zertrümmerten Spiegels. Gary hielt inne.
»Was ist los?« fragte Downes.
»Ich mag ihr Gesicht so nicht.«
»Was meinen Sie damit?«
»Das Blut.«
»Sehen Sie ihr Gesicht, wie es zerhackt ist?«
»Ja.«
»Wo ist der Mörder, Gary?«
»Über ihr.«
»Können Sie sein Gesicht sehen?«
»Nein.«
»Strengen Sie sich an, Gary.«
»Ich kann es nicht sehen.«
»Okay, mein Junge. Sie machen das phantastisch. Fahren Sie fort. Ich habe noch nie jemanden mit solchen Fähigkeiten wie Ihren

kennengelernt. Also, setzen wir diese Kräfte ein. Lassen Sie sie durch Sandys Medaillon strömen. Gott helfe Ihnen, das Beil zu sehen. Können Sie es sehen?«

»Ja.«

»Okay. Der Mörder hat das Beil weggeschafft. Wo ist es jetzt?«

»Er … er hat es weggeworfen.«

»Wo, Gary?«

»Er hat's wegen dem Blut weggeworfen. Er wollte dieses ganze Blut nicht sehen.«

»Aber wo hat er es hingeworfen? Helfen Sie uns, es zu finden. Projizieren Sie sich in das Beil.«

Garys Kopf wackelte hin und her. Er befeuchtete seine Lippen.

»Er rennt zu einem dunklen Ort, weil er Angst hat.«

»Irgendein dunkler Ort? Aber wo?«

»Einfach dunkel. Ich weiß nicht.«

»Na los, Gary. Lassen Sie mich jetzt nicht im Stich. Benutzen Sie Ihre besonderen Fähigkeiten.«

»Ich versuch's ja, Sergeant, aber er ist zu weit von Sandy weg, um ihn zu sehen.«

»Sie meinen, er ist aus dem Park rausgelaufen?«

»Yeah. Sie kann ihn nicht sehen.«

»Wo ist Sandy?«

»Am Brunnen.«

»Wie ist sie dort hingekommen?«

»Sie … sie ist hingelaufen.«

»Okay.«

»Dann, nachdem er sie zerhackt hatte, war sie am Brunnen.«

»Sie haben es gesehen?«

»Yeah.«

»Ist viel Blut an dem Mörder?«

»Ja.«

»Hat der Mörder das Blut abgewaschen?«

»Ich kann es nicht sehen. Er ist zu weit weg.«

»Okay. Ein letzter Versuch mit was anderem. Warum hat der Mörder Sandy getötet? Wissen Sie, warum er es getan hat?«

Gary dachte an das Mädchen im Wohnheim und an das Mädchen im Stallion und wie er sich wünschte, sie würden ihn lieben. Viel-

leicht hatte der Mörder Sandy gebeten, seine Freundin zu sein, und sie hatte nein gesagt, wie das Mädchen in der Bar.
»Er wollte, daß Sandy nett zu ihm wäre, aber sie hat nein gesagt.«
»Sie sollte nett sein?«
»Ihn lieben, aber sie wollte ihn nicht lieben, und er ist wütend geworden.«
»So wie Sie auf Karen Nix wütend wurden?«
»Yeah.«
Downes hätte eigentlich müde sein sollen, aber er war in solcher Hochstimmung, daß er die Erschöpfung nicht spürte.
»Habe ich Ihnen geholfen?« fragte Gary.
»Aber ja. Sie waren eine große Hilfe.«
»Darf ich jetzt nach Hause?«
»Noch nicht.«
»Warum nicht?«
»Gary, ich will ehrlich zu Ihnen sein. Wir haben ein großes Problem.«
»Was für ein Problem?«
»Das Problem, daß Sie soviel über Sandys Ermordung wissen.«
»Ich habe es doch mit meinen Fähigkeiten gesehen.«
»Gut, das mag ja sein, aber das erklärt eines nicht. Bob Patrick hat mir erzählt, was er an Ihren Händen gesehen hat.«
Garys Augen weiteten sich.
»Was haben Sie gesehen, Gary?«
»B... Blut.«
»Was meinen Sie, warum Sie das Blut gesehen haben?«
»Ich weiß nicht.«
»Blut erscheint doch nicht einfach so auf den Händen von jemandem. Wo kam es denn her?«
Gary begriff, was Downes damit meinte, und er begann sich auf seinem Stuhl zu winden.
»Oh, nein, Sergeant. Ich könnte so was nicht tun.«
»Wissen Sie, was Sie eben gesagt haben, Gary? Sie haben ›könnte‹ gesagt. Sie haben nicht gesagt: ›Ich habe dieses Mädchen nicht getötet.‹ Warum haben Sie nicht klipp und klar gesagt, daß Sie Sandy nicht getötet haben?«
»Ich ... ich weiß nicht.«

»Sie waren an dem Abend betrunken, nicht wahr?«
»Yeah.«
»Und Sie haben mir erzählt, daß Sie sich nicht deutlich erinnern können, weil Sie zuviel getrunken hatten.«
Gary nickte.
»Überlegen Sie. Warum haben Sie gesagt: ›Ich könnte nicht‹ statt ›Ich habe nicht‹?«
Gary sah Downes flehend an und fragte: »Denken ... denken Sie, ich habe das Mädchen umgebracht?«
»Ich weiß es nicht, Gary. Ich war nicht dabei. Nur Sandy und ihr Mörder waren dabei. Aber Sie würden es in Ihrem Herzen wissen, ob Sie es getan haben. Auch wenn Sie sich mit Ihrem Bewußtsein nicht daran erinnern könnten, weil Sie so betrunken waren, würde Ihr Unterbewußtsein es wissen.«
»Ich ... ich kann mich nicht erinnern, daß ich jemanden getötet habe, Sergeant. Ehrlich. Wenn ... wenn ich's getan habe, erinner ich mich nicht dran.«
Gary leckte sich die Lippen. Könnte er Sandy getötet und es vergessen haben? Könnte er die Dinge getan haben, die er auf der Kinoleinwand gesehen hatte?
»Na, Gary?«
»Ich ... ich könnte so was nicht tun«, sagte Gary verzweifelt. »Nein, nein, ich könnte es nicht. Oder?«
»Ich weiß es nicht, Gary. Aber warum unterhalten wir uns nicht darüber?«

Teil 4

# Die Chance des Lebens

# Elftes Kapitel

## 1

Peter war so niedergeschlagen, daß er bis um halb drei nicht einschlafen konnte. Insgesamt blieben ihm so gerade zwei Stunden in der Falle, ehe er vom Klingeln des Telefons aus dem Bett geholt wurde.

»Hallo«, krächzte er und blinzelte zur Uhr.

»Pete, ich bin's, Steve Mancini.«

»Steve? Bist du nicht auf deiner Hochzeitsreise?«

»War ich. Donna und ich sind auf dem Rückweg nach Whitaker. Gary ist verhaftet worden.«

»Er ist doch nicht etwa wieder als Spanner festgenommen worden?« fragte Peter. Er hatte Steve von Garys Festnahme erzählt, und Steve hatte Gary den Job gerettet. Auch er hatte beschlossen, die Geschichte von Garys Verhaftung vor Donna und Garys Eltern zu verheimlichen.

»Gary wird ein Mord zu Last gelegt, Pete. Es geht um dieses Mädchen am Wunschbrunnen.«

»Du große Scheiße.«

»Ich bin erst um elf oder so wieder in Whitaker. Er braucht aber sofort einen Anwalt. Die Bullen machen Hackfleisch aus ihm, wenn sie Gary alleine in die Mangel nehmen.«

»Steve, ich habe das größte Mitgefühl. Ich meine, Gary ist bestimmt ein netter Kerl, und es hat mir Freude gemacht, ihm aus der Patsche geholfen zu haben, aber ich bin nicht der Richtige. Ich bin mit Strafsachen erst … wie lange befaßt? Zwei Monate? Im einzigen Fall, den ich ganz allein vertreten haben, ging's um einen entzogenen Führerschein, und ich habe die Sache verloren.«

»Ich bitte dich nicht, den Fall zu übernehmen. Ich möchte nur, daß du sicherstellst, daß Gary nicht irgendwelche Dummheiten macht, bevor ich mit ihm rede.«

»Warum rufst du nicht Amos an oder sonst irgend jemanden mit mehr Erfahrung?«
»Nimm's mir nicht übel, aber ich habe meine Zweifel, daß Geary um diese Zeit nüchtern ist, und neben den Anwälten, die in Whitaker Strafrecht praktizieren, sieht Clown Bozo wie Perry Mason aus. Du bist der einzige, von dem ich erwarten kann, daß er das richtig macht.«
Peter war ein paar von den Anwälten begegnet, die in den Kriminalgerichten von Whitaker tätig waren. Mancini hatte recht. Sie waren nicht besonders geschickt. Und Steve wollte ja nur, daß Peter auf seinen Schwager aufpaßte, bis er wieder in der Stadt war. Es war das mindeste, was er für einen der wenigen Menschen in Whitaker, die er als Freund bezeichnen konnte, tun mußte.
»Was soll ich Gary von dir sagen?« fragte Peter.
»Du machst es?«
»Ja, ja. Na los. Erzähl mir, was ich wissen muß.«
»Ich bin dir sehr verpflichtet.«
»Aber vergiß es nicht. Also, was soll ich im Gefängnis machen?«

Peter stand auf, als Gary in den Raum hereinwankte, in dem Peters fruchtloses Gespräch mit Christopher Mammon stattgefunden hatte. Im schwachen Licht des Tagesanbruchs schien alle Farbe aus Harmons Gesicht gewichen zu sein. Unter den Augen hatte er dunkle Ringe, und sein ungekämmtes Haar war vom kurzen Schlaf zerwühlt.
»Ich bin Peter Hale, Gary. Ich habe Ihnen geholfen, als Sie am College festgenommen wurden. Erinnern Sie sich an mich?«
Gary nickte.
»Setzen Sie sich doch.«
Peter wies auf den Metallklappstuhl auf der anderen Seite des Holztisches. Gary schlurfte heran. Ein saurer Geruch stieg Peter in die Nase, als Gary näher kam. Es war die eigentümliche Mischung aus Angst, Schweiß und Desinfektionsmitteln, die Peter inzwischen mit Gefängnisinsassen assoziierte. Er rutschte ein Stück vom Tisch zurück, um die Entfernung zwischen sich und dem Gefangenen zu vergrößern.
»Werden Sie ordentlich behandelt?« fragte Peter.

Gary nickte. »Wann komme ich nach Hause?«
»Ich weiß nicht, Gary. Ich glaube, Sie werden 'ne Weile bleiben müssen.«
»Mir gefällt's hier nicht.«
»Yeah, klar, niemandem gefällt's im Gefängnis.«
»Können Sie mich nicht rausholen?«
»Ich werde nicht Ihr Anwalt sein, Gary«, stellte Peter fest. »Steve Mancini hat mich gebeten auszuhelfen, bis er wieder da ist. Er ist gerade mit dem Wagen aus Portland unterwegs. Gegen Mittag müßte er in Whitaker sein, und ich bin sicher, dann kommt er gleich her.«
»Sergeant Downes hat gesagt, ich hätte geholfen, den Mörder zu schnappen. Er sagt, ich war ein guter Detektiv. Warum läßt er mich nicht gehen?«
»Vielleicht kann der Sergeant Sie nicht laufen lassen. Ihnen wird ein ziemlich ernstes Verbrechen zur Last gelegt. Ich glaube, da brauchen Sie die Erlaubnis eines Richters.«
»Wird Steve den Richter bitten, daß er mir hilft?«
»Und ob«, antwortete Peter. Steve hatte Peter gesagt, daß in einem Mordfall Entlassung auf Kaution nicht automatisch gewährt wurde. Wenn sich die Anklage der Entlassung widersetzte, mußte es eine Voruntersuchung geben. Gary sah so jämmerlich aus, daß Peter nicht den Mut hatte, ihm zu sagen, daß er möglicherweise nicht aus dem Gefängnis frei komme.
»Ich mag das Gefängnis nicht. Ich bin hier eingesperrt. Und ich mag die Leute hier nicht. Sie machen mir angst. Sie beschimpfen mich und sagen Sachen über das Mädchen. Sie sagen, ich werde auf dem elektrischen Stuhl sterben. Sie sagen, mein Gehirn wird kochen und schmelzen.«
»Gary, in Oregon gibt's keinen elektrischen Stuhl. Diese Leute hänseln Sie. Hören Sie nicht auf sie.«
»Das kann ich nicht. Sie sagen es immerfort. Bitte, holen Sie mich hier raus. Sie haben mich doch schon mal rausgeholt, als ich festgenommen wurde.«
»Das war was anderes. Da bin ich gerade zufällig über den Campus gegangen, als Sie geschnappt wurden. Ich habe eigentlich gar nichts gemacht. Sergeant Downes hat beschlossen, Sie nicht verhaften zu

lassen. Wenn Sie angeklagt worden wären, wäre ich nicht Ihr Anwalt gewesen.«
Gary machte ein so trauriges Gesicht, daß Peter, um ihn abzulenken, fragte: »Hat die Polizei mit Ihnen gesprochen?«
»Hm-hm.«
»Wie lange hat sie mit Ihnen gesprochen?«
»Lange.«
»Eine Stunde? Zwei Stunden? Können Sie mir genau sagen, wie lange?«
»Es hat richtig lange gedauert. Ich bin müde geworden. Ich habe drei Hamburger gegessen.«
»Und die Polizisten haben die ganze Zeit mit Ihnen geredet?«
Gary nickte.
»Warum meint die Polizei, Sie hätten Sandy Whiley ermordet? Haben Sie Sergeant Downes gesagt, Sie hätten sie getötet?«
»Nein. Ich hab bloß gesehen, wie das Mädchen ermordet wurde.«
»Sie haben den Mord gesehen?«
»Zum Teil mit meinen Augen und zum Teil mit meinem Bewußtsein.«
»Ich verstehe nicht. Was soll das heißen, Sie haben den Mord zum Teil mit Ihrem Bewußtsein gesehen?«
»Ich habe diese Fähigkeiten. Übernatürliche Fähigkeiten. Ich hatte keine Ahnung, daß ich sie habe, aber ich habe sie. Sergeant Downes hat mir gezeigt, was ich machen muß, damit ich sehe, wer Sandy ermordet hat. Ich war furchtbar müde, aber ich habe es getan, um zu helfen. Jetzt verlier ich bestimmt meinen Job, weil ich nicht zur Arbeit gehen kann. Mom wird furchtbar wütend sein.«
»Ich bin sicher, jemand wird mit dem College über Ihren Job reden, und Ihre Mom wird nicht wütend sein. Sie liebt Sie doch. Sie weiß, daß es nicht Ihre Schuld ist, daß Sie nicht zur Arbeit gehen können. Also, versuchen Sie mal drüber nachzudenken, warum Sie eingesperrt sind. Was meinen Sie damit, Sie hätten gesehen, wie Sandy umgebracht wurde?«
»Mit meinen Fähigkeiten kann ich die Augen zumachen und sehen, was in der Vergangenheit passiert ist.«
»Sie meinen, Sie denken es sich aus?«
»Nein, ich sehe es richtig passieren. Nur wenige Menschen ha-

ben meine Fähigkeiten. Sergeant Downes sagt, ich hätte die besten Fähigkeiten von allen. Noch bessere als diese Leute im Fernsehen.«

»Was haben Sie Sergeant Downes denn erzählt, was Sie mit Hilfe Ihrer Fähigkeiten gesehen haben?«

»Ich hab gesehen, wie Sandy ermordet wurde.«

»Haben Sie gesehen, wer sie ermordet hat?«

Gary schüttelte den Kopf. »Es war dunkel. Ich konnte sein Gesicht nicht sehen. Aber ich hab gesehen, wie er's gemacht hat.«

»An wieviel erinnern Sie sich von dem Abend, wenn Sie Ihre Fähigkeiten nicht benutzen?«

Gary machte ein einfältiges Gesicht.

»Ich erinner mich an überhaupt nicht viel. Alle haben sie mir Drinks spendiert wegen der Hochzeit.«

»Ich stelle Ihnen jetzt eine ernste Frage, und ich möchte, daß Sie sich alle Mühe geben, sie zu beantworten.«

Gary setzte sich gerade hin und konzentrierte sich, um Peter die richtige Antwort zu geben.

»Ist es möglich, daß Sie das Mädchen umgebracht haben, aber Sie erinnern sich nicht daran, weil Sie getrunken hatten?«

Gary leckte sich die Lippen. Er sah sehr verängstigt aus.

»Ich … ich glaube nicht, daß ich sie umgebracht habe.«

»Sie glauben nicht, daß Sie sie umgebracht haben? Das ist nicht dasselbe wie sicher zu sein.«

»Ich … ich könnte das Mädchen nicht umgebracht haben«, sagte Gary unsicher.

»Woher wissen Sie dann so viel über den Mord? Ich kaufe Ihnen diesen Quatsch mit den übernatürlichen Fähigkeiten nicht ab. Ich möchte, daß Sie ehrlich zu mir sind. Haben Sie's getan?«

Gary schluckte. Er kaute an seiner Lippe und blickte sich in dem engen Raum um, als versuchte er einen Ausgang zu finden.

»Gary?«

Gary drehte seinen Kopf langsam zu Peter zurück. Tränen standen ihm in den Augen.

»Ich möchte nach Hause.«

»Versuchen Sie, Ihre Gedanken beisammenzuhalten, Gary. Wir haben eben über den Mord gesprochen.«

»Ich möchte nicht mehr darüber reden. Ich habe nichts Böses getan. Ich bin ein braver Junge. Ich will zu Mama. Ich will nach Hause.«

## 2

Am Sonntagmorgen um acht Uhr rief Becky O'Shay Staatsanwalt Earl Ridgely zu Hause an und bat ihn um einen Termin in seinem Büro. Als er um halb zehn dort ankam, wartete Becky bereits auf ihn. Ridgelys geräumiges Eckdienstzimmer blickte auf den Wishing Well Park und die langsamen Windungen des Camas River hinaus, aber Miss O'Shay interessierte die Aussicht nicht. Sie sprang auf, als ihr Chef hereinkam.

»Wir haben ihn«, sagte Becky aufgeregt. »Er hat gestanden. Wir kennen das Motiv …«

»Langsam, Becky. Von wem sprechen Sie?«

»Von dem Mann, der Sandra Whiley getötet hat. Wir haben ihn dingfest gemacht.«

Ridgely wurde rot vor Zorn. »Warum hat man mich nicht unterrichtet? Ich sollte benachrichtigt werden, wenn es in dem Fall einen Durchbruch gibt.«

»Wir waren uns bis heute morgen nicht sicher, ob wir den Richtigen haben. Um vier Uhr heute früh haben Dennis Downes und ich beschlossen, Sie nicht zu wecken.«

Ridgelys Zorn legte sich so schnell, wie er gekommen war. Die Ergreifung von Sandra Whileys Mörder war das Wichtigste.

»Wer ist es?«

»Gary Harmon.«

»Doch nicht Jesses und Alices Sohn?«

Becky nickte. Ridgely ging langsam zu seinem Stuhl und setzte sich. In seinem Kopf drehte es sich.

»Ich kenne Gary seit seiner Geburt. Ich war gestern auf Donnas Hochzeit.«

»Ich weiß. Es ist schrecklich. Aber es besteht kein Zweifel, daß er es war.«

»Was ist Ihr Beweis?«

Becky begann bei dem Zwischenfall, als Gary beim Spannen ertappt wurde, und klärte Ridgely über die pornographischen Magazine auf,

die bei der Durchsuchung von Garys Haus gefunden worden waren. Dann kam sie auf den Übergriff gegen Karen Nix zu sprechen und Garys Drohung, sie umzubringen.
»Die Nix und Sandra Whiley sehen sich ähnlich. Wir glauben, Miss Nix war als Opfer gemeint, aber Harmon fiel irrtümlich über die Whiley her. Aus der Spannergeschichte, den Pornos und der Art, wie er mit der Abfuhr durch die Nix umging, wird deutlich, daß Harmon ein sonderbares Verhältnis zu Frauen hat.«
»Wissen Sie etwas über Gary?« fragte Ridgely.
»Ich habe einen Teil des Verhörs verfolgt.«
»Er ist leicht retardiert. Er ist wie ein Kind.«
»Und Kinder haben eine schwache Triebkontrolle. Außerdem haben wir so gut wie ein Geständnis. Zuerst behauptete Harmon, er wisse überhaupt nichts von dem Mord. Dann gab er zu, er habe den Mörder mit der Whiley am Eingang zum Wishing Well Park kämpfen sehen. Je länger er redete, desto mehr Einzelheiten nannte er.«
»Hat er denn zugegeben, Sandra Whiley getötet zu haben?«
»Nein, er hat es aber auch nicht abgestritten.«
»Was hat er gesagt?«
»Zuerst behauptete er, er wäre zu betrunken gewesen, um sich an irgend etwas zu erinnern, aber schließlich nannte er Dennis Einzelheiten des Mordes, die nur der Täter wissen kann.«
»Zum Beispiel?«
»Er wußte, wo Whiley die tödlichen Schläge getroffen hatten, und er sagte, die Mordwaffe war ein Beil.«
»Was?!«
»Eine ziemlich merkwürdige Wahl für eine Mordwaffe, nicht? Und zufällig die Waffe, mit der die anderen beiden Frauen getötet wurden.«
Ridgely machte ein verdutztes Gesicht. »Haben Sie Gary nach den anderen Morden befragt?«
»Nein. Wir wollten uns auf die Sache Whiley konzentrieren. Wir hatten Angst, ihn zu erschrecken, wenn wir anfingen, nach den anderen Verbrechen zu fragen. Aber für mich gab das Beil den Ausschlag. Dennis sagt, wir haben die Art der Waffe, die bei den anderen Morden benutzt wurde, geheim gehalten, um falschen Geständnissen einen Riegel vorzuschieben.«

Ridgely drehte seinen Stuhl herum. Morgennebel waberte zwischen den niedrigen braunen Hügeln auf der gegenüberliegenden Flußseite. Becky wartete gespannt, während ihr Chef innerlich verarbeitete, was sie ihm eben erzählt hatte. Als er sich wieder herumdrehte, sah er erschöpft aus.
»Jesse und Alice lieben diesen Jungen. Sie haben so große Opfer für ihn gebracht.« Er schüttelte seinen Kopf. »Es gibt Zeiten, da hasse ich diese Arbeit.«

## 3

Steve Mancinis Kanzlei lag in einem massiven, erdbraunen Flachbau am Rande des Stadtzentrums, fünf Querstraßen vom Gericht entfernt. Auf der einen Seite des Hauses verlief die Pearl Street. Auf der anderen Seite bildete ein schmaler Parkplatz einen Puffer zwischen dem Haus und einem mexikanischen Restaurant. Auf der Rückseite waren ein weiterer Parkplatz und ein hoher Holzzaun, der die Parkfläche von einem Wohnviertel mit ziemlich heruntergekommenen Häusern trennte. RECHTSANWALTSBÜRO STEPHEN L. MANCINI verkündeten schwarze Blockbuchstaben auf einem Schild, das neben der Haustür angebracht war. Unter Mancinis Namen firmierten in kleineren Buchstaben zwei andere, allein praktizierende Anwälte, die bei ihm gemietet hatten.
Steves Büro lag auf der Rückseite des Hauses in der Nähe zur Hintertür. Eine billige Holztäfelung, ein großer imitierter Perserteppich und ein Schreibtisch von der Größe eines Schlachtschiffs bildeten die Einrichtung. Vor einem Monat hätte Peter das Büro für protzig gehalten, aber der Dienst in Amos Gearys Dreckloch hatte seine Sinne abgestumpft.
»Hast du mit Gary gesprochen?« fragte Mancini, kaum daß Peter Platz genommen hatte. Beide sahen erschöpft aus, weil sie zuwenig geschlafen hatten.
»Ich war heute morgen bei ihm, gleich nachdem du angerufen hattest.«
»Wie hält er sich?«
»Nicht allzugut. Der arme Junge hat dauernd nach dir gefragt.«

»Ich gehe heute nachmittag zu ihm.«
»Äh, wie beschränkt ist Gary eigentlich?«
»Er ist geistig zurückgeblieben, aber er hat die High-School geschafft, und er kann arbeiten. Warum?«
»Es sieht so aus, als hätte Dennis Downes sich mit ihm ein paar Spielchen erlaubt.«
»Was meinst du damit?«
»Downes hat Gary dazu verleitet, über den Fall zu sprechen, indem er ihm einredete, er wär ein Detektiv. Er hat Gary weisgemacht, er hätte übernatürliche Fähigkeiten und könnte Gedanken lesen oder irgend so ein Blödsinn.«
Mancini machte ein verdutztes Gesicht. »Ich kenne Dennis. Er ist ein netter Kerl. Ich kann mir nicht vorstellen, daß er Gary dermaßen hinters Licht führen würde.«
»Mich interessiert nicht, wie nett Downes früher mal gewesen ist. Dieses Zeug mit dem übernatürlichen Bewußtsein hört sich wie ein Trick an, den man verwendet, um jemanden reinzulegen, der nicht allzu gescheit ist. Du gehst der Sache besser mal nach.«
Mancini machte ein betretenes Gesicht. Er griff zu einem Bleistift und trommelte damit auf den Schreibtisch.
»Ich habe ein Problem, Pete. Auf der Rückfahrt hatte ich viel Zeit zum Nachdenken. Es ist ausgeschlossen, daß ich in diesem Fall als Hauptverteidiger fungiere. Ridgely könnte auf Todesstrafe plädieren. Stelle dir vor, wie es sich auf meine Ehe auswirken würde, wenn ich verliere. Donna liebt den Jungen. Sie würde mir nie verzeihen.«
»Ich verstehe, was du meinst. Dann wirst du jemanden aus Portland hinzuziehen müssen, der einen Fall wie diesen vertreten kann. Vielleicht Michael Palmer oder Ann Girard?«
Mancini schüttelte den Kopf. »Geschworenenjurys aus Whitaker akzeptieren so einen Außenstehenden nicht. Ich habe gesehen, was passiert, wenn einer von diesen geleckten Großstadttypen in unser Nest gerollt kommt. Ridgely verspeist sie zum Abendessen. Nein, Pete, ich hatte an dich gedacht.«
»An mich?« lachte Peter nervös. »Du machst wohl Witze. Ich wohne kaum zwei Monate in Whitaker. Ich bin genauso ein Außenstehender wie jeder andere Anwalt aus Portland. Und ich habe dir ja bereits erklärt, wie wenig Strafrechtserfahrung ich habe.«

Mancini sah Peter in die Augen.
»Du mußt den Fall nicht übernehmen, aber wenn du's nicht tust, wirst du es bereuen. Ich gebe dir die Chance deines Lebens. Solltest du Garys Fall gewinnen, wirst du der berühmteste Anwalt im Osten des Staates sein. Du wirst für jeden Farmer und Rancharbeiter, dem zwischen Whitaker und der kalifornischen Grenze Unrecht geschieht, der Typ sein, zu dem ›man geht‹. Ich brauche dir nicht zu erzählen, wieviel Geld Ron Sissler, Dave MacAfee und Ernie Petersen damit verdienen, daß sie für die Versicherungsgesellschaften die Klageansprüche bestreiten. Pete, bei jedem Anspruch, den sie bestreiten, steht auch immer ein Anwalt auf der anderen Seite. Dieser Anwalt könntest du sein.«
»Das wäre toll, Steve. Aber berühmt würde ich nur, wenn ich gewinnen würde. Ein Mordprozeß ist für mich eine Nummer zu groß.«
»Mach dich nicht lächerlich. Er ist nicht so kompliziert wie manches von dem Zeug, das du bei Hale, Greaves erledigt hast. Außerdem helfe ich dir. Ich habe in Kriminalfällen viel Erfahrung.«
Mancini brachte Peter zum Nachdenken. Er war bei mehreren größeren Fällen zweiter Mann neben seinem Vater gewesen, und er hatte eine Reihe kleinerer Sachen vertreten, die viel unangenehmer waren als jeder Kriminalfall.
»Erzähl mir bloß nicht, daß du das Geld nicht gebrauchen kannst«, sagte Mancini.
»Tja, sicher, aber ... Um welche Größenordnung geht's hier eigentlich?«
»Du müßtest mindestens hundert Riesen verlangen. Zum Beispiel für Sachverständige, Recherchen.«
»Haben Harmons denn so viel Kohle?«
»Jesse Harmon ist sehr reich, und er gibt keinen Groschen aus, den er nicht ausgeben muß, aber für Gary würde er seine letzten Ersparnisse drangeben.«
»Was ist mit Amos?« fragte Peter, der sich plötzlich an seinen Chef erinnerte. »Er würde es niemals zulassen, daß ich Gary verteidige. Wir stecken bis über den Hals in Gerichtsterminen. Wenn ich Gary vertreten sollte, hätte ich für nichts anderes Zeit.«
Mancini lehnte sich auf seinem Stuhl zurück und hielt den Bleistift in beiden Händen. Dann sagte er: »Scheiß auf Amos Geary.«

»Was?«
»Der soll dich am Arsch lecken. Himmelherrgott, Pete, er ist ein alter, abgewirtschafteter Säufer. Ich kann nicht glauben, daß ein Mann wie du sich mit so einem heruntergekommenen Saufbold belastet.«
Mancini beugte sich langsam vor. Er zeigte mit dem Bleistift auf Peter.
»Hast du gesehen, was in dieser Stadt als Anwalt durchgeht? Wir sind viel größer als die, Pete. Wenn Mountain View ins Rollen kommt, bin ich Millionär, aber ich werde auch viel Zeit auf das Projekt verwenden müssen. Ich könnte auf der Stelle einen Partner gebrauchen, aber in den drei Countys hat's nicht einen einzigen Rechtsanwalt gegeben, den ich in die Nähe auch nur einer meiner Akten gelassen hätte, bis du gekommen bist.
Denk mal drüber nach, Pete. Du und ich und all die Klienten, die von dem Mann vertreten werden wollen, der den Wishing-Well-Fall gewonnen hat. Was zahlt Amos dir denn? Ich wette, es sind keine hunderttausend pro Jahr. Und das hier ist bloß *ein* Fall.«
Peters Herz schlug schnell. Amos Geary war gerade in der Cayuse County, um einen Raubfall vor Gericht zu verhandeln. Er würde die ganze Woche dort sein. Was würde er sagen, wenn er bei seiner Rückkehr erführe, daß Peter Garys Anwalt war? Was könnte er sagen? Wenn Peter den Fall schon eine Woche bearbeitete, wäre es ein Fait accompli. Geary würde die Tatsache akzeptieren müssen, daß Peter Gary Harmon verteidigte.
»Es klingt verführerisch«, sagte Peter, »aber ich sollte wirklich noch mal drüber nachdenken.«
»Pete, ich dränge dich ungern, aber Harmons sind hier, jetzt.«
»Was?«
»Sie sind im Konferenzzimmer und warten darauf, dich kennenzulernen.«
»Ist das wahr?«
»Ich habe dich ihnen als den einzigen Menschen in Whitaker dargestellt, der befähigt ist, Gary zu verteidigen. Sie sind bereit, dich zu engagieren.«
»Ich weiß nicht ...«
»Jesse will sofort einen Rechtsvertreter für seinen Jungen haben.

Wenn du nicht darauf anspringst, wird er das als Zeichen ansehen, daß du dich nicht für potent genug hältst, den Fall zu übernehmen. Und ich brauche dich als Garys Anwalt. Er ist mein Schwager. Der arme Junge braucht meine Hilfe. Wenn du Hauptverteidiger bist, kann ich mit dir zusammenarbeiten. Wir werden ein phantastisches Team abgeben.«

Für den Bruchteil einer Sekunde kam Peter der Gedanke, daß Gary sterben könnte, wenn er den Fall vermasselte, aber er verbannte diese Gewissensbisse aus seinen Gedanken. Mit Steve als seinem Partner würde Gary eine großartige Verteidigung bekommen.

Peter sah sich bereits als den berühmtesten Anwalt in Ost-Oregon, der im Geld schwamm und sich die Bittsteller herauspicken konnte, die ihn anflehten, ihre Fälle zu übernehmen. Er träumte von einer Szene, in der sein Vater entgeistert auf eine Schlagzeile in *The Oregonian* starrte, die lautete:

> Peter Hale erreicht Freispruch
> im größten Mordprozeß in der
> Geschichte Ost-Oregons

Peter hatte nicht vor, sein Leben damit zu verbringen, für Hungerhonorare Verkehrssachen vor Gericht zu vertreten. Steve Mancini hatte Vertrauen in Peters Fähigkeiten, und er bot ihm die Chance seines Lebens.

»Gut, laß es uns machen!« sagte Peter.

Mancini grinste ihn an. »Das war die klügste Entscheidung, die du je getroffen hast. Komm, ich mache dich mit deinen neuen Mandanten bekannt.«

Mancini führte Peter durch den Korridor zum Konferenzzimmer. Jesse Harmon schritt nervös hin und her, als Peter die Tür öffnete. Harmons neunundfünfzig Jahre zeigten sich in seinem weißen Haarschopf und in den Falten seines gebräunten, wettergegerbten Gesichts. Von der jahrelangen Landarbeit hatte er einen mächtigen Brustkorb und breite Schultern. Donna saß neben Alice Harmon, einer großen, grobknochigen Frau, deren Haar mehr Grau als Braun sehen ließ.

»Ich habe gute Neuigkeiten«, sagte Mancini aufgeregt, sobald man

sich gegenseitig bekannt gemacht hatte. »Pete wird den Fall übernehmen.«
Auf den Gesichtern von Jesse und Alice Harmon spiegelte sich Steve Mancinis Begeisterung nicht wider. Sie waren von Sorgen gezeichnet.
»Steve hat uns gesagt, Sie hätten viel Erfahrung in solchen Fällen«, sagte Jesse Harmon, der sofort aufs Geschäftliche kam.
Ehe Peter sich eine Antwort überlegen konnte, die Harmon befriedigen würde und keine Lüge war, sagte Mancini: »Pete hat die letzten vier Jahre in der angesehensten Kanzlei in Portland verbracht und mit deren bestem Anwalt zusammengearbeitet, der auch noch zufällig sein Vater ist. Man könnte sagen, Pete hat die hohe Prozeßkunst in seinen Genen.«
»Hat diese Kanzlei Kriminalfälle vertreten?« fragte Jesse, der Steves Versuch, die Frage nach Peters Erfahrung zu umgehen, ignorierte.
»Jesse«, warf Mancini ein, während sein Gesicht sich verdüsterte, »es gibt etwas, das Peter und ich von Gary wissen, was wir vor dir, Alice und Donna verheimlicht haben. Etwas, das sehr viel mit Peters Eignung, Gary zu verteidigen, zu tun hat.« Donna und Alice warfen sich besorgte Blicke zu, und Jesses Miene wurde starr. »Vor ein paar Wochen wurde Gary festgenommen, als man ihn dabei erwischte, wie er in ein Fenster des Mädchenwohnheims spähte, als eine junge Frau sich gerade auszog.«
Alices Hand fuhr zum Mund hoch, und Donna sagte: »Oh, mein Gott.«
»Pete spazierte gerade zufällig über den Campus, als das geschah. Er beruhigte die Campuswachmänner, begleitete Gary zum Polizeirevier und überredete die Polizei, keine Anzeige gegen Gary zu erstatten. Dann kam er zu mir. Ich habe die Sache bei der Collegeleitung in Ordnung gebracht, damit Gary seinen Job behalten konnte.
Jesse, Pete ist nicht nur ein hochrangiger Anwalt, sondern Gary vertraut ihm auch. In einem Fall wie diesem ist das Vertrauen zwischen einem Anwalt und seinem Mandanten von grundlegender Bedeutung.«
Peter war besorgt, daß Jesse Harmon mißtrauisch werden könnte,

wenn Steve fortwährend das Wort für ihn ergriff. Er meinte, es sei an der Zeit, daß er selbst etwas sagte. Peter wußte so gut wie nichts über das Beweismaterial der Staatsanwaltschaft, folglich hatte er keine Ahnung, ob Gary schuldig oder unschuldig war, aber er wußte sehr genau, was Jesse und Alice hören wollten.

»Mr. und Mrs. Harmon«, erklärte er mit allem ehrlichen Gefühl, das er aufbringen konnte, »ich weiß, wie besorgt Sie um Gary sind, deshalb möchte ich Ihnen erklären, warum ich bereit bin, Garys Verteidigung zu übernehmen. Ich bin überzeugt, daß die Polizei von Garys geistiger Behinderung wußte und sie ausgenutzt hat, um ihn mit Tricks dazu zu bringen, etwas zu gestehen, was er nie getan hat. Was die Polizei mit Gary getan hat, ist falsch, und ich habe die Absicht, etwas dagegen zu unternehmen.«

Jesse Harmons Miene entspannte sich, und über Alice Harmons Wange rann eine Träne.

»Wir danken Ihnen für das, was Sie für unseren Jungen getan haben«, sagte Jesse, »und wir wären Ihnen dankbar, wenn Sie ihm auch jetzt aus der Klemme helfen würden.«

# Zwölftes Kapitel

## 1

Peter hatte nicht erwartet, Becky O'Shay neben Earl Ridgelys Schreibtisch sitzen zu sehen, als die Empfangsdame ihn und Steve Mancini in das Büro des Staatsanwalts führte. Er wollte ein Lächeln aufsetzen, fing sich aber gerade noch. Er entsann sich, wie sehr Becky sich dagegen gesträubt hatte, mit ihm auszugehen, weil sie Prozeßgegner seien, und kam zu dem Schluß, sie würde eine Gefühlsäußerung vor ihrem Chef wohl auch nicht sehr schätzen.

»Wie halten sich Jesse und Alice?« wollte Ridgely von Mancini wissen, als sich alle gesetzt hatten.

»So gut, wie es zu erwarten war.«

»Sie sind furchtbar nette Leute. Es tut mir leid, daß sie dieses Martyrium durchmachen müssen.«

»Es wäre viel leichter für sie, wenn Sie damit einverstanden wären, Gary gegen Kaution freizulassen.«

»Das kann ich nicht.«

»Earl, Sie kennen Gary seit seiner Geburt. Glauben Sie, daß er dieses Mädchen ermordet hat?«

»Sehen Sie, ich bedaure die Verhaftung schrecklich. Sie wissen, wie sehr ich Jesse und Alice achte. Aber die Beweise sind sehr stichhaltig. Wir ermitteln natürlich noch, aber wir haben ein Geständnis auf Band ...«

»Er hat zugegeben, sie ermordet zu haben?«

»Nicht explizit, aber ...« Ridgely zögerte. »Es tut mir leid, ich kann nicht weiter darüber sprechen. Morgen gehen wir vor eine Anklagejury. Sollte die formelle Anklage zurückgewiesen werden, werde ich Ihnen alle Ermittlungsergebnisse, soweit das Gesetz es zuläßt, offenlegen, aber ich werde diese Sache ganz nach Vorschrift durchziehen.«

»Earl, wir kennen uns inzwischen ... wie lange? Ich verstehe nicht,

wieso Sie uns nicht wissen lassen können, was Sie gegen Gary vorliegen haben.«
»Die Vorschriften besagen, daß die Verteidigung bis zur Anklageerhebung kein Anrecht hat, Ermittlungsergebnisse zu erfahren. Ich weiß, so verfährt dieses Amt gewöhnlich nicht. Wir haben nur eine Handvoll Anwälte in der County, und ich kenne jeden einzelnen von ihnen, und so setze ich normalerweise die Vorschriften flexibler um. Diesmal aber nicht. Nicht in diesem Fall.«
Peter legte Mancini seine Hand auf den Arm.
»Ich respektiere das, Mr. Ridgely. Wir können warten. Ich wäre Ihnen dankbar, wenn Sie uns Bescheid geben würden, sobald die Anklagejury ihr Votum abgegeben hat, und ich wäre auch dankbar, wenn wir so schnell wie möglich über die Ermittlungen informiert würden.«
Peter gab Mr. Ridgely seine Geschäftskarte.
»Steve, lassen wir Mr. Ridgely wieder an die Arbeit gehen.«
Mancini sah aus, als wollte er noch etwas sagen, aber er behielt es bei sich. Die beiden Männer gaben Ridgely die Hand und nickten zu Miss O'Shay hinüber. Kurz vor dem Hinausgehen gelang es Peter, Becky rasch ein Lächeln zu schenken. Sie stand so, daß Ridgely sie nicht sehen konnte, und erwiderte das Lächeln. Peters Herz machte einen Satz.
Die Tür ging zu, und Ridgely setzte sich nachdenklich hin. Einen Moment darauf blickte er zu seiner Stellvertreterin hinüber und sagte: »Es ist ausgeschlossen, daß ich die Anklage gegen Gary Harmon führe. Ich kenne die Familie zu gut.«
Becky O'Shay hatte gehofft, der Staatsanwalt würde zu dieser Entscheidung kommen. Sie hatte große Angst gehabt, er würde Gary Harmon persönlich anklagen wollen.
»Sie waren doch auch auf der Hochzeit, oder?« fragte er nach einer Weile.
Miss O'Shay war darauf vorbereitet. »Ja«, sagte sie, »aber ich kenne Harmons nicht, und Steve Mancini kenne ich nur beruflich.«
Becky O'Shays Übereifer stieß Ridgely ein bißchen ab, aber er verstand ihn. In einem Mordfall die Anklage zu führen war für einen Staatsanwalt die allergrößte Herausforderung, und die Chancen, so etwas in Whitaker tun zu können, waren dünn.

»Ich kann die Generalstaatsanwaltschaft um Beistand bitten. Bei wichtigen Prozessen gewährt sie kleinen Countys Hilfe.«
Becky wußte, es hieß jetzt oder nie. Sie zog ihren Stuhl an den Schreibtisch heran und beugte sich zu Ridgely hinüber.
»Earl, ich kann das. Sie wissen, daß ich gut bin. Ich erziele eine Verurteilungsrate von fünfundneunzig Prozent.«
»Dies hier ist ein Mordfall, Becky. Was war der komplizierteste Fall, den Sie verhandelt haben?«
»Peck, und den habe ich gewonnen. Drei Wochen Aug in Auge mit einem gedungenen Mörder aus Portland. Ich habe ihm im Gerichtssaal die Hölle heiß gemacht, und Sie wissen es. Fragen Sie Richter Kuffel.«
»Das brauche ich nicht. Er hat mich extra angerufen, um mir zu erzählen, was für großartige Arbeit Sie geleistet haben.«
»Dann wissen Sie auch, daß ich die Anklage gegen Harmon führen kann. Geben Sie mir die Chance.«
Für Ridgely gab es keinen Grund, Becky O'Shay den Fall zu verweigern.
»Der Fall Harmon gehört Ihnen«, sagte er.
»Danke. Das werde ich nie vergessen.«
»Bevor Sie Anklage gegen Gary erheben, möchte ich, daß Sie verdammt sicher sind, daß er der Richtige ist.«
»Ganz klar.« Miss O'Shay zögerte. Sie wirkte etwas nervös, als sie fragte: »Wie steht es um die Todesstrafe?«
Ridgely wurde blaß. Er wollte schon etwas sagen, dann besann er sich.
»Ich kann diese Frage aus demselben Grund nicht beantworten, aus dem ich diesen Fall nicht verhandeln kann. Wenn Sie auf Todesstrafe plädieren, muß es Ihre Entscheidung sein.«
Becky nickte feierlich wie jemand, der von einem moralischen Dilemma epischen Ausmaßes gequält wird, aber Becky O'Shay hatte beschlossen, die Todesstrafe anzuvisieren, sobald ihr klargeworden war, daß sie eine Chance hatte, die Anklage gegen Gary Harmon zu führen. Eine Menge Türen würden sich für eine Anwältin öffnen, die stark genug war, vor Gericht einen Mordfall erfolgreich zu vertreten.

## 2

Kevin Booth lebte zehn Kilometer außerhalb von Whitaker am Ende einer Schotterstraße in einem Zweizimmerhaus, das kaum besser als eine Hütte war. Fortwährende Windböen, die Müll und Unrat durch die Luft wirbelten, hatten im Anstrich an der Außenseite des Hauses Narben und Risse hinterlassen. Eine ausgeschlachtete alte Karre hockte auf Betonblöcken im Vorgarten vor einer kleinen, mit Abfall gefüllten Garage. Booths nächster Nachbar wohnte einen knappen Kilometer entfernt. Die Aussicht ging auf braunes Ödland und Trostlosigkeit, unterbrochen nur durch die schwankende Silhouette einer anderen Hütte, einem elenden, vor langer Zeit verlassenen Ding, das als Mahnung an die Ungastlichkeit der Wüste diente.

Im Inneren des Hauses sah es nicht besser aus als draußen. Leere Pizzaschachteln, zerknüllte Zigarettenpäckchen und beschmadderte Sexmagazine lagen überall herum. In der Küche war der rostfleckige Kühlschrank fast leer, und angetrocknete Suppe war um die Platten auf dem heruntergekommenen Herd festgebacken.

Booth war gegen eins hereingewankt und auf sein ungemachtes Bett gesunken. Er schlief so tief, daß ihn das Gebummere an seiner Haustür nicht gleich weckte. Als das Getöse endlich zu ihm durchdrang, fuhr er aus dem Schlaf hoch und kippte dabei die Lampe auf seinem Sofatisch um. Es war stockdunkel in seinem Zimmer, und sein Herz pochte so laut, daß er zwischen den beiden Klopfgeräuschen nicht unterscheiden konnte.

»Augenblick«, rief er völlig verwirrt, aber das Pochen ging weiter.

Booth schwang die Beine über die Seite des Bettes. Er trug Boxershorts und ein Unterhemd. Sein Mund fühlte sich wie Gummi an. Das plötzliche Aufwachen im Dunkeln hatte ihn völlig durcheinandergebracht. Die Pillen, die er vor dem Einschlafen genommen hatten, halfen nicht. Booth grabbelte nach dem Schalter an der Lampe und hatte Schwierigkeiten, ihn zu finden, weil die Lampe auf der Seite lag.

»Komme gleich«, schrie er wieder.

Diesmal hörte das Klopfen auf. Booth fand den Schalter. Das Licht tat seinen Augen weh. Er zuckte zusammen und tastete nach seinen

Jeans, dann zog er sie an. Nachdem er in seine Sneakers geschlüpft war, wankte er in den Vorraum.

»Wer ist da?« rief er durch die Tür.

»Rafael Vargas«, sagte eine Stimme mit einem leicht spanischen Anklang.

»Ach du Scheiße«, murmelte Booth zu sich selbst.

»Mach die verfluchte Tür auf«, befahl eine tiefere Stimme.

In dem Augenblick, in dem Booth die Tür öffnete, bedauerte er es, aber sich zu weigern, die beiden Männer hereinzulassen, wäre nutzlos gewesen. Der erste, der durch die Tür kam, hätte sie leicht eintreten können, wenn er gewollt hätte. Er trug ein Jackett über einem engen, schwarzen T-Shirt, das sich über gerippte Muskeln spannte. Als er sich bewegte, fiel die Jacke auseinander und enthüllte den Knauf einer großen Pistole. Der Mann hatte die langen Haare zu einem Pferdeschwanz zusammengebunden, und ein goldener Ohrring baumelte an seinem linken Ohr. Eine ausgezackte Narbe zog sich über seine Wange, seine Nase war schief, und seine Augen blickten wild. Kaum war er drinnen, durchsuchte er das Haus.

Rafael Vargas war mager, drahtig und offenkundig südländisch. Sein belustigtes Lachen enthüllte gleichmäßige weiße Zähne, und über der Oberlippe trug er einen bleistiftdünnen Schnurrbart.

»Setz dich, Kevin«, befahl Vargas, nachdem er sich den bequemsten Stuhl in dem verlotterten Wohnzimmer ausgesucht hatte. Booth setzte sich seinem Besucher gegenüber auf die Couch.

»Sonst ist keiner hier«, knurrte Vargas' Leibwächter, als er mit der Durchsuchung fertig war. Vargas nickte, dann wandte er seine Aufmerksamkeit wieder Booth zu.

»Hat dir Chris gesagt, was wir von dir wollen?« fragte er.

Booth schluckte. Er war immer noch groggy von den Pillen.

»Wenn Mr. Vargas eine Frage stellt, erwartet er eine Antwort.« Der Leibwächter trat einen drohenden Schritt vor.

»Yeah«, antwortete Booth rasch. »Ich bin halt müde. Es ist drei in der Nacht.«

»Dann mußt du schnell wach werden, Kevin«, sagte Vargas. »Es gibt was zu tun.«

»Äh, hören Sie, Mr. Vargas«, stammelte Booth nervös, »ich habe Chris gesagt, ich glaube nicht, daß ich dafür der Richtige bin.«

Vargas hob die Hand, und Booth erstarrte.
»Hör zu, Amigo, Chris ist in Schwulitäten. Die DEA überwacht ihn todsicher. Er ist klug genug, das zu wissen.«
»Ich bin zusammen mit Chris verhaftet worden. Die haben mich doch wahrscheinlich auch im Verdacht.«
Vargas schüttelte den Kopf. »Die DEA hatte dich in dem Moment vergessen, als du den Gerichtssaal verlassen hast.«
»Richtig, aber ...«
»Kevin, die Räder haben sich zu drehen begonnen. Es ist zu spät, sie dran zu hindern.«
Vargas stand auf. »Ich habe zwanzig Kilo Kokain in einem Lieferwagen, der draußen steht. Du brauchst nichts weiter zu tun, als es ein paar Tage aufzuheben. Meinst du, du kannst das machen?«
Booth fühlte sich, als hätte Vargas ihn gebeten, am Tag, als die Atombombe auf Hiroshima abgeworfen wurde, am Bodennullpunkt zu stehen.
»Zwanzig ... Mr. Vargas, ich möchte wirklich nicht zwanzig Kilo Schnee in meiner Nähe haben.«
»Es besteht überhaupt kein Grund zur Beunruhigung. Wir haben nicht vor, die Ware sehr lange hier zu lassen«, sagte Vargas. »Gehen wir raus zum Wagen.«
Booth erhob sich schnell, und Carlos und Vargas folgten ihm nach draußen. Es schien fast kein Mond, und im Vorgarten war kein Licht bis auf die Scheinwerfer eines braunen Lieferwagens und das Licht, das durch die Wohnzimmervorhänge in den Vorgarten sickerte. Die einzigen Geräusche waren Booths Atem und seine Sneakers, die über den Sand schlurften. Booth stolperte auf dem Weg zum Lieferwagen, aber keiner von den beiden Männern machte sich die Mühe, ihn aufzufangen. Vargas nahm eine Taschenlampe aus dem Handschuhfach, während Carlos die Heckklappe öffnete, so daß zwei große, schwarze Plastikmüllsäcke sichtbar wurden, die mit Schnüren gesichert waren.
»Heb sie raus«, befahl Carlos.
Booth packte die Säcke an den oberen Enden und zog sie heraus. Kaum setzte er sich zur Garage in Bewegung, tauchten Lampen den Vorgarten in gleißendes Licht.
»Keine Bewegung! Bundespolizei!« rief ein Mann in einem dun-

kelblauen Anorak mit gelber Aufschrift auf dem Rücken: DEA. Vargas ließ die Taschenlampe fallen und rannte los, aber zwei Bewaffnete tauchten neben der Garage auf. Carlos streckte die Hände vom Körper weg. Booth rührte sich nicht.
»Säcke fallen lassen«, kommandierte der Mann in dem Anorak. Booth gehorchte auf der Stelle. Einer der Müllsäcke platzte auf, und feines, weißes Pulver rieselte aus dem Riß. Booth wurde gegen die Seite des Lieferwagens gestoßen. Rücksichtslose Hände filzten ihn, dann wurden ihm die Arme nach hinten gedreht, und Handschellen schnappten um seine Handgelenke. Als er mit einem Ruck herumgerissen wurde, stellte Booth fest, daß er neben Vargas stand. Der schlanke Südamerikaner sagte kein Wort, bis sie einen Moment allein gelassen wurden, während die Männer, die sie gefaßt hatten, sich berieten. Sobald die Agenten weit genug weg waren, drehte Vargas sich zu Booth herum und flüsterte: »Du bist ein toter Mann.«

# 3

Kevin Booth sah schlimmer aus, als Steve Mancini ihn jemals gesehen hatte. Seine Aknepusteln blühten, sein Körpergeruch war noch abstoßender als sonst, und obendrein schien er kurz vor einem Nervenzusammenbruch zu stehen. Schweiß rann an ihm herab, er fuhr ständig ruckartig herum, und Mancini hätte schwören können, daß sein Mandant noch nicht ein einziges Mal gezwinkert hatte, seit er Platz genommen hatte.

»Kevin, Kevin. Sie müssen sich in den Griff kriegen«, warnte Mancini.

»In den Griff? Wovon reden Sie? Ich bin mit zehn Kilo Kokain in jeder Hand verhaftet worden, und Rafael Vargas, der Todesengel eines der größten Drogenkartelle Kolumbiens, hat persönlich gedroht, mich umzulegen. Wie soll ich mich da in den Griff kriegen? Sagen Sie mir das.«

»Ich gebe zu, daß Sie ziemlich ernsthaft in der Scheiße sitzen, aber Vargas hat wahrscheinlich bloß seine Wut auf Sie ausgelassen. Solche Drohungen werden immer gemacht und selten ausgeführt. Und was das Dope angeht, so haben Sie gesagt, daß Sie gezwungen wurden, die Säcke zu tragen. Ich werde das den Bundesbeamten erklären, wir willigen ein, an der Anklage gegen Vargas mitzuarbeiten und ...«

»Nein. Auf keinen Fall werde ich gegen Rafael Vargas aussagen. Und außerdem« – Booth senkte plötzlich die Stimme – »sind die Bundesbeamten nicht interessiert.«

»Woher wissen Sie das?«

Booth fuhr sich mit der Zunge über die Lippen. »Ich hab's versucht. Als ich festgenommen wurde, habe ich sie gebeten, ihnen behilflich sein zu dürfen. Sie sagten, sie bräuchten mich nicht. Sie ... sie sagten, sie würden mich für immer in der Versenkung verschwinden lassen, und ... und nichts, was ich mitzuteilen hätte, würde helfen.«

»Was genau ist passiert?« fragte Mancini.

Booth erzählte es ihm. Mancini dachte über diese Information nach. Er betrachtete den Fall mal aus der Perspektive der Bundespolizei. Die DEA mußte schon die ganze Zeit hinter Vargas hergewesen und ihm zu Booths Haus gefolgt sein. Carlos und Vargas waren möglicherweise dabei fotografiert worden, wie sie das Kokain in den Lieferwagen luden, und die drei Männer waren auf frischer Tat ertappt worden. Der Fall war sonnenklar. Keine Probleme mit Ermittlung und Festnahme, keine Aussagen, die vertuscht werden mußten. Einfach drei Amigos, die mit genug Kokain in den Händen herumstanden, um alle Männer, Frauen, Kinder und Haustiere im Staate vollzudröhnen.

Mancini schüttelte mit ernster Miene den Kopf. »Diesmal wird's schwierig, Kevin. Ich werde Überstunden einlegen müssen, um Ihnen den Arsch zu retten.«

»Sie meinen, Sie können den Prozeß gewinnen, Steve?« flehte Booth und sah dabei so jämmerlich aus, daß Mancini sich das Lachen verkneifen mußte.

»Habe ich Sie nicht auch letztes Mal rausgehauen?«

»Ja. Ja, das haben Sie«, erwiderte Booth eifrig.

»Aber bei einem so schwierigen Fall brauche ich einen Vorschuß von zwanzigtausend«, fuhr Mancini fort.

»Zwanzig... Das letzte Mal haben Sie mir bloß siebeneinhalb berechnet.«

»Das letzte Mal waren wir vor einem Gericht des Staates Oregon, und Sie waren nicht mit zwanzig Kilo Schnee erwischt worden. Prozesse vor Bundesgerichten sind teuer. Denen stehen die Hilfsmittel der gesamten Regierung zur Verfügung. Ich kämpfe gegen Washington, D.C., nicht gegen irgendeinen Kleinstadtstaatsanwalt.«

»Ich hab keine zwanzigtausend Dollar«, sagte Booth verzweifelt.

»Was ist mit Ihren Eltern?«

»Mein Vater ist durchgebrannt, als ich zwei war. Ich erinnere mich nicht mal an ihn. Und meine Mutter«, sagte Booth bitter, »die ist tot.«

»Wo haben Sie letztes Mal die Kohle hergehabt?« erkundigte sich Mancini.

»Chris Mammon hat se mir geliehen.«

»Na ja?« sagte Mancini mit einem Achselzucken. »Nach dem, was Sie mir erzählt haben, sitzen Sie wegen Mammon in dieser Patsche. Bitten Sie ihn, das Honorar für Sie zu zahlen.«

Booth ließ den Kopf hängen. »Ich habe ihn schon angerufen. Er will nicht mit mir reden.«
Mancini seufzte. »Ich möchte Ihnen ja helfen, Kevin, aber gratis kann ich nicht arbeiten. Nicht in einem so schwierigen Fall. Das verstehen Sie doch, oder?«
»Sie haben letztes Mal so mühelos gewonnen. Können Sie mir keinen Kredit geben? Wenn Sie mich raushauen, zahle ich Ihnen das Doppelte.«
»Absolut unmöglich. Tut mir leid, was die Honorare bei Kriminalfällen angeht, da habe ich eiserne Grundsätze.«
Mancini sah auf seine Uhr. »He, ich muß das jetzt hier abbrechen. Ich habe einen Termin vor Gericht.«
»Moment mal. Sie können mich doch nicht einfach sitzenlassen.«
»Leider habe ich jetzt andere Mandanten, Kevin.«
»Machen Sie das nicht mit mir, Mann«, winselte Booth, »Sie müssen mir helfen.«
»Ich werde wirklich im Gericht erwartet.«
Mancini begann nach dem Aufseher zu klopfen, aber Booth packte ihn am Arm.
»Ich ... ich erzähl den Bullen von Ihnen«, drohte Booth.
Mancini bewegte den Arm nicht. Er drehte sich aber so weit herum, daß sein Gesicht nur Zentimeter von Booths entfernt war.
»Ach, wirklich?« sagte Mancini. »Was genau willst du denen denn erzählen?«
Der Bizeps des ehemaligen Quarterback fühlte sich durch das Jackett wie Stahl an, und Booth wußte, daß er einen Fehler gemacht hatte.
»Sie ... Sie wissen schon«, stammelte Booth.
»Laß meinen Arm los, Kevin«, sagte Mancini leise.
Booths Griff lockerte sich.
Noch immer bewegte Mancini sich nicht. Schließlich senkte Booth den Blick und ließ Mancinis Arm los. Der ließ ihn langsam sinken.
»Faß mich nie wieder an, Kevin. Und drohe mir nie, nie wieder. Aber wenn du meinst, du müßtest reden, dann vergiß nicht, daß dieses Spiel zwei Leute spielen können. Hättest du es gern, wenn

ich Rafael Vargas besuchen und ihm seinen Verdacht gegen dich bestätigen würde?«

Booth schluckte. Mancini lächelte eisig, dann drehte er Booth bewußt den Rücken zu. Booth sank auf seinen Stuhl und zitterte vor Entsetzen bei dem Gedanken an ein Leben im Gefängnis, falls er das Glück hatte, der Rache Rafael Vargas' zu entkommen.

# Dreizehntes Kapitel

## 1

Reporter des *Clarion*, mehrerer anderer Zeitungen in Ost-Oregon und des lokalen Fernsehsenders warteten vor dem Gerichtssaal, in dem Gary zur Anklage vernommen werden sollte, auf Peter Hale. Peter gab eine kurze Erklärung ab, in der er seiner festen Überzeugung von der Unschuld seines Mandanten Ausdruck verlieh. In der Erklärung verwies Peter immer wieder auf die Bill of Rights, die Verfassung und das amerikanische Rechtssystem. Er genoß jede einzelne Sekunde im Scheinwerferlicht.

Donna, Jesse und Alice Harmon saßen mit Steve Mancini in der ersten Reihe der Zuschauerplätze. Peter blieb kurz stehen, um hallo zu sagen, dann ging er durch das niedrige Holztürchen, das die Zuschauer vom Gericht trennte. Mehrere Beschuldigte warteten auf ihre Vernehmung, und Gary war der letzte auf der Liste. Peter hatte erwartet, daß Earl Ridgely Garys Vernehmung leiten würde, aber an dem Tag erledigte Becky O'Shay alle Anklagevernehmungen, und sie rief den Fall auf.

Ein Aufseher brachte Gary in den Gerichtssaal. Er war an seinen Zustand als Gefangener mittlerweile gewöhnt und sah eher verwirrt als ängstlich aus. Als er seine Eltern erspähte, wollte er auf sie zugehen, aber der Aufseher packte ihn am Ellbogen und verwies ihn an Peter.

Der Protokollführer reichte Peter und Gary Kopien einer Anklageschrift, in der Gary »schwerer Mord« vorgeworfen wurde, die schwerwiegendste Form von Mord in Oregon und die einzige Beschuldigung, die die Todesstrafe nach sich zog. Der Richter erklärte Gary die Beschuldigung und seine Rechte, und dann fragte er Gary, welche Einrede er zu der Beschuldigung zu erheben habe. Peter forderte ihn auf, »nicht schuldig« zu sagen, und Gary brachte die Worte in einem ängstlichen Geflüster vor, das mühelos nur von

denen innerhalb der Gerichtsschranke vernommen werden konnte. Peter und Becky erörterten mit dem Richter ein paar Minuten lang den Terminplan, dann war die Anklagevernehmung vorüber.
»Warten Sie einen Moment, ja?« bat Peter Becky. Sie wartete geduldig an ihrem Anwaltstisch, während Peter Gary mitteilte, daß er ihn im Laufe des Nachmittags besuchen würde, nachdem er Gelegenheit gehabt hätte, die Ermittlungsprotokolle zu lesen. Sobald Gary hinausgeführt worden war, setzte Peter ein Lächeln auf und fragte Becky O'Shay: »Wie ist es Ihnen ergangen?«
»Sehr gut. Tut mir leid wegen neulich abend.«
»Mir auch. Vielleicht darf ich bald den Gutschein einkassieren?«
»Der Fall Harmon ist ja eine echte Rosine für Sie«, sagte Becky, die Peters Frage geschickt auswich. Peter versuchte bescheiden dreinzuschauen.
»Ein Prozeß, in dem es um die Todesstrafe geht, stellt eine große Verantwortung dar«, erwiderte er ernst. »Wo ist denn Earl? Ich dachte, er würde Garys Vernehmung zur Anklage persönlich durchführen wollen.«
»Earl vertritt nicht die Anklage gegen Gary.«
»Ach nein? Wer denn ...?«
Miss O'Shay lächelte.
»Sie? Sie werden die Anklagevertretung sein?«
Becky O'Shay nickte und zog plötzlich ein düsteres Gesicht. »Leider, Peter, bedeutet das, daß wir uns eine ganze Weile nicht sehen können, es sei denn natürlich im Gerichtssaal.«
Peter hatte sich schon darauf gefreut, mit Becky auszugehen. Er fühlte sich ein wenig bedrückt. Garys Prozeß würde einen Dämpfer auf sein gesellschaftliches Leben setzen.
Becky berührte Peter leicht am Arm. »Kommen Sie rauf in mein Büro, dann gebe ich Ihnen die Ermittlungsprotokolle. Und machen Sie kein so niedergeschlagenes Gesicht. Wir können die verlorene Zeit ja aufholen, wenn der Prozeß vorbei ist.«

Nach dem Termin wurde Peter zu seiner Freude noch einmal von der Presse interviewt, dann überreichte Jesse Harmon ihm eine Fünfundzwanzigtausenddollar-Anzahlung auf das Honorar. Das

Geld und der Rausch, im Mittelpunkt des Interesses zu stehen, versetzten Peter in äußerst gute Laune.
Die Aussicht, der Hauptverteidiger in einem wichtigen Prozeß zu sein, hatte Peter dermaßen begeistert, daß er nicht viele Gedanken darauf verschwendet hatte, ob Gary Sandra Whiley ermordet hatte oder nicht. Garys Behauptung, daß er sich an die Stunden, in denen der Mord geschah, nicht deutlich erinnern könne, und seine ausweichenden Antworten, als er rundheraus gefragt wurde, ob er Sandra Whiley umgebracht habe, hatten bei Peter Verdacht erregt, aber er hatte kaum eine Grundlage, um sich eine Meinung zu bilden, ehe er nicht die Polizeiberichte gelesen hatte.
Als er in sein Büro zurückkehrte, lud er den Stapel Polizeiberichte und die Schachtel mit den Tonbändern, die Becky O'Shay ihm gegeben hatte, auf seinem Schreibtisch ab und stöberte ein Cassettengerät auf, um sich Garys Vernehmung anzuhören. Beim Zuhören wechselte Peters Stimmung von Erregung über Verwirrung zu Beunruhigung. Irgend etwas stimmte nicht. Peter verstand zwar, daß Gary eine Menge über den Mord wußte, aber was sollte dieser Quatsch mit der »Projektionsübertragung« und dem »übernatürlichen Bewußtsein«? Für Peter hörte es sich so an, als hätte Sergeant Downes Gary mit Tricks zu vielen Äußerungen verleitet, die belastend waren. Und wenn Gary nur das wiederholte, was Downes sagte, und sich gar nicht daran erinnert hatte? Und wenn Gary unschuldig war?

## 2

Mehrere Stunden nach der Anklagevernehmung führte ein Aufseher Gary in das für Anwälte und Mandanten bestimmte Unterredungszimmer im Gefängnis.
»Darf ich jetzt nach Hause?« fragte Gary, kaum daß er Peter erblickte.
»Nein, Gary. Ich habe Ihnen das alles schon mal erklärt. Ihnen wird ein Mord vorgeworfen, deshalb ist es eine Weile völlig unmöglich, daß Sie aus dem Gefängnis rauskommen.«
Gary wirkte erregt. »Wie soll ich da meine Arbeit machen?«
»Gary, Sie müssen sich jetzt auf das konzentrieren, was wichtig ist.

Okay? Hier geht es um Ihr Leben. Dieser Job im College ist nichts weiter als ein Hausmeisterjob. Dieser Job ist nicht wichtig.«

»Oh, nein, mein Job ist wichtig«, widersprach Gary mit großem Ernst. »Mom sagt, jeder Job ist wichtig, und mein Job ist sehr wichtig. Es gibt Keime. Sie sind sehr klein. Man kann sie nicht sehen. Sie machen die Menschen krank. Ich schrubbe. Ich putze die Keime weg. Ich bringe den Fußboden zum Glänzen, daß man sein Gesicht drin sehen kann. Ich trage den Müll raus, damit es im Zimmer nicht schlecht riecht. Wenn ich meine Arbeit nicht mache, werden die Leute krank, und im Zimmer stinkt's.«

Beim Reden wurde Gary immer erregter. Peter war erstaunt, wie ernst Gary seine Arbeit nahm. Es war ihm ein bißchen peinlich, daß er Garys Job herabgesetzt hatte.

»Hören Sie, Gary«, sagte Peter freundlich, »ich bin sicher, die Leute vom College haben jemanden, der für Sie einspringt. Jemanden, der die Keime wegputzt und den Müll hinausbringt, bis Sie zurückkommen können.«

»Nimmt mir jemand meinen Job weg?« fragte Gary. Er lief aufgeregt hin und her. »Ich will meinen Job.«

»Nein, nein. Niemand nimmt Ihnen Ihren Job weg. Hören Sie mir zu. Habe ich Ihnen geholfen, als Sie festgenommen wurden, weil Sie zu dem Mädchen ins Zimmer geguckt haben?«

Gary nickte, aber sein Blick irrte besorgt hin und her.

»Haben Steve und ich nicht dafür gesorgt, daß Sie Ihren Job behalten durften?«

Gary hörte auf, hin und her zu laufen. Er wirkte ruhiger.

»Gary, meinen Sie, Steve und ich werden zulassen, daß man Ihnen den Job wegnimmt?«

»Sie haben mir geholfen, meinen Job zu behalten«, sagte Gary ein wenig entspannter.

»Richtig. Ihr Job ist wichtig, Gary. Er ist sehr wichtig. Das College braucht Sie für diese Arbeit. Das College läßt es nicht zu, daß Ihnen jemand Ihren Job wegnimmt, weil Sie ihn so gut machen. Okay? Aber Sie werden unter keinen Umständen zu Ihrer Arbeit zurückkehren können, wenn Sie mir nicht helfen.«

Garys keuchendes Atmen beruhigte sich. Er hörte auf, hin und her zu laufen.

»Also, warum setzen Sie sich nicht hin, und wir tun den ersten Schritt dahin, daß wir Sie hier rausbekommen, damit Sie arbeiten können.« Peter zeigte auf einen der Eisenstühle auf der anderen Seite des Holztisches. Gary nahm gehorsam Platz. Er wischte sich die Handflächen an seinem Overall ab und wartete, daß Peter weiterredete. Peter seufzte erleichtert, dann zeigte er auf mehrere Tonbandcassetten und den Stapel Polizeiberichte, die er in den letzten paar Stunden überflogen hatte.

»Ich habe ein paar Ermittlungsakten von der Staatsanwaltschaft bekommen, die wollte ich mit Ihnen durchgehen. Ich habe die Zusammenfassung der Aussage gelesen, die Sie vor Sergeant Downes gemacht haben, und ich habe mir ein paar Tonbänder von Ihrer Vernehmung angehört. Ich möchte Sie bitten, mir noch einmal zu sagen, wieso Sie soviel von dem Mord wissen.«

»Das sind meine Fähigkeiten.«

»Ihr übernatürliches Bewußtsein und Ihr unterbewußtes Gedächtnis?«

Gary nickte. Peter rutschte unbehaglich auf dem Eisenstuhl herum, während er nach den Worten suchte, die er sagen wollte. Gary beobachtete ihn zuversichtlich. Peter tat sein Mandant leid. Er fragte sich, wie es wohl war, wenn man mit dem Verstand eines sehr beschränkten Kindes durch das Leben gehen mußte. Worüber dachte Gary nach? Dachte er überhaupt ohne fremden Antrieb? War Gary nichts weiter als eine Maschine mit schlecht funktionierenden Schaltkreisen? Waren die üppigen Farben des Lebens für ihn bloße Schatten? Oder war mehr an Gary, als zunächst sichtbar wurde? Nach den Polizeiberichten hatte Gary einen Wutanfall bekommen, als Karen Nix seine Intelligenz in Zweifel zog. Würde es eine Maschine kümmern, was jemand von ihren Fähigkeiten dachte?

Peter hatte viel über den Ruhm und das Geld nachgedacht, die ihm Garys Fall einbringen konnte, aber sehr wenig über Gary Harmon selbst. Zuerst hatte ihn sein Mandant sogar abgestoßen. Peter liebte die Gesellschaft intelligenter, wohlerzogener und vorzeigbarer Menschen. Leute auf dem Quivive. Leute wie er, vor der Elliot-Pleite. Peter hätte unter normalen Umständen niemals mit jemandem wie Gary verkehrt, aber nun fand er Garys kindliches Vertrauen in ihn ebenso liebenswert wie schmeichelhaft. Nach der Art, wie

man ihn bei Hale, Greaves behandelt hatte, war es schön, Dankbarkeit zu spüren.
Peter hielt in seinen Grübeleien inne und sah Gary direkt an. Gary begegnete seinem Blick, ohne zu zucken.
»Gary, ich möchte Sie bitten, sich ganz genau anzuhören, was ich Ihnen sagen werde.« Gary beugte sich erwartungsvoll vor. »Sie besitzen keine speziellen Fähigkeiten.«
Peter wartete auf eine Reaktion. Gary machte ein verdutztes Gesicht. Als keine Antwort kam, fuhr Peter eilig fort.
»Begreifen Sie, was Sergeant Downes mit Ihnen gemacht hat?«
Gary schüttelte den Kopf.
Peter versuchte einen diplomatischen Weg zu finden, wie er Gary die schlechte Nachricht eröffnen könnte.
»Ich bin Ihr Freund, Gary. Vertrauen Sie mir?«
»Yeah.«
»Und Sie wissen, wenn ich Ihnen etwas sage, das Ihre Gefühle verletzt, dann sage ich es nur, weil ich es muß, um Sie zu retten?«
Wieder nickte Gary.
»Okay. Ist Ihnen klar, daß Sie nicht so klug wie manche anderen Leute sind?«
Gary wurde rot, aber er nickte.
»Hintergehen gemeine Leute Sie manchmal? Spielen Ihnen Streiche oder versuchen Sie reinzulegen?«
»Yeah. Ich mag solche gemeinen Leute nicht. Sie verletzen meine Gefühle.«
»Gary, Sergeant Downes hat Ihnen einen Streich gespielt. Er hat Sie hintergangen. Er hat gesagt, Sie hätten übernatürliche Fähigkeiten, aber die haben Sie nicht.«
Einen Moment lang war Garys Gesicht völlig ausdruckslos. Dann zogen sich seine Brauen zusammen.
»Wieso habe ich den Mord gesehen, wenn ich keine Fähigkeiten habe?«
»Mir fallen dazu nur zwei Erklärungen ein, Gary. Entweder Sie haben Sandra Whiley ermordet ...«
»Oh, nein, Mr. Hale. Das könnte ich nicht.«
»... oder Sie haben sich alles ausgedacht, was Sie gesagt haben.«

»Nein. Ich hab's mir nicht ausgedacht. Ich hab's gesehen.«
»Sergeant Downes hat zu Ihnen gesagt, Sie sollten sich in Ihrem Kopf vorstellen, was Sie gesehen haben, stimmt's?«
»Yeah.«
»Nichts anderes war das Ganze, Gary. Ihre Vorstellungskraft.«
»Aber es war wie wirklich.«
»Tun Sie mir einen Gefallen. Schließen Sie Ihre Augen.«
Gary kam Peters Bitte nach.
»Jetzt stellen Sie sich dieses Zimmer vor. Haben Sie's?«
Gary nickte.
»Welche Jahreszeit haben wir?«
»Sommer.«
»Stellen Sie sich in Ihrem Kopf vor, es ist Winter.« Peter wartete ein paar Sekunden. »Sehen Sie Schnee am Fenster? Ist es kalt?«
»Yeah.«
Jetzt stellen Sie sich vor, der Weihnachtsmann ist hier bei uns in diesem Zimmer. Sehen Sie ihn? Sehen Sie die Eiszapfen an seinem Bart? Sehen Sie das Funkeln in seinen Augen?«
Gary lächelte.
»Gary, haben Sie in diesem Gefängnis jemals den Weihnachtsmann gesehen?«
»Nein.«
»Aber jetzt sehen Sie ihn im Gefängnis?«
»Das ist nicht ...«
Gary hielt inne. Seine Augen gingen langsam auf. Das Lächeln ging in Ratlosigkeit über.
»Sehen Sie jetzt, was Sergeant Downes mit Ihnen gemacht hat? Verstehen Sie es jetzt?«
»Ich ... ich weiß, ich hab was gesehen. Ich weiß, ich hab zwei Leute im Park gesehen, als ich vorbeigegangen bin.«
»Können Sie schwören, Sie haben Sandra Whiley gesehen?«
Gary schüttelte den Kopf. Er wirkte niedergeschlagen. Peter empfand tiefes Mitleid mit ihm.
»Das ist also unsere Aufgabe. Herauszufinden, was Sie wirklich gesehen und was Sie sich ausgedacht haben. Es wird eine schwere Aufgabe sein, aber wir werden zusammenarbeiten, und wir werden

es schaffen. Wollen Sie mit mir zusammenarbeiten, Gary? Wollen Sie mir helfen?«
»Ja, das will ich, Mr. Hale. Ich werd mir große Mühe geben.«
»Gut, Gary. Das ist ein Anfang.«

## 3

Es war fast fünf Uhr, als Peter das Gefängnis verließ. Die Arbeit mit Gary war ermüdend. Gary war für Beeinflussungen so offen, daß Peter auf jedes Wort achten mußte, und er konnte nie sicher sein, ob Gary ihn wirklich verstand oder nur nickte, um höflich zu sein. Gary Harmon zu vertreten würde sehr frustrierend und sehr zeitaufwendig sein.

Während Peter die Treppe zu Gearys Kanzlei hinaufging, blickte er auf die Uhr. Nach dem Abendessen wollte er zu Steve, um mit ihm die Taktik durchzusprechen. Es gab alle möglichen Verteidigungsstrategien, wie zum Beispiel verminderte Auffassungsgabe, die sie bei einem schuldigen Klienten mit Garys Intelligenz anführen konnten. Nach der heutigen Sitzung mit Gary fragte sich Peter, ob sie darauf nicht verzichten und sich an ein klares »Nicht schuldig« halten sollten, mit der Begründung, daß Gary das Verbrechen nicht begangen habe.

Der Autopsiebericht schilderte das Gemetzel an Sandra Whiley in plastischen Einzelheiten. Die Person, die ihr diese Verletzungen beigebracht hatte, war in Wut gewesen. Gary war wütend gewesen, als er Karen Nix angefallen hatte, aber Garys Wut war eine spontane Reaktion auf Karens Kränkung. Das Beil stank meilenweit nach Vorsatz. Wer läuft schon mit einem Beil herum? Nein, der Mörder hatte das Beil bei sich, um es gegen das Opfer zu gebrauchen, und das bedeutete, der Mörder hatte seine Tat geplant. Peter konnte sich Gary Harmon nur mit Schwierigkeiten bei der Planung eines Frühstücks vorstellen.

»Mr. Geary möchte Sie sprechen«, sagte Clara, als Peter die Tür zur Kanzlei aufmachte.

»Ist er da?« fragte Peter nervös.

»Na-inn«, antwortete Clara, ohne von ihrer Tipparbeit aufzublicken. »Er ist im Bunkhouse Motel in der Cayuse County. Hat gesagt, Sie

sollten sofort anrufen, wenn Sie reinkommen.« Clara unterbrach ihr Getippe und sah Peter an. »Das waren seine genauen Worte. ›Sofort, wenn er zur Tür reinkommt.‹«
»Wissen Sie, warum er mit mir sprechen möchte?«
»Das geht mich nichts an, Mr. Hale. Ich bin hier bloß die Sekretärin. Aber er schien mir ein kleines bißchen verärgert zu sein.«
Peter überlegte, ob Geary wohl bereits wußte, daß er an dem Fall arbeitete. Er hatte sich mehr Zeit erhofft, um seine Position als Garys Anwalt festigen zu können, ehe er seinem Chef gegenübertreten mußte.
»Mr. Geary«, sagte Peter, sobald er von der Motelrezeption durchgestellt worden war, »Clara sagte, Sie wollten mich sprechen.«
»Ja. Ja, das will ich. Nach der Sitzung saß ich gerade in Richter Gilroys Amtszimmer, da bot er mir scherzhaft sein Beileid an, weil ich den Fall Harmon auf dem Hals hätte. Ich sagte zu ihm, ich wüßte nicht, wovon er redet, weil sich unser Büro mit Mordprozessen nicht befaßt. Bei all der Arbeit in der Praxis wären wir niemals in der Lage, die Zeit aufzubringen, die wir aufbringen müßten, um kompetente Arbeit zu leisten. Ganz zu schweigen davon, daß niemand in meinem Büro die Qualifikation besitzt, einen Mordprozeß zu bewältigen, der, das wissen Sie sicher, ein Fall ist, der einen Fachmann erfordert.
Der Richter sagte, er könne sich irren, aber Richter Kuffel habe ihn während einer Pause in unserem Verfahren angerufen, und er meinte, Kuffel habe gesagt, mein junger Mitarbeiter sei zur Klagevernehmung von Mr. Harmon erschienen. Das stimmt nicht, nicht wahr, Peter?«
»Tja, äh, doch, es stimmt. Ich meine, der Richter hat recht. Aber Sie müssen sich keine Sorgen machen. Der Prozeßtermin steht noch nicht fest. Und die Harmons zahlen uns einhunderttausend Dollar plus Spesen.«
Peter hielt den Atem an, während er wartete, daß Geary die Höhe des Honorars schluckte. Peter nahm an, daß einhunderttausend Dollar alle Bedenken, die sein Chef haben mochte, beseitigen würden. Einen Augenblick war es still in der Leitung. Als Geary wieder das Wort ergriff, klang es, als habe er Mühe, sich im Zaum zu halten.

»Peter, ich möchte, daß Sie Jesse Harmon anrufen und ihm sagen, Sie hätten einen Fehler gemacht, als Sie den Fall seines Sohnes übernahmen, ohne mich um Rat zu fragen. Dann marschieren Sie runter ins Büro von Richter Kuffel und legen den Fall nieder, so schnell Sie können. Gleich als erstes morgen früh geht in Ordnung, heute abend wär's allerdings noch besser, wenn Sie ihn erwischen können. Am besten, Sie rufen sofort an, wenn ich aufgelegt habe.«

»Aber Mr. Geary …«

»Keine Aber, Peter. Sie und dieses Büro sind ab sofort aus dem Fall Harmon draußen. Haben Sie mich verstanden?«

»Also, nein, das verstehe ich nicht. Wieviel verdienen wir an einem Ihrer lausigen Gerichtstermine? Was, ein paar hundert Dollar? Ich habe gerade ein Hunderttausenddollar-Honorar eingebracht, und Sie tun so, als hätte ich was falsch gemacht.«

»Natürlich haben Sie etwas falsch gemacht, Peter«, sagte Geary in einem Ton, der in Peter die Vorstellung von anschwellenden Blutgefäßen und fest zusammengebissenen Zähnen heraufbeschwor. »Erstens haben Sie diesen Fall übernommen, ohne mich, Ihren Chef, zu fragen.

Zweitens hat unser Büro einen Vertrag, mittellose Beschuldigte in drei Countys zu vertreten. Ein Vertrag ist ein bindendes Versprechen zwischen zwei oder mehr Parteien, bestimmte Aufgaben zu übernehmen. Um meinen Teil des Vertrages zu erfüllen, brauche ich Ihre Mithilfe, um mittellose Beklagte zu verteidigen, ganz egal, wie lausig die Fälle sein mögen. Sie können mir nicht zur Verfügung stehen, wenn Sie mit einem einzigen Fall zwei bis vier Monate vor Gericht zu tun haben.

Drittens, und das ist das Wichtigste, bei diesem Fall geht's nicht um irgendeinen Ladendiebstahl. Wenn Sie versagen, bekommt Gary Harmon tödliche Chemikalien in die Venen gespritzt. Und Sie werden versagen, Peter, weil *Sie* ein Versager sind. Haben Sie vergessen, daß Ihr Vater Sie gerade wegen Ihrer ungeheuren Unfähigkeit auf dieses intellektuelle Devil's Island verbannt hat? Sind Sie so oberflächlich, daß Sie Ihre Perfidie noch verschlimmern wollen, indem Sie Gary Harmons Leben für Geld aufs Spiel setzen?«

»Ich habe etwas gegen die Unterstellung, daß ich diesen Fall wegen des Geldes übernommen hätte«, konterte Peter ungehalten.
»Mir ist scheißegal, wogegen Sie etwas haben«, schrie Geary. »Sie marschieren entweder runter zum Gericht und legen den Fall nieder, sobald ich aufgelegt habe, oder Sie räumen Ihr Arbeitszimmer.«
Die Leitung wurde unterbrochen. Peters Hand zitterte. Er legte auf und ließ sich in seinen Sessel sinken. Was sollte er tun? Wenn er Garys Fall nicht niederlegte, war seine letzte Chance, die Gunst seines Vaters zurückzuerhalten, vertan. Gab er den Fall aber ab, ließ er sich die einmalige Gelegenheit entgehen, sich auf eigene Faust einen Namen zu machen. Eine Chance wie diese bekam er vielleicht nie wieder.
Peter hatte seine Verbannung in diese Ödnis als eine vorübergehende Unannehmlichkeit hingestellt. Er war immer der Meinung gewesen, daß sein Vater ihn wieder bei sich willkommen heißen würde, wenn er als schlechtbezahlter Armenanwalt seine Buße getan hätte. Lange und intensiv sann Peter darüber nach, wie sein Vater wohl auf einen Anruf von Amos Geary reagieren würde, der ihm mitteilte, daß Peter kaum zwei Monate durchgehalten hatte, ehe er ihn an die Luft setzen mußte.
Vor dem Fall Elliot hätte Peter niemals geglaubt, daß sein Vater ihn für irgend etwas, das er getan hatte, bestrafen könnte. Als er vorübergehend von der High-School relegiert wurde, weil er im Suff mit seinem Jeep das Footballfeld umgepflügt hatte, bezahlte Richard den Schaden und schaffte es irgendwie, daß die Suspendierung nicht in seiner Akte erschien. Als es auf dem College dieses bedauerliche Vorkommnis mit dem Mädchen aus der Schwesternschaft gegeben hatte, hatte Richard getobt und geschrien, dann aber die Abtreibung bezahlt. Und wie war das mit seinem Jurastudium? Bis heute hatte Peter keine Ahnung, wie er mit seinen Noten die Zulassung bekommen hätte, wenn Richard nicht interveniert hätte. Deswegen war es so ein Schock gewesen, als sein Vater nach seinem Fiasko im Fall Elliot den Daumen nach unten gedreht hatte, und das war auch der Grund, weswegen er die Möglichkeit nicht ausschließen konnte, daß Richard ihn für immer verstoßen würde, wenn er wieder versagte.
Bei dem Gedanken, aus Gearys Büro auszuscheiden, fühlte Peter

sich wie ein kleiner Junge, der sich zum ersten Mal daranmacht, in der Badeanstalt vom Turm zu springen. Er konnte vom Sprungbrett wieder in die Sicherheit zurückkriechen, indem er Gary Harmon fallenließ, oder er konnte den furchtbaren Sprung ins Unbekannte wagen, indem er den Fall behielt. War er bereit, seine Freiheit gegen Sicherheit einzutauschen? Wollte er sein ganzes Leben ein Kind bleiben, vollkommen auf seinen Vater angewiesen, oder wollte er ein Mann werden, der auf seinen eigenen zwei Füßen stehen konnte? Dann erinnerte sich Peter an Steve Mancinis Rat. »Scheiß auf Amos Geary«, hatte Mancini gesagt. Mancini hatte recht. Mit hunderttausend Dollar konnte er zu vielen Leuten »Leck mich!« sagen. Und dann war da die Teilhaberschaft, die ihn erwartete. Als Peter darüber nachdachte, war die Wahl gar nicht so schwer.

## 4

**W**as wirst du tun?« fragte Steve Mancini, als Peter seinen Bericht über das Telefongespräch mit Amos Geary beendet hatte. Sie saßen auf der Couch in Mancinis Wohnzimmer. Polizeiberichte und Tonbandcassetten stapelten sich neben einem Cassettenrecorder vor ihnen auf dem Sofatisch. Donna war in der Küche, machte Kaffee und schnitt einen Rosinenkuchen auf.

»Ich weiß, was ich gerne tun würde, aber ich habe ein großes technisches Problem. Wenn ich Garys Anwalt bleibe, muß ich aus meinem Arbeitszimmer ausziehen.«

»Das ist überhaupt kein Problem. Ich habe in meinem Büro ein Arbeitszimmer frei, das kannst du mieten. Du hättest eine Empfangsdame, und du kannst eine von meinen Sekretärinnen stundenweise bezahlen, damit sie dir dein Zeug tippt. Mein Büro ist verdammt viel schöner als Gearys Mausoleum. Was meinst du dazu?«

»Ist dir's noch ernst mit der Teilhaberschaft?«

»Und ob. Natürlich nicht gleich, weil ich Mountain View erst noch unter Dach und Fach bringen muß, und du hast Garys Fall zu bearbeiten.«

»Klar.«

»Aber ich bin absolut interessiert.«

»Das ist toll, weil ich glaube, es könnte funktionieren.«

»Okay. Also, wir reden drüber.«
Peter schüttelte Steve die Hand und lächelte tapfer, aber in seinem Inneren rumorte es vor Angst.
»So, nun haben wir das erledigt. Laß uns an die Arbeit gehen«, sagte Steve.
»Ich möchte, daß du diesen Bericht liest.« Peter reichte Mancini einen dicken, zusammengehefteten Stapel Papiere. »Das ist eine Zusammenfassung von Downes' Verhör. Dann möchte ich, daß du dir Ausschnitte aus diesen Bändern anhörst. Die ganze Vernehmung dauert ungefähr sieben Stunden. Ich hatte bisher nur Zeit, mir zwei Bänder anzuhören, aber die Teile, die ich dir vorspiele, werden dir einen Eindruck davon geben, was los ist.«
Kurz nachdem Peter das Tonband gestartet hatte, kam Donna mit einem Tablett aus der Küche. Sie reichte Peter und ihrem Mann Tassen mit Kaffee und eine Scheibe Kuchen. Dann setzte sie sich neben Steve auf die Couch und hörte zu, wie Dennis Downes Gary die wunderbaren Fähigkeiten, die er besaß, erläuterte.
»Sind Garys Äußerungen der Grund für seine Verhaftung?« wollte Donna von Peter wissen, als die Bänder durchgelaufen waren.
»Zum großen Teil.«
»Aber das ist völlig unfair. Gary dachte, er wäre ein Detektiv. Er meinte, er hilft Downes. Gary würde nicht verstehen, daß Downes ihn reingelegt hat. Keine Jury wird glauben, daß das, was Gary gesagt hat, ein Geständnis war.«
»Das würde sie schon, wenn Gary etwas weiß, was nur der Mörder wissen kann«, sagte Mancini, »und ich möchte wetten, daß irgendwo auf diesen Bändern so was ist.«
»Garys Aussage aus dem Beweismaterial herauszuhalten ist eindeutig der Schlüssel dazu, Garys Prozeß zu gewinnen«, sagte Peter. »Die Frage ist, wie schafft man das.«
»Bedeutet denn die Tatsache, daß Downes Gary belogen hat, gar nichts?« fragte Donna.
»Ich meine mich zu erinneren, in der Uni von ein paar Fällen gelesen zu haben, in denen die Ansicht vertreten wurde, daß ein Geständnis, das durch Täuschung herausgelockt wird, nicht aufrechtzuerhalten ist«, sagte Peter.
»Vielleicht kann ich helfen, danach zu suchen«, erbot Donna sich

freiwillig. »In meiner Ausbildung als Anwaltssekretärin hatte ich einen Kursus über juristische Recherchen. Mr. Willoughby läßt mich ab und zu Recherchen für ihn erledigen.«

»Ich kann jede Hilfe gebrauchen, die ich kriegen kann«, sagte Peter.

Mancini zog die Stirn in Falten. »Wann willst du das denn noch dazwischenschieben, Liebling? Du hast doch so schon ziemlich viel zu tun.«

»Ich könnte die Recherchen nach der Arbeit oder am Wochenende machen. Bitte, Steve. Um Gary zu helfen, möchte ich etwas mehr tun als bloß Kaffee kochen.«

»Na ... ich denke, wenn Pete nichts dagegen hat ...«

Donna beugte sich hinüber und küßte ihren Mann auf die Wange. Dann stand sie auf.

»Ich lasse euch beide weiterarbeiten, während ich saubermache. Ruft, wenn ihr was braucht. Und, Peter, lassen Sie mich wissen, was ich für Sie tun kann.«

Donna hüpfte beinahe aus dem Zimmer. Ein triumphierendes Lächeln lag auf ihrem Gesicht.

»Du hast es richtig gemacht, Steve. Donna ist wunderbar.«

»Na, vielen Dank«, antwortete Mancini mit einem selbstzufriedenen Lächeln. »Aber eines muß ich dir sagen. Erwarte von Donna nicht viel Hilfe. Sie ist eine gute Anwaltssekretärin, aber juristische Recherchen ...?« Mancini lächelte geringschätzig. »Trotzdem, wenn du für sie irgendwas findest, womit sie sich beschäftigt fühlt, wird sie glücklich sein wie 'ne Schneekönigin.«

»Sie scheint mir ganz schön fix zu sein«, sagte Peter, der erstaunt hörte, wie sein Freund seine Frau herabsetzte. »Wir werden sehen, was sie tun kann.«

»Sicher«, sagte Mancini. Er trank einen Schluck Kaffee. »Sehen wir uns noch mal das Geständnis an. Wir sollten uns eine Liste möglicher Angriffspunkte machen. Ich habe bemerkt, daß Don Bosco einen Großteil der Vernehmung verfolgt hat. Ich könnte mit ihm reden und hören, was er darüber zu sagen hat.«

»Gute Idee.«

»Mach ich gleich morgen früh als erstes.«

»Ich werde einen guten Ermittler brauchen. Kannst du mir jemanden empfehlen?«

»Es gibt nicht viele hier in der Gegend. Ralph Cotton ist ziemlich gut. Er arbeitet manchmal für das Büro Sissler. Und Mike Compton führt Ermittlungen durch.«
Mancini überlegte einen Augenblick. »Weißt du, es gibt da einen Typen, Barney Pullen, den ich schon manchmal eingesetzt habe. Er arbeitet als Mechaniker in der Werkstatt seines Bruders, aber früher war er mal Polizist. Du könntest ja mal nachfragen, ob er Zeit hat.«
Peter notierte sich die Namen, die Steve ihm genannt hatte. Dann sagte er: »Da sind noch ein paar andere Sachen, die wir durchgehen müssen. Becky hat den Polizeibericht über Garys Spannereskapade hinzugezogen. In einem anderen Bericht werden ein paar pornographische Zeitschriften erwähnt, die im Schrank in Garys Schlafzimmer gefunden wurden. Ich glaube, Becky wird versuchen, daß das Pornozeugs und die Aussagen zu dem Zwischenfall auf dem Campus als Beweismittel zugelassen werden. Was können wir da tun?«
»Wir müssen einen Antrag stellen, daß die Sachen draußen bleiben. Die Geschworenen werden glauben, Gary ist ein Perverser, wenn sie das hören.«
»Das denke ich auch. Ich kann mich ja auf diesen Punkt konzentrieren.«
»Okay.«
»Da wäre noch was«, bemerkte Peter.
Mancini bemerkte eine Veränderung in Peters Stimme. Was dieses Neue auch immer war, es hatte Peter beunruhigt.
»Was ist das Problem?«
Peter reichte Mancini einen Stapel Polizeiberichte.
»Ich hoffe, diese Berichte sind durch ein Versehen dabei. Wenn nicht, könnte Gary in großen Schwierigkeiten sein.«
Mancini überflog den ersten Bericht. Seine Miene verfinsterte sich.
»Hat Becky irgendwas davon erwähnt?«
»Nein.«
Mancini legte den Stapel Berichte auf seinen Schreibtisch.
»Sie kann doch nicht denken, daß Gary auch in diese Fälle verwickelt ist.«
»Muß sie aber. Warum sollte sie mir Polizeiberichte über die Morde an zwei anderen Frauen geben, wenn sie nicht denkt, Gary hat sie begangen?«

# Vierzehntes Kapitel

## 1

Die Häftlinge im Gefängnis von Whitaker durften eine Stunde pro Tag im Hof Sport treiben. Gary wartete auf diese Stunde wie ein auf einer einsamen Insel ausgesetzter Matrose auf seine Rettung. Drinnen war das Gefängnis muffig-grau. Und die Luft war drückend. Draußen schien die Sonne, Vögel flatterten herum, und die Luft duftete süß nach Erinnerungen daran, wie sein Leben einmal gewesen war. An diesem Nachmittag lehnte Gary am Maschenzaun und beobachtete mehrere Gefangene, die auf der anderen Seite des Hofes mit Hanteln arbeiteten. Gary hätte gern Gewichte gestemmt, aber er hatte Angst, in die Nähe dieser Leute zu gehen. Außerdem fühlte er sich nicht so gut. Die Unterredung mit Peter Hale hatte ihn ziemlich verwirrt zurückgelassen. Peter hatte gesagt, er habe keine übernatürlichen Fähigkeiten, aber er war doch sicher, daß er welche hatte. Wenn er diese Fähigkeiten nicht hatte, wieso wußte er dann soviel über den Mord? Wie hatte er dann Sandra Whiley sterben sehen?«

»He, Gary?« sagte eine ihm bekannte Stimme. Gary drehte sich um und sah Kevin Booth. Booth schwitzte und konnte keine Sekunde stillstehen. Er hatte so viele Drogen genommen, daß sein Organismus Schwierigkeiten hatte, sich auf den vom Gefängnis erzwungenen Entzug einzustellen. Gary merkte das nicht. Er wußte nur, daß er endlich einen Freund gefunden hatte, mit dem er reden konnte.

»Hi, Kevin! Bist du auch verhaftet worden?«

»Yeah. Mich ham se vor ein paar Tagen hoppgenommen.«

»Was hast du gemacht?« fragte Gary besorgt.

»Scheiße gebaut. Erstklassig. Sache für die Bundespolizei.« Booths Schultern zuckten ein bißchen.

»Mir gefällt's hier nicht«, gestand Gary.

»Warum nicht?«

»Ein paar von den Männern hacken auf mir rum. Sie sagen gemeine Sachen.«
»Du mußt eben lernen, wie man mit solchen Arschlöchern umgeht«, antwortete Booth, der den dicken Maxe markierte. Gary sollte denken, er habe keine Angst, im Gefängnis zu sein, aber die kurze Zeit, die er drin verbracht hatte, als er auf dem Parkplatz vom Whitaker State festgenommen worden war, hatte er kaum geschlafen, und die letzte Nacht war die Hölle gewesen. »Wenn irgend jemand dich anmacht, mischst du sie als erster auf, oder du erntest keinen Respekt.«
»Meine Mom sagt, ich soll mich nicht prügeln«, sagte Gary ängstlich.
»Yeah? Na, deine Mom ist ja auch nicht im Gefängnis.«
Gerade als er das sagte, bemerkte er Rafael Vargas, der auf einer der Bänke in der Nähe der Bodybuilder saß. Nicht weit weg beendete sein Leibwächter, Carlos Rivera, gerade einen Satz Curls mit Gewichten, die so groß wie Autoreifen waren. Jedesmal, wenn er die Stange an die Brust hievte, blähte sich sein Körper auf wie ein Ballon. Booth fühlte, wie es ihm weich im Gedärm wurde, und er sah schnell weg.
»Tja, Mann«, meinte Booth und bewegte sich so, daß Gary ihn gegen Vargas' Blick verdeckte, »ich hab über dich gelesen. Du bist ja ein richtiger Medienstar. Titelseite! Mord! Das ist stark!«
»Ich habe dem Mädchen nichts getan«, versicherte Gary seinem Freund. »Ich hab's bloß gesehen.«
»Gesehen? Was?«
»Mein Anwalt will, daß ich mit niemand über den Fall rede.«
Booth kam plötzlich eine Idee. Er warf rasch einen Blick hinüber zu Vargas. Als er sich wieder zu Gary umdrehte, hatte er ein einschmeichelndes Lächeln aufgesetzt.
»He, Gary, ich bin's doch. Wir sind doch Kumpel seit der High-School. Was meinste denn, was ich tue – dich verpfeifen?«
»Oh, nein«, sagte Gary und wurde vor Verlegenheit rot.
»Deine Anwälte wollen wahrscheinlich nicht, daß du mit jemand redest, den du nicht kennst. Klar, das ist okay. Aber ich bin dein Freund, stimmt's?«
»Ja, sicher«, stimmte Gary zu.

»Also, was gibt's?«
Gary zögerte. Peter hatte ihm ausdrücklich eingeschärft, daß er mit niemandem über seinen Fall reden sollte. Er hatte gesagt, einige Leute im Gefängnis würden dem Staatsanwalt erzählen, er habe ihnen ein Geständnis gemacht, damit sie in ihrem eigenen Prozeß Vorteile bekämen. Dann würden sie vor Gericht gegen ihn aussagen und Lügen erzählen. Peter hatte ihn gemahnt, sich vor solchen Leuten in acht zu nehmen, aber er konnte doch nicht Kevin gemeint haben. Peter meinte wahrscheinlich, er solle nicht mit Fremden reden, so wie Mom ihn immer gewarnt hatte. Aber Kevin Booth war kein Fremder. Er war ein Freund. Und so fing Gary an, ihm alles über seinen Fall zu erzählen.

## 2

Es war später Nachmittag, als Steve Mancini in sein Büro zurückkehrte. Er schnappte sich die Benachrichtigungszettel vom Rezeptionstisch und sah sie durch, während er den Korridor entlangging. Eine der Mitteilungen war von Harold Prescott. Mancini bekam einen trockenen Mund, und die Hand, die den Zettel hielt, zitterte. Er schloß die Tür seines Arbeitszimmers. Als er die Nummer der Spar- und Darlehenskasse von Whitaker gewählt hatte, schloß er die Augen und sprach ein kleines Gebet.
Die olympische Skimannschaft der USA trainierte am Mount Bachelor in der Nähe von Bend, Oregon. Vor drei Jahren hatte der Staat Oregon eine Kampagne gestartet, um die Olympischen Spiele nach Bend zu holen. Kurz darauf hatte Mancini sich einer Investorengruppe zur Gründung von Mountain View, Inc., angeschlossen, die das Ziel hatte, in der Nähe von Bend ein Skizentrum und Eigentumswohnungen zu errichten. Harold Prescott hatte bei seiner Bank eine Bauanleihe durchgesetzt. Die Anleihe wurde dazu verwandt, die Arbeit an dem Zentrum und den ersten Wohneinheiten zu beginnen, aber das Wetter, Probleme mit der Gewerkschaft und steigende Kosten hatten den Großteil der Anleihe aufgezehrt und den Fortgang des Projekts gebremst. Die Anleihe war in Kürze fällig. Mountain View versuchte, von der Bank eine langfristige Anleihe zu erhalten, um die Bauanleihe abzulösen und die erste Phase des Projekts

abzuschließen. Mancini hatte massiv in das Projekt investiert. Wenn es scheiterte, war er ruiniert.

»Ich habe leider schlechte Nachrichten, Steve«, sagte Prescott, als sie miteinander verbunden waren. »Der Ausschuß ist heute nachmittag zusammengetreten. Er hat gegen die Genehmigung der Anleihe gestimmt.«

Mancini fühlte sich, als müßte er sich übergeben. Er kniff die Augen zu und kämpfte gegen die Übelkeit an.

»Steve?«

»Ich begreife das nicht«, stieß Mancini hervor.

»Ich habe mich dafür eingesetzt, aber der Widerstand war zu stark.«

»Wo ist denn das Problem?« fragte Mancini verzweifelt. »Wir sind mit der Spar- und Darlehenskasse von Whitaker im Geschäft, seit das Projekt in Angriff genommen wurde. Nichts hat sich geändert.«

»Steve, ich habe Sie schon vor zwei Jahren wegen dieses potentiellen Problems gewarnt. Der Bundeshypothekenverband hat dem Projekt nicht zugestimmt. Ohne seine Zustimmung können wir die Anleihe auf dem New Yorker Markt nicht verkaufen. Ich habe die anderen zu überreden versucht, die Sache zu riskieren, aber es war nichts zu machen.«

»Fannie Mae wollte nicht zustimmen, weil es ein Erholungsgebiet ist und wir das Aufgeld nicht für fünfzig Prozent der Einheiten haben. Das wird sich ändern, sobald Bend den Zuschlag für die Olympischen Winterspiele erhält.«

»Es ist aber nicht sicher, daß Bend die Spiele bekommt, das ist das Problem. Nach den Gerüchten, die uns zu Ohren kommen, ist eines der europäischen Länder uns gegenüber im Vorteil. Der Ausschuß war nicht bereit, das Risiko zu tragen.«

»Harold, ich weiß nicht, mit wem Sie gesprochen haben. Roger Dunn hat mir erzählt, seine Gewährsleute sagen, wir hätten wahnsinnig gute Chancen. Wenn die Sache erst mal bekanntgegeben ist, verkaufen sich diese Wohnungen wie warme Semmeln.«

»Das war nicht das einzige Problem. Ihre Gruppe besitzt nicht genügend flüssige Vermögenswerte. Auf den überwiegenden Teil der Grundstücke besitzen Sie nur Optionen. Man war der Ansicht, daß in dem Projekt nicht genügend Eigenkapital steckt.«

Der Rest der Unterhaltung verlief in einem dumpfen Brummen. Mancini antwortete automatisch, während ein scharfer, pochender Schmerz seinen Kopf erfüllte. Nach einigen weiteren Minuten legte er auf und starrte auf die Wand. Er wußte, daß er die anderen Partner anrufen müßte, aber er vermochte sich nicht zu rühren. Er konnte an nichts weiter denken als an seinen finanziellen Ruin.

Mancini sagte seiner Sekretärin, sie solle Anrufe für ihn nicht durchstellen. Dann nahm er ein Glas und eine halb gefüllte Flasche Scotch aus seiner unteren Schreibtischschublade. Er goß sich großzügig ein, kippte das Glas hinunter und goß sich noch eines ein. Der Whisky brannte, und das taube Gefühl wich der Wut.

Shari, seine erste Frau, hatte ihn dazu überredet, in Mountain View zu investieren. Wie oft hatte sie ihn vollgequatscht mit Geschichten von den Millionen, die sie verdienen würden. Dann war das Weibsstück ausgestiegen und ließ ihn jetzt der finanziellen Vernichtung allein ins Auge blicken. Wahrscheinlich hatte sie die ganze Zeit gewußt, daß so etwas passieren würde. Er konnte sich vorstellen, wie sie über ihn lachte, wenn sie vom Zusammenbruch von Mountain View las. Mancinis Magen krampfte sich zusammen, Schmerzen rasten ihm durch den Schädel. Seine Hand drückte zu, das Whiskyglas zerbrach, und Scotch und Blut spritzten auf den Teppich.

## 3

Donna Harmon ist hier und möchte Sie sprechen, Mr. Hale«, meldete Clara über die Sprechanlage.

»Schicken Sie sie nach hinten«, antwortete Peter, erleichtert, daß Clara nicht den Summer bedient hatte, um ihm zu sagen, daß Amos Geary in der Leitung sei.

Peter hatte den Tag in Qualen verbracht, während er über seine Entscheidung, Amos Geary zu verlassen, grübelte. Er war spät zum Dienst gekommen, wobei er sein Eintreffen so gelegt hatte, daß es mit dem Gerichtsbeginn in der Cayuse County zusammenfiel, und dann war er zu jeder denkbaren Zeit, zu der Geary anrufen konnte, nicht in der Kanzlei gewesen. Clara hatte ihm mehrere Mitteilungen von seinem Chef übergeben, jede länger und drohender, aber Peter hatte auf keine reagiert.

»Hi«, sagte Peter, als Donna ihren Kopf zur Tür hereinsteckte. Sie machte einen aufgeregten Eindruck.
»Ich glaube, ich habe ein paar vielversprechende Fälle gefunden, in denen Leute zum Geständnis verleitet wurden«, sagte Donna und schob einen braunen Umschlag zu Peter hinüber.
»Setzen Sie sich. Ich werfe mal eben einen Blick rein.«
Peter zog Kopien der Fälle und Artikel heraus, die Donna für ihn fotokopiert hatte.
»Im Fall Miranda gegen Arizona gibt es ein wichtiges Urteil«, erklärte Donna, womit sie auf das berühmte Urteil des Obersten Gerichtshofs der Vereinigten Staaten anspielte, mit dem die Bestimmung durchgesetzt worden war, daß die Polizei verdächtige Personen auf ihre verfassungsmäßigen Rechte hinweisen müsse, keine Aussagen machen zu müssen und vor der Vernehmung einen Anwalt sprechen zu dürfen. »Darin heißt es, daß auch der freiwillige Verzicht auf diese Rechte ungültig ist, wenn der Beschuldigte mit Drohungen, List oder Zureden dazu verleitet wurde, den Verzicht zu leisten. Und hören Sie sich das an: aus einem Artikel der *Law Review* der Universität von Pennsylvania über ›Polizeitricks zur Herbeiführung von Geständnissen‹:
Der Autor schreibt: ›Eine Form von Täuschung, die den einem Menschen zustehenden Schutz durch den Fünften und Sechsten Zusatzartikel zur Verfassung der USA vollkommen untergräbt, liegt dann vor, wenn die Polizei eine verdächtige Person darüber täuscht, ob eine Vernehmung stattfindet.‹ Genau das hat Downes getan. Er ließ Gary glauben, es gebe keine Vernehmung. Er redete ihm ein, er sei ein Detektiv.«
»Sie sind ziemlich tüchtig«, lobte Peter mit aufrichtiger Bewunderung, nachdem er das Material überflogen hatte. Die Fälle waren zwar alt und der *Law Review*-Artikel war 1979 verfaßt worden, aber sie würden es ihm erleichtern, neuere Fälle ausfindig zu machen.
»Danke«, erwiderte Donna und errötete über das Kompliment.
»Wann haben Sie das denn gemacht?«
»In der Mittagspause.«
»Also, in der wenigen Zeit hätte ich's auch nicht besser machen können. Das wird mir wirklich helfen.«
»Meinen Sie?« fragte Donna zuversichtlich.

»Absolut.«
Donnas Miene verfinsterte sich. »Haben Sie mit Gary gesprochen?« fragte sie.
»Gestern das letzte Mal. Es geht ihm den Umständen nach ganz gut. Er scheint das Gefängnis hingenommen zu haben.«
»Sicherlich. Gary beklagt sich nie über irgend etwas.«
»Sie lieben Ihren Bruder wirklich, nicht wahr?«
»Ich liebe ihn sehr. Das tun wir alle.«
»Es muß schwer für Sie sein, daß er so, äh ... so langsam ist.«
Donna lächelte. »Sie meinen ›zurückgeblieben‹?«
Peter wurde rot. »Ich wollte damit nicht sagen ...«
»Nein, ist schon in Ordnung. Ich bin es gewohnt. Die Leute meinen immer, daß man einen Menschen, der ›zurückgeblieben‹ ist, nicht so einfach lieben kann, aber das stimmt nicht. Als Gary klein war, war er so ungeheuer spaßig. Sie wissen, wie hübsch er ist. Also, er war ein wunderschöner kleiner Junge. Immer rannte er herum und lachte. Erst als er älter wurde, bemerkten wir, wie furchtbar langsam er war und wie schwer es für ihn war zu lernen. Eines Tages kam Mom aus der Schule nach Hause. Bis dahin war es nie offiziell gewesen. Nur etwas, was wir wußten, uns aber nie eingestanden. Mom erzählte uns, was Garys Lehrerin über eine Sonderklasse mit anderen ›langsam Lernenden‹ gesagt hatte. Dann sagte Mom, daß Gary ein Kind Gottes wie jedes andere sei, und alles andere interessiere sie nicht. Wenn Gary zusätzlich Hilfe brauche, solle er sie bekommen, aber sie würde Gary wegen seiner Intelligenz nicht anders behandeln. Was sie betreffe, sei Gary ein freundlicher und braver Junge, und allein darauf komme es an.
Ich habe Mom nie mehr geliebt als in dem Moment, wo sie das gesagt hat. Es hat Garys Leben bestimmt. Wir haben ihm nie das Gefühl gegeben, er sei ein Depp, und haben von ihm nie weniger verlangt, als er leisten konnte.«
Donna hielt inne. Ihre Gesichtszüge waren zu Stein geworden.
»Er ist ein guter Junge, Peter. Ein guter, simpler Junge, genau wie es Mom gesagt hat. Er ist immer so gewesen. Er könnte das nicht tun, was ihm vorgeworfen wird.«
Peter wollte etwas antworten, um Donna zu beruhigen, aber er wußte, daß alles, was er sagen würde, einen falschen Klang hätte.

Donna holte tief Luft und stand auf. Daß sie plötzlich Gefühle gezeigt hatte, war ihr peinlich.
»Ich … ich gehe wohl besser. Ich muß fürs Abendbrot einkaufen.«
»Danke für die Kopien.«
»Ich hoffe, sie sind eine Hilfe«, meinte Donna, als sie aus dem Arbeitszimmer hinausging.
Peter schloß die Tür hinter ihr und schlenderte nachdenklich zurück zu seinem Schreibtisch. Donna vertraute ihm wirklich, Gary auch. Sie glaubten, daß er Gary freibekommen würde. War ihr Glaube deplaziert? Peter fiel sein Telefongespräch mit Amos Geary vom Tag zuvor wieder ein. Sein Chef hatte ihm mit schonungsloser Offenheit gesagt, daß er unfähig sei, einen Mordfall vor Gericht zu vertreten. Irrte sich Steve Mancini in seinem Glauben, daß Peter das Zeug hatte, einen kapitalen Mord zu verteidigen? Machte Peter sich selbst was vor? Und wenn ein mit der Todesstrafe bedrohter Mordfall für ihn in diesem Stadium seiner Laufbahn zu kompliziert war? Was wußte er wirklich darüber, wie man eine Mordanklage gerichtlich verhandelte? Peter kam der Gedanke, daß er sich mit jemandem mit ein wenig Erfahrung auf diesem Gebiet unterhalten sollte, um irgendeinen Eindruck zu bekommen, worauf er sich einließ.
Peter suchte die Telefonnummer des Verbandes der Strafverteidiger von Oregon heraus. Die Sekretärin dort gab ihm die Namen von drei Anwälten, die in mit der Todesstrafe bedrohten Fällen erfahren waren. Peter beschloß, nicht die beiden ersten Namen auf der Liste anzurufen. Sie praktizierten in Portland, und er fürchtete, sie würden wissen, wer er war. Sam Levine war Anwalt in Eugene, und er traf ihn an.
»Also, dies ist ihr erster Prozeß mit möglicher Todesstrafe«, sagte Levine, nachdem Peter ihm erklärt hatte, warum er anrief.
»Der erste.«
»Ich erinnere mich noch an meinen ersten. Ich hatte bereits sieben, acht Mordprozesse verhandelt und dachte, ich wäre eine tolle Kanone.« Levine kicherte. »Ich hatte keine Ahnung, auf was ich mich da einließ.«
»Wieso?« fragte Peter nervös.
»Kein anderer Prozeß ist wie solche, bei denen's um die Todesstrafe geht. Sie sind einzigartig. Der allergrößte Unterschied ist, daß man

sich gleich von vornherein auf zwei Prozesse vorbereiten muß. Beim ersten Prozeß geht's um Schuld und Unschuld. Wenn Ihr Typ des schweren Mordes für schuldig befunden wird, gibt's noch einen ganzen zweiten Prozeß darum, welche Strafe er bekommen sollte. Bei einem normalen Fall denkt man an das Urteil erst, wenn der Mandant schuldig gesprochen ist. Bei einem Kapitalfall müssen Sie schlicht davon ausgehen, daß er schuldig gesprochen wird, auch wenn Sie persönlich überzeugt sind, daß Sie gewinnen werden, weil die Verhandlung um das Strafmaß fast unmittelbar nach der Schuldigsprechung vor derselben Jury beginnt, die Ihren Mandanten schuldig gesprochen hat, und dann hätten Sie keine Zeit, sich auf die Strafmaßverhandlung vorzubereiten, wenn Sie bis zur letzten Minute warten.«

Peter stellte eine Frage nach der anderen und fühlte sich mit einer Antwort nach der anderen immer unsicherer. Levine erklärte ihm das besondere Jury-Auswahlverfahren, um das er ersuchen sollte, und teilte Peter mit, daß es einen ganzen Gesetzeskodex ausschließlich für kapitale Mordfälle gebe. Nach einer Dreiviertelstunde erklärte Levine, nun müsse er zu einem Mandanten, aber er würde sich sehr gern weiter mit Peter unterhalten.

»Vielen Dank. Ich bin Ihnen wirklich sehr dankbar für die Zeit, die Sie sich genommen haben.«

»Sie werden merken, daß es eine echte Bruderschaft unter Todesstrafen-Anwälten gibt. Ich bitte immer andere Anwälte um Hilfe. Das muß man. Wenn man einen Fall von Fahren trotz Führerscheinentzug verhandelt, kann man sich's leisten, Mist zu bauen. Was wird man Ihrem Mandanten schon groß tun? Ihn zu einem Wochenende im Gefängnis verdonnern. Aber wenn's um die Todesstrafe geht, muß man perfekt sein. Wenn Sie nur einen einzigen kleinen Fehler machen, frißt die Staatsanwaltschaft Ihren Mandanten.«

## 4

Donna Harmon war über und über mit Lebensmitteltüten bepackt, deshalb ging sie rückwärts durch die Haustür und stieß sie dann mit dem Fuß auf.

»Steve, ich bin da«, rief sie fröhlich, als sie ihre Pakete neben der Spüle auf der Arbeitsfläche ablegte. Das Haus war dunkel. Donna machte in der Küche Licht. Es war spät, und Donna nahm fest an, daß Steve mittlerweile zu Hause war. Wieder rief sie seinen Namen, als sie durch die Diele zum Wohnzimmer ging. Als sie Licht machte, sah sie voller Schrecken ihren Mann schweigend am Kamin sitzen.

»Warum hast du mir nicht geantwortet?« fragte sie noch immer lächelnd. Aber das Lächeln verging ihr, als ihr Mann zu ihr aufsah. Mancinis Augen waren blutunterlaufen und seine Kleider zerknittert. Er hielt einen Drink in der Hand, und es war deutlich zu sehen, daß es nicht sein erster war. Die Hand, die das Glas hielt, war verbunden.

»Was ist mit deiner Hand passiert?«

»Ich hab mich geschnitten.«

»Wie denn?« fragte sie und ging zu ihm.

»Wenn du dir Sorgen um mich machtest, wärst du hiergewesen, als ich dich brauchte.«

Die Wut in Steves Stimme ließ sie wie angewurzelt stehenbleiben.

»Ich hatte doch keine Ahnung, daß du verletzt bist, aber ich habe etwas, womit es dir viel besser gehen wird. Kalbsschnitzel und Spinatnudeln mit einer Soße, von der ich im *Gourmet* gelesen habe.«

»Weißt du, wie spät es ist?«

»Ich habe die Zeit aus den Augen verloren. Ich habe mich wegen ein paar Recherchen, die ich in Garys Fall gemacht habe, mit Peter getroffen. Es tut mir leid, wenn ich mich verspätet habe.«

»Es tut mir leid«, äffte Mancini sie nach. »Soll damit alles bereinigt sein? Ich reiße mir den ganzen Tag den Arsch für dich auf, und alles, was ich erbitte, ist, daß du für mich das Abendbrot fertig hast, wenn ich nach Hause komme.«

Mancini erhob sich langsam und kam zu Donna herüber. Er sprach völlig monoton. Die Muskeln an seinem Hals traten hervor, und sein Gesicht war gerötet. Zum ersten Mal, seit sie ihn kannte, fürchtete

Donna sich vor ihrem Mann. Mancini blieb vor ihr stehen. Sie roch die starke Alkoholfahne, als er sprach.
»Also, eines wollen wir hier mal klarstellen. Du bist keine Anwältin, und ich erwarte, daß du nicht so tust, als ob. Du bist eine gottverdammte Sekretärin und meine Frau. Du arbeitest von acht bis fünf, dann kommst du gefälligst nach Hause. Ist das klar?«
Donna fühlte sich so verletzt, daß sie kaum sprechen konnte. Tränen stiegen ihr in die Augen.
»Ich ... ich sagte, es tut mir leid. Ich weiß zu schätzen, wie schwer du arbeitest ...«
Mancini starrte seine Frau mit einem Blick an, in dem, für sie kaum zu glauben, die reine Verachtung zu liegen schien.
»Ich hätte gern etwas weniger Wertschätzung«, sagte Steve zwischen zusammengepreßten Zähnen hindurch, »und dafür etwas zu essen. Meinst du, du kriegst das hin?«
»Du ... du bist nicht fair«, stammelte Donna. »Ich habe versucht, Gary zu helfen. Ich ... ich weiß, ich bin nicht so klug wie du, aber ich kann Recherchen durchführen. Ich ... ich kann mich nützlich machen.«
»Was habe ich gerade gesagt, du Fotze?« schrie Mancini.
Der erste Schlag kam mit dem Handrücken und brachte ihre Zähne zum Klappern. Der zweite kam mit der offenen Hand und ließ sie nach hinten taumeln. Donna war vor Schreck wie gelähmt. Sie starrte ihren Mann an, außerstande zu akzeptieren, was geschah, obwohl sie sah, wie Steves Faust sich auf sie zubewegte. Der Hieb traf sie am Solarplexus und preßte alle Luft aus ihr heraus. Donna sank auf die Knie, dann fiel sie, nach Sauerstoff ringend, auf die Seite. Mancini trat ihr in die Rippen und beobachtete, wie sie sich auf dem Fußboden wand.
Mit offenem Mund sog Donna Luft ein. Sie konnte nicht atmen und meinte, sie würde sterben. Auf nichts als auf Luft kam es an. Ihre Lungen füllten sich, und ein Schluchzen entwich ihr. Als ihr Atem zurückkehrte, erfaßte sie Entsetzen. Donna rollte sich auf die Seite und sah, wie ihr Mann sein Jackett anzog. Als sie wieder sprechen konnte, was er verschwunden.
Hatte Steve sie wirklich geschlagen? Es schien unglaublich, obwohl sie wußte, daß es wahr war. Donna rollte sich auf dem Boden

zusammen und versuchte, sich an alles zu erinnern, was seit dem Augenblick passiert war, als sie die Haustür geöffnet hatte. Was hatte sie getan, um Schläge zu verdienen? Sie hatte sich verspätet, aber nur, weil sie Gary und Peter half. Es tat ihr leid, daß sie sich verspätet hatte. Es tat ihr leid, daß das Abendessen nicht fertig war. Es tat ihr leid, leid, leid. Aber verdiente sie, geschlagen zu werden, weil sie mit Steves Abendessen etwas spät dran war? Es mußte noch etwas anderes geben, aber was konnte sie getan haben, das so schrecklich war, daß es ihren Mann dazu getrieben hatte, sie zu schlagen? Donna stellte sich diese Frage immer und immer wieder, während sie schluchzend auf dem Wohnzimmerboden lag.

# Fünfzehntes Kapitel

## 1

Als Donna erwachte, roch sie den Duft von Rosen. Der durchdringende Geruch verwirrte sie, weil in ihrem Schlafzimmer keine Rosen gewesen waren, als sie endlich in den frühen Morgenstunden, allein, vor Erschöpfung eingeschlafen war. Donna setzte sich auf und sah, daß jeder Zentimeter des Bettes, des Fußbodens und der Möbel mit Rosen aller Farben bedeckt war und ihr Mann in einer Zimmerecke saß und sie beobachtete. Erinnerungen an den gestrigen Abend stürmten auf sie ein. Donna wich zum Kopfende zurück.

Steve war unrasiert. Seine Kleidung sah aus, als habe er darin geschlafen. Es war kein Zorn in ihm. Nur Zerknirschung. Er kam zu Donna und kniete sich neben das Bett auf den Teppich aus roten und gelben Rosen. Er ließ den Kopf hängen.

»Ich habe keine Entschuldigung für das, was ich dir angetan habe. Ich kann nichts weiter tun als dir erklären, warum es geschehen ist, und dich um Verzeihung bitten.«

Der Rosenduft war überwältigend in dem geschlossenen Zimmer. Die Erinnerung daran, wie ihr Gatte sich drohend vor ihr erhoben und Schläge auf ihren Körper hatte hageln lassen, war lebendig und beängstigend. Aber Steve wirkte so reumütig, daß Donna ihm den Versuch gestattete, ihr seine wütende Attacke zu erklären.

»Ich hatte getrunken. Ich hatte am Nachmittag angefangen und nicht mehr aufgehört.« Mancini hielt inne und holte tief Luft, ehe er fortfuhr. »Die Bank hat die Mountain-View-Anleihe abgelehnt.« Steve hatte Tränen in den Augen, aber Donna hatte immer noch zu große Angst vor ihm, um sich zu rühren. »Ich wußte nicht, was ich tun sollte«, schluchzte er, und Donna begann Mitleid zu empfinden. »Wir könnten ruiniert sein. Ich habe alles, was ich hatte, bei diesem Projekt verloren.«

Ihr Mann hob den Blick und sah sie an. Er sah so traurig aus.
»Kannst du mir jemals verzeihen? Ich war so voller Wut und Angst, aber ich hätte es niemals an dir auslassen dürfen. Bitte, Donna, ich möchte dich nicht verlieren.«
»Wo … wo bist du gewesen?« fragte Donna, während sie ihre wirren Gedanken und Gefühle zu ordnen versuchte.
»Ich bin stundenlang herumgefahren und habe darüber nachgedacht, was ich getan habe. Als ich zu müde war, um noch weiterzufahren, habe ich beim erstbesten Motel gehalten, aber ich konnte nicht schlafen. Ich war so deprimiert wegen … weil ich dich geschlagen habe. Mein Gott, wie konnte ich das nur tun?«
Mancinis Gesicht zog sich zusammen. Mit gesenktem Kopf neben dem Bett kniend und von den vielfarbigen Rosen umgeben, wirkte Steve wie ein kleiner Junge. Donna streckte die Hand aus und berührte seine Wange. Er ergriff ihre Hand und preßte seine Lippen auf die Handfläche, dann drückte er sie wieder gegen seine Wange.
»Das mit der Anleihe tut mir leid«, sagte Donna, »aber wir werden's schon schaffen. Du hast deine Kanzlei und deinen Verstand, und du hast mich.«
Steve sah Donna mit der hingerissenen Glut eines Bittstellers an, dessen Gebete erfüllt worden sind. Dann drückte er ihr die Hand und wischte die Tränen weg, die ihm die Sicht getrübt hatten.
»Danke, Donna. Ich hätte es wissen sollen, daß du zu mir hältst. Aber ich war so deprimiert. Ich wünschte mir so sehr, daß Mountain View ein Erfolg wird.«
»Ich liebe dich, Steve. Ich brauche Mountain View nicht, um glücklich zu sein.«
»Du verstehst nicht. Ich möchte für dich etwas erreichen, was ich jetzt nicht mehr tun kann. Ich wollte, daß wir angesehen sind, nicht nur in Whitaker, sondern überall. Wenn Mountain View Erfolg hat, sind wir reich. Aber jetzt …« Mancini schüttelte langsam den Kopf. »Ich glaube nicht, daß wir es schaffen. Ich bin abgebrannt, und mir fällt nichts und niemand ein, wohin ich mich um Geld wenden könnte, jetzt, wo die Bank uns im Stich läßt.«
»Vielleicht …«, setzte Donna an. Mancini sah zu ihr hoch. »Ich könnte mit meinem Vater reden …«
»Oh, nein, Donna, um so etwas könnte ich dich nicht bitten.«

»Wieviel brauchst du denn?«
»Ich müßte mit meinen Partnern sprechen«, antwortete Mancini hocherfreut. »Wenn wir einen Teil der Grundstücke kaufen könnten, statt nur eine Option darauf zu haben, könnten wir die Darlehenskasse Whitaker vielleicht dazu bringen, über die Anleihe noch mal nachzudenken.«
Mancini stand auf und setzte sich neben Donna aufs Bett. Sie fielen sich in die Arme, und Mancini drückte sie an seine Brust.
»Ich verdiene dich nicht, Donna. Was ich getan habe, ist nicht zu entschuldigen. Ich muß nicht ganz bei mir gewesen sein.«
»Halte mich einfach fest«, sagte Donna, die über die Schrecken des letzten Abends nicht nachdenken wollte.
»Ja. Ich werde dich ewig festhalten. Und ich schwöre dir, daß ich dich nie, nie wieder schlagen werde.«

## 2

Ich glaube nicht, daß es wichtig ist«, sagte Eric Polk zu Dennis Downes, »aber ich dachte, Vorsicht ist die Mutter der Porzellankiste, deshalb habe ich Wilma herkommen lassen.«
Eric gehörte ebenfalls zur Polizei von Whitaker, aber er war mehrere Jahre älter als Downes und hatte nichts mit dem Fall Harmon zu tun.
»Wie geht's, Wilma?« fragte Downes und lächelte Erics Frau an.
»Ganz gut. Wie geht es Jill und Todd?«
»Der verdammte kleine Racker bringt mich noch um den Verstand. Er ist erst zehn und schon fast so groß wie ich.«
»Ich habe gehört, er rennt die Little League in Grund und Boden«, sagte Eric.
»Hört auf, mich nach Todd zu fragen, oder ich rede euch die Ohren vom Kopf. Also, was haben Sie für mich, Wilma?«
Wilma Polk war eine korpulente Frau von Mitte Fünfzig mit lockigem, grauem Haar und einem runden, freundlichen Gesicht, die es nicht gewohnt war, im Mittelpunkt des Interesses zu stehen.
»Es ist wahrscheinlich nichts. Ich hatte es schon vergessen, bis Eric etwas über Donna Harmons Hochzeit sagte, und da, na ja, kam es mir einfach wieder in den Sinn.«
»Sprich weiter, Wilma«, sagte ihr Mann.

»Mabel Dawes und ich standen bei Donna Harmons Hochzeitsempfang am kalten Buffet. Wir unterhielten uns über den Mord, weil Eric an dem Morgen am Schauplatz gewesen war. Gary stand in der Nähe und muß uns belauscht haben. Er kam heran und fing ebenfalls an, über den Mord zu reden.«
»Was sagte er?« fragte Downes.
»Ich habe versucht, mich genau zu erinnern, aber es ist schon 'ne Weile her, und damals hat's mich eigentlich nicht interessiert.«
»Sagen Sie mir bloß das Wesentliche, wenn Sie sich an die genauen Worte nicht erinnern können.«
»Er kam gar nicht dazu, viel zu sagen, weil Eric kam und uns unterbrach.«
»Wir sollten um zwei bei Mary sein, und es war schon halb zwei, wir mußten uns also ranhalten«, erklärte Eric. »Es war Kennys dritter Geburtstag.«
»Also, weiter«, drängte Downes, während er sich ein paar Notizen über den Zeitpunkt der Unterhaltung machte.
»Wenn ich mich recht erinnere, sagte ich gerade etwas darüber, daß Eric am Schauplatz des Verbrechens war. Ich glaube, ich hatte gerade was über die schrecklichen Verletzungen bemerkt, als Gary zu uns trat. Er sagte, er habe das Mädchen am Abend zuvor im Stallion gesehen. Ich wollte ihn gerade noch was wegen des Mädchens fragen, als Eric mich an die Uhrzeit erinnerte.«
»Wie kam Ihnen Gary vor? War er nervös, aufgeregt?«
»Nervös erschien er mir nicht. Vielleicht ein bißchen aufgeregt, aber das waren wir alle. So ein Mord ist sehr schrecklich.«
»Okay«, sagte Downes und lächelte Wilma an, während er sich noch ein paar Notizen machte. »Danke, daß Sie vorbeigeschaut haben. Ich werde für die Staatsanwaltschaft einen Bericht über die Unterhaltung verfassen.«
Eric Polk begleitete seine Frau aus Downes' Büro. Downes sah auf seine Uhr. Es war Zeit für eine Kaffeepause. Er beschloß, erst den Bericht über sein Gespräch mit Wilma Polk zu diktieren und dann zu sehen, ob nicht jemand Lust hatte, mit ihm auf ein Stück Kuchen und eine Tasse Kaffee rüber in Mel's Café zu gehen. Er beendete gerade das Diktat, als das Telefon klingelte.
»Dennis, sind Sie beschäftigt?« fragte Becky O'Shay.

»Ich wollte gerade 'ne Tasse Kaffee trinken gehen. Warum?«
»Verschieben Sie den Kaffee. Ich habe gerade einen Anruf aus dem Gefängnis erhalten. Einer von den Häftlingen behauptet, Gary Harmon habe ihm gegenüber ein Geständnis gemacht. Ich möchte, daß Sie mit rüberkommen. Wenn da was dran ist, spendier ich den Kaffee und lade Sie zum Mittagessen ein.«

## 3

Letztes Mal sind Sie der Justiz nur um Haaresbreite entronnen, Mr. Booth«, sagte Becky O'Shay mit höhnischem Grinsen, »aber das Glück scheint Sie verlassen zu haben.«
Booth lief vor Zorn rot an und blickte zu Boden aus Furcht, die O'Shay könnte den Haß in seinen Augen sehen. Er ertrug es nicht, von einer Frau gedemütigt zu werden, aber er war nicht in der Lage, etwas daran zu ändern.
»Ich höre, Sie haben etwas für uns.«
»Yeah, ich habe etwas. Ich will aber wissen, was ich dafür kriege.«
»Was wollen Sie denn?«
Booth leckte sich die Lippen. Sein rechter Fuß konnte es nicht lassen, auf den Fußboden zu trommeln, und er selbst brachte es nicht fertig stillzusitzen. Entzug, dachte Becky O'Shay sofort. Sie wettete, jeder Nerv in Booths Leib fühlte sich an wie ein Kabel unter Strom. Als er aufsah, las Becky nacktes Entsetzen in Booths Gesicht.
»Ich will Zeugenschutz. Ich will irgendwohin, wo Rafael Vargas und Chris Mammon mich nicht kriegen können.«
»Das sind 'ne Menge Wünsche. Die Klage gegen Sie ist Bundessache. Ich weiß nicht, ob die mitmachen, selbst wenn ich es wollte.«
»He«, wandte Booth ein, »ich bin doch bloß 'n kleines Würstchen. Ich bin ein Nichts. Die Bundespolizei möchte nicht mich. Ich bin ein viel zu kleiner Brocken. Aber ich kann Mammon oder Vargas ans Messer liefern, und ich kann Gary Harmon fertigmachen.«
»Erzählen Sie mir von Gary Harmon.«
Booth schüttelte seinen Kopf heftig hin und her.
»Äh-äh. Für was halten Sie mich? Ich verrate nichts, bis ich nicht weiß, daß ich geschützt werde.«

Miss O'Shay wandte sich an Dennis Downes. »Können wir Mr. Booth ins Gefängnis in Stark verlegen?«
»So was haben wir schon gemacht. Bei Sheriff Tyler werden Sie's warm und gemütlich haben, Kevin. Die haben da 'n hübschen Sicherheitstrakt. Richtig modern.«
»Mir ist egal, wohin ich komme, solange es weit genug weg ist von allen Leuten, die mit Rafael Vargas zu tun haben.«
»Ich werde überprüfen, ob irgendwelche von seinen Leuten in Stark inhaftiert sind. Sollte es dort ein Problem geben, hab ich noch ein paar andere Ideen.«
»Also, Mr. Booth?« fragte Miss O'Shay.
»Was ist mit dem Handel? Was kriege ich, wenn ich rede?«
»Ich will Ihnen mal was sagen. Wenn wir einen Handel ausmachen, ehe Sie aussagen, wird der Wert Ihrer Aussage dadurch beeinträchtigt. Welche Belohnung Sie für Ihre Aussage bekommen, ist das erste, was Peter Hale Sie beim Kreuzverhör fragen wird. Aber wenn Sie sagen können, Ihre Aussage sei ein Dienst an der Menschheit, werden Sie sehr viel glaubhafter sein.«
»Sie wollen, daß ich für nichts aussage?«
»Das habe ich nicht gesagt, oder?«
»Nein, aber ...«
»Glauben Sie, ich lasse Sie sitzen, wenn Sie mir erzählen, was Sie zu sagen haben?«
Booth leckte sich die Lippen. Die O'Shay machte ihn sehr nervös, und sie war so sexy, man könnte rasend werden.
»Woher soll ich wissen, daß Sie mich nicht reinlegen? Was ist, wenn ich aussage, und Sie verlieren trotzdem? Ich brauch 'ne Garantie.«
»Sie brauchen Hilfe, Mr. Booth, und der einzige Mensch im Universum, der Ihnen helfen kann, sitzt vor Ihnen in diesem Zimmer. Wollen Sie meine Hilfe?«
»Yeah. Deshalb bin ich ja hier.«
»Gut. Dann machen wir das Ganze auf meine Weise oder überhaupt nicht. Wenn Sie für Ihre Aussage irgendwas als Gegenleistung haben wollen, gehe ich hier raus. Wenn Sie ein guter Bürger sein und mir helfen wollen, werde ich nach dem Prozeß gegen Harmon für alle Hilfegesuche, die Sie äußern, ein sehr offenes Ohr haben.«
»Mann, ich weiß nicht. Mir gefällt das nicht.«

»Es muß Ihnen auch nicht gefallen, Mr. Booth. Sie haben nur die Tatsache zu akzeptieren, daß Sie gar keine andere Wahl haben, als zu tun, was ich sage. Gerade jetzt wäre ich dankbar, wenn ich eine Zusammenfassung dessen hören könnte, was Sie mir über Harmon erzählen können.«
Booth traute der O'Shay nicht, aber es war ihm klar, daß er keine Wahl hatte.
»Gary hat's mir gestanden. Er hat mir erzählt, daß er's getan hat.«
»Warum sollte er das?«
»Ich kenne Gary seit der High-School. Er denkt, ich bin sein Freund. Er ist so wahnsinnig doof, daß es ganz leicht war. Zuerst hat er's abgestritten, aber ich hab ihm gesagt, man brauchte Mut, um 'n Mord zu begehen. Ich hab ihn nach und nach dahin gebracht. Gary ist so ein Idiot, daß er nicht mal gemerkt hat, was ich gemacht hab. Bald hatte ich ihn so weit, daß er damit rumprahlte, wie schön es gewesen war, die Whiley kaltzumachen.«
»Das ist sicherlich sehr interessant, aber woher wissen wir, daß Sie sich die ganze Geschichte nicht aus den Fingern gesaugt haben? Sie haben eine lange Haftstrafe in einem Bundesgefängnis zu erwarten, und ein paar sehr gruselige Leute sind sauer auf sie. Das sind 'ne Menge Motive, um zu lügen.«
Booth sah sich mit wilden Blicken um. Er spürte, wie ihm seine einzige Aussicht auf Sicherheit und Freiheit entglitt.
»Ich lüge nicht. Was ich sage, ist die Wahrheit. Er hat sich vor mir ausgekotzt.«
»Mag sein, er hat es getan, aber ich habe nur Ihr Wort darauf. Wenn Sie mir nichts Konkretes sagen können, etwas, das beweist, daß Harmon Sandra Whiley umgebracht hat, wird Ihre Aussage unbrauchbar sein.«
Booth hob die Hände zu seinem Kopf. Er schloß die Augen und rutschte auf seinem Platz herum.
»Lassen Sie mich nachdenken«, bat er.
Becky O'Shay empfand Abscheu vor Booth, aber sie ließ es sich nicht anmerken. Wenn Gary Harmon wirklich Booth ein Geständnis gemacht haben sollte, dann wäre Booths Aussage für ihre Anklage von großer Bedeutung. Jetzt, da die erste große Erregung sich gelegt hatte, merkte sie, daß ihre Position gar nicht so stark war, wie sie es

sich zuerst vorgestellt hatte. Sie würde zwar argumentieren, daß Harmons Äußerungen gegenüber Downes so viele Einzelheiten enthielten, daß er der Mörder sein mußte, aber Harmon hatte eigentlich nicht gestanden, der Mörder der Whiley zu sein. Und dann gab's da das Problem mit dem Blut, oder vielmehr, daß keins da war. Die Polizeitechniker hatten nichts von Whileys Blut an Harmons Kleidung oder in seinem Haus gefunden. Und auch die Mordwaffe fehlte noch immer.

Plötzlich hellte sich Booths Gesicht auf. »Ich hab's«, sagte er. »Ich hab was Unwiderlegbares. Was beweist, daß ich nicht lüge.«

## 4

Aus dem Coffee Shop auf der gegenüberliegenden Straßenseite beobachtete Peter, wie Clara Schoen Amos Gearys Büro verließ. Geary war schon eine halbe Stunde vorher gegangen. Peter ließ noch eine Viertelstunde verstreichen, um sicher zu sein, daß Clara nicht noch mal zurückkam, ehe er hinüber in die Kanzlei hastete.

Peter kam sich ein klein wenig wie ein Dieb vor, auch wenn er sich einredete, daß nichts falsch dran sei, wenn er seine eigenen Habseligkeiten aus seinem Arbeitszimmer ausräumte, nachdem alle gegangen waren. Er nahm nichts mit, das nicht ihm gehörte, und ins Büro zu gehen, wenn Geary nicht da war, würde ihm eine häßliche Szene ersparen. Alle waren auf diese Weise besser dran.

Peter hatte sich einen leeren Schnapskarton mitgebracht. Er stellte ihn auf den Schreibtisch und packte ihn gerade mit Gesetzbüchern und persönlichen Dingen voll, als er beim Aufblicken Amos Geary bemerkte, der ihm von der Tür aus zusah.

»Ha... hallo, Mr. Geary«, begrüßte Peter ihn mit einem beklommenen Lächeln.

Geary schüttelte langsam den Kopf.

»Was sind Sie doch für ein übler Zeitgenosse.« Gearys Stimme drückte mehr Traurigkeit als Zorn aus. »Wie wollen Sie das Leben eines Menschen verteidigen, wenn Sie nicht einmal den Mumm haben, mein Büro am hellichten Tage zu verlassen?«

»Ich ... Äh, ich, äh, wollte morgen mal vorbeischauen, um, äh,

Ihnen zu danken für ...«, begann Peter, aber Geary schnitt ihm mit einem Laut, der halb ein Lachen, halb ein Bellen war, das Wort ab.
»Sie haben wirklich überhaupt keinen Stolz, nicht wahr? Es geht über meinen Verstand, wie ein Mann wie Ihr Vater jemand so Nichtswürdigen wie Sie hat zeugen können.«
Peter wurde rot, aber er war zu verlegen, weil er sich hatte erwischen lassen, um zu antworten.
»Und wohin wollen Sie sich davonschleichen?« fragte Geary.
»Ich schleiche mich nirgendwohin davon. Das hier sind meine Sachen«, sagte Peter und hielt den Karton schief, um Geary den Inhalt zu zeigen. Der hielt den Blick auf Peters Gesicht gerichtet und sah nicht nach unten. Peter hielt den Blickkontakt nur einen kurzen Moment aus, dann verließ ihn die Beherrschung.
»Ich ziehe in die Kanzlei von Steve Mancini«, antwortete er. Seine Stimme bebte ein wenig.
Geary nickte langsam. »Sie und Mancini sollten ganz gut miteinander auskommen.«
Peter richtete sich auf. Er bemerkte, daß er alle seine Sachen eingepackt hatte und es keinen Grund mehr zum Bleiben gab, aber Geary versperrte ihm den Durchgang.
»Ich, äh, ich danke Ihnen wirklich sehr für die Chance, die Sie mir gegeben haben. Ich habe in diesen vergangenen Wochen eine Menge gelernt«, sagte Peter und hoffte, er höre sich entsprechend dankbar an.
»Sie haben absolut nichts gelernt, Peter. Sie sind noch derselbe erbärmliche Dreckskerl, der Sie waren, als Sie diese arme Frau in Portland betrogen haben. Wird nun erst noch Gary Harmon sterben müssen, damit Sie erkennen, wie durch und durch mies Sie sind?«
Peter kam plötzlich der Gedanke, daß Geary möglicherweise so wütend war, daß er versuchen könnte, Jesse Harmon zu überreden, ihn zu feuern.
»Was werden Sie tun?« fragte er nervös.
Geary bemühte sich nicht, seine Verachtung zu verbergen.
»Keine Sorge. Ich mische mich in Ihren wunderbaren Fall nicht ein. Sie haben die Zulassung, als Anwalt in diesem Staat zu arbeiten, folglich haben Sie das Recht, jede Art von Fall zu übernehmen, nach der Ihnen der Sinn steht, und die Verfassung gibt Gary Harmon das

Recht, sich von einem Anwalt seiner Wahl vertreten zu lassen, ganz egal, was für ein erbärmlicher Scheißkerl dieser Anwalt vielleicht ist. Aber eines will ich Ihnen noch zum Abschied sagen. Gary Harmon ist ein lebendes, atmendes menschliches Wesen. Wenn Sie diese Farce weiterspielen und er wird hingerichtet, werden Sie genauso ein Mörder sein wie der Dreckskerl, der das arme Mädchen im Park umgebracht hat.«

Teil 5

# Auf Leben und Tod

# Sechzehntes Kapitel

## 1

Im Landgericht der Whitaker County gab es keinen üppigen Zierat zu bewundern. Die County konnte ihn sich nicht leisten, und die sparsamen, ländlichen Wähler wollten ihn nicht haben. Sie wollten Gerechtigkeit, schnell und ohne Kinkerlitzchen. Und so waren die Bänke für die Zuschauer hart, die Richterbank war schmucklos, und die einzigen Farbtupfer waren die Fahnen Oregons und der Vereinigten Staaten, die rechts und links vom hochlehnigen Stuhl Richter Kuffels standen.

Richter Kuffel war jemand, von dem man sich leicht vorstellen konnte, daß er mit Fliege, Weste und Melone über eine Varietébühne steppte. Er war eins achtundsechzig und hatte den schlanken, doch kompakten Körper eines Tänzers. Er trug sein graues Haar glatt an den Schädel geklatscht, und sein Schnurrbart war säuberlich gestutzt. Kuffels Anzüge waren teuer und konservativ, aber der Richter war schnell zu einem Lächeln bereit und versuchte die Atmosphäre in seinem Gerichtssaal vor allzu großer Verknöcherung zu bewahren.

»Die Anklage ruft Don Bosco auf, Euer Ehren«, sagte Becky O'Shay.

Als der Psychologe im überfüllten Gerichtssaal vortrat, um den Eid abzulegen, warf Richter Kuffel verstohlen einen Blick auf die Uhr. Es war 16 Uhr 30. In einer halben Stunde würde er die Sitzung für die Nacht unterbrechen. Richter Kuffel machte ein interessiertes Gesicht, langweilte sich aber im stillen. Er hatte schon vor Stunden beschlossen, wie er über den Antrag der Verteidigung, Gary Harmons Äußerungen gegenüber Dennis Downes als Beweismittel nicht zuzulassen, entscheiden würde.

»Wird das Ihr letzter Zeuge sein?«

»Ja, Euer Ehren.«

»Sehr schön.«
Peter war erleichtert gewesen, als Steve Mancini sich freiwillig bereit erklärt hatte, vor der Hauptverhandlung den Antrag zu stellen. Er kannte sich sehr wenig im Zeugnisrecht aus und war nur zu bereit, Mancini die Nachforschungen durchführen, den Antrag schreiben und die Zeugen überprüfen zu lassen.
Peter hörte kaum zu, als Bosco seine akademischen und beruflichen Referenzen erläuterte und dem Gericht einen kurzen Überblick über seine Pflichten als Leiter des Psychologischen Dienstes der County gab. Diese Angaben waren genaugenommen nur fürs Protokoll, denn Bosco war dem Gericht ausreichend bekannt.
Peter sah Gary an. Der arme Junge. Peter mußte ihn bewundern. Er gab sich wirklich alle Mühe. Mancini hatte zu Gary gesagt, er solle sich Notizen machen, wenn die Zeugen aussagten. Sie mußten ihm das jetzt beibringen, damit er wußte, wie er es vortäuschte, wenn eine Jury im Saal war. Peter und Steve waren sich einig, daß es zu einer Katastrophe käme, wenn Gary ins Kreuzverhör genommen würde. Da er wahrscheinlich nicht als Zeuge aussagen würde, war es wichtig, die Illusion zu erzeugen, daß Gary in seine Verteidigung vertieft war.
Gary hatte sich das Notizenmachen zu Herzen genommen und kritzelte unentwegt vor sich hin, auch wenn er wenig von dem verstand, was er hörte. Peter hatte einen Blick auf Garys Notizen geworfen: Sie waren völlig unsinnig. Trotzdem sah er großartig aus, wenn er schrieb. Sehr konzentriert. Gott sei Dank sah er so gut aus.
»Mr. Bosco«, fragte Miss O'Shay, »wurden Sie am Abend nach Sandra Whileys Ermordung ins Polizeirevier von Whitaker bestellt?«
»Ja.«
»Erinnern Sie sich, wann Sie dort eingetroffen sind?«
»Nicht genau, aber ich bin sicher, es war irgendwann zwischen neun und zehn.«
»Wohin sind Sie gegangen, als Sie im Polizeirevier eintrafen?«
»In einen kleinen Raum neben dem Zimmer, in dem Mr. Harmon verhört wurde.«
»Konnten Sie den Beschuldigten sehen und hören?«

»Ja. Es gab einen Einwegspiegel und eine Sprechanlage, über die ich hören konnte, was er sagte.«

»Lief Mr. Harmons Vernehmung bereits, als Sie ankamen?«

»Ja.«

»Wieviel von der Vernehmung haben Sie gehört?«

»Mehrere Stunden. Vielleicht fünf. Das Verhör ging noch eine Zeitlang weiter.«

»Hat Sergeant Downes Mr. Harmon als Gegenleistung für seine Mithilfe irgendwelche Versprechungen gemacht?«

»Nein.«

»Haben Sie Sergeant Downes jemals Drohungen gegen den Beschuldigten äußern hören?«

»Nein.«

»Hörte es sich so an, als würde Mr. Harmon gezwungen, mit Sergeant Downes zu sprechen?«

Bosco zögerte, ehe er antwortete, und sah Steve Mancini an. Peter fing den Blick auf, aber Mancini reagierte überhaupt nicht.

»Nein«, sagte Bosco.

Becky O'Shay sah ihre Notizen durch. Dann lächelte sie den Zeugen an.

»Keine weiteren Fragen.«

»Mr. Mancini?« fragte Richter Kuffel.

»Keine Fragen.«

Bosco zog die Brauen zusammen. Er neigte den Kopf leicht zur Seite, als versuchte er Mancini ein Zeichen zu geben, aber Steve war in seine Notizen vertieft. Bosco erhob sich langsam, als wollte er Mancini zusätzliche Zeit zum Handeln geben. Mancini sah, wie Bosco ihn anstarrte, und lächelte. Bosco zog die Stirn kraus, doch dann verließ er den Gerichtssaal. Peter bemerkte die Verwirrung des Psychologen und beugte sich zu Steve hinüber.

»Bosco hat gezögert, als Becky fragte, ob es so aussah, als sei auf Gary Zwang ausgeübt worden. Ich glaube, er wollte etwas sagen. Warum hast du nicht nachgehakt?«

»Ich habe schon mit Bosco gesprochen. Er kann uns nicht helfen«, flüsterte Mancini.

»Haben Sie irgendwelche Gegenzeugen, Mr. Mancini?« fragte Richter Kuffel.

»Nein, Sir.«
»Dann vertagen wir für heute, und morgen früh höre ich die Ausführungen der Parteien.«
Eilig verließ Richter Kuffel die Bank, und die Reporter drängten nach vorn. Peter schlenderte hinüber zu ihnen, aber Becky O'Shay fing ihn ab.
»Kommen Sie doch bitte auf einen Sprung in meinem Büro vorbei, ehe Sie das Gericht verlassen«, sagte sie.
Steve Mancini sprach mit Gary, während die Aufseher ihm Handschellen anlegten. Mancini gab Gary einen Klaps auf die Schulter und sagte etwas, das Gary zum Lächeln brachte. Während Peter und Becky mit den Reportern sprachen, sammelte Mancini seine Notizen und Gesetzestexte zusammen.
»Becky möchte uns sprechen«, sagte Peter zu Steve, als er an den Tisch zurückkehrte.
»Warum?«
Peter zuckte die Achseln. Die beiden Anwälte ergriffen ihre Aktentaschen und Bücher und machten sich auf den Weg nach oben.
»Was gibt's?« fragte Peter die stellvertretende Staatsanwältin, als sie alle in ihrem Dienstzimmer waren. Miss O'Shay übergab Peter Kopien eines Polizeiberichts.
»Wir haben diese Informationen schon letzte Woche erhalten, aber wir mußten sie noch überprüfen. Nachdem ich nun entschieden habe, daß wir diesen Zeugen hinzuziehen werden, bin ich verpflichtet, Ihnen seine Aussage zugänglich zu machen.«
Die beiden Verteidiger lasen den Polizeibericht. Als Mancini damit durch war, schüttelte er den Kopf und gluckste in sich hinein.
»Es ist nicht dein Ernst, daß du Kevin als Zeugen lädst, oder?«
»Todernst«, antwortete Becky.
»Ach, komm. Man kann doch nichts glauben von dem, was Kevin sagt. Dir ist doch klar, daß er sich nur aus dieser DEA-Drogenrazzia rauswinden will.«
»Ich bin überzeugt, daß du genau das den Geschworenen gegenüber geltend machen wirst.«

»Wir haben ein Problem«, sagte Steve Mancini zu Peter, als sie vor dem Gerichtsgebäude standen. »Ich muß mich aus Garys Verfahren zurückziehen.«

»Warum?«

»Ich befinde mich in einem Interessenkonflikt. Ich kann nicht einen Mandanten vertreten, wenn ein anderer Mandant von mir als Hauptzeuge gegen ihn auftritt.«

»Und was ist, wenn ich Booth ins Verhör nehme?«

Mancini schüttelte den Kopf. »Wenn ich etwas über Booth weiß, das Gary helfen würde, und ich sage es dir nicht, verletze ich meine Pflicht gegenüber Gary. Aber wenn ich vertrauliche Mitteilungen, die ich von Booth erhalten habe, dazu benutze, Gary zu helfen, verletze ich meine Pflicht gegenüber Booth. Selbst wenn ich nur als Koverteidiger dabeibleibe, wird es höchst anstößig. Ich habe keine andere Wahl. Ich muß aus dem Verfahren aussteigen.«

»Himmelherrgott, Steve. Wie soll ich denn diesen Fall alleine vertreten?«

»He, es tut mir wirklich leid. Es ist mir peinlich, daß ich dich dazu überredet habe, den Fall zu übernehmen. Aber wenn du meinst, du kriegst es nicht hin, kannst du ja die Verteidigung niederlegen.«

Aber Peter wußte, daß er nicht zurücktreten konnte. Er hatte sich von seinem Vater gelöst und seinen Job aufgegeben. Wenn er versuchte, irgendwo anders eine Stellung zu bekommen, würden ihm Hale, Greaves und Amos Geary Zeugnisse ausstellen, die selbst Saddam Hussein als geeigneteren Bewerber erscheinen lassen würden. Ohne den Vorschuß von Jesse Harmon wäre er restlos pleite. Ein Sieg für Gary Harmon war sein einziger Ausweg aus dem Loch, das er sich selbst gegraben hatte.

»Nein, ich kann Gary nicht im Stich lassen«, sagte Peter.

Mancini gab Peter einen Klaps auf den Rücken. »Genau das wollte ich hören. Außerdem habe ich Vertrauen zu dir. Du kapierst schnell, Peter. Dieses Strafrechtszeug ist doch bloß ein Klacks. Und am Ende könnte es dir sogar noch mehr einbringen. Wenn du gewinnst, brauchst du den Ruhm nicht zu teilen.«

# 2

Die Ponderosa lag vom Stallion aus gesehen genau auf der anderen Seite der Stadt. Die Gäste dieser Kneipe waren Arbeiter und Gewohnheitstrinker. In ihrer Jukebox lief Country-music, und die Kellnerinnen waren ältere Frauen, die ein paar Runden ans Leben verloren hatten. Die meiste Zeit konnte man sich dort in Ruhe und Frieden vollaufen lassen. Nur gelegentlich war die Kneipe der Schauplatz brutaler Schlägereien.

Barney Pullen war genau vom selben Holz wie die Ponderosa-Stammgäste. Er hatte einen Bierbauch, einen struppigen schwarzen Bart und eine Quatsch-mich-nicht-schief-an-Haltung, die er sich bei den Marines zugelegt hatte. Seine Lieblingsbeschäftigungen waren Angeln, Jagen und Biertrinken. Die Footballspiele der NFL waren der Gipfel seiner geistigen Interessen. Nach der Zeit bei den Marines hatte er in Eugene, Oregon, als Polizist gearbeitet, bis es einen Vorfall mit einem Verdächtigen gegeben hatte. Pullen wurde nicht direkt gefeuert, aber er quittierte auch nicht direkt den Dienst bei der Polizei. Die ganze Geschichte blieb irgendwie unklar, und Pullen zog nach Whitaker, wo er in der Karosseriewerkstatt seines Bruders arbeitete.

Eines Tages bekam Pullen den Auftrag herauszufinden, was die Klopfgeräusche verursachte, die Steve Mancini jedesmal hörte, wenn sein Cadillac über fünfzig fuhr. Zwischen Gesprächen über Automotoren und Profi-Football erwähnte Pullen seine Polizeivergangenheit. Mancini brauchte gerade für einen Fall, bei dem es um Personenschaden ging, einen Ermittler mit Autokenntnissen, und Pullen erklärte sich bereit, an der Sache mitzuarbeiten. Seitdem hatte er immer wieder mal auf Whitaker begrenzte Ermittlungen für Mancini durchgeführt, und Peter hatte ihn auf Mancinis Empfehlung hin für den Fall Harmon engagiert, als sich herausstellte, daß die anderen Ermittler, die Mancini genannt hatte, keine Zeit hatten.

Jake Cataldo arbeitete an der Bar, als Pullen aus der Spätnachmittagssonne in die Kneipe trat. Pullen blinzelte ein paarmal und wartete, bis sich seine Augen an die Dunkelheit gewöhnten.

»Hi, Jake«, grüßte Pullen, als er sich neben ein paar Stammgästen auf einen Barhocker hievte.

Cataldo war ein massiger Mann mit kurzem, lockigem, schwarzem

Haar und dem bleichen Teint eines Menschen, der den ganzen Tag drinnen verbringt.

»Hi, Barney. Was kann ich für dich tun?«

Pullen bestellte sich ein Bier. Cataldo drehte sich um, um es ihm zu zapfen.

»Was machste denn so in letzter Zeit?« fragte der Barmann, als er das Glas Bier vor Pullen hinstellte.

»Haste von dem Mädel gelesen, das im Park ermordet wurde?«

Cataldo nickte.

»Ich arbeite noch in der Werkstatt, und nebenbei mach ich 'n paar Ermittlungen für den Typen, der die Verteidigung in dem Fall hat.«

»Im Ernst? Du weißt, daß der kleine Harmon hier war in der Nacht, als das Mädel umgebracht wurde. Saß genau hier an der Bar. Hab ihn selber bedient.«

»Ist Harmon Stammgast?«

»Eigentlich nicht. Ich meine, er ist ein-, zweimal reingeschneit.«

»Warum erinnerst du dich 'n dann an ihn?«

»Am nächsten Tag wurde er wegen dem Mord festgenommen. Es kam in den Nachrichten. Sein Foto war in der Zeitung.«

»Du erinnerst dich nicht zufällig, um welche Zeit er reinkam, oder?«

»Zufällig ja. Es war ungefähr fünf Minuten vor Mitternacht.«

»Wieso erinnerst du dich daran?«

»Es war grad 'n Mariners-Spiel, und das verdammte Ding lief nach siebzehn Innings immer noch. Dann landet Griffey diesen Schuß, und das Spiel ist aus. Ich hab auf meine Uhr gesehen. Es war sechs oder sieben Minuten vor Mitternacht. Irgend so was, aber nicht genau Mitternacht. In dem Moment setzte sich der kleine Harmon und verlangte Kaffee. Ich hatte ihn nicht gehört, weil ich mich gerade umdrehte, um 'n anderen Sender einzuschalten. Ich sagte zu ihm, er soll n' Moment warten. Ich erinnere mich ganz deutlich dran.«

»Wie sah er aus?«

»'n bißchen wacklig.« Cataldo zuckte die Schultern. »Er sagte kein Wort. Er bekam seinen Kaffee und was zu essen. Dann trank er 'n paar Schnäpse. Als er ging, schwankte er, aber ich war der Meinung, er würde es ohne weiteres nach Hause schaffen.«

»Was hat er gegessen?«

»'n Brötchen mit Bratensoße.«
»Brötchen mit Soße?« wiederholte Pullen, während er überlegte, daß dies nicht sein Lieblingsessen wäre, wenn er gerade eine Frau abgeschlachtet hätte. »Hast du an Harmons Kleidung irgendwas Ungewöhnliches bemerkt?«
Der Barkeeper sann über die Frage einen Moment nach, dann schüttelte er den Kopf.
»Kein Blut?« fragte Pullen.
Cataldo dachte darüber nach. »Du siehst doch, wie die Beleuchtung hier drin ist. Es könnte da was gewesen sein, was ich nicht gesehen habe. Aber Blut habe ich nicht bemerkt.«

# Siebzehntes Kapitel

## 1

Carmen Polinsky war sechsundvierzig, Mutter von zwei Kindern und mit einem Buchhalter verheiratet. Zwanzig Jahre war sie mittlerweile Hausfrau. Davor hatte sie in einem Buchladen gearbeitet. Nichts in ihrem bisherigen Leben hatte sie auf ein Einstellungsgespräch vorbereitet, in dem es um die Position einer politischen Mörderin im Dienst des Staates Oregon ging. Dieses Einstellungsgespräch hieß genaugenommen »voir dire«, und es bezeichnete den Vorgang, durch den die Geschworenen für Gary Harmons Prozeß ausgewählt wurden.

Richter Kuffel hatte den Antrag abgelehnt, Garys Aussagen als Beweismittel nicht zuzulassen, aber er hatte Peters Antrag auf individuelles »voir dire« stattgegeben, weil ein Mordprozeß mit möglicher Verurteilung zum Tode etwas so Ungewöhnliches war. Keiner der anderen Geschworenen war im Gerichtssaal, um Zeuge von Carmen Polinskys Nöten zu sein, als Becky O'Shay sie fragte, ob sie eine Einstellung zur Todesstrafe habe, die es ihr unmöglich machen würde, für die Todesstrafe zu stimmen, falls Gary Harmon des schweren Mordes für schuldig befunden würde. Immer wenn jemand das Wort Todesstrafe erwähnte, klammerte Mrs. Polinsky sich so fest an ihre Handtasche, daß ihre Fingerknöchel weiß wurden. Es war klar, daß sie lieber in Zaire den Ausbruch einer Ebola-Epidemie erleben würde, als in diesem Gerichtssaal in Whitaker zu sein. Es war ebenfalls klar, daß Mrs. Polinsky niemals in ihrem Leben jemanden zum Tode verurteilen würde.

»Um die Wahrheit zu sagen ...«, begann Mrs. Polinsky.

Becky O'Shay beugte sich vor und betete insgeheim, Mrs. Polinsky würde ihre Unfähigkeit eingestehen, im Auftrag des Staates zu töten. Normalerweise hätte Becky sie sich mit einem entschiedenen Einspruch vom Hals schaffen können, mit dem ein Geschworener ohne Angabe von Gründen abgelehnt werden kann, aber man war fast am Ende der zweiten Woche der Geschworenenauswahl angelangt, und die Anklagevertretung hatte alle ihre Einsprüche verbraucht. Jetzt konnte sie Mrs. Polinsky nur loswerden, indem sie den Richter davon überzeugte, daß die Frau dem Staat gegenüber nicht unparteiisch sein konnte.

Mrs. Polinsky schüttelte den Kopf. »Ehrlich, ich weiß es nicht«, schloß sie.

Miss O'Shay versuchte die Frau aus einem anderen Winkel zu packen. Ihre Aufgabe war es, auf die Frau so einzuwirken, daß sie zugab, niemals jemandem zum Tode verurteilen zu können. Wenn Becky damit Erfolg hatte, war es Peters Aufgabe, die Frau zu rehabilitieren, indem er sie davon überzeugte, daß sie dennoch imstande wäre, für die Hinrichtung von Gary Harmon zu stimmen, denn dies war die einzige Möglichkeit für ihn, sie in der Jury zu behalten. Die Absurdität der Lage, in der er sich befand, entging Peter nicht.

Wieder geriet Mrs. Polinsky ins Schwanken. Richter Kuffel sah auf die Uhr und sagte: »Es ist fast fünf. Ich werde die Sitzung für heute unterbrechen. Mrs. Polinsky, ich möchte Sie bitten, über Miss O'Shays Frage nachzudenken. Wenn wir morgen früh wieder zusammenkommen, erwarte ich von Ihnen eine endgültige Antwort. Ein klares Ja oder Nein. Verstanden?«

Mrs. Polinsky eilte aus dem Gerichtssaal.

»Kommen Sie beide ins Richterzimmer«, ordnete der Richter an, als er die Bank verließ. Peter sagte ein paar aufmunternde Worte zu Gary, während die Aufseher ihn mit Handschellen fesselten und abführten. Als Peter seine Papiere einsammelte, bemerkte er, daß Becky sich im hinteren Teil des Gerichtssaals angeregt mit Dennis Downes unterhielt. Auf irgend etwas, das Becky O'Shay gefragt hatte, nickte Downes heftig mit dem Kopf, und Becky setzte ein breites Grinsen auf.

Der Protokollführer war nicht anwesend, als Peter und Becky das Richterzimmer betraten, und Richter Kuffel paffte unter Mißachtung des Rauchverbots, das er hartnäckig ignorierte, eine stinkige Zigarre. Es war also klar, daß diese Besprechung inoffiziell war.

»Um Himmels willen, Peter«, sagte der Richter, »lassen Sie doch diese Frau aus der Jury raus.«

»Es ist Beckys Sache, Gründe anzuführen, wenn sie sie rausschmeißen möchte«, gab Peter störrisch zur Antwort und ließ sich auf ein entsetzlich weich gepolstertes Sofa fallen, das sich an einer Wand hinzog, die mit Diplomen, Dankschreiben von Gemeindeorganisationen und Fotos von Kuffel gepflastert war, auf denen er Fische unterschiedlicher Größe in die Höhe hielt.

»Seien Sie vernünftig, Peter«, sagte Becky. »Selbst wenn sie reinkommt, bleibt sie keinen Tag dabei. Sie ist schon jetzt ein Wrack und hat noch nicht mal die Autopsiefotos gesehen.«

»Sie mögen ja recht haben«, antwortete Peter mit einem gönnerhaften Lächeln, »aber das ist trotzdem keine rechtliche Grundlage, sie abzulehnen. Nervös zu sein reicht nicht. Alle in dieser Jury werden nervös werden.«

Richter Kuffel schüttelte entnervt den Kopf. Hale hatte ja recht, daß er sich in dieser Sache gegen Becky O'Shay wehrte. Gary Harmon wäre mit Mrs. Polinsky in der Jury besser dran, und Miss O'Shay würde ihm eine rechtliche Grundlage nennen müssen, warum sie die Frau hinauswerfen wollte, oder die widersetzliche Hausfrau würde zu den Richtern von Gary Harmon gehören.

»Ich habe eine Sache, über die ich kurz sprechen möchte«, sagte Becky. »Vor mehreren Wochen haben wir einen Gefängnisinsassen verhört, der behauptete, der Beschuldigte hätte ihm gegenüber ein Geständnis abgelegt.«

»Haben Sie die Verteidigung davon in Kenntnis gesetzt?« fragte der Richter.

»Aber ja. Mr. Booth erwartet ein Verfahren wegen schwerer Drogenvergehen und hat einen Grund zu versuchen, sich bei unserer Behörde einzuschmeicheln, deshalb habe ich von ihm einen Beweis für seine Geschichte verlangt. Den haben wir gerade erhalten.«

Miss O'Shay überreichte Peter und dem Richter die Kopie eines Dokuments.

»Was zum Teufel ist das denn?« fragte Peter, kaum daß er es überflogen hatte.

»Es ist ein Bericht aus dem FBI-Labor in Washington, D. C. Wir hatten ein Beil dorthin geschickt, das wir in einem Regenabzugskanal auf dem Campus vom Whitaker State gefunden haben. Genau dort, wo Mr. Harmon es, wie er Kevin Booth erzählte, weggeworfen hatte, nachdem er Sandra Whiley abgeschlachtet hatte. Vom Stiel waren die Fingerabdrücke abgewischt, aber Sandra Whileys Blut und Haare finden sich an der Klinge.«

Als Peter seine Stimme wiedergefunden hatte, erklärte er: »Ich beantrage, daß dieses Beweisstück nicht zugelassen wird. Dies ist eine klare Verletzung der Offenlegungsstatuten. Das Beil hätte der Verteidigung sofort zugänglich gemacht werden müssen, als es gefunden wurde, damit wir durch unsere eigenen Fachleute Untersuchungen an dem Blut und den Haaren hätten durchführen lassen können.«

Miss O'Shay lächelte Peter honigsüß an. »Ich glaube nicht, daß wir die Offenlegungsstatuten verletzt haben. Sie verlangen von der Strafverfolgungsbehörde nur, die Existenz von Beweisstücken offenzulegen, die wir in das Verfahren einzubringen beabsichtigen. Ich hatte nicht die Absicht, dieses Beil als Beweisstück vorzulegen, ehe ich nicht sicher war, daß es mit diesem Fall irgendwie zusammenhängt, und überzeugt war ich erst, als ich den FBI-Bericht las. Schließlich ist Kevin Booth ein Verbrecher, Peter. Wir waren nicht sicher, ob er die Wahrheit sagt, wenn er behauptet, Ihr Mandant habe ihm ein Geständnis abgelegt. Das heißt, bis jetzt.«

## 2

Tempo, Tempo, Booth«, befahl der Aufseher, als Kevin Booth sich zum zweiten Mal einseifte. »Wir sind hier nicht im Kurbad.«

Booth fielen ein paar deftige Erwiderungen ein, aber er traute sich nicht, sie dem einsfünfundneunzig langen und hundertfünfzehn Kilo schweren Vollzugsbeamten zu geben, der unmittelbar außerhalb des Gitters neben der Dusche herumhing. Insassen des Sicherheitstrakts des Gefängnisses von Stark durften nur zweimal die Woche duschen, und das waren köstliche Augenblicke für Booth.

Wenig später drehte der Aufseher das heiße Wasser ab, und Booth kreischte auf. Der Wächter bog sich vor Lachen, und Booth schluck-

te ein »Arschloch« runter, das sicherlich zu einer teuflischen Strafe geführt haben würde.
»Ich hab dir gesagt, du sollst dein' Arsch bewegen. Los, mach Schluß. Wir haben noch andere Gäste in diesem Hotel.«
Booth sprang immer mal wieder schnell unter das eiskalte Wasser, bis die ganze Seife runter war. Die sauberen Sachen waren in seiner Zelle am anderen Ende des Sicherheitstrakts. Er wickelte seinen zitternden Leib so gut er konnte in ein Handtuch, das kaum sein Patengeschenk bedeckte, schlang die Arme um die Schultern und spazierte an den Schwuchteln, Idioten und Verrätern vorbei, die den Sicherheitstrakt mit ihm teilten.
Booth haßte seine neue Umgebung. In Whitaker hatte er wenigstens Menschen zum Reden gehabt. Der Sicherheitstrakt war für Gefangene da, die nicht unter normalen Gefängnisinsassen leben durften: Ausbruchsverdächtige, Homosexuelle, überaggressive Gefangene und Spitzel.
Booth haßte Schwule, hatte Todesängste vor Psychopathen und war der Meinung, er sei ganz anders als die anderen Verräter, aber er würde in diesem Tollhaus bleiben müssen, wenn er lange genug zu leben hoffte, um Gary Harmons Freiheit gegen seine eigene einzutauschen.
Booths Zelle war lang und schmal und enthielt ein Waschbecken, ein Spülklosett und zwei Pritschen, aber er war der einzige Bewohner. Sobald der Aufseher sah, daß sein Gefangener drinnen war, schloß er elektronisch das bewegliche Gitter. Der Aufseher betrat den Sicherheitstrakt nie, es sei denn, es gab einen dringenden Notfall. Gelegentlich patrouillierte er durch den langen Korridor vor den Gittern, aber wenn Duschzeit war, blieb er auf seinem Stuhl sitzen und betätigte die Knöpfe zum Öffnen und Schließen des Gitters jeder Zelle, wenn der jeweilige Bewohner mit Duschen an die Reihe kam.
»Wie geht's 'n dir, Kevin?« fragte eine Stimme, als Booth gerade in seine Unterhose stieg. Booth hielt inne, ein Bein in der Luft, und blickte durch das Gitter. Der Gefangene, der ihn angeredet hatte, war ein schlanker, junger Mann mit blasser Haut und einem blonden Bürstenschnitt. Das einzige besondere Kennzeichen an seinem Körper war eine Hakenkreuztätowierung auf dem rechten Unterarm.

Booth bemerkte die Tätowierung zur gleichen Zeit wie die Milchflasche, die unter dem Badetuch des Gefangenen versteckt war. Der junge Mann lächelte weiterhin unbeschwert, als er Booth den Inhalt der Milchflasche über den nackten Körper schüttete. Feuerzeugbenzin, dachte Booth, als ein brennendes Streichholz dem Benzin durch das Gitter folgte und ihn in eine menschliche Fackel verwandelte.

## 3

Peter rannte so schnell er konnte die Joggingwege im Wishing Well Park entlang, um sich bis zur Erschöpfung zu verausgaben, weil er hoffte, sein Gehirn hätte dann zuviel damit zu tun, ihn mit Sauerstoff zu versorgen, so daß es sich nicht mit Gary Harmon befassen konnte. Aber Peters Hirn war nicht kooperativ, und Bilder von blutverschmierten Beilen beherrschten seine Gedanken.

Die Bundesbehörden wandten ein System zur Festlegung von Urteilen an, das Richtern fast keinen Ermessensspielraum ließ. Sollte Kevin Booth nach diesen Strafrichtlinien des Bundes verurteilt werden, würde er lange Zeit im Bundesgefängnis zubringen, ohne die Chance einer bedingten Strafaussetzung zu erhalten. Es gab jedoch die Möglichkeit, daß die Strafverfolgungsbehörde einen Antrag auf Strafverringerung stellte, wenn der Beklagte jemanden anzeigte. In Fällen wie Booths erzeugte das System einen ungeheuren Druck, Lügen über kriminelle Verstrickungen eines Unschuldigen zu erzählen.

Was Peter beunruhigte, war die Möglichkeit, daß Gary schuldig sein konnte. Gary erklärte nicht unzweideutig, daß er Sandra Whiley nicht getötet hatte. Vielmehr behauptete er, er hätte so viel getrunken, daß er sich nicht deutlich an die ungefähre Zeit erinnern könne, als der Mord wahrscheinlich begangen wurde. Hatte er dic Whiley umgebracht und verdrängte die Erinnerung daran, oder log er ganz einfach? Peter konnte sich nicht vorstellen, daß Gary imstande wäre, eine Lüge so lange aufrechtzuerhalten, aber Peter hatte über Fälle von Verdrängungen gelesen. Peter war es sehr schwer gefallen, sich die Vorstellung zu eigen zu machen, daß jemand Zeuge eines Mordes sein oder sexuell mißbraucht werden konnte und sich dann an den Vorfall nicht mehr erinnerte, aber er wußte, so etwas kam vor. Vielleicht war ein Mensch mit Garys IQ für so etwas anfälliger. Denn wenn er die Whiley nicht umgebracht hatte, wie konnte er dann Dennis Downes erzählen, daß der Mörder ein Beil benutzt hatte, und wie konnte er Kevin Booth erzählen, wo das Mordwerkzeug zu finden war?

Kein Endorphinstoß trat ein, während Peter so joggte, und er kam niedergeschlagen und erschöpft zu Hause an. Er war kaum wieder zu Atem gekommen, als das Telefon klingelte.

»Mr. Hale?« fragte eine zitternde Stimme.

»Gary? Sie klingen aufgeregt. Ist was passiert? Warum rufen Sie an?«

»Ich habe gesagt, ich müßte mit Ihnen reden. Ich habe gesagt, ich möchte meinen Anwalt anrufen.«

»Das ist gut, Gary. Sie haben genau das getan, was ich Ihnen gesagt habe, wenn Sie in Schwierigkeiten sind. Sind Sie in Schwierigkeiten?«

»Sie sagen, ich hätte Kevin verbrannt. Ich hab ihn nicht verbrannt. Bitte sagen Sie ihnen, daß ich ihn nicht verbrannt habe.«

»Beruhigen Sie sich, Gary. Wer sagt, Sie hätten jemanden verbrannt?«

»Diese Anwältin und Sergeant Downes«, würgte Gary, den Tränen nahe, heraus.

»Sind Sergeant Downes und Becky O'Shay bei Ihnen?«

»Yeah.«

»Geben Sie mir mal bitte Miss O'Shay.«

Einen Moment war es still in der Leitung. Peter hörte Gary etwas sagen, was er nicht verstand. Kaum hatte Becky O'Shay den Hörer in der Hand, sagte Peter: »Was geht dort vor? Warum verhören Sie Gary?«

»Kevin Booth ist in seiner Zelle im Gefängnis in Stark in Brand gesteckt worden«, antwortete Becky, die ihre Wut kaum unter Kontrolle halten konnte. »Zum Pech für Ihren Mandanten hat's 'ne Panne gegeben. Booth ist noch am Leben.«

»Sie meinen doch nicht etwa, Gary hat damit was zu tun, oder?« fragte Peter ungläubig. »Er ist nicht intelligent genug, um so etwas zu planen.«

»Das werden wir bald rausbekommen.«
»Wie wollen Sie das denn tun?«
»Sergeant Downes und ich werden Gary verhören.«
»Das kann ich nicht zulassen. Ohne meine Erlaubnis sollten Sie nirgendwo in der Nähe von Gary sein.«
»Es handelt sich hier um ein völlig anderes Verbrechen, Peter. Sie vertreten Gary in dieser Sache nicht.«
»Den Teufel tu ich nicht«, sagte Peter, der seine Geduld verlor. »Also, hören Sie mal zu, Becky. Ich möchte, daß Sie und Downes dort verschwinden.«
»Sagen Sie mir nicht, was ich zu tun habe«, antwortete Becky wütend.
Peter wollte Becky O'Shay nicht verärgern. Er hatte immer noch die Hoffnung, mit ihr auszugehen. Aber Gary zu schützen war von entscheidender Bedeutung.
»Verdammt noch mal, Becky. Ich bin Garys Anwalt. Ich kann Ihnen sagen, was Sie in diesem Fall zu tun haben.«
»Warum haben Sie Angst davor, Gary mit uns reden zu lassen?«
»Sind Sie verrückt? Sie sind die Anklagevertreterin gegen ihn. Downes hat ihn festgenommen. Ich möchte, daß keiner von Ihnen beiden ihm näher als eine Meile kommt. Also, bringen Sie Gary sofort in seine Zelle zurück, und stellen Sie ihm ja keine weiteren Fragen. Sollte ich rauskriegen, daß Sie sich darüber hinweggesetzt haben, werde ich auf Verfahrensfehler plädieren. Sie wissen, daß es unmoralisch ist, was Sie da tun.«
»Ich glaube nicht, daß Sie sich auch nur ansatzweise erlauben dürfen, über Moral zu reden, Hale.«
»Was ... was wollen Sie damit sagen?«
»Denken Sie, ich habe Ihnen auch nur einen Augenblick die Geschichte abgekauft, Sie hätten bei Hale, Greaves aufgehört, weil Sie das Gehetze satt hatten? Ich habe ein paar Freunde in Portland angerufen. Sie kennen die ganze Story, wie Sie Richter Pruitt belogen und den Prozeß für diese behinderte Frau verloren haben. Sie sind ziemlich berühmt.«
Peter drehte es sich im Kopf. »Hören Sie zu, Becky ...«, begann aber, aber Miss O'Shay hatte schon aufgelegt.

# 4

Abends um halb zehn klingelte es an Donnas Haustür, und sie überlegte, wer so spät noch kommen könnte. Als sie Peter vor der Tür stehen sah, lächelte sie, aber das Lächeln schwand, kaum daß sie den Ausdruck auf seinem Gesicht sah. Normalerweise wirkte Peter, als sei er eben den Seiten eines Herrenmodejournals entstiegen, aber an diesem Abend war sein Anzug zerdrückt, seine Krawatte hing schief, und sein Haar war zerzaust.

»Was ist los?« fragte sie, als sie zur Seite trat, um ihn hereinzulassen.

»Alles. Wo ist Steve?«

»Er bleibt die Nacht über in Salem. Er hat dort morgen einen geschäftlichen Termin wegen Mountain View.«

»Verdammt! Stimmt. Das hatte ich vergessen.«

»Ist es was wegen Gary? Ist was passiert?«

Peter nickte. »Sie wissen von dem Häftling, der aussagen will, daß Gary ihm ein Geständnis gemacht hat?«

»Ja.«

»Ein anderer Gefangener hat ihn heute nachmittag angezündet.«

»Niemand kann der Meinung sein, daß Gary etwas damit zu tun hat.«

»Becky und Downes haben versucht, Gary ohne mich zu verhören, aber ich hatte ihm gesagt, er sollte ein Telefongespräch mit seinem Anwalt verlangen, wenn irgendein Polizist versuchte, mit ihm zu sprechen. Das ist ihm wieder eingefallen. Ich bin runter zum Gefängnis gefahren, und sie haben einen Rückzieher gemacht. Bei dem Brandanschlag klammern sie sich an Strohhalme, aber es ist noch etwas anderes passiert. Darüber wollte ich eigentlich mit Steve sprechen.«

»Was ist geschehen?«

»Sie haben die Mordwaffe gefunden, und sie bringen sie mit Gary in Verbindung.

»Oh, nein.«

Donna preßte sich die Hand auf den Mund. Sie machte ein verzweifeltes Gesicht.

»Nicht weinen«, sagte Peter, als er sah, daß Donnas Schultern zu zucken begannen. Sie versuchte sich zu beherrschen, aber es gelang ihr nicht.

»Tut mir leid«, schluchzte sie. »Es ist einfach zuviel.«
Peter wußte nicht, was er tun sollte. Am liebsten hätte er Donna in die Arme genommen, aber er kam sich taktlos vor. Donna war Steves Frau, und dies war Steves Haus. Er begnügte sich damit, ihr ein Taschentuch zu geben, und stand mit rotem Gesicht da, während sie sich die Augen tupfte und versuchte mit dem Weinen aufzuhören.
»Es kommt einfach eines zum anderen.« Dann war sie in Peters Armen, und ihr Körper zitterte, während sie an seiner Schulter schluchzte. Er ließ zu, daß sie sich an ihn lehnte, aber er hatte Angst, sie in die Arme zu schließen. Er roch Donnas Haar und spürte ihre Brüste, die sich gegen ihn drängten. Peter hielt den Atem an und gab ihr schließlich ein paar sanfte Klapse auf den Rücken.
»Tut mir leid«, brachte Donna heraus und machte sich plötzlich los.
»Es wird alles wieder gut«, erwiderte er lahm.
»Ich muß mich in den Griff bekommen«, antwortete sie, und wischte sich die Augen. Dann hielt sie darin inne und ergriff Peters Hand.
»Ich möchte, daß Sie wissen, daß ich Ihnen dankbar dafür bin, wie hart Sie für Gary arbeiten. Er vertraut Ihnen wirklich.«
Donna drückte Peters Hand und hielt sie einen Moment, dann ließ sie sie los. Ihre Hand fühlte sich warm an, und ihre Nähe löste in ihm eine Mischung aus Verlegenheit und sexuellem Verlangen aus. Peter spürte, wie er rot wurde. Beide blickten zu Boden. Donna trat einen Schritt zurück.
»Erzählen Sie bitte Steve, was passiert ist«, sagte Peter. »Ich muß ihn sprechen, sobald er zurück ist.«
»Ich rufe ihn in seinem Motel an.«
Mancinis wohnten nicht weit von Peter entfernt, und er war zu Fuß gegangen. Seit seinem Lauf hatte es sich abgekühlt, die Luft war angenehm. Er brauchte ein paar Querstraßen, um sein sexuelles Verlangen abzuschütteln und sich wieder auf Garys Probleme zu konzentrieren, doch ab und zu wanderten seine Gedanken zurück zu Donna.

# Achtzehntes Kapitel

## 1

»Was hat er gesagt?« fragte Earl Ridgely den Mann in dem grauen Nadelstreifenanzug.

»Was haben Sie erwartet, Mr. Ridgely?« antwortete Frank Ketchell. Ketchell, Detektiv bei der Staatlichen Justizbehörde, war hochgewachsen, grauhaarig und hatte ein markantes Kinn und leuchtend blaue Augen, die Frauen hinrissen, aber sein gutes Aussehen hatte ihm bei Elmer Maddox nicht im geringsten genutzt. Nachdem er den ganzen Samstagmorgen mit dem Mann geredet hatte, von dem Kevin Booth angezündet worden war, war Ketchell zu diesem Treffen am Spätnachmittag nach Whitaker gefahren.

»Maddox fand die ganze Sache wahnsinnig komisch. Er konnte sich immer wieder vor Lachen kaum halten, wenn er beschrieb, wie der brennende Booth herumhüpfte und sich auf dem Boden wälzte.«

»Du lieber Gott«, sagte Becky O'Shay und schüttelte vor Abscheu den Kopf.

»Was Maddox verwirrt hat, war nur, daß der Aufseher ihn erst in seine Zelle steckte, ehe er Booth beisprang. Sie fanden ein Messer, als sie ihn durchsuchten. Ich nehme an, er wollte Booth erledigen, als der Aufseher in die Zelle ging, um das Feuer zu löschen.«

»Wie meinte er sich denn aus der Geschichte rauswinden zu können?« fragte Miss O'Shay ungläubig.

»Ich glaube, der Gedanke kam ihm gar nicht. So wie er zu mir sagte, als ich ihm einen Deal anbot: ›Was wollen Sie denn machen, wenn ich Ihnen nicht helfe? Mir noch 'n paar Jahre mehr aufbrummen?‹ Maddox und ein Kumpel von ihm waren über ein Jahr auf Tour, sind im ganzen Land herumgefahren, haben Banken ausgeraubt und Leute umgelegt. In Tennessee sitzt er bereits dreimal hintereinander lebenslänglich ab, anschließend erwartet ihn das Bundesgefängnis für einen Bankraub in Idaho, in Stark sieht er der Todesstrafe für einen Raubmord entgegen, und dann warten noch vier Staaten darauf, ihn endlich in die Mache nehmen zu können.«

»Warum hat er's dann getan?«

Ketchell zuckte die Schultern. »Er hat Frau und Kind im Staat Washington. Ich habe gehört, er liebt seinen kleinen Jungen. Vielleicht hat jemand versprochen, sich um sie zu kümmern.«

»Wer?«

»Ich habe keine Ahnung. Ich weiß, Sie wollen Gary Harmon in die Sache verwickelt sehen. Das FBI würde mit Vergnügen hören, daß es jemand aus der Organisation war, für die Rafael Vargas arbeitet. Aber ich muß Ihnen sagen, im Augenblick gibt es keine Anhaltspunkte dafür, daß außer Maddox noch andere Leute damit zu tun haben.«

»Jemand hat doch das Benzin und die Streichhölzer reingeschmuggelt.«

»Ja, sicher. Aber Maddox könnte Booth auch zu seinem eigenen Amüsement oder wegen einer realen oder eingebildeten Beleidigung angezündet haben.«

»Wie hat er das Benzin, die Streichhölzer und das Messer in den Sicherheitstrakt reingekriegt? Was für eine Sicherheit haben die den da in Stark?« fragte Becky O'Shay.

»Menschliche Sicherheit.«

Ridgely seufzte. »Ich denke, es würde helfen, wenn man rausbekäme, wer Maddox das Zeug beschafft hat.«

»Und das untersuchen wir auch. Es gibt nur ein paar Aufseher, die es gemacht haben könnten, und ein paar Gefangene, aber wir haben noch keinen geknackt.«

»Wie geht es Booth?« fragte Ridgely.

Ketchell sah in einem kleinen Notizbuch nach, ehe er antwortete.

»Er ist in das Verbrennungszentrum in Portland geflogen worden, so schnell es ging. Ich habe mit Dr. Leonard Farber gesprochen, der Booth behandelt. Farber sagt, sein Zustand sei kritisch, denn über fünfunddreißig Prozent seines Körpers hätten Verbrennungen davongetragen. Fünfundsiebzig Prozent der Verbrennungen sind dritten Grades, das heißt, er braucht Hauttransplantationen. Außerdem hat Booths Bettzeug Feuer gefangen, und er hat eine leichte Rauchvergiftung.«

»Wird er aussagen können?« fragte Becky.
»Farber sagt, das könnte er möglicherweise, aber nicht sofort. Booth wird in den ersten drei bis vier Tagen ungefähr dreimal operiert werden. Für die Transplantationen nehmen sie so viel von seiner eigenen Haut, wie sie nur können, und Schweinehaut für das übrige. Zwei Wochen später nehmen sie noch mehr von seiner Haut, um die Schweinehaut zu ersetzen. Er kann frühestens in vier Wochen nach Whitaker zurückgebracht werden, weil sie fürchten, daß die transplantierten Gewebe nicht anwachsen.«
»Verdammt«, fluchte Miss O'Shay wütend. »Ich brauche Booth. Er ist mein Hauptzeuge.«
»Sie können ja immer noch um Vertagung bitten«, schlug Ridgely vor.
»Ich weiß, daß ich das kann, aber ich möchte es nicht, wenn es irgendwie die Chance gibt, daß Booth jetzt aussagen kann. Ich denke an das Mitleid, daß er in seiner Lage schinden wird.«
Becky O'Shays Gefühllosigkeit bestürzte Ridgely, aber sie bemerkte es nicht, weil sie in Gedanken versunken war.
»Frank«, sagte sie, »soweit ich die Sache verstehe, kann Booth nicht nach Whitaker zurückgebracht werden, weil man auf keinen Fall die Transplantationen in Gefahr bringen möchte.«
»Richtig.«
»Rufen Sie bitte Dr. Farber in meinem Namen an, und fragen Sie ihn, wie schnell Booth aussagen könnte, wenn wir die Gerichtsverhandlung in Portland abhielten.«

## 2

Peter war am Sonntagnachmittag im Büro, als er die Haustür gehen hörte. Er ging hinaus auf den Korridor und sah Steve Mancini, der am Rezeptionstisch die für ihn bestimmten Mitteilungszettel durchsah.
»Wie schön, daß ich dich sehe«, sagte Peter.
Für einen Moment zog Mancini ein Gesicht, als freute es ihn gar nicht, Peter zu sehen. Dann veränderte sich seine Miene schlagartig, und er lächelte.
»Wie läuft der Prozeß?«

»Wir haben die Jury beisammen, und Becky ruft am Montag ihren ersten Zeugen auf.«
»Donna hat mich angerufen und mir von Booth erzählt.«
»Dann weißt du ja, was los ist. Können wir miteinander reden?«
Mancini schaute auf seine Uhr. »Ich bin eigentlich knapp dran. Ich bin noch nicht mal zu Hause gewesen. Ich bin von Salem gleich hierher gefahren.«
»Bitte, Steve. Ich habe Angst, daß mir die Sache über den Kopf wächst, und ich brauche deinen Rat.«
Mancini versetzte Peter einen Klaps auf den Rücken und stürmte auf sein Arbeitszimmer los. »Hast du Kaffee fertig?« fragte er.
In der nächsten halben Stunde brachte Peter Mancini über den Brandanschlag auf Kevin Booth und den Fund des Beils auf den neuesten Stand. Als er geendet hatte, erklärte Mancini: »Es ist völlig ausgeschlossen, daß Gary was mit dieser Sache zu tun hat. Er hat nicht den Grips, sich so einen Anschlag auszudenken. Das hört sich mehr nach Rafael Vargas an. Was hat Becky dazu gesagt?«
Peter wurde rot. »Viel hat sie nicht gesagt. Im Gegenteil, sie ist ziemlich frostig seit dem Überfall auf Booth.«
»Ach ja?«
Peter zögerte, als er weitersprach, aber er war der Meinung, es sei das beste, wenn sein Freund den wahren Grund, warum er aus Portland weggegangen war, von ihm erfuhr. Es war schlimm genug, daß er den Grund für seinen Umzug nach Whitaker falsch dargestellt hatte. Wenn Steve von jemand anderem von der Elliot-Pleite erfuhr, würde er sich vielleicht gegen die Teilhaberschaft entscheiden.
»Es gibt noch einen Grund, warum Becky sauer ist. Ich, äh, bin nicht aufrichtig zu dir gewesen hinsichtlich der Gründe, warum ich aus Portland weggegangen bin. Als wir uns an dem Abend damals im Stallion trafen ... Na ja, ich hatte dich seit Jahren nicht mehr gesehen, und, äh ... Das Ganze ist ein bißchen peinlich ...«
»Willst du mir von dieser Körperverletzungssache erzählen, die du für Hale, Greaves vertreten hast?«
Peter war baff. »Du weißt davon?«
»Niemand gibt einen Job bei Halc, Greaves auf, um für Amos Geary zu arbeiten. Ich war gleich von Anfang an mißtrauisch.«
»Wer hat dir denn erzählt, was passiert war?«

»Becky.«
»Wann hat sie es dir erzählt?« fragte Peter, der überlegte, wie lange Becky schon von seiner Schande wußte.
»Ich weiß nicht mehr genau, aber es ist ein paar Wochen her. Es war irgendwann nach der Klagevernehmung. Ich dachte mir, du würdest es mir schon noch erzählen, wenn du meintest, ich müßte es wissen.«
Plötzlich wurde Peter etwas klar. »Du wußtest von dem Fall Elliot und wolltest trotzdem, daß ich dein Partner werde?«
»Jeder macht mal Mist, Pete. Ich habe nicht vor, dich nach einem einzigen Fall zu beurteilen. Du bist ein aufgeweckter Bursche, und wir kommen miteinander zurecht. Das zählt.«
Peter fühlte, daß ungeheure Dankbarkeit in ihm aufstieg. Nach so viel Ablehnung waren Steves Worte richtige Heilpflaster.
»Danke. Du weißt gar nicht, wie sehr ich so ein Vertrauensvotum zu schätzen weiß.«
»Mann, ich sage, was ich denke. So, und nun laß uns wieder auf Garys Prozeß zurückkommen. Hast du mit Becky mal über einen Schuldhandel gesprochen?«
»Einen Schuldhandel? Nein.«
»Nach diesen neuen Entwicklungen solltest du dir das mal überlegen.«
»Du denkst doch nicht etwa, Gary ist schuldig, oder?«
»Ich weiß nicht, was ich denken soll. Ich hätte auch nicht geglaubt, daß er ein Spanner ist. Und guck dir an, wie er über dieses Mädchen im Stallion hergefallen ist. Gary denkt nicht wie wir. Er ist impulsiv.«
»Mann Gottes, Steve, ich weiß nicht ...«
»Ich sage ja nicht, daß du ihn für geisteskrank erklären sollst. Ich schlage nur vor, du erkundest mit Becky mal die Möglichkeit. Nach dem, was du mir erzählst, läuft die Sache nicht allzugut. Du willst doch nicht, daß Gary hingerichtet wird, oder?«
»Ich muß über das Ganze nachdenken.«
»Natürlich. Ich erwarte nicht, daß du das jetzt gleich entscheidest.« Mancini wuchtete seine Aktentasche auf den Schreibtisch.
Peter erhob sich. »Danke, daß du mit mir geredet hast. Und danke, daß du mir die Stange hältst.«
»Raus hier«, antwortete Mancini mit einem Lachen.

»Ach, noch was. Dieser Detektiv, Barney Pullen, ist der eigentlich wirklich gut?«
»Warum fragst du?«
»Ich habe den Eindruck, er tut überhaupt nichts. Wenn ich ihn mal ans Telefon kriege, was nicht oft passiert, sagt er, er sei am Ermitteln, aber ich habe erst sehr wenige Berichte bekommen, und die waren nicht viel wert. Langsam werde ich unruhig.«
»Wenn du nicht zufrieden bist, warum feuerst du ihn dann nicht und heuerst einen von den anderen Typen an, die ich dir genannt habe?«
»Die haben keine Zeit. Der eine, der für Sissler arbeitet, sagt, daß er seit Februar ausschließlich für sie tätig ist.«
»Das wußte ich nicht.«
»Yeah. Und der andere ...«
»Mike Compton?«
»Richtig. Der ist nach Pendleton gezogen.«
»Im Ernst?«
»Es ist sowieso zu spät, jetzt noch die Ermittler zu wechseln. Jemand Neues würde viel zu lange brauchen, um sich mit dem Fall vertraut zu machen. Bis der auf Touren kommt, ist der Prozeß vorbei.«
»Du hast recht. Hör zu, ich werd mal mit Barney telefonieren. Was meinst du dazu?«
»Das wäre prima.«
Peter schloß Steves Tür und ging zurück in sein Büro. Garys Aussichten deprimierten ihn, aber er würde Becky erst mal noch nicht um einen Schuldhandel angehen. Wenn freilich alles noch viel schlechter liefe, würde er sich die Möglichkeit überlegen müssen.

# Neunzehntes Kapitel

## 1

Jeden Morgen holten die Wachen Gary erst dann aus der Verwahrzelle, wenn alle Geschworenen im Juryzimmer waren, damit sie ihn nicht in Handschellen sahen. Harmons hatten für ihren Sohn einen konservativen blauen und einen konservativen grauen Anzug gekauft, und er sah darin sehr hübsch aus. Anwalt und Mandant hatten sich eine Tag für Tag gleiche Prozedur angewöhnt. Wenn Gary Platz genommen hatte, sagte Peter ihm, wie gut er in dem Anzug aussah. Gary strahlte dann, und Peter fragte Gary, wie er sich fühle. Gary antwortete, er fühle sich gut. Schließlich ermahnte Peter Gary, schön gerade zu sitzen, den Zeugen zuzuhören und sich Notizen zu machen, und Gary wurde dann sehr ernst und blätterte seinen Notizblock zu einer leeren Seite um.

Becky O'Shay präsentierte ihre Zeugen in chronologischer Reihenfolge. Am ersten Tag der Beweisaufnahme begann sie mit Karen Nix, die der Jury von Garys Attacke und seiner Drohung, sie umzubringen, berichtete. Mehrere Leute, die an dem Abend ebenfalls im Stallion gewesen waren, bestätigten Miss Nix' Version der Ereignisse. Marjorie Dooling sagte aus, daß Sandra Whiley an dem Abend des Streits im Stallion gewesen war. Nachdem Miss Dooling beschrieben hatte, wie Sandra Whiley gekleidet gewesen war, wurden die blutverschmierten Kleider als Beweismittel aufgenommen. Fotos von den Jeans und dem Whitaker-State-T-Shirt, die Miss Nix getragen hatte, wurden den Geschworenen gezeigt, so daß sie die Ähnlichkeit zwischen ihrer Kleidung und der des Opfers erkennen konnten.

Arnie Block gab seinen Bericht von dem Streit ab und erzählte, wie Gary aus der Bar weggelaufen war. Dave Thorne sagt aus, daß Sandra Whiley das Stallion etwa um zwanzig nach elf verlassen

hatte, ungefähr 20 Minuten nachdem Gary nach draußen gerannt war.
Am zweiten Tag von Garys Prozeß berichtete Oscar Watts der Jury, wie er Sandra Whileys Leiche gefunden hatte. Dann schilderten mehrere Polizeibeamte und Männer von der Spurensicherung die Untersuchungen am Ort des Verbrechens und das Zusammentragen der Beweismateralien.
Am Morgen des dritten Prozeßtages rief Becky O'Shay Harold Guistis Namen auf. Die Tür zur Vorhalle öffnete sich und ließ den Arzt ein, und Peter drehte sich zur Rückseite des Gerichtssaals um. Seine Aufmerksamkeit für den Zeugen wurde vorübergehend durch Christopher Mammon abgelenkt, der die Vorgänge von einem Platz in der Nähe der Saalrückseite aus verfolgte. Peter konnte sich nicht denken, warum der hünenhafte Drogenhändler an Garys Fall dermaßen interessiert sein könnte, um den Morgen in dem überfüllten und viel zu heißen Gerichtssaal zu verbringen. Aber Peter hatte nicht viel Zeit, sich über Mammon Gedanken zu machen, weil Dr. Guisti bereits vereidigt war und im nächsten Moment mit seiner Aussage beginnen sollte.
Nach der Nennung der Referenzen des Arztes fragte ihn Becky O'Shay: »Haben Sie in Ihrer amtlichen Tätigkeit als Pathologe eine Autopsie an Sandra Whiley vorgenommen?«
Dr. Guisti drehte sich zu den Geschworenen herum und beantwortete die Frage, als hätten sie sie ihm gestellt.
»Ja, das habe ich.«
»Wann war das?«
»Etwa um fünf Uhr nachmittags an dem Tag, als Miss Whiley ermordet wurde.«
»Warum haben Sie so lange gewartet?«
»Wir haben gewartet, bis der Leichnam identifiziert war. Das geschah zwischen drei und vier Uhr nachmittags, wenn ich mich richtig erinnere.«
»Wo fand die Autopsie statt?«
»In Parsons Leichenhalle.«
»Schildern Sie bitte, was Sie festgestellt haben, als Sie Ihre Autopsie an Sandra Whiley vornahmen.«
»Ich stellte mehrere Blutergüsse an der linken Kieferseite und über

dem linken Wangenknochen fest. Von größerem Belang waren acht Schnitt- oder Hackverletzungen an der Leiche. Sieben davon befanden sich am Kopf. Die achte fand sich auf dem linken Handrücken und war als Abwehrverletzung anzusehen.«

»Was ist eine Abwehrverletzung?«

»Das ist eine Verletzung, die dem Opfer zugefügt wird, wenn es seine Hand zur Abwehr zwischen die von dem Mörder geschwungene Waffe und dem Ziel des Mordangriffs bringt.«

»Beschreiben Sie bitte die Kopfverletzungen.«

»Fünf hatten Schädelfrakturen zur Folge. Von diesen fünf waren drei schwer genug, um Verletzungen des darunter befindlichen Gehirns hervorzurufen. Es gab noch eine Wunde im Bereich des rechten Auges, die ebenfalls umfangreiche Knochenfrakturen zwischen den Augen und eine beträchtliche Blutung bewirkte, so daß sich Blut in den Atemwegen und geschlucktes Blut im Magen befand. Die restlichen Verletzungen hatten eine unterschiedliche Anzahl von Gewebe- beziehungsweise Haut- oder Muskelbeschädigungen ohne Knochenbrüche oder Beeinträchtigung des Hirns zur Folge.«

»Haben Sie sich nach der Inaugenscheinnahme der Verletzungen und nach Ihren Untersuchungen eine Meinung darüber gebildet, Dr. Guisti, was für ein Instrument benutzt worden sein könnte, um diese Wunden hervorzurufen?«

»Ja.«

»Was ist Ihre Meinung?«

»Eine Axt oder ein Beil würde die Art Wunden erzeugen, wie sie der Verstorbenen beigebracht worden sind.«

Becky O'Shay bückte sich und griff in einen großen Pappkarton mit vielen Dingen, von denen die meisten in Plastikbeuteln steckten. Sie kramte in dem Karton herum, dann fand sie, was sie suchte. Miss O'Shay brachte den Gegenstand zu dem Zeugen.

»Dr. Guisti, ich übergebe Ihnen diesen Gegenstand, der als Anklagebeweisstück Nummer 23 bezeichnet ist, und frage Sie, ob dem Opfer die Verletzungen mit diesem Beweisstück beigebracht worden sein könnten.«

Dr. Guisti öffnete den Plastikbeutel. Er enthielt ein kleines Beil. Er drehte es ein paarmal herum, was nur geschah, um Eindruck zu

machen, denn er hatte das Beil bei mehreren Gelegenheiten untersucht.
»Die Schläge könnten mit diesem Werkzeug ausgeführt worden sein.«
»Danke«, antwortete Becky O'Shay, nahm dem Arzt das Beil ab und steckte es unmittelbar vor den Geschworenen stehend langsam in den Plastikbeutel zurück. Sie legte das Beil auf die Brüstung der Geschworenenbank und drehte sich wieder zu dem Zeugen um. Mehrere Geschworene konnten nur mit Mühe ihren Blick von dem Werkzeug losreißen.
»Dr. Guisti, haben Sie eine Ansicht, was die Ursache des Todes von Sandra Whiley betrifft?«
»Ja. Ich glaube, die schließliche Todesursache waren Blutungen, die durch die von mir geschilderten Verletzungen ausgelöst wurden.«
»Mit anderen Worten, Sandra Whiley ist an den Beilwunden, die ihr Mörder ihr beigebracht hat, verblutet?«
»Das ist richtig.«
»Dr. Guisti, haben Sie eine Meinung dazu, in welche Richtung die tödlichen Beilhiebe geführt wurden?«
»Ja, aber nur bei dem Schlag auf das Schädeldach. Ich glaube, dieser Schlag wurde von oben nach unten ausgeführt, und zwar aufgrund der Neigung, in der die Wunde verläuft. Was die anderen angeht, so kann ich nichts sagen.«
»Können Sie sagen, ob der Schlag auf das Schädeldach der erste Schlag war, der gegen den Kopf geführt wurde?«
»Meiner Meinung nach, ja.«
Becky O'Shay sah ihre Notizen durch, dann überließ sie Peter den Zeugen.
»Dr. Guisti, an welcher Seite des Kopfes befanden sich die Verletzungen?«
»Wie ich schon sagte, eine befand sich auf dem Scheitel des Kopfes. Es ist schwer zu sagen, ob rechts oder links, weil die Wunde sich in der Mitte befindet. Ein Schlag wurde gegen das rechte Auge geführt. Die übrigen trafen das Opfer an der linken Seite des Kopfes.«
»Danke, Doktor. Ich habe keine weiteren Fragen.«

## 2

Der rote Anstrich der Benzintanks vor Arts Autowerkstatt behauptete sich kaum gegen die Verheerungen durch Rost und Wind, und der alten hölzernen Werkstatt erging es nicht viel besser. Die Elemente hatten tüchtig an einem Coca-Cola-Reklameschild genagt, das die eine Außenwand bedeckte, und die einstmals blaue Werkstatt trug mittlerweile ein verwittertes Grau zur Schau. Barney Pullen beugte sich unter die Kühlerhaube eines alten Buick, als Peter während der Mittagsunterbrechung die Werkstatt betrat. Peter mußte zweimal rufen, ehe Pullen auf ihn aufmerksam wurde. Als er sich umdrehte, machte er ein verärgertes Gesicht, aber dann verzog sich seine Miene zu einem Arschkriecherlächeln, als ihm wieder einfiel, daß Peter es war, der ihn für Ermittlungsarbeiten im Fall Harmon bezahlte.

»Tach, Mr. Hale«, grüßte Pullen und wischte sich die Hände an einem schmierigen Lappen ab.

»Guten Tag, Barney. Ich habe Sie nie erreicht, deshalb dachte ich, ich geh mal schnell bei der Werkstatt vorbei, um zu sehen, wie die Ermittlungen laufen.«

Barney schüttelte trübselig den Kopf. »'s geht wirklich langsam. Ich habe mit massenhaft Leuten geredet, aber keiner scheint was Hilfreiches zu wissen.«

»Mit wem haben Sie denn gesprochen?«

»Äh, na ja, ich hab ja nicht meine Notizen dabei. Die Familie natürlich. Für das Strafmaßverfahren hab ich wirklich 'ne Masse guter Informationen für Sie von der Mutter, dem Vater und Steves Frau. 'ne Menge gutes Material.«

Peter erinnerte sich, mehrere lausig getippte, von Rechtschreibfehlern strotzende Berichte erhalten zu haben, denen eine Rechnung beigefügt war, auf der Stunden geltend gemacht wurden, die in keinem Verhältnis zu den Informationen standen, die Pullen gesammelt hatte.

»Die Familien-Interviews habe ich, aber das ist auch alles. Aber Sie haben doch mit mehr Leuten als bloß mit der Familie gesprochen?«

»Äh, warten Sie mal, da ist der Barkeeper in der Ponderosa. Seine Aussage haben Sie, nicht?«

»Nein, die habe ich nicht. Was ist mit Kevin Booth? Haben Sie da was rausgefunden, was ich gebrauchen kann?«
»Noch nicht. Sein Vater ist schon vor langer Zeit abgehauen, und die Mutter ist letztes Jahr gestorben. Sie war Alkoholikerin. Ist besoffen die Treppe runtergefallen.«
»Haben Sie mit Booths Nachbarn gesprochen, ein Strafregister aufgestellt?«
»Das Strafregister war das erste, an das ich gedacht hab. Diese Verhaftung wegen Drogen, aus der er sich rausgewunden hat, ist das einzige, was ich rausgekriegt habe. Es gibt keine Nachbarn. Booth wohnt meilenweit draußen vor der Stadt.«
»Was ist mit seinen Schulakten, Nachbarn seiner Mutter?«
»Da mach ich mich sofort dran.«
»Sie meinen, Sie haben das noch nicht getan? Darüber haben wir schon vor zwei Wochen gesprochen.«
»Yeah. Und es tut mir auch leid. Ich wollte mich wirklich gleich daranmachen, aber Art hat mich hier in der Werkstatt die ganze Zeit in Atem gehalten.«
»Barney, Sie müssen mit der Sache in die Gänge kommen. Wenn Sie mir nicht bald etwas über Booth liefern können, bekommen wir es ohne jeden Zweifel mit einem Antrag auf Todesstrafe zu tun.«
»Ich ermittle ja, Mr. Hale. Sobald ich mit diesem Wagen hier fertig bin, mach ich mich sofort drüber her.«
»Hören Sie, Barney, Sie müssen diesem Fall Vorrang geben, bis er vorbei ist. Sagen Sie Ihrem Bruder, daß Sie nicht in der Werkstatt arbeiten können, bis die Sache durch ist.«
»Okay«, antwortete Pullen zustimmend.
Peter wollte noch etwas sagen, aber es gab nichts weiter zu sagen. Er würde einfach hoffen müssen, daß Pullen ihm herbeischaffte, was er brauchte.

## 3

Es war unglaublich aufreibend, einen Mordprozeß zu führen. Solange Peter sich im Gericht aufhielt, war er dermaßen konzentriert, daß er nicht wußte, wo der Tag blieb. Die meiste Zeit trieb er auf einer Welle reinen Adrenalins dahin, denn sonst könnte kein Mensch seine Gedanken stundenlang hintereinander auf jedes Wort richten, das gesprochen wurde. Kaum war der Prozeß für den Tag zu Ende, fühlte er sich im selben Moment, als hätte er tagelang auf Schlaf verzichtet.

Nach einem raschen Abendessen begab sich Peter in sein neues Arbeitszimmer im Bürogebäude von Steve Mancini und vervollständigte seine Vorbereitungen für den nächsten Prozeßtag. Es war kurz nach halb neun, als Peter seine Haustür aufschloß. Das Telefon klingelte. Er rannte im Dunkeln darauf zu, stolperte über eine Ottomane und hätte beinahe eine Stehlampe umgeworfen.

»Mr. Hale?« fragte eine ihm unbekannte Stimme.

»Ja.«

»Ich rufe schon den ganzen Abend an. Gott sei Dank habe ich Sie erwischt.«

»Wer ist dort?«

»Don Bosco. Ich bin der Leiter des Psychologischen Dienstes der County. Ich war Zeuge im Vorverfahren.«

»Richtig. Ich erinnere mich an Sie. Sie waren dabei, als Gary von Dennis Downes verhört wurde. Was gibt's?«

»Ich weiß, ich sollte Sie nicht zu Hause stören, aber ich habe mich die ganze Zeit seit der Voruntersuchung gefragt, warum niemand von der Verteidigung mir im Kreuzverhör irgendwelche Fragen gestellt hat und warum Sie sich mit mir wegen meiner Prozeßaussage nicht in Verbindung gesetzt haben.«

»Wissen Sie etwas, das Gary helfen könnte?«

»Hat Steve Mancini Ihnen denn nichts über unser Gespräch gesagt?«

»Steve hat mir nur gesagt, daß er denkt, Sie könnten uns nicht helfen.«

»Machen Sie Witze? Wollen Sie damit sagen, er hat Ihnen nicht mitgeteilt, daß Gary Harmon meiner Meinung nach während der Vernehmung von Dennis Downes versehentlich hypnotisiert worden ist?«

Peter blinzelte erstaunt. »Nein. Von Hypnotisieren hat er mir nie ein Wort gesagt.«

»Das überrascht mich wirklich. Ich habe zu Miss O'Shay gesagt, sie

sollte Harmons Aussagen nicht dazu benutzen, ihn für schuldig zu erklären, aber sie wollte nicht auf mich hören.«
»Ich möchte klarstellen, daß ich Sie richtig verstehe. Sie sagen, Sie haben der Staatsanwaltschaft mitgeteilt, daß mit Garys Verhör etwas nicht gestimmt hat?«
»Ja.«
»Und Sie haben auch Steve Mancini davon Mitteilung gemacht?«
»Ich habe ihm das vor über einem Monat gesagt. Ich dachte, das würde Sie interessieren.«
Peter war wie benommen. Garys Aussagen waren die Grundlage für die Argumente der Anklagevertretung. Ohne sie ...
»Können wir uns noch heute abend treffen? Das alles ist sehr wichtig, und Steve hat mir gegenüber nie ein einziges Wort von dem erwähnt, was Sie sagen.«
»Okay. Nahe bei der Abzweigung zur Interstate ist ein Restaurant, das die ganze Nacht auf hat. The Jolly Roger. Können Sie in einer halben Stunde dort sein?«
»Kein Problem.«
»Mann, ich begreife nicht, warum Mr. Mancini Ihnen nichts gesagt hat«, wunderte sich Bosco noch, unmittelbar bevor er auflegte.
»Ich auch nicht«, sagte Peter in den toten Hörer. Er hatte während des Telefongesprächs gestanden, aber jetzt sank er in einen Sessel, kaum daß er aufgelegt hatte. Peter wußte nicht, was er denken sollte. Er erinnerte sich an den Blick, den Bosco nach dem Antrag, Garys Aussagen als Beweismittel nicht zuzulassen, während seiner Aussage Mancini zugeworfen hatte. Peter hatte Steve sogar darauf angesprochen. Er griff nach dem Telefon, um Mancini anzurufen, hielt jedoch mitten im Wählen inne. Besser, er wartete damit, bis er sich angehört hatte, was Bosco zu sagen hatte.

»Wie sind Sie denn mit diesem Fall in Berührung gekommen?« fragte Peter, als er und Don Bosco sich mit zwei Tassen Kaffee in eine Nische im hinteren Teil des Jolly Roger gesetzt hatten.
»Dennis Downes rief mich gegen halb neun, neun zu Hause an. Er wollte, daß ich mal in meinen Akten nachsehe, ob ich nicht irgendwas über Harmon hätte. Sie verstehen schon, eine Anamnese psychologischer Probleme. Irgend so was.«

»Haben Sie etwas gefunden?«
»Nein.«
»Was haben Sie dann getan?«
»Ich bin rüber ins Polizeirevier gefahren, um es ihm zu sagen. Er hatte schon gesagt, daß es bei dem Verhör um das Mädchen ging, das im Park ermordet worden war, deshalb dachte ich, es sei wichtig genug, um es ihm persönlich zu sagen und zu sehen, ob es noch eine andere Möglichkeit gebe, behilflich zu sein.
Als ich ankam, bat mich Becky O'Shay, mit ihr zusammen das Verhör durch einen Einwegspiegel zu beobachten. Sie informierte mich über die Sache und zeigte mir Fotos des Opfers.« Bosco erschauerte. »Ziemlich grauenhaft.«
»Ja, ich habe sie gesehen. Aber warum wollte Becky, daß Sie der Vernehmung zusehen?«
»Sie wollte wissen, welchen Eindruck ich von Harmon hatte.«
»Waren Sie dabei, als Downes Gary über seine Bürgerrechte aufklärte?«
»Nein. Das muß er schon früher getan haben. Ich hatte den Eindruck, daß Dennis Gary zu der Zeit, als ich hinzukam, schon eine ganze Weile in der Mangel hatte.«
»War irgend etwas an der Art, wie Gary Downes antwortete, ungewöhnlich?«
»Mir gefiel es nicht, wie Downes das Verhör durchführte. Ganz und gar nicht. Ich sagte ihm sogar, er solle vorsichtig sein, aber er beachtete mich nicht.«
»Was hat Sie gestört?«
Bosco trank einen Schluck Kaffee und dachte sorgfältig darüber nach, was er sagen wollte.
»Das erste, was wir auffiel, war die gesamte Gesprächsführung. Verstehen Sie, daß eine Frage gestellt wird, die die Antwort suggeriert. Ich meine, Dennis legte ihm alles in den Mund. Und Harmon ging auf jede Andeutung ein. Ich glaube, er hat Dennis wirklich vertraut und wollte ihn zufriedenstellen. Also, Dennis stellte ihm eine Frage, und Harmon gab ihm wie ein Papagei die Antwort, die Downes ihm suggeriert hatte.«
»Und Sie haben Downes warnend darauf hingewiesen?«
»Während der Pausen. Harmon war zum Ende hin völlig erschöpft,

und je müder man ist, desto offener ist man für Suggestionen. Ich habe das Dennis gesagt, aber ihn und Becky schien es nicht zu kümmern. Sie waren viel zu erpicht darauf, den Fall zu knacken. Meiner Meinung nach ist das meiste von dem, was Harmon gesagt hat, wertlos. Vor allem ungefähr das letzte Drittel des Verhörs.«

»Warum?«

»Nun ja, das ist bloß meine persönliche Ansicht, aber ich denke, daß Downes bei Harmon einen Trancezustand herbeigeführt hat, und alles, was er danach sagte, tja ...«

Bosco zuckte die Achseln.

»Einen Moment«, fragte Peter, »was ist ein ›Trancezustand‹? Wollen Sie damit sagen, er war in Trance? So was wie hypnotisiert?«

»Er könnte es gewesen sein. Ich glaube, er war es.«

»Wie konnte das geschehen? Ich habe mir die Bänder der Vernehmung angehört und habe nicht festgestellt, daß Downes irgendwas davon gesagt hätte, er wolle Gary in Trance versetzen.«

»Das muß er nicht absichtlich getan haben. Dennis könnte Harmon hypnotisiert haben, ohne daß beide es wußten.«

»Erklären Sie mir das.«

»Okay. ›Hypnose‹ und ›Trance‹ sind Wörter, bei denen man an Zauberer oder Hexen denkt, aber jemanden zu hypnotisieren ist überhaupt nicht so was Mysteriöses. Wenn man jemanden in Trance versetzt, tut man nichts weiter, als daß man diesen Menschen dazu bringt, sich zu entspannen und sich soweit zu konzentrieren, daß Geräusche und Einflüsse von außen blockiert werden und sich derjenige in einen stillen inneren Raum zurückziehen kann. Wir alle tun das, wenn wir abends einschlafen oder wenn wir in ein Buch so vertieft sind, daß wir eine Frage überhören, auch wenn derjenige, der sie stellt, direkt neben uns steht.

Wenn jemand müde ist und unter starkem Streß steht, wie es bei Harmon in jener Nacht der Fall war, neigt er dazu, seine Aufmerksamkeit auf einen sehr engen Raum zu konzentrieren. An dem Punkt half Dennis Harmon weiter, indem er zu ihm sagte, er solle seine Augen schließen und sich vorstellen, er beobachtete Vorgänge auf einer Kinoleinwand. Das ist eine unter Hypnotiseuren ziemlich verbreitete Methode, wenn sie jemanden absichtlich in Trance zu versetzen versuchen.«

»Was wäre die Folge, wenn Gary sich in Trance befand?«
»Das große Problem ist die Verläßlichkeit. Wenn er in Trance war, wäre es schwierig, wenn nicht gar unmöglich festzustellen, woran Harmon sich tatsächlich erinnerte und was er als Folge von Downes' Suggestionen nur wiederholte oder sich schlicht ausdachte. Verstehen Sie, ein Mensch in Trance ist nicht nur für Suggestionen offen, er phantasiert auch, um dem Fragesteller einen Gefallen zu tun oder Lücken in seiner Erinnerung zu überbrücken, um dem Fragesteller ein vollständiges Bild zu liefern.«
»Ich bin mir nicht sicher, ob ich verstehe, was Sie mit ›phantasieren‹ meinen.«
»Okay. Ich werde Ihnen ein Beispiel nennen. Vor einem Monat sind Sie morgens um sieben aufgestanden und haben sich einen blauen Anzug und ein weißes Hemd mit roter Krawatte angezogen. Dann haben Sie zum Frühstück Cornflakes gegessen. Ich hypnotisiere Sie und bitte Sie, mir zu erzählen, was Sie an jenem Morgen getan haben. Sie erinnern sich an alles, nur nicht an die Farbe der Krawatte und daran, was Sie gegessen haben. Ich sage, Sie sollten sich noch mal wirklich konzentrieren, aber Sie können sich trotzdem nicht erinnern. Also helfe ich Ihnen ein bißchen. ›Peter‹, sage ich, ›Sie essen doch normalerweise Raisin Bran, nicht wahr? Haben Sie damals morgens Raisin Bran gegessen?‹ Und jemand in Trance wird wahrscheinlich sagen, er hat Raisin Bran gegessen, um den Frager zufriedenzustellen. Er weiß, der Fragesteller möchte irgendeine Antwort haben und scheint damit zufrieden zu sein, wenn die Antwort ›Raisin Bran‹ lautet, und so bringt der Mensch in Trance diese Wünsche miteinander in Einklang.
Nun bittet Sie der Fragesteller, über die Krawatte nachzudenken, ohne daß er einen bestimmten Hinweis auf die Farbe gibt. Wieder wissen Sie, daß eine Antwort erwartet wird, und so stellt sich Ihr Unterbewußtsein eine grüne Krawatte vor und füllt die Leerstelle mit dieser Farbe. Wenn Sie aus der Trance erwachen, glauben Sie fest daran, daß die Krawatte grün war, und so werden Sie im Zeugenstand scheinbar die Wahrheit sagen und auch den Test am Lügendetektor bestehen.«
»Und Sie haben Sergeant Downes und Becky nicht warnend darauf hingewiesen?«

Bosco machte ein verlegenes Gesicht. »Ich habe es beiden gegenüber erwähnt, aber so richtig habe ich eigentlich nicht kapiert, was da passierte, bis ich eine ganze Weile dort war. Da war das Verhör mittlerweile ziemlich weit gediehen. Und vergessen Sie nicht, ich war nur als Beobachter dort. Ich meine, es wurde nicht erwartet, daß ich mich an der Vernehmung beteilige. Ich denke, ich hätte energischer sein sollen, aber inzwischen war der Schaden zum größten Teil eingetreten, und ich fand, es war nicht meine Aufgabe, mich einzumischen, weil der Fall so wichtig war. Ich habe doch nichts falsch gemacht, oder?«

## 4

Vom Jolly Roger aus fuhr Peter direkt zu Steve Mancini. Zuerst hatten Boscos Informationen ihn mit Begeisterung erfüllt. Dann wurde ihm klar, wieviel ihnen dadurch verlorengegangen war, daß Steve es unterlassen hatte, die Informationen bei der Vorverhandlung zu benutzen. Als Peter kurz vor elf bei Steve Mancini klingelte, befand er sich in einem Gefühlsdilemma. Mancini war sein bester Freund in Whitaker, und er stellte ihm die Möglichkeit einer lukrativen Partnerschaft in Aussicht, mit deren Hilfe Peter aus dem Loch herausklettern konnte, das er sich selbst gegraben hatte. Aber andererseits hatte Steve möglicherweise Gary Harmons beste Chance zunichte gemacht, seine Freiheit wiederzubekommen, indem er Peter Informationen vorenthielt, die eine einleuchtende Erklärung für Gary Harmons sogenanntes Geständnis lieferten, die Grundlage aller Beschuldigungen gegen Gary.

Im selben Moment, als Steve die Tür aufmachte, fragte Peter: »Warum hast du mir nicht von Don Bosco erzählt?«

Mancini schien verwirrt. Donna kam aus dem Wohnzimmer. Sie trug einen Morgenmantel über ihrem Nachthemd. Mancini sah rasch zu seiner Frau hin, dann blickte er Peter wieder an. Seine Antwort klang nervös.

»Wir wollen gerade schlafen gehen, Pete. Kann das nicht bis morgen warten?«

»Du weißt, daß es das nicht kann. Wenn Gary sich in einer Art Trance befunden hat, als er von Downes vernommen wurde, war das ganze Verhör wertlos. Wir hätten erreichen können, daß man das Ganze schon vor dem Prozeß abgelehnt hätte. Ein Prozeß hätte sich dann erübrigt. Ohne Garys Aussagen hat die Staatsanwaltschaft nichts in der Hand. Erzähl mir bloß nicht, daß du das nicht gewußt hast.«

»Um was geht es denn, Peter?« fragte Donna, die seine Heftigkeit und das offensichtliche Unbehagen ihres Mannes verwirrte.

»Sag's ihr, Steve.«

»Was soll ich ihr sagen? Ich weiß immer noch nicht, wovon du eigentlich redest.«

»Ich komme gerade aus dem Jolly Roger, wo mir Don Bosco, der Leiter des Psychologischen Dienstes der County, ein Mann mit Fachkenntnissen in Hypnose, gesagt hat, er habe dir erklärt, Gary sei den größten Teil des Verhörs in einem Trancezustand gewesen. Er hat mich zu Hause angerufen, weil er überrascht war, daß du das während der Anhörung über den Ausschlußantrag gegen Garys Aussage nicht zur Sprache gebracht hast. Er war außerdem überrascht, daß du mir nie etwas von deinem Gespräch mit ihm erzählt hast. Ganz offen, Steve, das bin ich auch.«

»Ich habe dir von diesem Gespräch nichts erzählt, weil ich Bosco, was er gesagt hat, nicht abgekauft habe. Du hast doch die Bänder gehört. Downes hat nichts davon gesagt, daß er versuchen wollte, Gary zu hypnotisieren.«

Peter machte ein erstauntes Gesicht. »Was Downes gesagt oder nicht gesagt hat, ist völlig uninteressant. Wir haben einen Zeugen, der ausgesagt hätte, daß Gary während des wichtigsten Teils seiner Vernehmung hypnotisiert war. Hast du nicht gewußt, daß es eine Rechtsvorschrift gibt, die die Verwendung von unter Hypnose entstandenen Zeugenaussagen verbietet, es sei denn, es werden die strengsten Vorsichtsmaßnahmen ergriffen? Es gibt Fälle aus dem ganzen Land, bei denen Aussagen hypnotisierter Zeugen ausgeschlossen wurden. Bosco wußte genau darüber Bescheid, und er ist noch nicht einmal Anwalt.«

Mancini machte ein überraschtes Gesicht. »Ich habe von der Rechtsvorschrift nichts gewußt. Das mußt du mir glauben. In keinem einzigen meiner Fälle ist jemals so was zur Sprache gekommen.«

»Hast du darüber Bescheid gewußt und es vor Peter zurückgehalten?« fragte Donna ihren Mann.
Mancini wandte sich an Donna. »Damit komme ich schon alleine zurecht, vielen Dank. Bring uns Kaffee. Komm, Pete. Laß uns in aller Ruhe drüber reden.«
»Es ist schwer, ruhig zu bleiben, wenn ich mich Tag und Nacht abschufte, um dann festzustellen, daß du in der einzigen allerwichtigsten Frage des ganzen Falles Mist gebaut hast.«
»Peter ...«, begann Donna, aber ihr Mann schnauzte: »Den Kaffee, bitte!«
Als Steve sich wieder zu Peter umdrehte, war sein Gesicht besorgt, aber ruhig.
»Ich verstehe, warum du aufgebracht bist. Ich bin auch aufgebracht. Besonders, wenn du meinst, ich könnte Garys Prozeß vermasselt haben. Na, komm, setzen wir uns und diskutieren die Sache durch.«
Angesichts von Mancinis ruhigem Verhalten schwand Peters Zorn. Er folgte Steve ins Wohnzimmer und setzte sich auf die Couch.
»Genau das begreife ich nicht, Steve. Kannst du's mir erklären? Sogar Bosco hat das Problem gesehen. Er rief mich heute abend an, weil er sich nicht denken konnte, warum du ihn bei der Anhörung nicht nach dem Trancezustand befragt hast. Ich kann nicht glauben, daß du nicht erkannt hast, wie bedeutsam das war, was Bosco dir erzählt hat.«
»Aber es ist die Wahrheit. Ich habe von der Rechtsvorschrift nichts gewußt. Ich dachte, die Frage war, ob Downes Gary über seine Bürgerrechte aufgeklärt hat und ob er ihn zum Reden genötigt hat.«
»Kann man die Voruntersuchung nicht noch einmal eröffnen?« fragte Donna und stellte ein Tablett auf den Sofatisch.
»Ich werde es versuchen, aber Becky hat sehr legitime Gründe, Einspruch dagegen zu erheben.«
»Welche?« fragte Donna.
»Steve war Garys Anwalt. Zum Zeitpunkt der Verhandlung über die Nichtzulassung wußte er alles über diese Beweismittel.«
»Aber ich hatte nicht erkannt, wie wichtig das war, was mir Bosco gesagt hatte«, wandte Mancini ein.
»Das ist egal. Du hättest wissen müssen, daß es wichtig war. Das ist

der springende Punkt. Ich wollte, es gäbe eine Möglichkeit, das zu beschönigen, aber die gibt es nicht.«

»Kann man da gar nichts tun?« fragte Donna.

»Möglicherweise ja«, sagte Peter vorsichtig. »Ich habe mich zu diesem Fall ein bißchen über Geständnisse klug gemacht, ehe Steve sagte, er würde den Antrag auf Nichtzulassung von Garys Aussage vor Gericht vertreten. Ein Verteidiger kann einer Jury gegenüber immer argumentieren, daß sie die Aussagen eines Beschuldigten nicht akzeptieren sollte, weil sie nicht freiwillig gemacht wurden. Das Problem ist nur, daß es keinen Einspruch gegen eine Juryentscheidung in der Art gibt, wie ein Richter Einspruch gegen eine Entscheidung im Vorverfahren erheben kann, denn Appellationsgerichte unterziehen die Tatsachenfeststellungen einer Jury keiner Revision.«

»Wenn Gary hypnotisiert war, wäre er für das, was er Downes erzählt hat, nicht verantwortlich!« sagte Mancini. »Das ist doch ein phantastischer Gedanke, Pete.«

»Ja, aber ich muß die Geschworenen davon überzeugen, daß Gary hypnotisiert war. Das kann bedeuten, daß Fachleute engagiert werden müssen, und das ist kostspielig.« Peter sah Donna an. »Kann Ihre Familie sich das leisten?«

»Machen Sie sich über Geld keine Gedanken, Peter«, sagte Donna. »Wenn meine Familie es nicht schafft, zahlen Steve und ich.«

Peter bemerkte Steves plötzliche Wut nicht, doch Donna bemerkte sie. Sie war über ihre Heftigkeit entsetzt, und sie erinnerte sich an das, was letztesmal passiert war, als er auf sie wütend gewesen war.

»Ich denke, du hast da eine mögliche Lösung gefunden«, erklärte Mancini rasch, »und ich meine, wir alle sollten uns jetzt etwas Ruhe gönnen. Vergiß nicht, du mußt morgen im Gericht sein.«

Plötzlich bemerkte Peter, was ihn der Gerichtstermin des Tages und die Ereignisse des Abends an Kräften gekostet hatten.

»Du hast recht«, sagte er und erhob sich. »Entschuldigung, daß ich dir so heftig aufs Dach gestiegen bin.«

»Ich habe dafür vollstes Verständnis. Das habe ich verdient, wenn ich so schlimm gepatzt habe, wie es scheint.«

Kaum hatte sich die Haustür geschlossen, ging Mancini zurück ins

Wohnzimmer. Donna stand über den Sofatisch gebeugt und stellte die Kaffeetassen und das Sahnekännchen zusammen.
»Was sollte das, daß wir für Garys Spezialisten bezahlen?« erkundigte sich Mancini wütend.
Donna richtete sich auf, das Tablett in den Händen.
»Falls Gary unsere Hilfe braucht ...«
»Gary hat sich selber in die Patsche geritten. Wir können es uns nicht leisten, für seine Kaution geradezustehen. Hast du denn gar nichts von dem kapiert, was ich wegen Mountain View gesagt habe? Ich wette, du hast noch nicht mal mit deinem Vater darüber gesprochen, daß er uns hilft.«
»Ich hatte noch keine Gelegenheit«, antwortete Donna mit schlechtem Gewissen, ihren Mann enttäuscht zu haben.
»Na, fabelhaft. Du nimmst dir nicht die Zeit, deinem eigenen Mann zu helfen, und erwartest von mir, daß ich mein Geld irgendeinem Psychologen aus Portland in den Rachen schmeiße.«
»Die Experten können nicht so teuer sein.«
»Und wenn sie spottbillig wären, Donna. Ich muß in meiner Kanzlei wie ein Sklave schuften, bloß um uns über Wasser zu halten. Womit sollen wir sie denn bezahlen?«
»Gary ist mein Bruder.«
»Das ist richtig, Donna. Er ist dein Bruder. Nicht meiner.«
Steves kalte und grausame Antwort schockierte Donna. Sie hatte immer angenommen, daß ihr Mann Gary mochte.
»Wir würden kein Geld für Experten brauchen, wenn du keinen Fehler gemacht hättest«, konterte Donna wütend.
Der Schlag mit der offenen Hand schleuderte Donnas Kopf nach rechts; das Tablett flog durch die Luft. Donna sah die Tassen und die aus dem Kännchen spritzende Sahne in Zeitlupe davonsegeln, als Steve sie an den Aufschlägen ihres Morgenmantels packte und zu Boden schleuderte.
»Du Fotze!« brüllte Steve, als sie am Boden landete.
Donna versuchte wegzukriechen, aber der Schmerz von zwei Fußtritten gegen ihre Rippen hielt sie auf. Ein weiterer Tritt landete an ihrem Bein, und sie streckte sich vor Schmerz. Dann war die Attacke so schnell vorüber, wie sie begonnen hatte. Als sie es wagte, den Blick nach oben zu richten, stiefelte Mancini im Zimmer hin und

her. Donna machte sich daran, über den Fußboden in Richtung Diele zu kriechen. Als Steve das sah, ließ er sich neben sie auf den Boden sinken. Donna rollte sich zu einer Kugel zusammen und schützte den Kopf mit ihren Händen.

»Nein, Kleines, nein. Du mußt keine Angst haben. Es tut mir leid. Bitte. Es tut mir leid.«

Donna hob den Blick, und Mancini sah das Blut. Durch den Schlag in ihr Gesicht war ihr die Lippe geplatzt.

»O Gott! Was habe ich getan?«

Mancini sprang auf und rannte ins Bad. Er ließ kaltes Wasser über ein Handtuch laufen. Als er ins Wohnzimmer zurückkam, stand die Haustür offen; Donna war fort. Mancini warf das Handtuch auf den Boden und lief aus dem Haus. Der Wagen parkte davor. Er blickte nach rechts und nach links. Wo war sie? Er konnte doch nicht rufen. Er konnte doch niemanden wissen lassen, was geschehen war. Mancini rannte die Straße hinunter und blieb an der Ecke stehen. Wo war sie bloß hingelaufen? Er mußte sie finden. Ohne den Wagen konnte sie nicht weit kommen. Er rannte ins Haus und schnappte sich die Wagenschlüssel. Er würde sie finden. Er mußte sie finden.

Donna wartete, bis der Wagen weg war, bevor sie sich an den Büschen wieder nach oben zog, hinter denen sie sich versteckt hatte. Sie krümmte sich zusammen, so heftig war der Schmerz in den Rippen. Sie preßte die Zähne zusammen und richtete sich langsam wieder auf. Tränen und Blut liefen auf ihrem Gesicht ineinander. Sie liebte Steve, aber wie konnte er sie schlagen, wenn er sie ebenfalls liebte?

Wie gern hätte Donna sich ihre Kleider angezogen, aber sie hatte Angst, wieder ins Haus zu gehen. Das Haus ihrer Eltern war zu weit weg, um zu Fuß hinzugehen. Außerdem machten sie sich schon um Gary solche Sorgen; sie wollte sie nicht auch noch mit der Neuigkeit konfrontieren, daß ihre Ehe in die Brüche ging.

Dann fiel ihr Peter ein. Er wohnte in der Nähe. Sie konnte sich hinter den Häusern dorthin schleichen, so daß Steve sie von seinem Wagen aus nicht sehen würde. Donna hielt auf der Straße Ausschau nach irgendeinem Anzeichen ihres Mannes, dann ging sie auf die andere Seite hinüber und humpelte hinter ein Haus. Sie wäre am liebsten

gerannt, aber der Schmerz in den Rippen war so stark, daß sie gebückt laufen mußte.
Ein Hund bellte, und Donnas Magen krampfte sich zusammen. Um Atem ringend lief sie weiter, als ein plötzlicher Schmerz sie durchzuckte. Donna wartete, bis der Schmerz vorüberging, ehe sie weiterlief. Die nächste Straße war die etwas stärker befahrene Elm Street. Donna wartete auf eine Lücke, überquerte die Straße, so schnell es ihr möglich war, und bezahlte die Eile prompt mit Schmerzen. »Nur noch ein paar Querstraßen«, sagte sie sich wieder und wieder, bis sie Augenblicke später an Peters Haustür schellte.
Im selben Augenblick, als Peters Verandalicht anging, bogen Scheinwerfer in die Straße ein. Als Peter die Tür öffnete, hatte sich Donna hingehockt und blickte sich mit entsetzten Augen um.
»Bitte, lassen Sie mich rein«, bat Donna.
Peter warf nur einen Blick auf ihr verweintes, blutendes Gesicht, und schon war sie drinnen.
»Was ist passiert?« fragte er. Dann schluchzte Donna in seinen Armen, und Peter war zu verdutzt, um irgendwas zu sagen. Er führte sie ins Wohnzimmer. Sie klammerte sich an ihn. Als er sie auf die Couch sinken ließ, zuckte sie krampfhaft zusammen und griff sich an die Seite.
»Sind Sie verletzt?« fragte er töricht.
»Er hat mich geschlagen, Peter. Er hat mich geschlagen.«
»Wer hat Sie geschlagen? Geht es Steve gut?« fragte Peter. Donnas plötzliches dramatisches Erscheinen hatte ihn so durcheinandergebracht, daß er meinte, das Paar sei überfallen worden.
Donna schüttelte den Kopf. »Sie verstehen nicht. Steve war es. Steve hat mich geschlagen.«
»Steve?« wiederholte Peter begriffsstutzig. Donna brach wieder in Tränen aus und schmiegte sich an Peters Brust.
»Hat ... hat er das schon mal getan?« fragte Peter.
Donna brachte ein Nicken zustande. Sie bekam ihre Tränen unter Kontrolle und fuhr sich mit dem Ärmel über die Augen.
»Wie lange geht das schon so?«
Donna gab nicht gleich Antwort, und Peter berührte sie an der Schulter.
»Ich möchte Ihnen helfen. Sie und Steve sind meine Freunde.«

Donna starrte auf den Teppich.
»Ich weiß, es ist schwer für Sie, aber Sie müssen darüber sprechen. Wenn Steve so etwas tut ... Sie können es nicht zulassen, daß er Sie weiter schlägt, Donna.«
»Es war ein Alptraum, Peter.« Sie begann wieder zu weinen. »Ich weiß nie, was ihn dazu hinreißt. Er ist so freundlich zu mir, so lieb. Dann plötzlich ... Ich halt's nicht mehr aus.«
Donna war zu erschöpft, um weiterzusprechen. Peter betrachtete sie. Ihr Haar war in Unordnung, und ihr Morgenmantel stand offen. Wegen der Hitze trug sie ein kurzes Nachthemd. Peter bemerkte unwillkürlich ihre schlanken, sonnengebräunten Beine und das Wogen ihrer Brüste, als sie tief atmete. Verlegen hob Peter den Blick zu Donnas Gesicht.
»Wie schwer sind Sie verletzt?« fragte er.
»Er hat mir einen Fußtritt in die Rippen versetzt. Er ... Es war ein heftiger Tritt. Es tut sehr weh, wenn ich mich schnell bewege.«
»Ich fahre Sie in ein Krankenhaus.«
»Nein! Kein Krankenhaus. Dort müßten sie Steve Bescheid geben.«
Peter überlegte einen Moment. Dann hatte er eine Idee.
»Ich habe eine Freundin. Eine Krankenschwester. Rhonda Kates. Sie arbeitet im Krankenhaus. Lassen Sie mich sie anrufen. Ich erkläre ihr, was passiert ist. Vielleicht kann sie Sie untersuchen, um sicherzugehen, daß Sie keine inneren Verletzungen haben. Sollte es Schwierigkeiten geben, denken wir uns eine Geschichte aus, und ich fahre Sie ins nächste Krankenhaus außerhalb von Whitaker.«
Peter rief an, und Rhonda sagte ihm, er solle Donna sofort zu ihr bringen. Sie bot sogar an, daß Donna die Nacht bei ihr bleiben könne. Während Peter am Telefon war, versuchte Donna auf der Couch eine bequeme Lage zu finden, und schloß die Augen. Sie schämte sich so, daß ihre Ehe ein Reinfall war, und sie hatte das Gefühl, daß sie wohl teilweise selber schuld dran war, aber sie kam nicht dahinter, was sie falsch gemacht hatte. Sie hätte gern mit jemandem darüber gesprochen, aber die Harmons waren keine Familie, in der man über häusliche Probleme sprach.
»Gehen wir«, sagte Peter, als er aufgelegt hatte.
»Danke, Peter. Sie sind ein guter Freund.«

# Zwanzigstes Kapitel

## 1

Mr. Hale«, wandte sich Richter Kuffel formell an Peter, weil sie vor Gericht und offiziell agierten, »Ihr früherer Koverteidiger, Mr. Mancini, hat die Verhandlung zu dem Antrag, Mr. Harmons Aussagen nicht als Beweismittel zuzulassen, geführt. Sie haben eingeräumt, daß er zur Zeit dieser Vorverhandlung genaue Kenntnis der Beweismittel hatte, die, wie Sie jetzt argumentieren, Grund zur Wiedereröffnung sein sollen. Nun besteht kein Zweifel, daß Mr. Boscos Aussage günstig für die Verteidigung ist, aber Mr. Mancini hat die Entscheidung getroffen, sie nicht zu benutzen. Ich habe keine Ahnung, warum er diesen Entschluß gefaßt hat, aber das ist eigentlich auch gleich. Da er zur Zeit der Vorverhandlung Kenntnis des Beweismaterials hatte, muß ich Ihren Antrag ablehnen, die Verhandlung über den Antrag auf Nichtzulassung einer Aussage noch einmal zu eröffnen.«

Wenn Peter der Richter gewesen wäre, hätte er genauso entschieden wie Richter Kuffel, doch daß es ihm nicht gelungen war, seinen eilig gezimmerten Antrag durchzubringen, deprimierte ihn trotzdem. Peter schloß kurz die Augen, um seine Fassung wiederzuerlangen. Das war ein Fehler. Plötzlich schlief er fast ein, und er benötigte seine ganze Willenskraft, um die Lider wieder aufzubekommen und zu vollem Bewußtsein zurückzukehren.

Es war halb drei Uhr nachts gewesen, als Peter wieder zu Hause war, nachdem er Donna bei Rhonda Kates gelassen hatte. Er war völlig erschöpft gewesen, aber Don Boscos Enthüllungen und Donnas dramatischer Auftritt waren ihm so störend im Kopf herumgegangen, daß er in seinem ruhigen Zimmer ebensowenig Chancen zum Einschlafen hatte wie bei einem Rockkonzert. Den Morgen im Gericht hatte Peter, benommen von Schlafmangel, wie in Nebel eingehüllt verbracht.

»Ich habe lange darüber nachgedacht, welche Bedeutung den Zeugenberichten über den voyeuristischen Vorfall oder den pornographischen Zeitschriften in Mr. Harmons Schlafzimmer zukommt; auch mit den Untersuchungsergebnissen bei den anderen beiden Morden habe ich mich eingehend befaßt«, fuhr Richter Kuffel fort. »Ich werde der Anklage gestatten, Beweismittel zu dem voyeuristischen Vorfall auf dem Whitaker-Campus und den pornographischen Zeitschriften vorzulegen. Diese Beweismittel mögen Mr. Harmon in den Augen der Jury lasterhaft erscheinen lassen, aber sie sind für die Theorie der Anklage von Belang, daß Mr. Harmon eine sexuelle Obsession gegenüber Frauen mit körperlichen Eigenschaften hat, die denen des Opfers sehr ähnlich sind.«

Peter rutschte nach vorn, um die Entscheidung des Richters über die anderen Morde zu hören. Er hatte sehr hart darum gekämpft, jeden Hinweis auf sie aus dem Verfahren herauszuhalten.

»Miss O'Shay, Sie haben ein sehr überzeugendes Argument dafür vorgebracht, daß der Mord an Sandra Whiley möglicherweise Bestandteil einer Mordserie ist, aber ich gestatte Ihnen nicht, den Geschworenen diese Theorie vorzutragen. Einige Faktoren haben mich zu dieser Entscheidung geführt.

Erstens gibt es keine Beweise, die Mr. Harmon mit den anderen Morden in Verbindung bringen. Zweitens gibt es substantielle Unterschiede zwischen dem Mord an Miss Whiley und den anderen Morden. Die anderen Frauen wurden sexuell mißbraucht, und Blutuntersuchungen haben ergeben, daß sich Kokain in ihrem Körper befand, wogegen das Blut von Miss Whiley keine Spur von Kokain enthielt und die Autopsie keinen Anhalt für eine sexuelle Belästigung gezeigt hat ...«

»Euer Ehren«, unterbrach Becky, »der Wishing Well Park ist ein öffentlicher Ort. Wir glauben, daß Mr. Harmon von anderen Leuten im Park vertrieben wurde, ehe er mit Miss Whiley Sex haben konnte.«

»Ihre Theorie mag richtig sein, aber ich muß meine Entscheidungen auf der Grundlage von Tatsachenbeweisen treffen.«

»Da ist noch das Beil«, machte Becky O'Shay geltend. »Das Werkzeug ist das Markenzeichen dieses Mörders. Und es ist sehr ungewöhnlich.«

»Nicht in einer landwirtschaftlichen Gemeinde, Miss O'Shay. Wenn Sie nicht etwas mehr vorweisen können, habe ich keine andere Wahl, als Ihnen zu untersagen, das Thema der anderen Morde aufzugreifen. Das Einbringen dieser Beweismaterialien würde zu Spekulationen von seiten der Jury führen und Mr. Harmon um einen fairen Prozeß bringen.«

Die Entscheidung des Richters riß Peter aus seiner Niedergeschlagenheit. Das Einbringen der Berichte über die Fensterguckerei und die Pornohefte machte ihm Sorgen, aber er hatte Todesängste davor gehabt, daß Richter Kuffel Beweismaterialien zu den anderen Morden zulassen könnte. Hätte der Richter Becky argumentieren lassen, Gary sei ein Serienmörder, hätte Peter keine Chance gehabt, einen Freispruch zu erzielen.

»Haben Sie einen Bericht über Kevin Booths Zustand?« fragte der Richter. Peter beugte sich vor. Wenn Booth noch zu krank war, um aussagen zu können, wäre der Tag für Peter gerettet.

»Ich habe heute morgen mit Mr. Booths Chirurgen gesprochen«, antwortete Miss O'Shay, während sie in ihren Notizen blätterte. »Dr. Farber sagt, daß Mr. Booth nicht nach Whitaker transportiert werden kann, ohne daß der Erfolg der Hauttransplantationen gefährdet würde. Aber Mr. Booths Stoffwechsel hat sich stabilisiert. Das Fieber ist gefallen, er nimmt zu, und er benötigt weniger Schmerzmittel, wodurch er bei klarerem Bewußtsein ist.

Nach Ansicht des Arztes wird Mr. Booth ab Montag in der Lage sein, in seinem Krankenhauszimmer in Portland auszusagen. Dr. Farber ist bereit, weitere Hauttransplantationen zu verschieben, damit der Prozeß nicht verzögert wird. Ich habe vor, Mr. Booth in Portland zu vernehmen, wenn das Gericht einverstanden ist.«

»Ich erhebe Einspruch, Euer Ehren«, sagte Peter.

»Wie lauten Ihre Gründe, Mr. Hale?«

»Booths Aussage ist für die Anklage von grundlegender Bedeutung. Wenn die Jury ihn in einem Krankenhauszimmer zu sehen bekommt, wird ein Mitleidseffekt erzielt. Booth hat entsetzliche Verbrennungen erlitten. Da werde ich wie ein Menschenfresser wirken, wenn ich ihn ins Gebet nehme.

Und wie soll ich wirksam ein Kreuzverhör vornehmen? Was geschieht mit Mr. Harmons Recht auf Gegenüberstellung, wenn Dr.

Farber sagt, ich solle Booth nicht aufregen? Und er steht unter Schmerzmitteln. Sicherlich ist er ruhiggestellt. Das bedeutet, daß die Jury nicht zu sehen bekommt, wie er normalerweise auf Fragen reagieren würde.«

»Ihre Bedenken sind stichhaltig, Mr. Hale, aber mir scheinen sie auch sehr theoretisch. Möglicherweise können Sie den Zeugen energisch verhören, ohne daß dabei irgendwelche medizinischen Probleme auftauchen. Mit dem Problem einer Gegenüberstellung befassen wir uns dann, wenn der Arzt Ihnen Beschränkungen auferlegen will. Natürlich könnte das Ganze auf einen Verfahrensfehler hinauslaufen, oder Mr. Booths Aussage könnte gestrichen werden, wenn Sie Booth aus medizinischen Gründen nicht vernehmen dürfen, doch das ist ein Risiko, das die Staatsanwaltschaft zu tragen hat.

Nun zum Punkt Voreingenommenheit, die durch Booths Verletzungen und das Krankenhaus als Vernehmungsort ausgelöst werden könnte: Ich werde die Geschworenen instruieren, daß ihre Entscheidung keinesfalls von Mitleid bestimmt werden darf, da Booths Erscheinung eventuell Mitleid erregen könnte. Ich werde eine Juryinstruktion in diesem Sinne aufsetzen, die ich Ihnen heute abend zur Überprüfung gebe. Lassen Sie mich bis morgen früh vor Sitzungsbeginn wissen, ob Sie irgendwelche Änderungen wünschen.

Dies vorausgesetzt, lasse ich uns am Montagmorgen um sieben von einem Bus hier abholen. Miss O'Shay, benachrichtigen Sie bitte das Krankenhaus, daß ich die Absicht habe, die Zeugenvernehmung um zwei Uhr nachmittags durchzuführen.

Wenn nichts weiter vorliegt, unterbrechen wir jetzt kurz. Dann soll der Protokollführer die Jury hereinführen.«

Richter Kuffel verließ die Richterbank, und die Aufseher brachten Gary in die Verwahrzelle, damit er die Toilette benutzen konnte. Steve trat neben Peter, sobald Gary außer Hörweite war. Er hatte dunkle Ringe unter den Augen, und Peter bemerkte kleine Verletzungen in seinem Gesicht, wo er sich beim Rasieren geschnitten hatte. Es war offenkundig, daß Mancini in der vergangenen Nacht ebenfalls nicht geschlafen hatte.

»Ich habe echt Scheiße gebaut, was?«

»Geschehen ist geschehen«, gab Peter resigniert zur Antwort. »Ich

muß halt Bosco als Zeugen aufrufen und hoffen, daß ihm die Jury seine Theorie abkauft.«
»Ich frage mich, was sonst noch schiefgeht.«
»Was meinst du damit?«
Mancini zögerte. Dann sagte er: »Donna hat mich verlassen.«
»Was!« erwiderte Peter und hoffte, daß er auch überrascht genug aussah.
»Nachdem du gegangen warst, haben wir gestritten, weil ich dir nicht von Bosco erzählt hatte.«
»Himmel, das tut mir leid. Ich hätte nicht einfach so reinplatzen dürfen. Das ist mir schrecklich.«
»Es ist nicht deine Schuld. Ich weiß nicht, warum ich dich überhaupt damit belaste. Ich brauche wohl einfach jemanden zum Reden.«
»Wie ernst ist die Sache?«
»Ziemlich ernst. Mir geht's richtig schlecht. Ich liebe Donna so sehr.« Mancinis Stimme geriet ins Stocken, und Peter fürchtete, er würde gleich weinen. Er wußte nicht, ob er es dann fertigbringen würde, ihn weiter anzulügen.
»He, es wird schon gutgehen. Das ist bloß 'ne Kabbelei unter Jungverheirateten. Sie liebt dich doch auch. Sie kommt schon wieder.«
»Das hoffe ich, Pete. Ich halte es ohne sie nicht aus. Wenn du Donna zufällig treffen solltest, sag ihr, ich liebe sie. Machst du das? Bitte sie, mich anzurufen. Ich bin sicher, alles käme wieder in Ordnung, wenn wir nur miteinander reden könnten.«
»Und ob«, sagte Peter, ohne davon überzeugt zu sein. Es war ihm schrecklich, seinen Freund zu hintergehen, aber er erinnerte sich zu deutlich an Donnas Schmerzen und Entsetzen, um Mancini dabei zu helfen, seine Frau zu finden.
»Ich hätte dich nicht mitten im Prozeß damit belästigen sollen.«
»Ist doch nicht der Rede wert«, antwortete Peter mit schlechtem Gewissen. »Vielleicht sollten wir heute abend einfach zusammen essen gehen ...«
»Nein. Das war egoistisch von mir. Du mußt dich auf deinen Prozeß vorbereiten. Garys Leben steht auf dem Spiel. Ich tu mir bloß selber leid. Ich komme schon zurecht.«

# 2

Im weiteren Verlauf der Morgensitzung berichteten Zeugen den Geschworenen von Garys Fensterguckerei und den Pornoheften. Becky O'Shay begann die Gerichtssitzung am Nachmittag damit, daß sie Sergeant Dennis Downes in den Zeugenstand rief. Kurz bevor er mit seiner Aussage begann, betrat Christopher Mammon den Gerichtssaal. Das war nun das zweite Mal, daß Mammon als Zuschauer bei Garys Prozeß anwesend war, und dieses Interesse war für Peter nach wie vor ein Rätsel.

Downes referierte ruhig und professionell über den Ablauf seiner Untersuchung und die Beweismaterialien, die ihn zu Gary Harmon geführt hatten. Er betonte die dem Beschuldigten erwiesene Höflichkeit und machte klar, daß Gary sich freiwillig bereit erklärt hatte, zum Polizeirevier mitzukommen. Als sein Bericht den Punkt erreichte, wo die Bandaufnahme begann, legte Becky die Bänder von Garys Vernehmung als Beweismittel vor und versorgte jeden mit einer schriftlichen Fassung der fünfstündigen Vernehmung. Dann spielte sie der Jury eine gekürzte Zweistundenfassung des Verhörs vor. Die Sitzung dieses Tages endete mit einem Bericht von Downes über seinen Anteil am Fund des Beils in einem Regenabzugskanal nahe beim Campus des Whitaker State College.

Nach der Gerichtssitzung ging Peter direkt in sein Büro, um die Arbeit an seiner Vernehmung von Sergeant Downes fertigzustellen. Er hoffte, Steve Mancini würde nicht noch spät arbeiten, denn sein Gewissen plagte ihn, weil er Donna geholfen hatte, sich vor ihrem Mann zu verstecken. Zum Glück war Mancini nicht in dem Gebäude.

Peter versuchte, an dem Fall zu arbeiten, mußte aber ständig an seine Begegnung mit Steve im Gerichtsgebäude denken. Mancini hatte so niedergeschlagen gewirkt. Vielleicht hatte Donna übertrieben, als sie die Schläge, die er ihr gegeben hatte, beschrieb. Mancini hatte sie zweifelsohne geschlagen, aber gemessen daran, wie reumütig Steve wirkte, war kaum zu glauben, daß er ihr wirklich hatte weh tun wollen.

Außerdem machte Peter sich Gedanken über seinen Anteil an den Eheproblemen der Mancinis. Er hätte nie so bei ihnen reinplatzen und seinen Freund vor Donna beschuldigen dürfen. Er hatte den

Eindruck erweckt, als sabotiere Steve absichtlich Garys Prozeß. Je mehr Peter darüber nachdachte, desto klarer kam er zu der Überzeugung, daß er es Steve schuldig war, Donna zu erzählen, wie niedergeschmettert er ihm im Gericht erschienen war.

Kaum mit seiner Arbeit fertig, fuhr Peter ans andere Ende der Stadt. Rhonda Kates wohnte nahe dem Krankenhaus in einem Villenapartment, vom Stadtzentrum aus gesehen auf der anderen Seite des Whitaker-Campus. Peter klingelte an der Tür und bemerkte, wie sich die Gardine des Küchenfensters bewegte. Donna wirkte besorgt, als sie die Tür aufmachte. Sie hatte zu große Angst gehabt, um nach Hause zu gehen und sich eigene Kleider zu holen, und so trug sie Shorts und ein grünes T-Shirt, die Rhonda gehörten.

»Ich dachte, ich komme mal schnell vorbei und seh nach, wie es Ihnen geht.«

Donnas besorgtes Gesicht verzog sich zu einem erleichterten Lächeln, als sie ihn hereinbat.

»Sind Sie ganz allein?« fragte Peter.

»Rhonda hat Abendschicht im Krankenhaus.«

»Wie geht's Ihren Rippen?«

»Ist nichts gebrochen. Es tut noch weh, aber es hätte schlimmer sein können.«

Sie setzten sich ins Wohnzimmer.

»Ich war zu durcheinander, um Ihnen gestern abend zu danken«, sagte Donna.

»Oh, he …«

»Nein. Manche Männer würden mit so was am liebsten nichts zu tun haben. Vor allen, wenn's um die Frau eines Freundes geht.« Sie zögerte. »Sie haben Steve doch nichts gesagt, oder? Darüber, wo ich bin.«

»Nein. Er weiß nicht, daß ich Ihnen behilflich gewesen bin. Ich hatte Angst, wenn ich was gesagt hätte, würde er wissen wollen, wo Sie sind. Das hätte mich mitten in die Sache hineingezogen. Ich mag Sie beide, und ich … Also, ich kann mir wirklich kaum denken, daß Steve Sie so geschlagen hat.«

»Ich weiß, was Sie meinen«, antwortete Donna bitter.

»Um die Wahrheit zu sagen – Steve hat heute im Gericht mit mir

gesprochen. Er ist völlig am Boden. Ich denke, er ist wirklich bekümmert darüber, was er getan hat.«
»Bekümmert reicht mir nicht. Ich will nicht Steves Punchingball spielen. Wenn man jemanden liebt ...«
Donna ließ den Gedanken in der Schwebe. Einen Augenblick saßen sie schweigend da. Dann fragte Donna: »Haben Sie Hunger? Ich wollte mir gerade was zum Abendbrot machen.«
»Ich sterbe vor Hunger.«
Peter folgte Donna in die Küche, die vom Wohnzimmer durch einen L-förmigen, hüfthohen Tresen abgetrennt war. Tomaten, Blattsalat, eine Avocado und frische grüne Schoten lagen neben einer großen Salatschüssel auf der Arbeitsfläche neben der Spüle.
»Ich wollte mir ein Steak mit Salat machen. Ich habe noch ein Steak. Ist das in Ordnung?«
»Großartig.«
»Wollen Sie was trinken?«
»Hat Rhonda die Sachen für einen Gin Tonic da?«
»Ich werde mal nachsehen«, antwortete sie und guckte in ein Schränkchen über dem Herd. »Sie haben Glück«, sagte sie und reichte Peter eine Flasche. »Tonic habe ich im Kühlschrank gesehen. Machen Sie mir doch auch gleich einen.«
Peter fand das Eis und mixte die Drinks. Als er Donnas Glas auf den Tresen stellte, fragte sie: »Wie lief der Prozeß heute?«
Peter erzählte Donna von Richter Kuffels Entscheidung, die Beweismaterialien zu den anderen Morden nicht zuzulassen. Dann berichtete er ihr von den Zeugenaussagen zu den Pornoheften und der Fensterguckerei und Garys Reaktion darauf. In der Wohnung war es so heiß, daß sich Schweißperlen auf Donnas Körper bildeten. Während Peter sprach, nahm sie das kalte Gin-Tonic-Glas und preßte es gegen ihre Stirn. Mit ihren lässig-unordentlichen Haaren sah sie auch mit ihrer geplatzten Lippe und den blauen Flecken attraktiv aus. Die schrecklichen Male von Steves Schlägen ließen in Peter den Wunsch aufsteigen, sie vor allem weiteren Unrecht zu beschützen. Als Peter bemerkte, daß er sie anstarrte, wandte er den Blick ab und hoffte, daß Donna es nicht bemerkt hatte.
»Der arme Junge«, schloß Peter. »Da sieht er der Todesstrafe

entgegen, und alles, woran er denken kann, ist, daß Ihre Mom erfahren könnte, daß er den *Playboy* gelesen hat.«

»Was meinen Sie, wie die Geschworenen auf die Hefte und das Fenstergucken reagiert haben?«

»Schwierig zu sagen. Ein paar schienen über das Fenstergucken bestürzt zu sein. Was sie über die Hefte dachten, weiß ich nicht. Ich habe ein paar freundliche Blicke gesehen, als Gary zu heulen begann.«

»Grüßen Sie Gary bitte herzlich von mir, ja? Sagen Sie ihm ... sagen Sie ihm, ich müßte ein paar Tage verreisen, dann wird er sich nicht wundern, wenn ich nicht im Gericht bin.«

»Mach ich.«

Donna zögerte. Sie zog ein beunruhigtes Gesicht.

»Wenn ich Ihnen eine Frage stelle, geben Sie mir eine ehrliche Antwort?«

»Natürlich«, sagte Peter.

»Wird man Gary schuldig sprechen?«

Peters erster Gedanke war, Donna zu versichern, daß er Garys Prozeß gewinnen werde, aber dann fand er, daß er sie nicht belügen durfte.

»Ich weiß nicht, Donna. Ich wünschte, ich könnte Ihnen sicher sagen, daß er heil herauskommt, aber ich weiß es einfach nicht.«

# Einundzwanzigstes Kapitel

**P**eter begann seine Vernehmung von Dennis Downes mit der Frage: »Wie gut kennen Sie die Familie Harmon, Sergeant?«

»Nicht allzugut. Ich kenne sie vom Gutentagsagen, aber wir verkehren nicht miteinander.«

»Ist Ihnen Gary Harmon bei einem gesellschaftlichen Anlaß begegnet?«

»Nein.«

»Ist Ihnen bewußt, daß Gary leicht zurückgeblieben ist?«

»Davon habe ich nie gehört.«

»Aber Sie wußten, daß er etwas begriffsstutzig ist?«

»Nun ja, ich wußte, daß er kein Genie ist.«

»Das ist offensichtlich wahr«, sagte Peter, »weil Sie wohl einige Schwierigkeiten gehabt hätten, ein Genie davon zu überzeugen, daß es übernatürliche Fähigkeiten besitzt, nicht wahr?«

Downes zuckte verlegen die Schultern, und Peter drängte ihn zu keiner Antwort.

»Dagegen war es für Sie ziemlich einfach, Gary davon zu überzeugen, daß er übersinnliche Fähigkeiten hat, nicht wahr?«

»Ich nehme es an.«

»Weil er Ihnen vertraut hat, nicht wahr, Sergeant?«

»Das hat er wohl.«

»Daran haben Sie doch innerlich keinen Zweifel, oder? Denn als er festgenommen wurde, weil er das Mädchen im College durchs Fenster beobachtet hatte, haben Sie die Sache doch schließlich so geregelt, daß er nicht angeklagt wurde.«

»Ja.«

»Sie können nicht das Gefühl gehabt haben, daß Gary sehr gefährlich ist, oder Sie hätten ihn nicht laufen lassen, nicht wahr?«

Downes erkannte plötzlich, wohin Peter ihn gelotst hatte. Er zögerte, ehe er »Nein« antwortete, und Peter bemerkte mit Befriedigung, daß mehrere Geschworene sich Notizen machten, als sie sahen, daß Downes zögerte.

»Lassen Sie uns über Garys übernatürliche Fähigkeiten sprechen, Sergeant. Bevor Sie diese Idee hatten, hat Gary da nicht darauf bestanden, daß er über den Mord an Sandra Whiley nichts wußte?«

»Nein, das stimmt nicht. Er sagte, er habe sie und den Mörder am Parkeingang gesehen.«

»Das ist nicht ganz zutreffend, nicht wahr?« sagte Peter, während er quer durch den Gerichtssaal ging und dem Zeugen eine zweibändige schriftliche Fassung des Verhörs überreichte. Zwischen mehreren Seiten guckten gelbe, selbstklebende Zettel heraus, auf die Zahlen geschrieben waren. Peter trug sein eigenes Exemplar mit ähnlich markierten Einlegezetteln bei sich.

»Ich möchte Ihre Aufmerksamkeit auf die Seite mit dem Einlegezettel Nummer eins lenken. Haben Sie sie?«

Downes nickte.

»Gary hat Ihnen anfangs nichts weiter gesagt, als daß er einen Mann und eine Frau gesehen habe, die sich im Park umarmt haben, stimmt das nicht?«

»Ja, aber später ...«

»Ich bin nicht an ›später‹ interessiert, Sergeant. Mich interessiert, was Gary Ihnen zu Anfang gesagt hat. Und das war schlicht, daß er einen Mann und eine Frau sah, die sich umarmten.«

»Das stimmt wohl.«

»Er hatte keine Ahnung, wer die beiden waren?«

Downes überflog die Seite, dann stimmte er zu.

»Er sagte nicht, der Mann tötete die Frau?«

»Nein.«

»Nicht, ehe Sie nicht mit dieser Geschichte vom unterbewußten Gedächtnis angefangen haben.«

Downes gab keine Antwort.

»Sie brauchten vielmehr lange, um Gary dazu zu überreden, daß er Sandra Whiley im Park gesehen habe.«

»Ich habe ihn zu nichts überredet.«

»Ach nein? Sehen Sie sich Nummer fünf an. Wie lautet Mr. Harmons Antwort, als Sie zu ihm sagen: ›Es besteht eine gute Chance,

daß Sie Sandy und ihren Mörder gesehen haben, als Sie am Wishing Well Park vorbeigingen‹?«
Downes überflog die Seite, bis er die Frage und die Antwort fand.
»Er sagte: ›Alles, was ich sehe, ist, wie die beiden sich umarmen‹«, antwortete Downes widerstrebend.
»Und bei Nummer neun, als Sie ihm sagen, er solle sich entspannen und es strömen lassen, sagt da Mr. Harmon nicht zu Ihnen: ›Es hat keinen Zweck, ich sehe nichts Neues‹?«
»Ja.«
»Und bei Nummer zehn, was antwortet Ihnen Mr. Harmon da, als Sie fragen: ›Ist es Sandy?‹?«
»Er sagt: ›Das kann ich nicht genau sagen.‹«
»Das ist richtig. Nun ließen Sie Mr. Harmon in dem Glauben, er sei so etwas wie ein Detektiv, nicht wahr?«
»Was meinen Sie damit?«
»Sehen Sie noch mal auf Nummer zehn. Ich zitiere: ›Wissen Sie was, Gary, Sie sind möglicherweise ein Naturtalent in solchen Dingen.‹ Und Gary sagt: ›Ich will ja bloß diesen Kerl kriegen.‹ Er glaubt, er ist der Polizei behilflich, nicht wahr?«
»Oder führt die Polizei an der Nase herum.«
»Er hat sich das ausgedacht mit einem IQ von 65?«
»Einspruch«, sagte Becky O'Shay. »Sergeant Downes kann unmöglich wissen, was während dieses Verhörs im Kopf des Beschuldigten vorging.«
»Stattgegeben«, sagte Richter Kuffel.
»Sehr wohl, Euer Ehren«, antwortete Peter. »Sergeant Downes, stimmt es nicht, daß Sie zu Mr. Harmon gesagt haben, er solle sich vorstellen, was im Park geschehen ist?«
»Er äußerte ziemlich genaue Vermutungen.«
»Ach, wirklich? Wie zum Beispiel die Vermutungen darüber, wo die Schläge auf Miss Whileys Kopf gelandet sind?«
»Die waren zutreffend.«
»Tatsächlich?«
»Ja, Sir. Er beschrieb genau, wo die Verletzungen sich befanden.«
»Werfen wir einen Blick auf Nummer zweiundzwanzig. Lesen Sie es der Jury vor, wenn ich bitten darf, beginnend bei Zeile dreizehn.«
»Ich sagte: ›Lassen Sie's strömen, Gary. Erster Schlag. Wo traf

der?‹, und er sagte: ›Oben auf dem Kopf‹, das ist die Stelle, wo der erste Schlag landete.«

»Weiter.«

»Ich sagte: ›Großartig. Was dann?‹, und er begann, seinen Arm zu schwenken, und sagte: ›Ein anderer auf der rechten Seite. Und noch einer.‹«

»Machen Sie da halt, Sergeant. Ihnen ist klar, nicht wahr, daß Dr. Guisti ausgesagt hat, der Mörder habe seine Hiebe gegen die linke Seite von Miss Whileys Kopf geführt?«

»Ja, aber ...«

»Ja oder nein?«

»Ja.«

Peter zeigte der Jury nicht, welchen Triumph er fühlte. Wenn er die Geschworenen überzeugen konnte, daß Downes Garys geringe Intelligenz ausgenutzt hatte, um ihn hereinzulegen, hatte er einen wichtigen Teil der Argumente der Staatsanwaltschaft entkräftet.

»Kam Ihnen Mr. Harmon schläfrig vor, als Sie ihn vernommen haben?«

»Am Schluß waren wir beide müde.«

»Wie lange hat die Vernehmung gedauert?«

»Etwa sieben Stunden ab der Zeit, als wir ihn ins Polizeirevier gebracht hatten.«

»Zwei Stunden Verhör befinden sich also nicht auf dem Tonband?«

»Ja.«

»Es war in diesem Teil des Verhörs, als Sie Officer Robert Patrick Mr. Harmon einen kleinen Streich spielen ließen, nicht wahr?«

»Ich verstehe die Frage nicht.«

»Was ist ein Schwarzlicht, Sergeant?«

Downes wurde rot. »Ein, äh, Schwarzlicht ist so was wie eine Taschenlampe, aber sie gibt einen ultravioletten Lichtstrahl ab.«

»Haben Sie Officer Patrick eine Coladose mit einem unsichtbaren Puder bestäuben lassen, das unter ultraviolettem Licht orange erscheint?«

»Ja.«

»Hat Officer Patrick, nachdem Gary die Dose angefaßt hatte, auf Ihre Anweisung hin Garys Hände mit Schwarzlicht angestrahlt?«

»Ja«, antwortete Downes verlegen.

»Hat dann Officer Patrick diesem jungen Mann, der einen IQ von 65 hat, gesagt, die orangefarbenen Flecken an seinen Händen seien das Blut von Sandra Whiley?«
»Ja.«
»Das war eine Lüge, nicht wahr?«
Downes zog zunächst ein Gesicht, als wollte er etwas mehr sagen, aber schließlich gab er das nur zu.
»Wo haben Sie Ihre ›Projektionsübertragungs‹-Methode gelernt, Sergeant?«
»Nirgendwo«, antwortete Downes stolz. »Die habe ich mir ausgedacht.«
»Ausgedacht?« erwiderte Peter ungläubig.
»Ja, Sir.«
»Ist Ihnen bewußt, daß die bei Mr. Harmon angewandte Methode identisch ist mit der Methode, die von Hypnotiseuren zur Herbeiführung einer Trance benutzt wird?«
»Einspruch«, sagte Miss O'Shay. »Diese Frage unterstellt Tatsachen, die in den Beweismitteln nicht enthalten sind.«
»Wir haben vor, diese Beweismittel vorzulegen, Euer Ehren«, sagte Peter zum Richter.
»In Ordnung. Mit dieser Zusicherung weise ich den Zeugen an, zu antworten.«
»Ich weiß nicht, was für eine Methode ein Hypnotiseur anwenden würde, Mr. Hale.«
»Ob Sie es wissen oder nicht, stimmt es nicht, daß Sie Mr. Harmon so gelenkt haben, daß er Ihnen die Antworten gab, die Sie hören wollten?«
»Nein, Sir. Das stimmt nicht.«
»Sehen Sie bei Einlegezettel siebzehn nach. Suggerieren Sie da nicht, daß der Mann und die Frau, die Mr. Harmon im Park beim Küssen sah, vielleicht etwas anderes getan haben, als sich zu küssen, und das trotz der Tatsache, daß Mr. Harmon Ihnen mehrere Male gesagt hat, genau das hätten die beiden getan?«
»Ich habe zu bedenken gegeben, daß sie sich nicht geküßt haben würden, wenn es sich bei dem Paar um Whiley und ihren Mörder gehandelt hätte.«
»Womit Sie diese Idee in ein Hirn pflanzten, das aufgrund von

Mr. Harmons Müdigkeit und seines IQ für Suggestionen empfänglich war.«

»Einspruch«, sagte Becky O'Shay. »Mr. Hale hält ein Plädoyer.«

»Stattgegeben. Heben Sie sich Ihre Rhetorik für das Schlußplädoyer auf, Mr. Hale.«

»Sergeant Downes, haben Sie nicht Mr. Harmon zu sagen veranlaßt, daß der Mann, den er im Park sah, eine Waffe in der Hand hielt, nachdem Mr. Harmon Ihnen wiederholt gesagt hatte, daß er keine Waffe in der Hand des Mannes gesehen habe?«

»Gary brachte das Beil als erster zur Sprache.«

»Sehen Sie bei Einlegezettel Nummer neunundzwanzig nach. Lesen Sie bitte die obersten paar Zeilen auf dieser Seite.«

»Ich frage: ›Haben Sie etwas Glänzendes gesehen, Gary? Das müßte wahrscheinlich genau in diesem Moment gewesen sein. In diesem Bruchteil einer Sekunde.‹ Und er sagt: ›Glänzend?‹, und ich sage ...«

»Halt. Sie waren der erste, der das Wort ›glänzend‹ erwähnte, das stimmt doch?«

»Ja«, sagte Downes, nachdem er einen Moment gezögert hatte.

»Und Sie waren es auch, der äußerte, daß sich die Waffe wahrscheinlich in der rechten Hand des Mörders befand?«

Downes las die Seite und hielt inne, um einen Satz noch einmal zu lesen.

»Ich ... ich habe dies wohl als erster geäußert.«

»Sie haben Mr. Harmon diese Worte in den Mund gelegt.«

»Nein, Sir. Ich habe nur die Fragen gestellt, und er hat die Antworten gegeben.«

»Nur waren einige davon Ihre Antworten, nicht wahr? Keine weiteren Fragen, Euer Ehren«, schloß Peter, ehe Becky O'Shay Einspruch erheben konnte.

»Ich habe nur noch ein paar Fragen zur Ergänzung, Sergeant.« Die stellvertretende Staatsanwältin klang, als habe Peters Vernehmung keinen Eindruck auf sie gemacht. »Mr. Hale hat darauf hingewiesen, der Beschuldigte habe geäußert, daß die Beilwunden, die der Mörder Miss Whiley beigebracht hat, sich auf der rechten Seite ihres Gesichts befänden, wogegen die Verletzungen sich in Wahrheit auf der linken Seite befanden.«

»Ja.«
»Als Mr. Harmon diese Verletzungen verbal schilderte, hat er da auch die Schläge demonstriert?«
»Ja, Ma'am. Ich gab ihm ein Lineal in die Hand und sagte ihm, er sollte so tun, als wäre dies die Waffe. Dann stellte ich mich vor ihn und ging ein bißchen in die Knie, damit ich eher Miss Whileys Körpergröße hatte. Dann bat ich ihn, die Schläge auszuführen.«
»Stimmten die physischen Aktionen des Beschuldigten mit dem überein, was er gesagt hatte?«
»Nein, Ma'am. Verstehen Sie, während er redete, stand ich ihm gegenüber. Nun hatte Mr. Harmon das Lineal in seiner rechten Hand, und er hatte gesagt, die Schläge seien auf meiner rechten Seite gelandet, aber da ich ihm gegenüber stand, war es in Wirklichkeit von ihm aus die rechte Seite, aber die linke Seite meines Gesichts. Verstehen Sie, was ich meine?«
»Ich bin sicher, die Jury wird es verstehen«, sagte Miss O'Shay. Auch Peter verstand mit gräßlicher Klarheit, daß er einen seiner wichtigsten Punkte verloren hatte.
»Mr. Hale hat Sie gefragt, ob Sie Officer Patrick mit Schwarzlicht auf die Hände des Beschuldigten haben leuchten lassen, nachdem von einer Coladose ein Puder auf Mr. Harmons Hände übertragen worden war«, sagte Miss O'Shay.
»Ja.«
»Was tat Mr. Harmon, als Officer Patrick ihm sagte, das orangefarbene Leuchten sei Sandra Whileys Blut?«
»Er starrte seine Hände an und begann sie zu ringen, um das Blut abzustreifen.«
»Dann hat Mr. Hale Sie gefragt, ob Sie den Beschuldigten zu der Äußerung veranlaßt hätten, daß der Mann im Park eine Waffe in der Hand hatte.«
»Ja.«
»Haben Sie jemals angedeutet, daß die zur Ermordung von Sandra Whiley benutzte Waffe ein Beil war?«
»Nein, Ma'am. Als ich mit Gary sprach, wußten wir nicht, was zu ihrer Ermordung benutzt worden war, nur daß es sich um ein scharfkantiges Instrument handeln mußte.«
»Wer hat als erster geäußert, daß das Mordwerkzeug ein Beil war?«

»Gary. Der Beschuldigte.«

»Und siehe da, die Mordwaffe stellte sich als Beil heraus, nicht wahr, Sergeant?«

»Ja, Ma'am. Zu meiner großen Überraschung. Ohne Frage.«

# Zweiundzwanzigstes Kapitel

## 1

Dr. Leonard Farber, Kevin Booths behandelnder Arzt, hatte schütteres braunes Haar, leuchtend blaue Augen und ein zwangloses Lächeln. Seine fröhliche Veranlagung erschien merkwürdig, wenn man bedachte, daß er seine ganze Zeit mit Menschen zubrachte, die oft entsetzliche Schmerzen litten. Auf dem Spaziergang, den er mit Becky machte, erklärte er, sein Patient habe sich soweit erholt, daß er aus der Isolationsstation der Verbrennungsabteilung in ein normales Krankenzimmer verlegt werden konnte. Becky O'Shay zeigte keine Gefühlsregung, als der Arzt Booths Verletzungen und die Übertragung von menschlicher und Schweinehaut auf Bereiche schilderte, die grauenhaft verbrannt waren, aber einer wissenschaftlichen Darlegung der Auswirkungen von brennendem Benzin auf menschliche Haut zuzuhören war nicht dasselbe, wie einen Menschen zu sehen, der in Brand gesteckt worden war. Dr. Farber hatte es so eingerichtet, daß Booth vorübergehend in einem Krankenzimmer untergebracht wurde, das groß genug für den Richter, den Gerichtsstenographen, die Anwälte und die Geschworenen war. Ein vor Booths Tür postierter Polizist blickte auf, als der Arzt und die Staatsanwältin näher kamen.
»Wir sind für zwei Uhr verabredet, stimmt's?« fragte Farber.
»Sie sollten vielleicht schon kurz vor zwei hiersein. Sagen wir, Viertel vor. Nur für den Fall, daß der Richter oder Harmons Anwalt irgendwelche Fragen haben.«
»Bis dann«, nickte Farber und eilte in sein Geschäftszimmer zurück.
Der Polizeiwachmann öffnete die Tür zu Booths Zimmer, nachdem er Beckys Ausweis überprüft hatte. Booth saß auf einem Krankenhausbett, das so hochgekurbelt worden war, daß er fernsehen konnte. Es lief irgendeine Spielshow. Kaum hatte sich die Tür geöffnet, stellte Booth das Gerät ab.

Becky behielt die Fassung, als Booth ihr den Kopf zudrehte. Sein Gesicht war mit Silbersulfapyrimidin, einer weißen, fettigen Creme, bedeckt. Die rechte Seite seines Gesichts sah normal aus, aber Becky konnte leuchtendrote Kreise und Flecken heilender äußerer Haut durch die Creme erkennen, die die linke Gesichtshälfte bedeckte. Außerdem hatte Booth einen Dreimillimeterschlauch in seinem rechten Nasenloch, durch den zusätzliche Nahrung zugeführt wurde. Miss O'Shay bemerkte auch, daß Booths linke Augenbraue weg war.

Booth trug ein kurzärmeliges Krankenhausnachthemd. Das Hemd bauschte sich an vielen Stellen, wo Verbände die Transplantate bedeckten. Auf dem Rücken von Booths linkem Arm sah man bis zur Hand hinunter rosarote Hautflecken. Ein klares, gelbes Serum troff aus zahlreichen kleinen Löchern in der Haut. Becky war leicht benommen, auch wenn Booth nicht so schlimm aussah, wie sie es sich vorgestellt hatte.

»Wie fühlen Sie sich, Mr. Booth?« fragte Miss O'Shay, als sie sich neben dem Bett auf einen grauen Metallstuhl setzte.

»Mies«, brachte Booth heraus. Seine Stimme hatte etwas Rauhes, Krächzendes, das Becky erschreckte. Das Wort hatte er so leise ausgesprochen, daß sie es nur mit Mühe verstand. Dr. Farber hatte ihr erklärt, Booth habe eine leichte Rauchvergiftung erlitten, als er den Rauch von dem Bettzeug einatmete, das in seiner Zelle brannte. Booths Schmerzbehandlung war außerdem ausgesetzt worden, damit er für seine Aussage bei klarem Verstand war.

»Sie werden sich besser fühlen, wenn Sie die Aussage hinter sich haben, und ich lasse die Bundesanwaltschaft wissen, wie dankbar ich für Ihre Hilfe bin.«

Miss O'Shay sah, daß Booth Angst hatte.

»Keine Bange, Kevin. Die Sache dauert nicht lange. Der Doktor ist dabei. Der Richter wird Sie Pausen machen lassen, wenn Sie sie brauchen. Sie kriegen das schon hin.

Wir haben noch eine ganze Menge Zeit. Ich bin hier, weil ich Sie über die Fragen informieren will, die ich Ihnen stelle, damit Sie von ihnen nicht überrascht werden. Okay?«

Booth nickte, und Becky belohnte ihn mit einem Lächeln. Die nächste halbe Stunde ging Becky mit Booth ihre persönliche Befragung durch. Die meiste Zeit ließ sie Booth ohne Kommentar antworten, aber ab und zu empfahl sie Booth, eine Antwort anders zu formulieren, damit sie eine größere Wirkung auf die Jury ausübte. Gegen Ende der halben Stunde schien Booth müde zu werden, und so beschloß Miss O'Shay, ihr Treffen zu beenden.

»Das war großartig, Kevin. Ich möchte noch eine Sache durchgehen, dann lasse ich Sie in Ruhe. Glauben Sie, Sie halten noch ein paar Minuten durch?«

Booth nickte langsam. Seine Lider flatterten vor Erschöpfung.

»Geschworene lassen sich von Details beeindrucken. Kleine Dinge, die dem, was ein Zeuge sagt, Glaubwürdigkeit verleihen. In Ihrem Bericht von Harmons Geständnis kommen viele nützliche Einzelheiten vor, aber über eine Sache, bemerke ich, haben wir nie gesprochen. Etwas, das Gary Harmon Ihnen erzählt hat und das nur der Mörder wissen kann.«

»Was … denn?«

»Sie haben mir erzählt, Harmon habe gesagt, daß Sandra Whiley ein Amulett um den Hals getragen hat. Ein kleines, silbernes Medaillon an einer Kette. Hat Harmon Ihnen gegenüber noch irgendwas von dieser Halskette erwähnt?«

»Was … sollte er … gesagt haben?«

»Die Halskette wurde in den Büschen in der Nähe des Parkeingangs gefunden. Bei diesen Steinsäulen. Wir denken, daß der Mörder sie ihr vom Hals riß, als sie miteinander kämpften. Hat Harmon jemals was darüber gesagt?«

»Ich … ich bin mir nicht sicher.«

»Versuchen Sie sich zu erinnern. Ich möchte nicht, daß Sie über irgend etwas aussagen, das Harmon Ihnen nicht erzählt hat. Ich möchte nicht, daß Sie sich irgend etwas ausdenken. Aber es wäre wichtig, wenn Harmon es gesagt haben sollte. Denken Sie doch einfach drüber nach, während Sie sich ausruhen.«

Booth nickte. Becky O'Shay erhob sich.

»Ich komme noch mal vorbei, ehe alle anderen da sind, dann können Sie mir erzählen, ob Sie sich an irgendwas von der Halskette oder sonstwas von Bedeutung erinnern.«

## 2

Peter Hale und Becky O'Shay saßen rechts und links von Richter Kuffel auf der linken Seite von Kevin Booths Bett. Hinter ihnen, zur Wand hin, saßen die Geschworenen. Dr. Farber und der Gerichtsstenograph saßen rechts vom Bett. Gary Harmon saß hinter Peter. Zwei Wachmänner standen an der Wand, und ein weiterer Polizist war vor dem Zimmer auf dem Krankenhauskorridor postiert.

Peter saß mit dem Rücken zu den Geschworenen, aber er hatte einen raschen Blick auf sie geworfen, als er seine Notizen auf dem Kartenspieltisch ausbreitete, den das Krankenhaus zur Verfügung gestellt hatte. So nahe bei einem Menschen, der grauenhaft verbrannt war, schien es ihnen unbehaglich zumute zu sein. Peter konnte ihnen das nachfühlen. Er erinnerte sich an seine zeitweilige Irritation, als er seinen Vater zum ersten Mal in der Intensivstation gesehen hatte. Krankenhäuser waren unerfreuliche Orte, und Kranke waren einprägsame Mahnungen an die menschliche Hinfälligkeit.

»Mr. Booth, fühlen Sie sich wohl genug, um mit der Jury sprechen zu können?« fragte Becky O'Shay mit salbungsvoller Besorgnis.

Booth nickte. Man war übereingekommen, daß er mit einem Nicken oder Kopfschütteln auf Fragen antworten durfte, die mit ja oder nein beantwortet werden konnten.

»Gut. Wenn Sie sich eine Weile ausruhen wollen, lassen Sie es mich bitte wissen, dann bitte ich den Richter um eine Unterbrechung. Auch Dr. Farber wird während der Vernehmung hiersein. Sie wissen, daß Sie jederzeit mit ihm sprechen können, wenn Sie möchten.«

Wieder nickte Booth.

»Okay. Also, auch wenn Sie sich von Ihren schrecklichen Verbrennungen hier in diesem Krankenhaus in Portland erholen, sind Sie genaugenommen ein Häftling, der im Gefängnis einem Prozeß wegen verschiedener Anschuldigungen bezüglich Drogen entgegensieht, nicht wahr?«

Booth nickte.

»Nach Ihrer Verhaftung wurden Sie in das Countygefängnis in Whitaker gebracht?«

Booth nickte.
»Befand sich Gary Harmon im selben Gefängnis?«
Booths Kopf drehte sich langsam herum, bis er Gary direkt ansah. Dann drehte er ihn wieder zu der Staatsanwältin herum. Das dauerte zwar nur Sekunden, trotzdem schien es eine Ewigkeit.
»Ja«, krächzte Booth. Mehrere Geschworene schienen über den Klang von Booths Stimme zu erschrecken.
»Wie lange kennen Sie Mr. Harmon?«
»High...School.«
»Können Sie die Zahl der Jahre schätzen?«
»Sechs ... sieben Jahre.«
»Waren Sie auf der High-School Freunde?«
Booth nickte.
»Mr. Harmon würde Ihnen also vertrauen?«
»Einspruch«, sagte Peter. »Suggestivfrage.«
»Dies ist eine Suggestivfrage, Mr. Hale. Aber ich werde aufgrund von Mr. Booths Zustand mehr Suggestivfragen durchgehen lassen, als ich das normalerweise tun würde, doch ich denke, dies ist ein zu wichtiger Bereich, um sie zuzulassen. Formulieren Sie Ihre Frage bitte um, Miss O'Shay.«
»Sehr wohl, Euer Ehren. Mr. Booth, beschreiben Sie Ihre Beziehung zu Mr. Harmon.«
»Gary ... war mein ... Freund.«
Die Anstrengung, diesen stockenden Satz herauszubringen, schien Booth zu erschöpfen. Er machte die Augen zu und ruhte sich aus, während Miss O'Shay die nächste Frage stellte.
»Hatten Sie den Eindruck, daß Mr. Harmon noch andere Freunde im Gefängnis in Whitaker hatte?«
»Nein«, antwortete Booth, der die Augen noch immer geschlossen hatte. »Schien einsam. Gary ... blieb für sich.«
»Haben Sie im Gefängnis mit Mr. Harmon gesprochen?« wollte Miss O'Shay wissen.
Booth nickte.
»Hat er im Laufe dieser Unterhaltungen jemals über seinen Fall gesprochen?«
Booth nickte.
»Erzählen Sie der Jury, wie es dazu kam.«

Booth holte tief Luft. Seine Augen öffneten sich, und er drehte den Kopf langsam den Geschworenen zu.
»Das erste Mal, als ich Gary auf dem Hof traf, schien er ... froh zu sein, mich zu sehen. Erregt. Wir haben einfach geredet. Als ich nach dem Mord fragte ... sagte er, er hätte ... er hätte das Mädchen nicht umgebracht ...«
Booth hielt inne und saugte an einem Strohhalm, der in einer Wasserflasche aus Plastik steckte. Dann wandte Booth sich ihnen wieder zu.
»Ich war ... ein Freund. Er konnte mir vertrauen. Er war nervös. Verängstigt. Später hat er mir die Wahrheit erzählt. Er sagte ... er hätte sie getötet.«
»Rückte er einfach so mit der Sprache heraus und gestand?«
»Nein. Zuerst ... nicht. Das erste Mal unterhielten wir uns, er sagte, er hätte es nicht getan. Am nächsten Tag ... war er aufgeregt. Ich sagte ihm, er bräuchte keine Angst haben. Wenn ... er sich etwas ... von der Seele reden wollte ...« Booth holte tief Luft. »Gary hatte Angst ... Er wollte unbedingt mit ... jemand reden.«
»Worüber wollte er unbedingt reden?«
»Über sein Versehen. Mädchen in der Bar, das Gary beleidigt hat. Er war durcheinander. Er hat das falsche Mädchen angegriffen. Dann ... zu spät.«
»Also, der Beschuldigte dachte, Sandra Whiley wäre ein anderes Mädchen, das ihn in einer Bar beleidigt hatte, und er hat Ihnen erzählt, er hätte sie aus Versehen umgebracht.«
Booth nickte.
»Geben Sie der Jury die Beschreibung wieder, die der Beschuldigte von dem Mord gemacht hat.«
Booth trank wieder etwas Wasser und sammelte sich. Die Aussage ermüdete ihn sichtlich. Er wirkte so mitleiderregend, daß Gary bis zum Ende der Krankenhaussitzung wohl tot und begraben war, wenn nicht irgend etwas Dramatisches geschah.
»Gary wollte gern ein Rendezvous mit dem ... Mädchen im Stallion. Sie sagte nein. Gary ... ließ nicht locker. Sie nannte ihn blöd ... Machte ihn wütend. Gary packte sie. Schrie sie an.
Gary sagte, er ... lief weg. Immer noch wütend. Rannte nach ... Hause. Holte das Beil. Ging zurück zum Stallion.«

»Hat der Beschuldigte gesagt, daß auf seinem Weg zurück zum Stallion etwas passiert ist?«
»Er sah ein Mädchen. Dachte, sie wäre ... das Mädchen aus der Bar.«
»Das Mädchen, das ihn beleidigt hatte?«
Booth nickte.
»Wo hat er sie gesehen?«
»Nahe dem Eingang zum ... Park.«
»War das der Haupteingang zum Wishing Well Park, der zu dem Wunschbrunnendenkmal führt?«
Booth nickte wieder.
»Was hat der Beschuldigte seinen Worten nach getan, als er diese Frau bemerkte?«
»Er bedrohte sie. Sie zog sich in den Park zurück.« Booth unterbrach sich und trank einen Schluck Wasser. »Gary packte sie. Sie kämpften. Sie hatte ... eine Halskette. Gary ... packte sie ... an der Halskette. Die ging ab. Das Mädchen riß sich los.« Booth unterbrach sich von neuem. »Rannte zum Brunnen.«
»Wer rannte zum Brunnen?«
»Das Mädchen.«
»Was geschah dann?«
»Gary warf ... die Halskette weg. Rannte hinter ihr her. Holte sie ein.«
»Hat er gesagt, was er tat, nachdem er sie eingeholt hatte?«
Booth nickte. Er blickte die Geschworenen an.
»Er tötete sie.«
»Hat er gesagt, wie viele Male er auf sie eingeschlagen hat oder wohin?«
Booth schüttelte den Kopf. »Er war ... aufgeregt. Weinte. Gary sagte nur, er hätte ... auf sie eingeschlagen. Mehr als einmal.«
»Was geschah, nachdem der Beschuldigte auf Miss Whiley mit dem Beil eingeschlagen hatte?«
»Sie war ... tot. Er stand über ihr. In dem Moment sah er, daß er die Falsche getötet hatte.«
»Was hat der Beschuldigte dann getan?«
Booth schlürfte etwas Wasser, bevor er in seiner Aussage fortfuhr.
»Er hatte Angst. Rannte weg.«

»Was hat der Beschuldigte mit dem Beil gemacht?«
»Legte es in einen Regenkanal ... nahe beim College.«
»Und danach?«
»Ging Gary in die Ponderosa.«
»Das ist eine Kneipe?«
Booth nickte.
»Hat der Beschuldigte irgendwann einmal Reue gezeigt, weil er Sandra Whiley getötet hat?«
»Er hat es bedauert.«
»Bedauert?«
Booth sah die Geschworenen an und wartete eine Sekunde, ehe er sagte: »Bedauert, daß er das falsche Mädchen getötet hat.«

»War während dieser Gespräche zwischen Mr. Harmon und Ihnen sonst noch jemand dabei?« fragte Peter Hale, als das Gericht nach einer zwanzigminütigen Unterbrechung wieder zusammengetreten war.
Booth schüttelte den Kopf.
»Die Jury hat also allein Ihr Wort, daß Mr. Harmon dieses Geständnis abgelegt hat.«
Booth gab keine Antwort.
»Sie ziehen sicherlich großen Nutzen aus Ihrer Aussage, nicht wahr?«
»Ich ... verstehe nicht.«
»Also, dann fangen wir mal mit den Beschuldigungen wegen Drogenbesitzes an, die gegen Sie erhoben wurden. Sie wurden mit zwei Müllsäcken in den Händen verhaftet, die insgesamt zwanzig Kilo Kokain enthielten, nicht wahr?«
»Ich ... wußte ... nicht ...«
»Euer Ehren, wollen Sie Mr. Booth bitte die Anweisung erteilen, die Frage zu beantworten?«
»Ja, Mr. Booth. Sie müssen ja oder nein antworten, wenn Sie können.«
Booth fuhr sich mit der Zunge über die Lippen, dann nickte er.
»Und Sie hatten diese zwanzig Kilo gerade von Rafael Vargas erhalten, einem Vollstrecker eines kolumbianischen Drogenkartells?«

Wieder nickte Booth.
»Beamte der bundespolizeilichen Drug Enforcement Administration führten die Verhaftung durch, nicht wahr?«
Booth nickte.
»Was bedeutet, daß Sie ein Verfahren vor dem Bundesgericht zu erwarten haben?«
Booth nickte wieder.
»Hat Ihr Anwalt Ihnen gesagt, daß Sie gemäß den Strafrichtlinien des Bundes höchstwahrscheinlich zu mehr als zehn Jahren Haft verurteilt werden, wenn man Sie des Besitzes dieser Menge Kokain für schuldig befindet?«
»Ich ... habe keinen ... Anwalt.«
»Ich verstehe. Aber Sie wissen von der möglichen Verurteilung?«
»Ja.«
»Hat Miss O'Shay Ihnen von diesem Urteil erzählt?«
Die Frage überrumpelte Booth, und er sah unwillkürlich zu der Staatsanwältin hinüber.
»Kann mich ... nicht erinnern.«
»Das ist interessant. Man sollte doch denken, daß Sie sich an den Menschen erinnern würden, der Ihnen gesagt hat, daß Sie zehn Jahre im Gefängnis verbringen müßten.«
Peter wartete, aber Booth sagte nichts.
»Sie befürchten nicht, daß Sie überhaupt ins Gefängnis kommen, nicht wahr, Mr. Booth?«
»Was ... meinen Sie damit?«
»Warum erzählen Sie der Jury nicht von dem Deal, den Sie für Ihre Aussage erhalten?«
»Kein Deal.«
»Wollen Sie dieser Jury erzählen, daß Sie für Ihre Aussage gegen Gary Harmon keine Vergünstigung von der Klagevertretung oder der Bundesregierung erhalten?«
»Kein Deal.«
»Wollen Sie vor Gericht gehen, um die Drogenbeschuldigung zu bestreiten?«
»Weiß nicht.«
»Sollten Sie sich schuldig bekennen oder vor Gericht gehen und

schuldig befunden werden, meinen Sie, Miss O'Shay wird dann bei dem Richter wegen der Verurteilung ein gutes Wort für Sie einlegen?«
»Das hoffe ich.«
»Das wissen Sie, nicht wahr, Mr. Booth, weil Sie und Miss O'Shay bereits einen Deal ausgehandelt haben.«
»Schon gefragt und beantwortet, Euer Ehren«, sagte Becky rasch. »Mr. Booth hat bereits erklärt, daß er ohne Hilfeversprechen aussagt, weder von meinem Amt noch von der Bundesanwaltschaft.«
Peter konnte es nicht glauben. Es war offensichtlich ein Deal ausgehandelt worden. Becky O'Shay und Booth mußten lügen.
»Wollen Sie dieser Jury einreden, daß Sie aus reiner Herzensgüte aussagen?«
»Wollte nichts sagen«, brachte Booth heraus. »Gary ist mein Freund. Aber ...« Booth schüttelte langsam den Kopf. »Dieses Mädchen. Sie einfach so umzubringen. Was wäre, wenn Gary frei kommt ... und wieder mordet?« Booth machte eine Pause. »Konnte es nicht ... auf mein Gewissen nehmen.«
»Hat es denn Ihr Gewissen gestört, als Sie Mr. Harmon im Stallion angelogen haben und ihm sagten, daß Karen Nix mit ihm ausgehen wolle?«
»Nicht ich. Chris Mammon hat Gary das gesagt ... wegen dem Mädchen.«
»Aber Sie waren einverstanden damit?«
Booth nickte.
»Sie kennen Mr. Harmon seit der High-School?«
Booth nickte wieder.
»Dann wissen Sie, daß er geistig behindert ist?«
Booth zögerte, ehe er nickte.
»Und obwohl Sie das wußten, waren Sie mit Mammons grausamem Scherz einverstanden?«
Booth fuhr sich mit der Zunge über die Lippen. »Wollte ich nicht. Kam mir mies vor.«
»Ach? Heißt das, der Zeuge, der aussagte, Sie hätten über Garys Verärgerung hysterisch gelacht, hat sich geirrt?«
Booth gab keine Antwort.

»Es hat Ihnen Spaß gemacht, Mr. Harmon reinzulegen und zu verspotten, nicht wahr?«
»Nein«, krächzte Booth, aber er klang nicht überzeugend.
»Und es fiel Ihnen nicht schwer, Gary anzulügen, um im Stallion Ihren Zweck zu erreichen, genauso wie es Ihnen keine Mühe macht, diese Jury anzulügen über das, was Gary Ihnen gesagt hat, um sich der Verurteilung zu einer Bundesgefängnisstrafe zu entziehen?«
»Einspruch«, schrie Becky O'Shay.
»Stattgegeben«, sagte Richter Kuffel.
»Dann habe ich keine weiteren Fragen, Euer Ehren.«

## 3

Auf der fünfstündigen Fahrt von Portland nach Whitaker wiederholte sich Peter Kevin Booths Aussage immer und immer wieder, und jedesmal gelangte er zu demselben Schluß. Booth hörte sich an, als sagte er die Wahrheit, und Peters Kreuzverhör hatte der Jury keinen Grund geliefert, ihm keinen Glauben zu schenken. Sein Kreuzverhör mit Booth war genauso entmutigend verlaufen wie das mit Dennis Downes. Keinen der beiden Zeugen hatte Peter knacken können, weil er nicht wußte, wie man ein Kreuzverhör effektiv führt. Er hatte wenige Gelegenheiten zur Vernehmung von Zeugen gehabt, und seine Unerfahrenheit vor Gericht brach ihm das Kreuz.
Peter überlegte, ob er ins Büro fahren und an dem Fall arbeiten sollte, aber er war zu niedergeschlagen und müde. Dann dachte er daran, heimzufahren, aber er wollte nicht allein sein. Schließlich beschloß er, Donna zu besuchen, und sofort fühlte er sich besser. Das Zusammensein mit Donna neulich abend hatte er wirklich genossen. Es war eines der wenigen Male seit Prozeßbeginn gewesen, daß er sich hatte entspannen können. Donna war attraktiv, aber Peter versuchte, nicht in dieser Weise an sie zu denken, denn sie war Steves Frau. Er versuchte Sie als gute Freundin zu sehen. Als einen Menschen, mit dem er reden konnte. Einen Menschen, mit dem er einfach gern zusammen war.
Peter hoffte, er würde Donna allein antreffen, aber Rhonda Kates öffnete die Tür, als er anklopfte. Auch Rhonda hatte sich als eine

gute Freundin erwiesen. In ihrer Hilfe für Donna war sie wunderbar gewesen. Als Peter sie sah, lächelte er herzlich.
»Hi, Rhonda. Ist Donna da?«
»Sie macht sich gerade frisch.«
Peter bemerkte, daß Rhonda aussah, als mache sie sich zum Ausgehen bereit.
»Was ist los?«
»Donna zieht zu ihrer Familie zurück. Ich wollte sie gerade hinfahren.«
»Das kann ich machen. Ich habe ein paar Prozeßdinge, die ich mit ihr durchsprechen muß.«
»Okay. Wie läuft der Prozeß?«
Peters Lächeln erlosch. »Nicht gut«, sagte er.
Die Badezimmertür ging auf, und Donna kam heraus. Sie zog ein erstauntes Gesicht, als sie Peter sah. Dann wich die Überraschung einem warmherzigen Lächeln.
»Rhonda sagt mir gerade, daß Sie zu Ihrer Familie zurückgehen.«
Donna wurde ernst. »Ich habe es satt, mich zu verstecken. Ich habe nichts falsch gemacht. Sondern Steve. Für meinen Bruder geht's vor Gericht um sein Leben, da lasse ich mich von Steve nicht davon abhalten, im Gericht zu sein und ihm beizustehen.«
»Werden Sie Ihrer Familie erzählen, was geschehen ist?« fragte Peter.
»Ja. Ich bin zu dem Schluß gekommen, daß ich keinen Grund habe, mich zu schämen.«
»Gratuliere. Wenn Sie möchten, bringe ich Sie zur Farm. Auf der Fahrt dorthin kann ich Ihnen das Neueste vom Prozeß erzählen.«
Donna umarmte Rhonda und dankte ihr, daß sie sie bei sich aufgenommen hatte.
»Was ist im Krankenhaus geschehen?« fragte Donna, sobald sie unterwegs waren. Peter berichtete von Booths Aussage.
»Meinen Sie, die Geschworenen haben ihm geglaubt?«
»Ich weiß es nicht. Mir macht es Panik, daß er die Wahrheit zu sagen schien. Und er war so bemitleidenswert.« Peter schüttelte den Kopf. »Das arme Schwein konnte kaum sprechen.«
»Hat denn Ihr Ermittler nichts rausgefunden, was Sie gegen Booth verwenden konnten?«

»Pullen ist eine Katastrophe.«
»Ich dachte, er solle gut sein?«
»Das hat Steve gesagt, aber einen Beweis dafür habe ich bisher nicht erhalten. Ich kann den Kerl nie finden. Seine Berichte sind unbrauchbar. Die paar Male, die ich mit ihm Kontakt hatte, arbeitete er gerade in der Autowerkstatt seines Bruders statt an dem Fall.«
»Warum schmeißen Sie ihn nicht raus und engagieren jemand Neuen?«
»Dazu ist es zu spät. Wir sind mitten im Prozeß.«
Die Straße zu Harmons Farm führte am Fluß entlang. Es war eine schöne Wegstrecke, die von Ulmen und Ahornbäumen gesäumt war. Donna war in Schweigen versunken, und Peter kurbelte das Fenster an der Fahrerseite herunter und genoß die köstliche Sommerluft. Schließlich sagte sie: »Ich habe eine Idee. Ich wohne schon mein ganzes Leben in Whitaker. Ich kenne hier eine Menge Leute. Warum lassen Sie mich nicht bei den Ermittlungen helfen?«
»Was?«
»Ich weiß, daß ich es kann. Falls ... falls wir zur Verhandlung ums Strafmaß kommen, kann ich eine Million Zeugen auftreiben, die Gutes über Gary sagen werden. Ein anderer Ermittler würde Wochen brauchen, um eine Liste mit Leuten zusammenzustellen, an die ich mich an einem einzigen Nachmittag erinnern könnte.«
»Sie haben nie irgendwelche Ermittlungen durchgeführt, Donna. Sie wüßten gar nicht, wie man so was macht. Sie brauchen eine Polizeivergangenheit oder -ausbildung.«
»Barney Pullen hat eine Polizeivergangenheit. Wieviel Nutzen hat er Gary damit gebracht?«
»Es würde nicht funktionieren.«
»Vielleicht nicht, aber schlechter als Pullen kann ich nicht sein, nach allem, was Sie gesagt haben, und ich könnte verdammt viel besser sein. Zumindest wüßten Sie, daß ich Sie nicht im Stich lassen würde.«

Peter setzte Donna bei den Harmons ab und fuhr in die Stadt zurück. Während der Fahrt dachte er über Donnas Angebot nach, als seine Ermittlerin zu arbeiten. Sie meinte es gut, aber sie hatte keine Erfahrung, und er brauchte jemanden, der genau wußte, was er tat.

Eines jedoch, was sie gesagt hatte, war ihm sehr plausibel erschienen. Falls man Gary schuldig sprechen sollte, begann das Strafmaßverfahren nach einer kurzen Pause. In diesem Verfahren referierte die Verteidigung die Lebensgeschichte des Beschuldigten, um ihn menschlicher darzustellen. Donna würde nicht nur wissen, welche Leute vor Gericht von Nutzen sein könnten, diese Leute würden ihr auch vertrauen und mit ihr sprechen.
Das Telefon klingelte, als Peter zur Tür seines Hauses hereinkam. Beim dritten Klingeln nahm er ab.
»Spreche ich mit Peter Hale, dem Anwalt, der den Burschen verteidigt, der im Park das Mädchen umgebracht haben soll?«
»Richtig. Wer ist dort?«
»Zack Howell. Ich bin Student. Ich studiere am Whitaker State.«
»Was gibt's, Zack?«
»Ich, äh, habe die Anzeige gelesen. Die Sie in den *Clarion* gesetzt haben, in der jeder, der in der Nähe des Wishing Well Park war, als Sandra Whiley ermordet wurde, gebeten wird, Sie anzurufen.«
»Ja?«
»Na ja, äh, erst wollte ich ja nicht anrufen. Aber der Bursche steht unter Mordanklage. Deshalb habe ich noch mal mit Jessie, meiner Freundin, drüber gesprochen, und sie hat gesagt, wir müßten anrufen.«
»Sie waren am Abend des Mordes in der Nähe des Parks?«
»Ja, genau.«

# Dreiundzwanzigstes Kapitel

Nach dem Gespräch mit Zack Howell rief Peter Barney Pullen bei sich zu Hause an. Eine Frau war am Telefon und erklärte, Pullen sei nicht da. Peter hinterließ eine Nachricht an den Ermittler, daß er am nächsten Morgen um acht Uhr seine Nachforschungen zum Gericht bringen solle.

Punkt acht Uhr stand Peter vor dem Gerichtsgebäude. Zwanzig nach acht kreuzte Pullen mit verdrießlicher Miene auf.

»Sie haben sich verspätet«, sagte Peter.

»'schuldigung«, murmelte Pullen, aber es war klar, daß er es nicht ernst meinte.

»Wo sind Ihre Berichte?«

»Ich hab noch nicht viel Brauchbares gefunden, Mr. Hale«, erwiderte Pullen und übergab Peter einen dünnen Stapel Papiere, »aber ich denke, ich bin an 'n paar guten Informationen ganz dicht dran.«

Peter blätterte die Berichte rasch durch, denn viel gab es nicht zu lesen. Zuerst war er verblüfft, dann wütend. Als er zu Pullen aufsah, wich dieser seinem Blick aus.

»Ich kann nicht glauben, daß das alles ist, was Sie getan haben.«

Pullen zuckte die Schultern.

»Haben Sie die Entfernungen zwischen dem Stallion, der Ponderosa und Garys Haus abgeschritten, wie ich Sie gebeten habe? Ich sehe hier drin keinen Bericht darüber.«

»Ich hatte noch keine Gelegenheit dazu.«

»Ich habe Sie schon vor Wochen darum gebeten.«

»Yeah, ich weiß. Ich wollte es am Wochenende machen, aber dann kam mir was dazwischen.«

»Was war das, Barney?«

Pullen war sehr unbehaglich zumute. »Ich hatte meinem Bruder versprochen, seinen Jungen zum Angeln mitzunehmen. Ich dachte, ich hätte nach dem Zurückfahren in die Stadt reichlich Zeit, die

Entfernungen abzuschreiten, aber mein Wagen hatte 'ne Panne. Als ich ihn repariert und den Jungen bei seiner Familie abgeliefert hatte, war ich fix und alle. Aber heute müßte ich eigentlich dazu kommen.«

»Barney, das führt zu nichts.«

»Was meinen Sie damit?«

»Ich meine damit, daß ich mir jemand anderen besorge, der die Ermittlungen übernimmt. Ich finde einfach, Sie leisten keine professionelle Arbeit, und dafür steht zuviel auf dem Spiel.«

»Über was reden Sie denn da? Ich reiße mir für diesen Fall doch den Arsch auf.«

»Darüber haben wir unterschiedliche Ansichten. Schicken Sie mir eine Rechnung über die aufgewandte Zeit. Ich muß ins Gericht.«

Ein Reporter vom *Clarion* entdeckte Donna und ihre Eltern auf dem Korridor vor Richter Kuffels Gerichtssaal. Bevor sie nach drinnen verschwinden konnten, schnitt der Reporter Jesse den Weg ab und bat ihn um eine Stellungnahme. Während ihr Vater mit dem Reporter sprach, trat Donna einen Schritt zurück und hoffte, man würde sie in Ruhe lassen.

»Hi, Donna.«

Sie drehte sich um. Steve stand neben ihr. Ihr stockte der Atem, und sie erstarrte vor Angst.

»Ich habe einen Gerichtstermin bei Richter Staley. Ich war gerade auf dem Weg dorthin, als ich dich sah.«

»Ich möchte nicht mir dir reden, Steve. Geh bitte weg.«

»Du hast jedes Recht, wütend zu sein. Ich wollte bloß hören, wie es dir geht.«

»Mir geht es gut, jetzt, wo du mich nicht mehr schlagen kannst.«

Mancini senkte den Blick und zog ein zerknirschtes Gesicht.

»Was ich dir angetan habe, hast du nicht verdient. Ich bin ... Ich weiß nicht, was ich bin. Aber ich weiß, daß ich dich liebe, und ich möchte, daß unsere Ehe funktioniert. Ich bin bereit, zur Beratung zu gehen, wenn du meinst, das wäre nötig.«

»Ich traue dir nicht, Steve, und dies ist jetzt nicht die richtige Zeit.«

»Ich verstehe. Ich erwarte ja nicht, daß du gleich zu mir zurückkommst, aber ich möchte, daß du weißt, wie sehr ich dich noch immer liebe, und mir wird übel, wenn ich denke, was ich unserer Ehe angetan habe. Ich möchte bloß wissen, ob wir eine Chance haben.«

»Das weiß ich nicht«, lautete Donnas entschiedene Antwort.

Jesse Harmon wandte sich von dem Reporter ab und erblickte Steve. Er wurde rot vor Zorn und trat einen Schritt vor. Donna legte ihm eine Hand auf den Arm.

»Ist schon gut, Dad.«

Jesse sah Mancini finster an, sagte aber nichts.

»Es ist jetzt keine günstige Zeit«, wiederholte Donna.

»Bist du wenigstens bereit, darüber zu sprechen?«

»Darüber muß ich nachdenken.«

»Gehen wir, Donna«, forderte Jesse sie auf, und Donna folgte ihren Eltern in den Gerichtssaal.

Peter und Gary saßen schon an ihrem Beratungstisch. Gary bemerkte Donna und grinste. Er war besorgt gewesen, als er sie nicht im Saal gesehen hatte. Peter ging hinüber an die Gerichtsschranke und gab Donna ein Zeichen.

»Ich habe noch mal drüber nachgedacht, ob Sie für mich Ermittlungen durchführen könnten. Es gibt ein paar Dinge, die ich gern von Ihnen erledigt hätte.«

»Oh, Peter«, sagte Donna hocherfreut.

»Hören Sie zu, ich habe jetzt keine Zeit, aber Becky hat Richter Kuffel wissen lassen, daß sie nur eine kurze Zeugenvernehmung hat, bevor sie ihrerseits die Beweisaufnahme schließt. Dann wird Kuffel die Geschworenen nach Hause schicken und Anträge hören. Ich denke, bis Mittag bin ich fertig. Dann könnte ich nach dem Mittagessen zur Farm rauskommen. Ich mache Kopien von allen Ermittlungsberichten. Sie können sie sich durchlesen, und wir sprechen heute abend darüber.«

»Das wäre phantastisch.«

Der Gerichtsdiener rief den Saal zur Ordnung, und Donna und Peter nahmen gerade ihre Plätze ein, als Becky O'Shay Dennis Downes noch einmal in den Zeugenstand rief.

»Ich habe noch einen Punkt, den ich mit Ihnen erörtern möchte, Sergeant Downes«, sagte Becky, nachdem der Richter den Polizisten daran erinnert hatte, daß er noch unter Eid stand. Miss O'Shay überreichte Downes einen Plastikbeutel mit einem Beweisstück.

»Erkennen Sie den als Anklagebeweisstück Nummer 76 bezeichneten Gegenstand wieder, der sich in diesem Plastikbeutel befindet?«

»Ja.«

»Was ist es?«

»Es ist ein Malteserkreuz an einer Kette.«

»Eine Halskette?«

»Ja, Ma'am.«

»Wem gehörte diese Halskette?«

»Wir haben herausgefunden, daß dieses Medaillon Sandra Whileys Glücksbringer gewesen ist. Einer der Barkeeper im Stallion hat es zuletzt an ihr gesehen, kurz bevor sie die Bar gegen 23 Uhr 20 verließ.«

»Hatte sie die Halskette noch um, als ihre Leiche entdeckt wurde?«

»Nein. Sandra Whiley hatte einen Bluterguß am Hals, der mit einem schmalen Objekt wie der Kette des Amuletts in Einklang zu bringen war, das ihr mit Gewalt vom Hals gerissen wurde.«

»Wo wurde die Halskette gefunden?«

»In einem Gebüsch in der Nähe des Eingangs zum Wishing Well Park.«

»War die Halskette in irgendeiner Weise beschädigt, als sie gefunden wurde?«

»Die Schließe war zerbrochen, so als wäre die Halskette dem Opfer entrissen worden, als es sie trug.«

»Wie viele Menschen wußten, daß Miss Whiley die Halskette nicht umhatte, als sie gefunden wurde?«

»Nicht viele. Das waren nur die Polizisten am Schauplatz und der medizinische Leichenbeschauer. Nicht alle Beamte haben den Leichnam gesehen oder vom Fund der Halskette erfahren.«

»Sehr wenige Leute wußten also, daß die Halskette Miss Whiley bei ihrer Ermordung vom Hals gerissen wurde, daß sie ihr hingegen nicht durch die Polizei abgenommen wurde, als man ihre Leiche am Brunnen entdeckt hatte?«

»Ja, Ma'am.«

»Welche Schlußfolgerung würden Sie als erfahrener Polizeibeamter ziehen, wenn Sie erführen, daß Gary Harmon jemandem erzählt hat, daß Sandra Whileys Mörder ihr kurz vor ihrer Ermordung eine Halskette entrissen hat?«

Peter erhob Einspruch gegen die Frage, und Richter Kuffel gab diesem Einspruch statt, aber Downes' Antwort war ohne Bedeutung. Die Geschworenen hatten Kevin Booths Bericht von Garys Geständnis gehört, und sie würden sich natürlich fragen, woher Gary denn wissen konnte, daß Sandra Whiley das Malteserkreuz vom Hals gerissen worden war, kurz bevor sie ermordet wurde. Auch Peter fragte sich das, als Becky O'Shay dem Richter mitteilte, die Anklage schließe die Beweisaufnahme.

# Vierundzwanzigstes Kapitel

## 1

Die Zeugenliste der Verteidigung war kurz, und das beunruhigte Peter. Er fragte sich, ob die Jury es Gary anlasten würde, daß er nur so wenige Zeugen hatte auftreiben können, die zu seinen Gunsten sprachen, nachdem die Anklage so viele Zeugen aufgeboten hatte.

Im Laufe der Morgensitzung des Gerichts rief Peter mehrere von den Polizisten auf, die Garys Haus durchsucht hatten, um nachzuweisen, daß an Garys Kleidern kein Blut gefunden worden war. Er rief auch den Barkeeper aus der Ponderosa auf, der aussagte, daß er Gary am Mordabend etwa um Mitternacht gesehen und kein Blut an seiner Kleidung bemerkt hatte. Dann rief er Elmore Brock auf, der mit seinem braunen Haar, seiner glatten Haut und seinem blauen Blazer wie der Schüler einer kirchlichen Privatschule wirkte. Garys Gesicht leuchtete auf, als er Brock sah, und er winkte zu dem Zeugen hinüber. Brock schien unsicher zu sein, ob er zurücklächeln solle, aber schließlich tat er es, als Gary anfing, unruhig zu werden.

»Das ist Mr. Brock«, teilte Gary Peter aufgeregt mit.

»Als was sind Sie tätig, Mr. Brock?« fragte Peter, nachdem es ihm gelungen war, Gary zu beruhigen.

»Ich bin der Schulpsychologe an der Eisenhower High School hier in Whitaker.«

»Können Sie der Jury Ihren Bildungsweg und beruflichen Werdegang schildern?«

Brock krümmte sich ein bißchen zusammen. Zu der Jury zu sprechen war ihm offensichtlich peinlich.

»Ich habe die Portland State University mit einem B. A. in Psychologie abgeschlossen. Dann habe ich an der University of Oregon ein Magisterexamen in Sonderpädagogik abgelegt. Danach verbrachte ich ein Jahr am Allen Center, einer Behandlungseinrichtung mit

Programmen vom Vorschul- bis Jugendalter. Als die Stelle des Schulpsychologen an der Eisenhower High vor sechs Jahren vakant wurde, habe ich mich darum beworben, und seither bin ich dort.«

»Mr. Brock, haben Sie am Allen Center mit geistig behinderten Kindern gearbeitet?«

»Ja.«

»Hat die Eisenhower High Klassen für geistig Behinderte?«

»Ja.«

»Wie lautet die Definition von ›geistig behindert‹?«

»Äh, ich würde sagen, sie bedeutet, daß ein Mensch eine verminderte Befähigung hat, neue Informationen aufzunehmen und in den Griff zu bekommen, und eine verminderte Fähigkeit, diese Informationen anzuwenden. Die negativen Auswirkungen dieses Zustandes sind an allen Aspekten des Lebens eines behinderten Menschen zu erkennen, und er ist dadurch in seinen schulischen, gesellschaftlichen und beruflichen Möglichkeiten beeinträchtigt.«

»Kannten Sie Gary Harmon, als er Schüler an der Eisenhower war?«

»Ja«, sagte Brock, drehte sich zu Gary herum und lächelte ihm freundlich zu. Gary lächelte zurück.

»War er als geistig behindert eingestuft?«

»Ja.«

»Wie hoch ist Garys IQ?«

»Irgendwo zwischen 65 und 70.«

»Wie hoch ist der IQ eines durchschnittlichen, normalen Menschen?«

»Einhundert.«

»Würde jemand mit einem durchschnittlichen IQ im College gut abschneiden?«

»Nein. Die meisten Collegestudenten haben einen IQ von etwa 120.«

»Mr. Brock, was unterscheidet Gary von jemandem mit einem durchschnittlichen IQ?«

»Tja, wenn man sich ein Foto von ihm ansieht, würde man keinen Unterschied bemerken, aber wenn man sich mit Gary unterhält, stellt man nach einer Weile mehrere Dinge fest. Garys Sprache ist langsamer und weniger deutlich. Sein Wortschatz ist wesentlich

kleiner. Auch seine Koordinations- und feinmotorischen Fähigkeiten sind plumper und weniger entwickelt.
Gary lebt außerdem im Jetzt und Hier. Er hat nicht die Fähigkeit, Pläne zu machen, die sich sehr weit in die Zukunft erstrecken, und die Pläne, die er macht, werden vage und vielleicht unrealistisch sein.«
Peter warf rasch einen Blick zu Gary hinüber, aber der zeigte während dieser ganzen klinischen Erörterung seines Intelligenzniveaus keine Reaktion.
»Was für Kurse hat Gary in der Schule belegt?«
»Es waren sonderpädagogische Kurse, die Gary lebensnahe Fertigkeiten und berufliche Fähigkeiten vermitteln sollten. Er hat außerdem eine sehr elementare Ausbildung in Mathematik, Englisch und anderen Fächern erhalten, die normale Kinder erlernen.«
»Hatte Gary einen individuellen Ausbildungsplan?«
»Ja. Er wurde zum Hausmeister ausgebildet, und während er die High-School besuchte, arbeitete er mit dem Hausmeisterkollegium am College zusammen.«
»War seine Leistung als Hausmeister zufriedenstellend?«
»Ausgesprochen«, antwortete Brock begeistert. Gary setzte sich gerade hin und lächelte stolz. »An jeder Aufgabe, die man Gary stellt, arbeitet er sehr intensiv. Er braucht einige Zeit, bis er die Sachen versteht, aber er läßt nie nach im Versuch, eine Fertigkeit zu erlernen.«
»Hat Gary irgendwelche Arbeiten für Sie erledigt?«
»Ja. Er hat mich stets gefragt, ob er mir im Büro helfen könnte. Normalerweise sagte ich ihm nein, weil der Großteil der Arbeiten zu kompliziert für ihn war, aber bei Gelegenheit ließ ich ihn bestimmte Dinge fotokopieren, und großartig war er beim Briefekuvertieren.«
»Ich habe gute Arbeit für Mr. Brock geleistet«, sagte Gary.
»Darf ich um eine Sekunde bitte, Euer Ehren?« fragte Peter.
Richter Kuffel nickte. Peter wandte sich seinem Mandanten zu und legte ihm eine Hand auf die Schulter.
»Gary, wir haben schon mal drüber gesprochen«, sagte Peter ruhig. »Sie dürfen nicht sprechen, während ein Zeuge seine Aussage macht. Okay? Sie schreiben sich alles auf, was Sie für wich-

tig halten, und wir sprechen dann darüber. Aber reden Sie nicht jetzt.«

»Es tut mir leid«, sagte Gary.

»Mr. Brock, haben Sie Garys Schulakten?« fuhr Peter fort.

»Ja«, sagte Brock und hielt einen Schnellhefter in die Höhe.

»War Gary ein disziplinarisches Problem in der Eisenhower?«

»Nein, Sir. Vielmehr finden sich nur sehr wenige negative Einträge in Garys Mappe.«

»Neigen Kinder mit Garys Behinderung zu Streit?«

»Nein. Im Gegenteil. Geistig behinderte Kinder neigen dazu, Streitigkeiten aus dem Weg zu gehen, auch wenn sie groß und stark wie Gary sind, es sei denn, sie kommen aus einer funktionsgestörten Familie und haben asoziale Merkmale entwickelt.«

»Wie kommt das?«

»Sie fühlen sich sogenannten normalen Menschen nicht gewachsen. Sie bekommen leicht Angst und glauben, sie brauchen eine Erlaubnis, um etwas zu tun.«

»War Gary ein bösartiger oder aggressiver junger Mann in der Zeit auf der Eisenhower?«

»Absolut nicht. Er war ungewöhnlich fügsam und sehr sensibel den Gefühlen anderer gegenüber. Ich will Ihnen ein Beispiel nennen. Gary liebt Football. Ich erinnere mich an ein Spiel, bei dem ein Mannschaftskamerad verletzt wurde. Geistig behinderte Kinder haben Empfindungen wie andere Menschen auch, aber es fällt ihnen schwerer, sie unter Kontrolle zu halten. Sie tragen sozusagen ihr Herz in der Hand. Ich erinnere mich, daß Gary in Tränen aufgelöst war, während der Coach sich um diesen Jungen kümmerte.«

»Waren Sie als Fachmann für geistige Retardation und als jemand, der Gary persönlich kennt, überrascht, als Sie hörten, daß Gary dieser Mord zur Last gelegt wurde?«

»Ja, das war ich. Durch nichts, was ich von Gary weiß, wäre ich darauf gefaßt gewesen. Dieses Ausmaß an Gewalt ... Allein der Gedanke, Gary könnte einem anderen Menschen derartige Schmerzen zufügen, steht mit seiner Persönlichkeit und der Art, wie jemand mit seiner Intelligenz sich verhalten würde, nicht im Einklang.«

»Keine weiteren Fragen.«

Becky O'Shay sah die Kopie von Garys Schulakten durch, die sie Wochen zuvor zusammen mit Peters Beweismaterialien erhalten hatte. Als sie fertig war, lächelte sie Elmore Brock freundlich an. Brocks Schultern zogen sich etwas höher, aber er gab ein kurzes, nervöses Lächeln zurück.

»Sie sind Mr. Brock, nicht *Dr.* Brock?« fragte Miss O'Shay honigsüß.

»Ja.«

»*Mr.* Brock, Sie haben also keinen Doktortitel?«

»Nein.«

»Habe ich recht, daß Ihr Magister nicht in Psychologie erworben ist?«

»Ja.«

»Sie sind genaugenommen kein behördlich zugelassener Psychologe, nicht wahr?«

»Nein.«

»Ein behördlich zugelassener Psychologe muß eine einjährige Assistenzzeit absolvieren, in der er unter der Leitung eines behördlich zugelassenen Psychologen zweitausend Stunden lang Therapiebewertungen in seinem Spezialgebiet durchführt, nicht wahr?«

»Ja.«

»Sie haben das nicht getan, nicht wahr?«

»Nein«, erwiderte er.

»Und ein behördlich zugelassener Psychologe muß ein schriftliches Staatsexamen und eine mündliche Prüfung vor dem Psychologen-Prüfungsausschuß des Staates Oregon ablegen, nicht wahr?«

»Ja.«

»Aber Sie haben das nicht getan, nicht wahr?«

»Nein«, antwortete er knapp.

»Nun haben Sie erklärt, daß der Beschuldigte nicht so gescheit wie normale Menschen ist, ist das richtig?«

»Ja.«

»Könnten Sie den Geschworenen sagen, wie hoch Garys Durchschnittsnote auf der High-School war?«

»Das bedeutet nicht ...«

»Euer Ehren ...?« bat Miss O'Shay den Richter.

»Ja, Mr. Brock. Beantworten Sie bitte die Frage. Sollte Mr. Hale

noch etwas von Ihnen erklärt haben wollen, bekommt er dazu die Gelegenheit, wenn Miss O'Shay mit ihren Fragen fertig ist.«
Brock senkte den Kopf ein wenig und sagte: »Entschuldigung.«
»Ist schon in Ordnung, Mr. Brock«, sagte die Staatsanwältin freundlich. »Dies ist alles neu für Sie. Möchten Sie, daß ich Ihnen die Frage noch mal vorlese?«
»Nein, ich erinnere mich an sie. Gary hatte einen Notendurchschnitt von 3,20.«
»4,00 ist ein glattes A, nicht wahr?«
»Ja.«
»Und 3,50 heißt ›mit Auszeichnung‹?«
»Ja.«
»Nun sagten Sie, glaube ich, jemand wie Mr. Harmon besitze eine schlechte Koordinationsfähigkeit?«
»Ja.«
»War der Beschuldigte nicht in seinem letzten Schuljahr Mitglied der Football-Schulmannschaft?«
Brock wollte gerade etwas sagen, aber dann schluckte er es herunter. »Ja«, antwortete er kurz.
»Sie haben über Dinge gesprochen, die der Beschuldigte nicht kann. Ich würde Sie gern nach ein paar Dingen fragen, die er kann. Kann Gary Harmon zum Beispiel lügen?«
»Nun ja. Gary könnte lernen zu lügen.«
»Wenn er ein junges Mädchen ermordet hätte, hätte er dann Angst?«
»Ja.«
»Würde Angst einen Menschen selbst nur mit einem IQ zwischen 65 und 70 zur Lüge motivieren?«
»Ja.«
»Nun haben Sie eine rührende Geschichte über den Beschuldigten erzählt, der geweint hat, als er sah, daß sich ein Mannschaftskamerad bei einem Footballspiel verletzte.«
»Ja.«
»Dann haben Sie, glaube ich, ausgesagt, daß Mr. Harmon geweint hat, weil geistig behinderte Menschen zwar dieselben Empfindungen wie normale Menschen haben, es ihnen aber schwerer fällt, ihre Gefühle unter Kontrolle zu halten.«
»Ja.«

»Wut ist eine Gefühlsregung, nicht wahr?«
Brock erkannte die Falle, in die er getappt war, aber er hatte keine andere Möglichkeit, als zustimmend zu antworten.
»Mr. Brock, wenn jemand mit einem IQ zwischen 65 und 70 Alkohol trinkt und große Angst hat, weil er soeben in unbeherrschter Wut ein junges Mädchen mit einem Beil abgeschlachtet hat, könnte er dann nicht die Erinnerung an das, was er getan hat, verdrängen?«
»Das ist ... das ist möglich.«
»Geistig Behinderte können hartnäckig an Arbeiten festhalten, nicht wahr?«
»Ja, sie können sehr zielstrebig sein.«
»Wenn also Mr. Harmon einen besonders blutigen und brutalen Mord begangen hat, könnte Angst ihn zu einer Lüge veranlassen und wäre er imstande, an dieser Lüge festzuhalten?«
»Ja.«
»Welche Wirkung würde Trunkenheit auf diesen Sachverhalt ausüben?«
»Unter Alkoholeinfluß wäre es wahrscheinlich, daß Gary sich nicht daran erinnern würde, jemanden umgebracht zu haben, falls er jemanden umgebracht hat«, antwortete Brock widerstrebend.
»Ich habe dieses Mädchen nicht umgebracht«, erklärte Gary.
»Euer Ehren«, protestierte Miss O'Shay und blickte den Beschuldigten durchdringend an.
»Mr. Harmon, Sie dürfen vor Gericht nicht laut reden«, ermahnte Richter Kuffel Gary. »Verstehen Sie mich?«
Gary nickte. Er zog ein fassungsloses Gesicht. Peter flüsterte ihm etwas ins Ohr, und Gary senkte den Blick auf die Tischplatte.
»Sie sagten, daß es für jemanden mit Mr. Harmons IQ schwieriger ist, Pläne zu machen, nicht wahr?« fuhr Becky O'Shay fort.
»Ja.«
»Aber er könnte einen Mord planen, nicht wahr?«
»Von welcher Art Mord sprechen Sie?«
»Sagen wir, jemand möchte ihm einen üblen Streich spielen und erzählt ihm, eine Frau in der Bar wolle mit ihm ausgehen. Als Mr. Harmon diese Frau fragt, ob sie ein Bier möchte, weist sie ihn nicht nur ab, sondern zieht seine Intelligenz in Zweifel, ein Thema, auf das er sehr empfindlich reagiert. Sagen wir weiter, daß Mr.

Harmon diese Frau körperlich angreift. Meine Frage, Doktor ... Entschuldigung, *Mister* Brock, lautet, ob Mr. Harmon intelligent genug ist, sich einen Plan zurechtzulegen, zu dem gehört, daß er nach Hause geht, um sich eine Waffe zu holen, in die Gegend der Bar zurückkehrt, einer Frau folgt, die aus der Bar kommt, sie tötet und sich des Mordwerkzeugs entledigt?«

»Er ... er könnte so einen Plan ausführen.«

Becky O'Shay lächelte. »Danke, ich habe keine weiteren Fragen.«

»Mr. Brock, Sie sind kein Arzt, aber Sie sind ein Fachmann im Umgang mit geistig Behinderten, nicht wahr?« fragte Peter den Zeugen.

»Ja. Darin bin ich ausgebildet.«

»Was bedeutet Gary Harmons Durchschnittsnote von 3,20?«

»Nicht viel. Seine Noten beziehen sich lediglich auf seine Fähigkeit, die Aufgaben auszuführen, die ihm gegeben werden. Gary hat keine Note A in Physik der Oberstufe. Er hat ein A in lebenswichtigen Fähigkeiten, das heißt, er weiß, wie er sein Bett zu machen, die Schuhe zuzubinden und ähnliche Dinge zu tun hat. Die Noten werden erteilt, damit die Schüler ein gutes Gefühl von sich haben, nicht um wirkliche schulische Leistungen zu bescheinigen.«

»Miss O'Shay hat darauf hingewiesen, daß Gary an der Eisenhower der Football-Schulmannschaft angehört hat. Erzählen Sie der Jury davon.«

Gary hob den Blick, als sein Lieblingssport genannt wurde.

»Gary liebt Football. Er bemühte sich in der neunten Klasse, in die Mannschaft aufgenommen zu werden. Der Coach ließ ihn mit den anderen Jungen trainieren, aber Gary hatte nicht die Fähigkeit, wirklich zu spielen. Alles bis auf die simpelsten Spielzüge ging über seinen Horizont. Der Coach ließ ihn aber die ganze Ausrüstung anlegen. Und ab und zu, wenn die Mannschaft entweder hoffnungslos zurücklag oder uneinholbar führte, trat Gary zu ein, zwei Spielen an. Er erhielt dann die Aufgabe, einen bestimmten Spieler abzublocken.

In seinem letzten Schuljahr nahm der Coach Gary in die Schulmannschaft auf, aber er wurde das ganze Jahr über nur ungefähr bei fünf Spielen eingesetzt. Ihm wurde das Schulmannschaftsabzeichen verliehen, weil er sich solche Mühe gegeben hatte, nicht weil er das geleistet hatte, womit sich die anderen Jungs das Abzeichen verdient hatten.«

»Ich habe eine letzte Reihe von Fragen an Sie, Mr. Brock. Wie leicht wäre es, Gary weiszumachen, er habe übernatürliche Fähigkeiten, die es ihm ermöglichten, sich ins Innere einer toten Frau zu versetzen und zu sehen, wie sie ermordet wurde?«

»Das wäre sehr einfach. Gary wünscht sich sehr, Menschen zu gefallen. Er würde alles tun oder sagen, um Anerkennung zu erhalten.«

»Würde er sich eine Geschichte ausdenken, um jemanden, der Autorität besitzt, damit zu erfreuen?«

»Ganz entschieden. Gary hat eine sehr begrenzte Einbildungskraft, aber er würde Hinweise aufgreifen, wenn derjenige, der mit ihm redet, Andeutungen machte, was er hören möchte.«

»Welche Wirkung hätte es auf Gary, wenn derjenige, der ihn befragt, ein Polizist ist?«

»Es hätte eine starke Wirkung. Jemand mit Garys IQ folgt einem Menschen mit Autorität, ohne Fragen zu stellen. Wenn ein Polizist jemandem wie Gary Hinweise gäbe, könnte man unmöglich feststellen, ob der geistig Behinderte sich an etwas erinnert oder ob er es sich ausdenkt, um dem Polizisten zu gefallen.«

## 2

Nach dem Mittagessen rief Peter Don Bosco auf, der seine Ansicht äußerte, daß Dennis Downes während des Verhörs Gary Harmon unabsichtlich in einen Trancezustand versetzt habe, wodurch alle Äußerungen für Beweiszwecke unzulässig geworden seien. Bosco teilte der Jury mit, daß Sergeant Downes' Methode der »Projektionsübertragung« jemanden von Garys begrenzter Intelligenz dazu veranlassen würde, Phantasievorstellungen zum besten zu geben, um dem Fragesteller zu gefallen. Er wies auf zahlreiche Abschnitte in dem Verhör hin, in denen beeinflussende und suggestive Fragen Gary Antworten entlockt hatten, die nichts weiter als das Echo auf Andeutungen waren, die Downes gemacht hatte.

»Mr. Bosco«, begann Becky O'Shay, als sie mit dem Kreuzverhör

an der Reihe war, »wenn ich Sie richtig verstehe, sind Sie besorgt, daß die Aussagen des Beschuldigten unzuverlässig sein könnten, weil er möglicherweise Andeutungen von Sergeant Downes nachgeplappert hat, statt Vorgänge zu berichten, an denen er tatsächlich beteiligt war.«
»Das ist richtig.«
»Sie waren nicht im Wishing Well Park, als der Mord geschah, nicht wahr?« fragte Miss O'Shay mit einem freundlichen Lächeln.
»Nein.«
»Folglich wissen Sie auch nicht, ob Gary Harmon diesen Mord begangen und Sergeant Downes von einem Vorfall erzählt hat, an den er sich erinnerte, oder ob er in der Zeit des Mordes nicht dort war und sich eine Geschichte ausgedacht hat?«
»Das stimmt.«
»Wäre es nicht eine Möglichkeit festzustellen, ob der Beschuldigte sich das, was er dem Beamten erzählt hat, ausgedacht hat, daß man nachprüft, ob er nicht Dinge von der Ermordung Sandra Whileys wußte, die nicht allgemein bekannt waren und ihm nicht von Sergeant Downes suggeriert wurden?«
»Ja.«
»Danke. Keine weiteren Fragen.«
Peter hatte sich seinen letzten Zeugen für spät am Tag aufgespart, damit die Jury diese Aussage als letztes zu hören bekam. Er wollte, daß die Geschworenen die ganze Nacht über diese Aussage nachdachten.
»Mr. Harmon ruft Zachary Howell auf«, begann Peter.
Ein schlanker junger Mann mit braunen Locken betrat den Gerichtssaal und ging zum Zeugenstand.
»Mr. Howell«, fragte Peter, »sind Sie neu am Whitaker State College?«
»Ja, Sir.«
»Was studieren Sie?«
»Äh, ich habe mich noch auf kein Hauptfach festgelegt. Ich denke, vielleicht Biologie.«
»Haben Sie eine Freundin, Mr. Howell?«
»Ja.«
»Wie heißt sie?«

»Jessie Freeman.«
»Wie kam es, daß Sie Zeuge in diesem Verfahren wurden?«
»In der Collegezeitung hat eine Annonce gestanden. Sie forderte jeden auf, der irgendwelche Informationen über den Mord hätte, Sie anzurufen.«
»War die Annonce noch präziser?«
»Sie wünschten mit jedem zu sprechen, der zwischen 23 Uhr und 2 Uhr 30 in der Nacht, in der Sandra Whiley ermordet wurde, in der Nähe des Wishing Well Park war.«
»Wissen Sie noch, was Sie an dem Abend, an dem Sandra Whiley ermordet wurde, getan haben?«
»Ich war mit Jessie verabredet. Wir gingen zu einer Spätvorstellung ins Kino. Danach gingen wir in den Wishing Well Park und, hm, waren eine Zeitlang in dem Park.«
Peter drängte Howell zu keiner detaillierteren Aussage. Er bemerkte an den amüsierten Blicken einiger Geschworener, daß ihnen völlig klar war, was ein junges Paar an einem romantischen Sommerabend in dem Park machte.
»Wann machten Sie sich daran, den Park wieder zu verlassen?«
»Kurz vor halb zwölf.«
»Wieso sind Sie sich über die Zeit so sicher?«
»Wir wollten am nächsten Tag zum Wildwasserfloßfahren und mußten früh aufstehen, deshalb sah ich auf meine Uhr, um zu sehen, wie spät es war.«
»Auf welchem Weg sind Sie aus dem Wishing Well Park hinausgegangen?«
»Wir sind am Fluß entlanggegangen, bis wir am Wunschbrunnen waren. Dann sind wir den Weg weiter- und beim Haupteingang hinausgegangen.«
»Haben Sie einen Leichnam am Brunnen gesehen, als Sie daran vorbeikamen?«
»Nein, Sir.«
»Hätten Sie einen Leichnam bemerkt?«
»Ja, Sir. Jessie hat am Brunnen einen Wunsch getan und einen Penny reingeworfen. Wir haben davorgestanden und hineingesehen.«
»Wissen Sie, was Jessie sich gewünscht hat?«

»Ja, Sir«, lächelte Howell.
»Erzählen Sie der Jury, wie Sie Jessies Wunsch herausbekommen haben.«
»Als wir an der Stelle ankamen, wo die Steinsäulen stehen, gab Jessie mir einen Kuß.«
»Und haben Sie sie auch geküßt?«
»Ja, Sir.«
»Was passierte dann?«
»Jessie hielt meine Hand fest, drehte sich mit einem Schwung von mir weg und sagte: ›Siehst du, Wünsche gehen in Erfüllung.‹«
»Sie drehte sich mit einem Schwung weg«, wiederholte Peter.
»Ja.«
»Warum erinnern Sie sich an all das so gut, Mr. Howell?«
»Das Mädchen, das ermordet wurde, Sandy, war in einem meiner Seminare. Alle redeten am nächsten Tag darüber, als wir vom Floßfahren zurückkamen. Mir wurde klar, daß wir genau dort gewesen sein mußten, wo sich der Mord ereignete, unmittelbar bevor er geschah. Das hat mir wirklich einen Schrecken eingejagt.«
»Mr. Howell, wie lange hat es gedauert von dem Zeitpunkt kurz vor halb zwölf, als Sie beschlossen, den Park zu verlassen, und dem Zeitpunkt, als Sie tatsächlich aus dem Park hinausgingen?«
»Nicht lange. Wir waren ziemlich nahe beim Brunnen. Dann blieben wir stehen, damit Jessie ihren Wunsch tun konnte. Das hat nicht lange gedauert. Ich würde sagen, nicht länger als fünf Minuten.«
»Es war also etwa fünf Minuten nach halb zwölf, als Sie am Eingang zum Park waren?«
»Ja.«
»Wie war Jessie gekleidet?«
»Sie trug Jeans und T-Shirt.«
»Mr. Howell, sind Sie größer oder kleiner als Jessie?«
»Größer. Sie ist nur etwa einsdreiundsechzig, einsfünfundsechzig.«
»Eine letzte Frage. Welche Farbe hat Jessie Freemans Haar, und trägt sie es lang oder kurz?«
»Jessies Haar ist blond. Sie hat lange, blonde Haare.«

# 3

»Wollen Sie damit sagen, daß Sie von diesem Zeugen nichts gewußt haben?« schrie Becky O'Shay Dennis Downes an.

»Beruhigen Sie sich doch, Becky.«

»Ist Ihnen nicht klar, daß unsere ganze Anklage auf der Theorie beruht, daß Harmon seine Geschichte, er habe gesehen, wie zwei Leute sich am Eingang zum Wishing Well Park geküßt hatten, erfunden hat? Haben Sie nicht gehört, daß ich der Jury im Eröffnungsplädoyer gesagt habe, daß es niemals zwei sich küssende Leute am Parkeingang gegeben hat, daß die zwei Leute am Parkeingang Sandra Whiley und ihr Mörder, Gary Harmon, waren? Und jetzt haben wir zwei niedliche Teenager, die um fünf nach halb zwölf in der Nähe der Säulen rumknutschen. Er ist größer als sie, genau wie es Harmon gesagt hat. Sie dreht sich mit einem Schwung von ihm weg, genau wie es Harmon gesagt hat. Und das Mädchen hat blondes Haar und trägt Jeans und ein T-Shirt, genau wie Sandra Whiley. Und schließlich haben wir Harmon, der um Mitternacht in der Ponderosa Brötchen mit Soße ißt, ohne einen Tropfen Blut an sich und seinen Klamotten. Unsere ganze Anklage bricht in sich zusammen.«

Downes zuckte die Achseln. »Ich weiß nicht, was ich dazu sagen soll. Niemand hat was von Howell gewußt, bis er Hale anrief. Das ist einfach Pech.«

Becky ballte die Fäuste vor Enttäuschung. Dann ließ sie sich auf ihren Stuhl fallen und sank in sich zusammen.

»Tut mir leid, daß ich geschrien habe, Dennis. Ich bin einfach müde. Gehen Sie, und interviewen Sie Howell für mich. Sehen Sie, ob Sie was rauskriegen können, das ich im Kreuzverhör gebrauchen kann. Rufen Sie mich zu Hause an, wenn Sie was entdecken.«

Downes ging, und Becky O'Shay starrte auf die Stapel der Polizeiberichte, die ihren Schreibtisch bedeckten. Jeder beschäftigte sich mit irgendeiner Seite des Falls Harmon. Sie hatte sie unzählige Male gelesen, aber sie schwor sich, sie noch einmal durchzugehen, um vielleicht doch noch etwas zu finden, das ihr helfen könnte, mit Zack Howells Zeugenaussage fertig zu werden.

Beim ersten Durcharbeiten übersah Becky es, weil die Hinweise völlig verstreut waren. Ein Bericht hier, ein Bruchstück eines er-

innerten Gesprächs da. Sie brachte all die Einzelteile erst zusammen, als ihr Blick zufällig auf die Nachmittagsausgabe des *Clarion* fiel, die ungelesen auf ihrem Aktenschrank lag.
Becky richtete sich verdutzt auf. Dann wühlte sie die Polizeiberichte durch, bis sie den fand, den sie suchte. Ein Energieblitz durchfuhr sie, als sie ihn noch einmal las. Danach führte sie mehrere Telefongespräche. Die Leute, mit denen sie sprach, bestätigten ihre Schlußfolgerung. Zack Howell und Jessie Freeman mochten sich am Eingang zum Wishing Well Park geküßt haben, und Gary Harmon mochte um Mitternacht in der Ponderosa gesessen und Brötchen mit Soße gegessen haben, dennoch hatte Harmon Sandra Whiley ermordet, und Becky konnte es beweisen.

## Fünfundzwanzigstes Kapitel

### 1

Am nächsten Tag schloß Peter den Beweisvortrag für die Verteidigung, sobald das Gericht zusammengetreten war, und Becky O'Shay rief Dennis Downes als ihren ersten Gegenzeugen auf.

»Sergeant Downes, ist Ihnen bekannt, daß Dr. Guisti den Zeitpunkt des Todes von Sandra Whiley irgendwann zwischen 23 Uhr 30 und 2 Uhr 30 ansetzt?«

»Ja, Ma'am.«

»Und die Leiche wurde Samstag früh morgens entdeckt?«

»Ja.«

»War den Behörden Miss Whileys Identität sofort bekannt?«

»Nein. Wir konnten weder eine Brieftasche noch ein Portemonnaie finden, daher nahm es eine Weile in Anspruch, Miss Whiley zu identifizieren.«

»Wann wurde sie identifiziert?«

»Nach vier am Nachmittag.«

»Wie haben Sie die Identität des Opfers festgestellt?«

»Marjorie Dooling, Miss Whileys Zimmergenossin, sah eine Zeichnung des Opfers in der Nachmittagsausgabe des *Clarion* und kam ins Polizeirevier.«

»Keine weiteren Fragen.«

»Irgendwelche Gegenfragen, Mr. Hale?« erkundigte sich Richter Kuffel.

Peter konnte sich nicht denken, warum Becky Downes nach dem Zeitpunkt der Identifizierung gefragt hatte, und so schüttelte er den Kopf.

»Die Anklage ruft Martin Renzler auf.«

Martin Renzler hob die Hand und leistete seinen Eid. Er war groß und schlank und hatte welliges graues Haar. Seine Drahtbrille ließ

ihn studentenhaft erscheinen. Renzler zupfte sein Jackett zurecht, als er den Zeugenstand betrat.
»Als was sind Sie beschäftigt, Mr. Renzler?«
»Ich bin Chef vom Dienst beim *Whitaker Clarion.*«
»Ist der *Clarion* die einzige Tageszeitung in der County Whitaker?«
»Ja.«
»Ist am Morgen des Tages, an dem die Leiche von Sandra Whiley gefunden wurde, eine Bitte von Sergeant Dennis Downes von der Polizei von Whitaker an Sie gerichtet worden?«
»Ja.«
»Wie lautete die Bitte?«
»Er teilte mir mit, daß die Leiche einer unbekannten weiblichen Person im Wishing Well Park gefunden worden sei. Sergeant Downes fragte an, ob die Zeitung eine Zeichnung der Frau bringen würde, weil die Polizei ihre Identität nicht feststellen könne.«
»Hat der *Clarion* die Zeichnung veröffentlicht?«
»Wir haben die Zeichnung auf der Titelseite gebracht.«
»Wann war die Zeitung im Handel?«
»Ich habe in unseren Unterlagen nachgesehen. Der allerfrüheste Zeitpunkt, zu dem die Ausgabe draußen gewesen sein kann, ist 14 Uhr 30.«
»Keine weiteren Fragen«, sagte Miss O'Shay.
Irgend etwas, das Peter in einem Polizeibericht gelesen hatte, begann ihn zu irritieren. Es war ein ganz kurzer Bericht gewesen. Etwas wegen … wegen …
»Die Anklage ruft Harry Diets auf.«
Während Peter hastig den riesigen Stapel Berichte durchblätterte, schritt ein übergewichtiger, etwa dreißigjähriger Mann in einem Straßenanzug rasch den Gang herauf und wurde vereidigt. Becky O'Shay erklärte, daß er der Direktor der KLPN war, des lokalen Fernsehsenders. Auch mit Diets hatte Dennis Downes sich in Verbindung gesetzt.
»Mr. Diets, haben Sie die Zeichnung des ermordeten Mädchens gesendet?«
»Ja. Das heißt, wir rückten sie in die Kurznachrichten um 15 Uhr ein, weil unsere nächsten regulären Nachrichten erst um 17 Uhr laufen.«

Peter fand den Bericht, nach dem er suchte, im selben Moment, als Miss O'Shay ihren nächsten Zeugen aufrief. Als Wilma Polk sich zum Zeugenstand begab, las Peter ihre Erklärung, die sie der Polizei abgegeben hatte. Als sie geschworen hatte, die Wahrheit zu sagen und nichts als die Wahrheit, wurde Peter der Grund, warum Diets, Renzler und Downes als Zeugen aufgerufen worden waren, allmählich klar. Während sie ihre Erinnerungen an den Mancini-Harmon-Hochzeitsempfang bezeugte, spürte Peter ein Gefühl in der Magengrube, das Übelkeit und Schwindel verursachte.

»Haben Sie am Morgen der Hochzeit etwas Ungewöhnliches erfahren, das sich in Whitaker ereignet hatte?« fragte die Staatsanwältin.

»Mein Mann, Eric, ist Polizist. Er wurde früh alarmiert. Als er zurückkam, erzählte er mir, daß eine junge Frau im Wishing Well Park ermordet worden war.«

»Haben Sie sich auf dem Hochzeitsempfang mit Mabel Dawes, einer Freundin von Ihnen, über den Mord unterhalten?«

»Ja.«

»Erzählen Sie bitte der Jury, was geschah, als Sie sich mit Ihrer Freundin unterhielten.«

»Wir standen am kalten Buffet. Gary Harmon ging vorbei. Er hatte einen vollen Teller in der Hand. Ich erinnere mich daran, weil der Teller sehr vollgeladen war, und ich fürchtete, es könnte etwas von den Speisen herunterfallen.

Gary schien an dem Mord sehr interessiert zu sein. Ich weiß noch, daß Mabel gerade sagte, sie wolle nicht in der Haut desjenigen stecken, der den Eltern die Nachricht beibringen müsse.«

»Sagte der Beschuldigte in dem Moment etwas zu Ihnen?«

»Ja. Ja, das tat er.«

»Was hat er gesagt?«

»Er sagte zu uns, das Mädchen sei in der Mordnacht im Stallion gewesen.«

Peter wurde blaß, als er Becky O'Shays nächste Frage und die Antwort ahnte, die Wilma Polk geben würde.

»Wissen Sie noch, wann dieses Gespräch mit Gary Harmon stattfand?«

»Oh, ja«, antwortete Wilma Polk und nickte heftig. »Wir sollten um

zwei bei meiner Tochter sein. Mein Enkel, Kenny, feierte Geburtstag. Er ist drei.«
»Und die Uhrzeit?« drängte Miss O'Shay.
»Es war halb zwei. Eric sagte, wir müßten uns beeilen, weil die Geburtstagsfeier um zwei war, und es war schon halb.«
»Halb zwei«, wiederholte Becky. »Und Sie sind sich da sicher?«
»Aber ja, weil ich auf meine Uhr gesehen habe. Eric sagte, es sei halb zwei, und das bestätigte auch meine Uhr.«

## 2

Donna war bis nach Mitternacht aufgeblieben und noch einmal die Ermittlungsberichte durchgegangen, nachdem Peter von der Harmon-Farm weggefahren war. Als erste Aufgabe hatte Peter sie gebeten, mit einer Stoppuhr alle Wege abzuschreiten, die Gary am Abend des Mordes möglicherweise entlanggegangen war, so daß Peter einen Zeitplan von Garys Bewegungen aufstellen konnte. Als sie sich eine Liste von allen Strecken machte, die sie abgehen mußte, stellte sie fest, daß sie in der Nähe des Hauses vorbeikommen würde, in dem Sandra Whiley mit Marjorie Dooling gewohnt hatte.
Die Pension war ein gelbes, einstöckiges viktorianisches Haus mit weißem Stuck. Der Rasen war gut gepflegt, aber die vordere Veranda brauchte einen Anstrich. Eine Frau mittleren Alters öffnete auf ihr Klingeln.
»Guten Tag«, sagte Donna nervös. »Ist Marjorie Dooling da?«
»Ich glaube«, erwiderte die Frau freundlich. »Wen soll ich ihr melden?«
Donna zögerte, ehe sie ihre Identität preisgab. Sie fragte sich, ob Miss Dooling ihren Familiennamen erkennen und sich weigern würde, mit ihr zu sprechen. Nach kurzer Überlegung beschloß sie, daß es das beste war, ehrlich zu sein.
Donna blickte sich in der Diele um, während die Pensionswirtin nach oben ging. Wenig später hörte sie die Wirtin an eine Tür im ersten Stock klopfen und »Marge« rufen. Kurz darauf kam sie wieder herunter, gefolgt von einem Mädchen in einem Grateful-Dead-T-Shirt und abgeschnittenen Jeans. Ihr braunes Haar war

kurzgeschnitten. Donna erkannte Marjorie Dooling wieder, denn sie hatte sie im Gericht bei ihrer Aussage gesehen.
»Miss Dooling, ich bin Privatdetektivin im Dienst von Peter Hale.«
Miss Dooling machte ein erstauntes Gesicht. »Sie sind Detektivin?«
»Nur für diesen Fall«, erklärte Donna nervös. »Die meiste Zeit arbeite ich als Anwaltssekretärin.«
Plötzlich legte sich Miss Doolings Stirn in Falten. »Ist Hale nicht der Anwalt, der den ... den Mörder von ...«
»Wir glauben nicht, daß er jemanden umgebracht hat.«
»Ich habe schon mit der Polizei gesprochen. Die weiß, daß Ihr Mandant Sandy umgebracht hat. Mir wurde dort gesagt, er habe gestanden.«
»Die Polizei kann Fehler machen. In diesem Fall macht sie einen Riesenfehler.«
»Aha.«
»Hören Sie, ich möchte nichts weiter, als daß Sie mir ein paar Fragen über ihre Freundin beantworten. Wenn's nicht so wichtig wäre, würde ich Ihre Zeit nicht in Anspruch nehmen.«
Miss Dooling kaute einen Moment auf ihrer Unterlippe. Dann sagte sie: »Na schön, aber können wir's schnell machen? Ich lerne nämlich für eine Prüfung.«
»Ich verspreche, es dauert nicht lange.«
»Kommen Sie doch mit rauf in mein Zimmer.«
Miss Doolings Wohnung bestand aus einem großen Wohnzimmer, einem Bad und zwei Schlafzimmern. An den Wohnzimmerwänden hingen gerahmte Poster. Miss Dooling setzte sich auf eine alte Couch. Davor stand ein niedriger Sofatisch, der mit Lehrbüchern und einem aufgeklappten Schnellhefter vollgeladen war. Gegenüber von der Couch standen ein Fernsehapparat und ein CD-Player. Zwei alte Sessel bildeten die übrige Möblierung des Wohnzimmers. Donna setzte sich in einen der Sessel und klappte ihr Notizbuch auf. Sie bemerkte, daß die Tür zu einem der Schlafzimmer geschlossen war.
»War das Sandra Whileys Zimmer?«
»Ja«, antwortete Marjorie Dooling ruhig.
»Vermissen Sie sie?« fragte Donna.
Über diese Frage dachte Miss Dooling lange nach.

»Wir standen uns nicht so supernahe, aber sie war nett. Ja, ich vermisse sie wohl.«
»Können Sie mir ein bißchen was von ihr erzählen?«
»Sie war still. Sie war auch eine gute Zuhörerin. Ich konnte mit ihr reden, wenn ich ein Problem hatte.«
»Ging sie aus?«
»Hin und wieder.«
»Meinen Sie, sie könnte von jemandem umgebracht worden sein, mit dem sie ausging?«
»Die Polizei hat mir dieselbe Frage gestellt. Ich habe nur ein paar von den Jungs kennengelernt, mit denen sie sich verabredete. Keiner von denen kam mir vor wie einer, der ... Sie wissen schon.«
»Wie haben Sie beide sich kennengelernt?«
»Wir haben uns beide das Studium damit erarbeitet, daß wir im Clark's gekellnert haben. Wir freundeten uns an und kamen auf die Idee, daß es für uns beide billiger wäre, wenn wir uns meine Wohnung teilen würden.«
»Marjorie, können Sie sich an irgend etwas Ungewöhnliches erinnern, das etwa in der Zeit passiert ist, als Sandy ermordet wurde?«
Marjorie Dooling wirkte ein bißchen nervös. Dann seufzte sie.
»Ich nehme an, jetzt kann's ja nicht mehr schaden, und der Staatsanwältin hab ich's auch schon gesagt. Sandy hat Drogen genommen. Ein paar Monate bevor sie ermordet wurde, begann ich zu befürchten, daß sie zu tief hineingeraten könnte, aber sie wollte nicht auf mich hören.«
»Um welche Drogen ging es?«
»Kokain.«
»Was meinten Sie damit, daß sie zu tief hineingeraten könnte?«
»Sie nahm nicht immer Koks. Nicht, als ich sie kennenlernte. Ich meine, sie hat vielleicht damit experimentiert, aber meistens rauchte sie Gras. Ich bekam Angst, als Koks die Regel wurde. Ich glaube, sie kannte jemanden, der sie daran gewöhnt hat. Sie blieb oft zu Hause und schwänzte Seminare. Sie sagte zwar, es sei alles in Ordnung, aber ich habe ihr nicht geglaubt.«
»War das etwa zur Zeit ihres Todes?«
»Im Gegenteil, direkt um die Zeit ihrer Ermordung hatte ich den Eindruck, daß sie vielleicht versuchte, davon loszukommen. Sie

verhielt sich anders. Außerdem schien sie vor etwas Angst zu haben. Sie schloß sich ein und ging abends nicht mehr so oft aus.«
»Hatte Sandy Angehörige? Jemanden, mit dem sie vielleicht geredet hat, wenn ihr etwas Kummer bereitete?«
»Ich glaube nicht, daß sie viel Kontakt zu ihren Eltern hatte. Sie waren geschieden, und sie sah sie nicht oft.«
»Wie war's am College? Hatte sie außer Ihnen auch noch andere Freunde?«
»Ein Mädchen in einem ihrer Seminare. Annie Soundso.«
»Haben Sie eine Telefonnummer oder Adresse von dieser Annie?«
»Nein.«
»Sie haben gesagt, Sandy sei Ihnen ängstlich erschienen. Hatte sie Angst vor jemand Bestimmtem?«
Marjorie Dooling zögerte. »Na ja, da war so ein Typ.«
»Wissen Sie seinen Namen?«
»Nein. Aber ich weiß, daß er ihr angst machte.«
»Können Sie ihn beschreiben?«
»Ich habe ihn nur einmal vom Fenster hier oben gesehen. Er kam sie abholen und blieb in seinem Wagen sitzen.«
Donna stellte noch ein paar Fragen nach Sandys Interessen, ihren Seminaren und ihrem persönlichen Leben. Als Donna bemerkte, daß Marjorie auf die Uhr und nach den Büchern schielte, stand sie auf.
»Danke, daß Sie mit mir gesprochen haben. Tut mir leid, daß ich Sie belästigt habe, aber es ist sehr hilfreich gewesen.« Donna gab Marjorie die Geschäftskarte des Anwalts, bei dem sie arbeitete, auf die sie mit der Hand ihren Namen geschrieben hatte. »Wenn Ihnen noch irgendwas einfällt, rufen Sie mich bitte an.«
Donna wartete, bis sie draußen war, ehe sie tief Atem holte. Sie war nervös, aber sie fand, daß ihr erstes Interview als Detektivin gar nicht so schlecht gelaufen war. Sie wußte bloß nicht, ob irgendwas von dem, was diese Miss Dooling gesagt hatte, Peter nutzen würde.

# 3

Der Aufseher schloß die Tür zum Gesprächszimmer, und Gary setzte sich Peter gegenüber. Er lächelte teilnahmslos und begann am Ende seines Schlipses herumzuspielen. Peter schüttelte den Kopf. Sein Mandant war sich nicht im geringsten bewußt, welches Debakel die Argumentation der Verteidigung durch die Zeugen der Anklage erlitten hatte, aber Peter war seit Wilma Polks Aussage wie in einem Schockzustand.

»Ich möchte, daß Sie genau zuhören, Gary.«

»Okay.«

»Ich habe eine sehr wichtige Frage an Sie zu richten, und ich möchte, daß Sie nachdenken, ehe Sie antworten. Können Sie das für mich tun?«

»Klar.«

Gary setzte sich gerade hin und hörte auf zu lächeln.

»Sandy wurde zwischen Freitagnacht halb zwölf und Samstagmorgen halb drei ermordet. Kapiert?«

»Hm-hm«, antwortete Gary mit einem Kopfnicken.

»Gut. Als am Samstag früh Sandys Leiche gefunden wurde, hatte sie keine Ausweise bei sich. Niemand wußte ihren Namen. Deshalb bat die Polizei die Zeitung und das Fernsehen, ihr Foto zu veröffentlichen und die Leute zu bitten, herausfinden zu helfen, wer sie war. Können Sie mir folgen?«

»Ja. Pete. Sie wußten Sandys Namen nicht.«

»Richtig. Gut. Okay. Also, die Zeitung kam ungefähr um halb drei am Nachmittag heraus, und das Fernsehen zeigte Sandys Foto um drei. Sandys Zimmergenossin teilte der Polizei Sandys Namen gegen vier Uhr mit. Nachmittags halb drei ist der frühestmögliche Zeitpunkt, an dem jemand gewußt haben konnte, wer Sandy war, denn da kam die Zeitung mit ihrem Foto heraus. Verstehen Sie das?«

»Sie konnten das Foto gesehen haben«, sagte Gary mit einem Lächeln.

»Richtig. Aber vor halb drei gab es kein Foto.«

»Niemand konnte es vor halb drei gesehen haben.«

»Richtig. Jetzt hören Sie genau zu. Jetzt kommt meine Frage, Gary. Mrs. Polk sagt, daß Sie ihr auf dem Hochzeitsempfang um halb zwei gesagt haben, das tote Mädchen sei am Freitagabend im Stallion gewesen. Erinnern Sie sich, daß Sie das zu ihr gesagt haben?«

»Wer ist Mrs. Polk?« fragte Gary.

»Die letzte Zeugin. Die Dame mit den grauen Haaren.«

Gary sah auf den Tisch hinunter. Er war verlegen.

»Ich hab ihr nicht so richtig zugehört. Ich hatte Hunger.«

Peter holte tief Luft, um ruhig zu bleiben. Er wollte sich nicht aufregen. Er wollte Gary nicht anschreien.

»Das ist okay. Ich hatte auch Hunger. Erinnern Sie sich an Mrs. Polk von der Hochzeit her?«

Gary zog die Stirn kraus, während er sich an Mrs. Polk zu erinnern versuchte. Schließlich schüttelte er den Kopf.

»Ich erinner mich nicht an die Dame.«

»Erinnern Sie sich, irgend jemandem gesagt zu haben, das Mädchen sei im Stallion gewesen?«

»Nein.«

»Aber Sie haben es gesagt. Das jedenfalls hat Mrs. Polk ausgesagt. Und wieso konnten Sie das? Wenn niemand sonst um halb zwei wußte, wer ermordet worden war, woher wußten Sie denn da, daß das Mädchen im Stallion gewesen war?«

»Ich weiß nicht.«

»Na, denken Sie nach.«

Gary wurde langsam unruhig. Er rutschte auf seinem Stuhl herum.

»Vielleicht waren es meine übernatürlichen Fähigkeiten. Vielleicht habe ich es in meinem Innern gesehen«, sagte Gary, erpicht darauf, Peter zu gefallen.

»Das haben wir doch schon erledigt, Gary. Sie haben keine übernatürlichen Fähigkeiten. Niemand hat diese Fähigkeiten. Sergeant Downes hat Sie reingelegt.«

Gary dachte einen Moment angestrengt nach. Dann machte er ein verwirrtes Gesicht. Schließlich drehte er sich zu Peter herum und fragte: »Wenn ich diese Fähigkeiten nicht habe, woher wußte ich es dann, Pete? Woher wußte ich, wer das Mädchen war?«

# 4

»Scheiße! Scheiße! Scheiße!« schrie Peter, kaum daß er bei geschlossenen Fenstern in seinem Wagen saß und die Musik aufgedreht hatte. Die Unterredung mit Gary hatte ihn zum Wahnsinn getrieben. Morgen würde er sein Schlußplädoyer halten müssen. Was sollte er nur sagen? Wie sollte er all die Fakten erklären, die Gary über den Tathergang wußte und die doch bloß der Mörder kennen konnte?
Peter wollte so gern glauben, daß Gary unschuldig war, aber so allmählich kamen ihm Zweifel. Gary war zu körperlicher Gewalt imstande. Er war über Karen Nix hergefallen. Elmore Brock hatte ausgesagt, daß Gary intelligent genug sei, die Ermordung Sandy Whileys zu planen. Gary wirkte so freundlich, so kindlich, aber er hatte am Mordabend getrunken.
Wie konnte Gary ihn so lange an der Nase herumführen, wenn er schuldig war? Brock hatte gesagt, Gary könne lügen und sich an eine Lüge klammern. Geistig Behinderte konnten an einer Aufgabe festhalten. Wenn Gary entlarvt zu werden fürchtete, konnte er dann eine Lüge so lange aufrechterhalten? Was aber war, wenn er gar nicht zu lügen brauchte? Das war die schrecklichste Möglichkeit. Was war, wenn Gary Sandra Whiley ermordet hatte und es nicht einmal mehr wußte? Wenn die Kombination aus Alkohol und Angst die grauenhafte Tat aus Garys Erinnerung gelöscht hatte?
Harmons wohnten in einem weißen, einstöckigen Farmhaus im Kolonialstil. Davor lag eine weite Rasenfläche, die durch einen weißen Bretterzaun begrenzt war. Donna kam sofort auf die vordere Veranda heraus, als sie Peters Wagen auf der runden Kieszufahrt knirschend näher kommen hörte. Sie brannte darauf, ihm all die Dinge zu erzählen, die sie an ihrem ersten Tag als seine Detektivin getan hatte. Ihr Lächeln schwand, kaum daß sie Peters Gesicht sah.
»Was ist passiert?«
»Eben darüber muß ich mit Ihnen reden.«
Donna führte Peter in das große Vorderzimmer. Jesse und Alice waren auf irgendeiner Kirchenveranstaltung, und so waren sie allein. Als sie sich gesetzt hatten, berichtete Peter von der Zeugenaussage, die belegte, daß Gary wußte, daß das Opfer im Stallion

gewesen war, noch bevor irgend jemand sonst ihre Identität kannte. Während Peter sprach, sah Donna immer beunruhigter drein.
»Wo war Gary am Freitagabend, ehe er ins Stallion ging?«
»Bei uns. Mom hatte für Steve und die Familie ein Essen gekocht. Steve mußte früh weg, um an seinen Fällen zu arbeiten, damit er auf unsere Hochzeitsreise gehen konnte. Er nahm Gary in die Stadt mit.«
»Hat Steve Ihnen gesagt, wo er Gary abgesetzt hat?«
»Ich glaube, zu Hause. Gary muß von sich aus zum Stallion gegangen sei. Es ist nicht allzuweit von ihm entfernt.«
»Gary sagt, er sei von der Bar zu Steves Haus gelaufen. Als er ihn nicht zu Hause fand, ging er zur Ponderosa. Gary hat dort was gegessen, aber er hat auch noch zusätzlich was getrunken. Der Barkeeper in der Ponderosa sagt, er sei ziemlich betrunken gewesen, als er etwa um zwei gegangen ist. Gary erinnert sich nicht, daß er zu Bett gegangen ist, aber er erinnert sich, früh aufgestanden zu sein und seine Wäsche gewaschen zu haben. Wann haben Sie ihn das nächste Mal gesehen?«
»Als er und Steve in der Kirche ankamen. Steve hatte Gary abgeholt und rübergefahren. Ich hatte ihn darum gebeten für den Fall, daß Gary mit seinem Smoking nicht zurechtkam.«
»War Gary zu Hause, als Steve hinkam?«
»Steve sagt, ja.«
Peter dachte einen Moment nach. Dann fragte er: »Hat Gary in der Kirche oder auf dem Empfang irgend etwas zu Ihnen gesagt, was sich auf den Mord bezieht?«
»Gary sagte, es seien Polizeiwagen am Park gewesen. Man kommt auf dem Weg zur Kirche dran vorbei. Ich erinnere mich, daß er aufgeregt war. Aber ich hatte den Eindruck, daß er sie einfach beim Vorbeifahren gesehen hatte.«
»Sie kennen Gary besser als jeder andere Mensch. Könnte er dieses Mädchen umgebracht haben?«
»Ich glaube, Gary könnte niemals so grausam sein.«
Peter schüttelte den Kopf. Er wirkte erschöpft und vollkommen entmutigt.
»Ich fürchte, man wird ihn schuldig sprechen. Er wußte, daß die Whiley im Stallion war, bevor irgend jemand sonst wußte, wer sie

war. Er hat Booth von der Halskette erzählt. Er wußte, daß der Mörder ein Beil benutzt hat und wo es versteckt war. Wie können Sie sich all das erklären?«

»Ich kann es nicht«, sagte Donna sanft. »Aber ich kenne Gary.«

»Ich glaube auch nicht, daß er die Whiley umgebracht hat, aber ich glaube nicht, daß ich ihn retten kann, Donna ... Ich ... ich hätte den Fall wahrscheinlich gar nicht erst übernehmen dürfen. Mag sein, mit einem anderen Anwalt ...«

Donna legte Peter die Hand auf die Schulter. »Sie leisten großartige Arbeit. Sie dürfen sich nicht die Schuld daran geben, daß die Zeugen der Anklage Dinge sagen, die Gary schaden.«

Peter war gräßlich zumute. Donna hatte so großes Vertrauen in ihn, aber sie war kein Anwalt, der durchschaute, was für jämmerliche Arbeit er in Wirklichkeit leistete. Er konnte die Wahrheit nicht länger vor sich verbergen.

»Ich muß mir die Schuld geben. Ich hatte kein Recht, diesen Fall zu übernehmen. Amos Geary hatte recht. Er sagte, ich würde ihn vermasseln, und das habe ich getan. Ich bin kein Strafverteidiger. Ich bin überhaupt kein Verteidiger.«

»Das stimmt nicht. Sie haben schwerer als alle gearbeitet. Sie haben wunderbare Arbeit geleistet.«

Donna war so vertrauensvoll. In Peters Kopf drehte sich alles.

»Ich muß Ihnen etwas gestehen. Es dreht sich darum, weshalb ich nach Whitaker gekommen bin. Ich ... ich habe Hale, Greaves nicht freiwillig verlassen. Ich wurde rausgeschmissen. Ich arbeitete an einem großen Fall mit, bei dem es um einen Personenschaden ging und den mein Vater vor Gericht vertrat. Unmittelbar bevor wir ins Gericht gehen wollten, erlitt er einen Herzinfarkt. Dad sagte mir, ich solle auf Verfahrensfehler plädieren, doch ich wollte ihm und allen in der Kanzlei beweisen, daß ich ein bedeutender Prozeßanwalt bin, und so belog ich den Richter und sagte, mein Vater wünsche, daß ich den Prozeß zu Ende führe.

Der Fall war so einfach, daß ein Jurastudent im ersten Semester ihn hätte gewinnen können. Es war ein echtes Genie nötig, um ihn zu verpatzen, aber ich habe es geschafft und ... und diese arme Frau ...« Peter schüttelte seinen Kopf. »Sie hätten sie sehen sollen, Donna. Sie hatte nichts. Sie war bettelarm mit fünf kleinen Kindern, die sie selber großziehen mußte, und dann wurde sie zum Krüppel gefahren. Aber dann passierte das Allerschlimmste. Sie bekam mich als ihren Anwalt, und ich zerstörte alle Hoffnung, die sie und ihre Kinder hatten, an einem einzigen Nachmittag. Und jetzt mache ich dasselbe mit Gary.«

»Sie sind zu hart gegen sich.«

Peter sah Donna fest in die Augen.

»Als ich den Fall Ihres Bruders übernommen habe, dachte ich nicht eine Sekunde lang an ihn. Ich dachte nur daran, wie berühmt ich sein würde, wenn ich den Prozeß gewinnen könnte. Gary interessierte mich nicht genug, daß ich mich gefragt hätte, was passieren würde, wenn ich seinen Fall genauso vermasseln würde wie den von Mrs. Elliot.«

»Aber jetzt interessiert er Sie doch, nicht wahr?« fragte Donna ruhig.

»Und wie. Ich bewundere Gary. Er ist ein viel besserer Mensch als ich. Ich glaube, er würde niemals jemandem absichtlich weh tun. Er denkt über die Gefühle anderer Leute nach. Wenn er eine Arbeit zu verrichten hat, versucht er sein Allerbestes zu geben. Er ist ganz und gar nicht wie ich, und ich wünschte, ich könnte ein bißchen mehr wie er sein.«

Donna hob die Hand und berührte Peters Wange.

»Ich weiß nicht, was für ein Mensch Sie in Portland gewesen sind. Ich kenne Sie nur jetzt. Ich sehe, wie sehr Gary Ihnen am Herzen liegt.« Donna verstummte und senkte den Blick. »Ich weiß, was Sie für mich getan haben.«

Am liebsten hätte Peter Donna in die Arme genommen, aber er wollte den Moment nicht ausnutzen, in dem sie so verletzlich war. Donna mußte gespürt haben, wie dicht daran sie waren, etwas zu tun, was sie bereuen würden, denn sie zog ihre Hand zurück. Einen Augenblick saßen sie in verlegenem Schweigen auf der Couch, dann sagte Donna: »Ich ... ich habe heute nachmittag diese Strecken für Sie abgeschritten.«

»Großartig«, antwortete Peter mit zittriger Stimme, erleichtert, daß die Gefahr vorüber war. »Was haben Sie herausgefunden?«

»Ich bin am Stallion losgegangen und bis zu Garys Haus gelaufen. Das ist etwas weiter als eine Dreiviertelmeile, und ich brauchte ungefähr zwölf Minuten. Dann ging ich zu der Bar zurück und weiter bis zum Parkeingang. Es ist eine Viertelmeile vom Stallion bis zum Eingang, und ich brauchte 16 Minuten von dem Haus bis zum Park.«

»Das heißt, Gary kam etwa zwölf Minuten nach elf zu Hause an, wenn er um elf das Stallion verließ und direkt nach Hause ging.«

»Falls er in meinem Tempo gegangen ist«, berichtigte Donna. »Er könnte gerannt oder schneller gelaufen sein.«

»Okay, aber er brauchte trotzdem etwas Zeit, um sich eine Waffe zu suchen.«

Peter rechnete die Zahlen im Kopf durch.

»Verdammt. Es könnte trotzdem hinhauen. Wenn er etwa zwölf Minuten nach elf von zu Hause weggeht, der Whiley folgt und etwa um 11 Uhr 36 am Park ankommt … Wenn Howell und seine Freundin etwa um 11 Uhr 35 aus dem Park hinausgegangen sind, und Sandra Whiley kam kurz danach vorbei …«

»Ich habe darüber nachgedacht, Peter. Wenn es nur eine Viertelmeile vom Stallion bis zum Haupteingang des Parks ist, und ein Durchschnittsmensch braucht ungefähr 15 Minuten für eine Meile, dann würde man für eine Viertelmeile nur etwa drei Minuten brauchen. Wenn die Whiley etwa 20 Minuten nach elf aus der Bar weggegangen ist, müßte sie den Eingang zum Park vor diesen beiden jungen Leuten erreicht haben.«

»Sie haben recht! Damit wäre sie also etwa um 11 Uhr 25 dort. Aber Howell hat gesagt, daß Jessie etwa um halb zwölf am Brunnen einen Wunsch getan hat, und da war noch keine Leiche da. Wo war Sandra Whiley zwischen 11 Uhr 20, als sie das Stallion verließ, und 11 Uhr 35, als Howell und Jessie Freeman den Park verließen?«

»Haben Sie Howell und seine Freundin gefragt, ob sie jemanden gesehen haben, als sie im Park waren?«

»Ja. Sie können sich nicht erinneren, jemanden gesehen zu haben, aber sie waren wahrscheinlich zu sehr mit sich selbst beschäftigt, um jemanden zu bemerken. Erzählen Sie mir von Ihren übrigen Ergebnissen.«

»Vom Park zur Ponderosa könnte Gary es in 15 bis 20 Minuten

geschafft haben, also könnte er die Whiley etwa um 11 Uhr 37 umgebracht haben und um 11 Uhr 55 in der Kneipe angekommen sein.«

»Sind Sie vom Park zu dem Regenabzugskanal gegangen, in dem das Beil gefunden wurde, und wieder zurück zur Ponderosa?«

»Ja. Der Regenkanal ist in der Nähe des Campus. Das sind etwas unter zwei Meilen. Selbst wenn Gary in einem Sieben-Minuten-pro-Meile-Tempo gerannt wäre, könnte er unmöglich die Whiley nach 11 Uhr 35 getötet, das Beil weggeworfen und es bis Mitternacht zur Ponderosa geschafft haben.«

»Da hätte er das Beil irgendwo verstecken müssen, ehe er in die Ponderosa ging, und es später abholen. Das klingt ein bißchen kompliziert für jemanden von Garys Intelligenz, aber danach muß ich Elmore Brock fragen.«

Peter stand auf. Er wirkte niedergeschlagen.

»Ich muß zurück ins Büro und an meinem Schlußplädoyer arbeiten. Und beackern Sie bitte weiter die Leumundszeugen für das Strafmaßverfahren. Ich hoffe, wir werden Sie nicht brauchen, aber ich fürchte es.«

# Sechsundzwanzigstes Kapitel

## 1

Sie holten Gary, als die Sonne gerade unterging. Sein Herz flatterte wie die Flügel eines gefangenen Vogels. Auf dem Rücksitz des Polizeiwagens – die Stadt löste sich in der dichter werdenden Dunkelheit auf – betete Gary: »Bitte, lieber Gott, bitte, lieber Gott«, immer und immer wieder. Er versprach dem lieben Gott, er würde brav sein. Er versprach, nie wieder etwas zu tun, wofür Mom und Dad sich schämen oder worüber sie böse werden müßten. Bitte, lieber Gott.

Die Reporter warteten auf der Treppe des Gerichtsgebäudes, die Zigaretten baumelten ihnen aus den Mündern, ihre Kameras hatten sie auf den Betonplatten abgestellt, und sie waren in lockere Unterhaltungen oder in die Stille des Sonnenuntergangs vertieft, bis jemand den Polizeiwagen erspähte. Und mit einemmal waren sie alle auf den Beinen, ruckartig in Bewegung gesetzt wie Marionetten. Als die Wagentüren aufgingen, drängte die Masse heran, stieß mit Mikrophonen nach ihm und schrie ihm Fragen zu. Gary duckte sich in die Ecke des Rücksitzes. Die Hilfssheriffs machten eine Gasse frei, als Gary sich aus dem Auto herausquälte, was schwierig war, weil er Handschellen trug. Er suchte nach einem ihm freundlich gesinnten Gesicht und sah Peter, der sich durch die Menge drängte.

»Was haben sie gesagt?« fragte Gary, als Peter ihm die Treppe hinaufhalf.

»Ich weiß nicht. Sie müssen das Urteil im Gericht verlesen. Die Geschworenen warten im Juryzimmer.«

»Sind Mom und Dad da?« fragte Gary, als sie, von Hilfssheriffs umgeben, im Aufzug zum Gerichtssaal hinauffuhren.

»Ja. Ich habe sie als allererstes angerufen. Donna ist bei ihnen.«

Die Aufseher begleiteten Peter und Gary an den Tisch der Verteidigung. Als sie Gary die Handschellen abnahmen, signalisierte eine allgemeine Bewegung hinten im Gerichtssaal, daß Becky O'Shay hereinkam. Sie blickte ernst und mied absichtlich den Blickkontakt mit Peter und seinem Mandanten. Der Gerichtsdiener eilte ins Dienstzimmer des Richters, um ihm Bescheid zu geben, daß die Parteien im Gerichtssaal erschienen waren. Augenblicke später tauchte der Gerichtsdiener aus dem Richterzimmer wieder auf und verschwand im Geschworenenzimmer. Als sich die Tür zum Geschworenenzimmer öffnete, verstummte der allgemeine Lärm im Gerichtssaal. Man hörte nur das Rascheln von Kleidern und das Klappern von Absätzen, als die Jury sich auf ihre Plätze auf der Geschworenenbank begab. Peter betrachtete forschend ihre Gesichter, um einen Hinweis auf das Urteil zu entdecken, aber die Geschworenen sahen weder ihn noch Becky O'Shay an. Neben Peter wand Gary sich ängstlich auf seinem Stuhl.

Als die Geschworenen sich gesetzt hatten, drückte der Gerichtsdiener auf einen Knopf an der Seite seines Schreibtischs, um dem Richter das Zeichen zu geben. Alle erhoben sich von ihren Plätzen, als Richter Kuffel den Saal betrat. Als er Platz genommen hatte, wandte er sich der Geschworenenbank zu.

»Meine Damen und Herren, sind Sie zu einem Spruch gelangt?«

Ernest Clayfield, ein Farmer, stand langsam auf. Er hatte ein zusammengefaltetes Blatt Papier in der Hand.

»Das sind wir«, antwortete Clayfield ernst.

»Übergeben Sie Ihren Urteilsspruch dem Gerichtsdiener«, befahl der Richter.

Clayfield streckte die Hand aus, und der Gerichtsdiener nahm ihm das Urteilsformular ab und reichte es dem Richter. Kuffel faltete es auf und las es einmal durch. Dann sah er Gary an.

»Würde der Beschuldigte sich bitte erheben«, sagte er mit gedämpfter Stimme. Gary sprang auf, aber Peter fühlte sich von der Spannung völlig benommen, und seine Beine gaben nach. Er mußte sich anstrengen, um hochzukommen.

»Unter Weglassung der Präambel«, sagte Richter Kuffel, »lautet der Urteilsspruch folgendermaßen: ›Wir, die Geschworenen, ordnungsgemäß gewählt und vereidigt, befinden den Beklagten des zur Last gelegten Vergehens für SCHULDIG.‹«

Einen Moment trat völlige Stille ein, dann hörte Peter Alice Harmon

stöhnen, während Donna leise »Nein!« ausrief. Er blickte auf den Boden des Gerichtssaals und sah nicht das breite Lächeln der Genugtuung auf Becky O'Shays Gesicht. Ein allgemeines Gemurmel erfüllte die Luft.
Richter Kuffel klopfte mit dem Hammer, um die Ruhe wiederherzustellen, dann fragte er: »Wollen Sie, daß die Geschworenen einzeln ihr Votum abgeben, Mr. Hale?«
»Ja«, brachte Peter heraus. Er strich Gary über die Schulter, dann ließ er sich auf seinen Stuhl fallen, während der Richter jeden Geschworenen einzeln fragte, ob er oder sie mit dem Spruch einverstanden war.
»Was ist passiert?« fragte Gary.
»Man hat Sie für schuldig befunden, Gary«, sagte Peter. »Sie glauben, Sie haben das Mädchen umgebracht.«
Gary machte ein verdutztes Gesicht. Er erhob sich langsam von seinem Platz und starrte den Richter an. Die Aufseher traten einen Schritt vor.
»Ich hab es nicht getan«, sagte Gary. Der Richter unterbrach sich in der Befragung der Geschworenen und sagte: »Bitte, setzen Sie sich, Mr. Harmon.«
»Ich hab dem Mädchen nicht weh getan«, schrie Gary, und seine Stimme überschlug sich.
»Mr. Harmon«, wiederholte der Richter, während die Aufseher näher kamen.
»Ich bin ein guter Junge«, jammerte Gary. »Ich will nach Hause.«
Peter stand auf und legte Gary eine Hand auf die Schulter. Hinter sich hörte er Donna schluchzen.
»Ich will nach Hause. Ich will meine Mama. Ich mag dieses Gefängnis nicht. Ich will nach Hause.«
Peter legte Gary den Arm um die Schulter und hielt ihn fest. Gary zitterte, während er tief, tief Atem holte und jammerte wie ein verwirrtes, verängstigtes Kind.

## 2

Gary war in den Sicherheitstrakt des Gefängnisses von Whitaker verlegt worden, sobald der Schuldspruch als gültig anerkannt war. Dieser Trakt bestand aus einer Reihe von fünfzehn schmalen Zellen. Jede Zelle war breit genug für eine Pritsche und einen eine Pritschenbreite freien Raum. An der Rückseite der Zelle stand eine Toilette. Vor der Zellenreihe befand sich ein Bereich, in dem die Insassen ihre einzige körperliche Ertüchtigung durchführen konnten, indem sie an den Gittern hin und her spazierten. Ein Farbfernseher war in der Mitte hoch oben an den Gitterstäben befestigt. Die Aufseher kontrollierten die Programme und die Fernsehzeiten. Gary haßte seine enge Zelle. Sie war wie ein Sarg.

Zugang zum Sicherheitstrakt hatte man durch ein Ausfalltor. Gary hörte das Quietschen der aufgleitenden Tür des Ausfalltors und drückte sich zwischen die Gitter seiner Zelle, um den Besucher zu sehen. Als Peter sicher im Innern des Ausfalltors stand, glitt die äußere Tür zu, und der Aufseher öffnete elektronisch die innere Tür. Die anderen Häftlinge wurden eingeschlossen, solange Peter zu Besuch war. Sie starrten ihn an, als er vorbeiging. Das Leben in dem Trakt war so langweilig, daß jede Abwechslung im allgemeinen Trott ein so grandioser Zeitvertreib war wie eine Broadwayshow.

Garys Zellentür wurde von derselben zentralen Steuerung aus bedient, mit der die Türen des Ausfalltors geöffnet wurden. Als Peter vor der Zelle stand, öffnete der Aufseher sie, und Peter trat ein. Er hatte sich eine fröhliche Begrüßung vorgenommen, aber Gary machte ein so trauriges Gesicht, daß er nichts weiter herausbrachte als: »Hi, Gary«, und das mit so leiser Stimme, daß er sich nicht sicher war, ob er die Worte überhaupt laut gesagt hatte.

»Kann ich nach Hause gehen, Peter?«

Peter ignorierte die Frage.

»Setzen Sie sich, Gary. Wir müssen ein paar Dinge besprechen.«

Gary setzte sich auf die Pritsche, und Peter setzte sich neben ihn. Es gab in der Zelle keinen anderen Platz, um sich hinzusetzen, abgesehen von der Toilette, die ohne Deckel war.

»Sie werden eine Zeitlang in dieser Zelle bleiben müssen.«

»Warum denn? Warum kann ich denn nicht in meine andere Zelle zurück? Die war größer.«

»Die andere Zelle war für die Zeit, als Sie noch nicht schuldig gesprochen waren. Jetzt sind Sie es. Das Strafmaßverfahren Ihres Prozesses beginnt nächste Woche, und der Sheriff fürchtet, Sie könnten versuchen auszureißen, darum will er Sie hier haben.«
»Ich werde nicht versuchen auszureißen, Pete. Ich verspreche es. Sagen Sie dem Sheriff, ich werde nicht versuchen auszureißen.«
»Ich habe es ihm gesagt, aber er hat Vorschriften, die er befolgen muß, wenn jemand schuldig gesprochen ist. Sie wissen doch über Vorschriften Bescheid, nicht wahr, Gary? Wenn es Vorschriften gibt, muß man sie befolgen.«
Gary sah niedergeschlagen drein. »Ich nehme an, wenn es Vorschrift ist, muß er diese Vorschrift befolgen.«
»Richtig. Jetzt haben wir etwas sehr Ernstes miteinander zu besprechen, hören Sie also genau zu.«
»Okay, ich höre zu.«
»Wissen Sie, was während des Strafmaßverfahrens Ihres Prozesses passiert?«
»Nein, Pete. Was passiert?«
»Sie … Sie sind, äh, eines schweren Mordes für schuldig befunden worden. Das ist das schwerste Verbrechen in Oregon. Die Geschworenen werden den Staatsanwalt und Ihren Verteidiger anhören, um zu entscheiden, welche von drei Strafen sie Ihnen geben werden. Zwei der Strafen sind lebenslange Freiheitsstrafen. Eine der lebenslangen Haftstrafen gibt Ihnen nach dreißig Jahren die Möglichkeit, eine bedingte Haftentlassung zu erhalten. Die andere lebenslange Freiheitsstrafe hat diese Möglichkeit nicht. Das heißt, Sie kommen niemals frei.«
»Mir gefällt das nicht. Ich will hier raus.«
Peter begann Gary zu erklären, daß er nicht aus dem Gefängnis herauskonnte, aber er brach ab. Es war alles so nutzlos.
»Es gibt noch eine Strafe, Gary. Sie könnten zum Tode verurteilt werden. Die Geschworenen könnten sagen, daß man Sie exeku… töten soll. Haben Sie verstanden?«
»Die will ich nicht«, sagte Gary. Er klang verängstigt.
»Und ich will auch nicht, daß Sie diese Strafe bekommen«, sagte Peter, und seine Worte blieben ihm im Hals stecken. »Darum haben wir dieses Gespräch.

Jetzt passen Sie ganz genau auf, Gary. Es ist sehr wichtig, daß Sie in dem Strafmaßverfahren einen wirklich guten Anwalt haben, und ich denke, das sollte nicht ich sein.«
Gary guckte überrascht, dann noch erschreckter.
»Wollen Sie nicht mein Anwalt sein? Sie sind ein guter Anwalt.«
»Da bin ich mir nicht so sicher, Gary. Bisher war ich mit diesem Fall nicht sehr erfolgreich. Ich ... ich habe noch nie jemanden im Strafmaßverfahren vertreten. Wenn ich dem Richter sagen würde, daß ich nicht gut genug bin, um Sie zu verteidigen, würde er Ihnen einen guten Anwalt besorgen.«
»Nein, nein«, sagte Gary in panischer Angst, »Sie sind mein Anwalt.«
»Ja, Gary, aber ich denke, mit einem anderen Anwalt würden Sie besser fahren.«
»Oh, nein. Sie sind der beste Anwalt«, sagte Gary voller Überzeugung. »Und Sie sind mein Freund. Mein bester Freund. Sie werden mich retten. Ich weiß, Sie werden es nicht zulassen, daß sie mir diese schlimmen Strafen geben.«
»Herrgott, Gary ...«, begann Peter, aber er hatte nicht den Mut weiterzureden. »Denken Sie drüber nach, ja? Denken Sie wirklich drüber nach. Denn ich weiß nicht ... Denken Sie einfach drüber nach.«

Teil sechs

# Das Tiefland

# Siebenundzwanzigstes Kapitel

## 1

Richter Kuffel setzte den Beginn des Strafmaßverfahrens für Montag in einer Woche fest, was Peter sehr wenig Zeit ließ, sich von dem Prozeß zu erholen. Am Sonntag erwachte er kurz nach neun aus einem ruhelosen Schlaf, in dem ihn beängstigende Träume gequält hatten. Weder wollte er den Tag in seinem bedrückenden Haus verbringen, noch hatte er die Energie zum Joggen, deshalb ging er nach dem Duschen und einem Frühstück ins Büro.

Peter hatte keine Strategie, wie er Gary retten sollte. Die erste halbe Stunde brachte er damit zu, den gesamten Inhalt seiner Prozeßaktenordner wahllos auf den Schreibtisch zu packen. Die Polizeiberichte, den Autopsiebericht und die Zeugenaussagen hatte er schon mehrmals durchgearbeitet. Das einzig Neue waren Donnas säuberlich getippte Ermittlungsprotokolle. Peter griff sie heraus und ging sie ohne rechte Begeisterung durch. Er fand nichts von Interesse, bis er die Zusammenfassung von Donnas Gespräch mit Marjorie Dooling las. Hier war ein Anhaltspunkt, der sein Erinnerungsvermögen in Gang setzte, und Peter wühlte die Polizeiberichte durch, bis er David Thornes Aussage fand.

Als Peter das Stallion betrat, sauste gerade ein Spieler im Pittburgh-Steeler-Dreß vor zwei Verteidigern der Oakland Raider davon und gewann fünf Yards, ehe er von einem anderen Raider-Spieler zu Boden gerissen wurde. Einige Gäste stöhnten, andere – eher mehr – klatschten Beifall. Als die Steeler eine Auszeit nahmen, wandte sich der Barkeeper vom Fernseher ab.

»Dave Thorne?«

»Das bin ich«, bestätigte der Barkeeper mit einem Lächeln.

»Ich bin Peter Hale, Gary Harmons Verteidiger.«

Das Lächeln verschwand. »Satte Pleite, Mann.« Thorne schüttelte

den Kopf. »Ich kann mir einfach nicht vorstellen, daß Gary so etwas getan haben soll.«
»Ich glaube nicht, daß er's getan hat. Deswegen bin ich hier. Ich wollte Sie nach etwas fragen. Es geht um Ihre Aussage, die Sie gemacht haben, Dennis Downes gegenüber.«
»Daran erinnere ich mich.«
»Mich interessiert, was Sie über Sandra Whiley gesagt haben. Sie saß von der Tür aus gesehen am entgegengesetzten Ende der Bar, stimmt das?«
»Ja, ziemlich nah an meinem Arbeitsbereich.«
»Sie haben sie also eine Weile gesehen?«
»Ich hab nicht sehr auf sie geachtet. Ich hatte ziemlich viel zu tun.«
»Okay, aber in dem Bericht sagten Sie, irgendwann sei sie Ihnen nervös oder verängstigt erschienen.«
»Hab ich das gesagt?«
Peter gab ihm eine Kopie seiner Aussage, und Thorne las sie aufmerksam durch. An einem Abschnitt des Berichts, den Peter mit einem Marker hervorgehoben hatte, hielt er inne. Thorne las ihn zweimal, dann nickte er heftig.
»Jetzt erinnere ich mich. Was wollen Sie wissen?«
»Sie sagten, Miss Whiley habe zwei Männer beobachtet, die auf die Hintertür zugingen, und dabei einen verängstigten Eindruck gemacht. Wenn Sie mir darüber etwas sagen könnten.«
»Das war, nachdem ich Steve Mancini angerufen hatte. Als ich mich umdrehte, sah die Whiley erschrocken oder ängstlich aus. Ich hatte den Eindruck, daß sie zu zwei Männern rübersah, die auf der Empore über der Tanzfläche da oben saßen.«
Peter wandte sich um zu der Stelle, auf die Thorne zeigte.
»Haben Sie sich die Männer genau angesehen?« fragte Peter.
»Nein. Es war dunkel, und ich hab nur kurz zu ihnen rübergesehen. Vorn ging's ziemlich hektisch zu.«
»Können Sie die Männer eigentlich beschreiben?«
»Einer hat nicht viel hergemacht, aber der andere war ein Hüne. Sieht aus wie ein Profiringer, hab ich gedacht, das weiß ich noch.«

Marjorie Dooling war im Hauptverfahren kurz als Zeugin der Anklage aufgetreten. Peter hatte ihr keine Fragen gestellt, wußte aber noch, wie sie aussah. Er brauchte nur ein paar Minuten, um sie in der Bibliothek des Whitaker State College ausfindig zu machen, wo sie nach Auskunft ihrer Wirtin saß und lernte. Neben einer Reihe von Regalen voller Bücher saß Marjorie Dooling über ein Geschichtsbuch gebeugt an einem großen Tisch. Der Platz ihr gegenüber war leer, und Peter setzte sich.

»Miss Dooling, mein Name ist Peter Hale.« Er reichte ihr eine Geschäftskarte. »Ich vertrete Gary Harmon. Sie haben im Prozeß ausgesagt.« Die Miene des Mädchens verfinsterte sich. »Sie waren neulich so freundlich, sich mit meiner Ermittlerin zu unterhalten, aber ein kleines Detail in ihrem Bericht wollte ich noch klären.«

»Na schön«, seufzte Miss Dooling. »Eine Frage. Aber das ist alles. Ich habe morgen eine Prüfung.«

Peter zeigte Marjorie den Teil in Donnas Bericht, in dem sie den Mann erwähnt hatte, der Sandy von zu Hause abgeholt hatte.

»Sie sagten, Sandy habe Ihrem Eindruck nach Angst vor ihm gehabt.«

»Sie war den ganzen Tag völlig flatterig. Und als er nach ihr hupte, schien sie mir ziemlich verängstigt.«

»Können Sie sich sonst noch an etwas erinnern? Die Haarfarbe des Mannes oder seine Körpergröße?«

Miss Dooling schüttelte langsam den Kopf, doch dann fiel ihr etwas ein.

»Ich habe ihn nur vom Fenster im ersten Stock aus gesehen, und er saß in seinem Wagen. Aber da war etwas. Als Sandy aus dem Haus trat, hatte er den Arm aus dem offenen Wagenfenster gelehnt. Ich habe ihn nur eine Sekunde lang gesehen, denn als er sie sah, zog er ihn sofort zurück.«

»Was war mit dem Arm?«

»Der Typ hatte ein kurzärmeliges T-Shirt an, und ich konnte einen Teil von seinem Bizeps und seinem Unterarm erkennen. Beides wirklich dick, wie bei einem Gewichtheber, und voller Tätowierungen.«

»Können Sie die Tätowierungen beschreiben?«

Marjorie Dooling schloß die Augen. »Ich bin mir nicht sicher«, erklärte sie und blickte wieder auf. »Wie ich schon sagte, ich habe aus einem Fenster im ersten Stock gesehen und seinen Arm dabei nur einen Augenblick wahrgenommen, aber ich glaube, ich habe Schlangen und einen Panther gesehen.«

Peter fuhr wie benommen zurück in sein Büro. Sandra Whiley kannte und fürchtete Christopher Mammon. Beobachtete Mammon Garys Prozeß, um sicher zu sein, daß keine Aussage ihn in die Sache hineinzog? Mammon hatte die Möglichkeit gehabt, das Verbrechen zu begehen. Er hatte das Stallion etwa zur selben Zeit verlassen wie Sandra Whiley. Wenn Peter beweisen konnte, daß ein Monster wie Mammon einen Grund hatte, Sandy Whiley zu schaden, wäre Gary Harmon nicht mehr der einzige denkbare Verdächtige in ihrem Mordfall.

Als Peter vor Mancinis Bürohaus parkte, fiel ihm ein, daß Amos Geary zu ihm gesagt hatte, er solle vor der Vorverhandlung gegen Mommon und Booth Mammons Akte lesen, aber Peter hatte nur einen flüchtigen Blick auf die Schriftstücke in der Akte geworfen. Jetzt wünschte er sich, er wäre gründlicher gewesen. Die Akte hatte vielleicht etwas enthalten, das Gary helfen könnte. Geary darum zu bitten, die Akte sehen zu dürfen, war zwecklos. Er bezweifelte, daß Geary überhaupt mit ihm reden würde. Außerdem war die Akte vertraulich, und Peter arbeitete nicht mehr für Geary. Aber Steve Mancini hatte Kevin Booth in der Sache vertreten, in der es um die Verhaftung auf dem Whitaker-State-Campus gegangen war. Er hatte bestimmt auch die Polizeiberichte.

Alle geschlossenen Akten der Kanzlei befanden sich in einem großen Raum hinter den Arbeitsplätzen der Sekretärinnen. Peter knipste das Licht an. Mancinis Akten waren alphabetisch geordnet, und Peter fand Booths Akte sofort. Sie war nicht sehr dick, weil der Fall nicht über die Vorverhandlung hinaus gediehen war. Vorn im Aktenzimmer stand ein Tisch mit einer Leselampe. Peter setzte sich, klappte die Akte auf, nahm den Umschlag mit den Polizeiberichten heraus und legte sie auf den Tisch. Er las sie langsam durch, entdeckte aber nichts Hilfreiches, bis er, als er den Stapel halb durch hatte, auf zwei Berichte stieß, die merkwürdig aussahen. Sie unterschieden sich in der Form von den anderen Berichten und schienen sorgfältiger zu sein. Peter fand rasch heraus, warum die Berichte

anders aussahen. Sie waren nicht von der Polizei von Whitaker oder von der Campuspolizei verfaßt worden. Es waren Berichte von Agenten der DEA, der Bundesdrogenpolizei.
Der erste Bericht behandelte ausführlich die Tätigkeiten eines ungenannten, geheimen, aber verläßlichen Informanten (confidential, reliable informant oder CRI), der mit Kokain erwischt worden war und sich bereit erklärt hatte, Kevin Booth in eine Falle zu locken, um die eigene Strafe abzuarbeiten. Der Bericht war eine chronologische Darstellung der Kontakte zwischen Booth und dem CRI in Whitaker. Der CRI sollte nach und nach immer größere Mengen Kokain von Booth kaufen, bis Booth den Bedarf des CRI schließlich nicht mehr decken konnte und einwilligen mußte, den CRI mit jemandem zusammenzubringen, der größere Kapazitäten hatte.
Der zweite Bericht berichtete im Detail über die Verhaftung Kevin Booths und Christopher Mammons auf dem Whitaker-Campus, enthielt aber auch Informationen, die Peter neu waren. Der CRI sollte Booth dreißigtausend Dollar für zwei Kilo Kokain bringen. Nach abgeschlossenem Handel sollte der CRI den Einsatz weiter steigern, um Booth zu zwingen, über seine Kontakte eine wirklich große Menge Kokain zu beschaffen. Man hoffte, Booths Lieferanten würden dann direkt abwickeln. Dem Bericht war zu entnehmen, daß die Festnahme durch Campuswachleute völlig überraschend erfolgt war, da weder die DEA noch die Polizei von Whitaker eine Verhaftung wünschten.
Peter war sicher, daß er keinen der beiden DEA-Berichte jemals unter Gearys Akten gesehen hatte. Aber warum hatte Mancini sie und Geary nicht? Peter las die Berichte noch einmal. Langsam formte sich in ihm ein Gedanke, und ihm wurde kalt. Und wenn Sandra Whiley nicht einfach nur eine unschuldige Zuschauerin gewesen war, die aus Versehen ermordet wurde? Wenn sie eine Strafe wegen Kokainbesitzes abarbeitete und Christopher Mammon an die DEA verraten hatte? Dann hätte Mammon ein gewaltiges Motiv, sie zu ermorden.
Peter steckte den Umschlag mit den Polizeiberichten zurück in die Akte. Er wollte sie gerade zuklappen, als er einen Telefonbenachrichtigungszettel bemerkte, den Mancini mit einer Büroklammer

links in den Ordner geklemmt hatte. Auf dem Zettel stand das Datum des Tages vor der Vorverhandlung. Die rot unterstrichenen Großbuchstaben ASAP fielen Peter ins Auge.
Peter las die Nachricht aufmerksam durch. Sie war von Becky O'Shay. Sie bat Steve anzurufen, sobald er ins Büro käme – ASAP, as soon as possible, so schnell wie möglich –, damit sie über einen Deal im Falle Booth sprechen könnten. Peter fragte sich, wie dieser Deal ausgesehen haben könnte. Vielleicht war es das, worüber Steve und Becky gerade gesprochen hatten, als er sie vor der Vorverhandlung auf dem Flur vor dem Gerichtssaal gesehen hatte. Aber der Deal war offensichtlich nicht zustande gekommen, denn Booth hatte sich nicht schuldig bekannt.
Peter stellte die Akte zurück und wollte den Raum gerade verlassen, als ihm ein anderer Gedanke durch den Kopf ging. Becky O'Shay mußte Steve Mancini die DEA-Berichte gegeben haben. Das bedeutete, daß sie von der Existenz des CRI wußte. Kannte sie auch die Identität des CRI? Wenn Sandra Whiley dieser CRI war und Becky es wußte, aber geheimhielt, hatte Peter einen Ansatzpunkt, um ein neues Verfahren zu beantragen. Doch ehe er gegen Becky O'Shay Front machte oder einen Antrag einbrachte, mußte er herausfinden, ob Sandra Whiley tatsächlich der CRI war, und Peter meinte zu wissen, wie er das herausbekommen könnte.

## 2

Ich weiß nicht, Peter. Ich könnte in eine Menge Schwierigkeiten geraten«, sagte Rhonda Kates.
»Ich weiß. Ich würde nicht fragen, wenn ich nicht so verzweifelt wäre.«
»Warum sagst du nicht einfach der Staatsanwaltschaft, daß du unbedingt mit Booth reden mußt? Müssen die dich nicht mit Zeugen sprechen lassen?«
»Ja. Aber die Staatsanwältin würde darauf bestehen, daß sie mitkommt, oder sie würde Booth dazu überreden, sich zu weigern, mit mir zu sprechen.«
»Ich dachte, das wäre ungesetzlich.«
»Ich muß mich deswegen heimlich in Booths Zimmer schleichen,

weil ich glaube, daß die Staatsanwältin bereits etwas Ungesetzliches getan hat. Becky wird alles tun, um zu gewinnen.
Paß auf, du mußt lediglich den Wachmann von Booths Tür weglocken. Ich muß Booth nur eine einzige Frage stellen. Das dauert bloß Sekunden.«
»Das ist eine sehr große Bitte.«
»Rhonda, Donnas Bruder ist vielleicht unschuldig. Wenn Kevin Booth das sagt, was ich vermute, könnte ich erreichen, daß der Schuldspruch gegen Gary aufgehoben wird und ich der Polizei den wahren Mörder liefere. Wenn ich nicht dort reinkomme und mit Booth spreche, sitzt Gary wahrscheinlich schon Ende nächster Woche in der Todeszelle.«

Kevin Booth war zwei Tage zuvor in ein Zimmer im Krankenhaus von Whitaker verlegt worden. Ein Wachmann saß die ganze Zeit vor seiner Tür. In der Nähe dieses Zimmers wartete nun Peter in einer Nische, rief von seinem Handy aus das Krankenhaus an und bat um eine Verbindung mit dem Stationsraum, der von Booths Zimmer am weitesten entfernt war. Rhonda hob beim ersten Klingeln ab und tat, als führe sie ein Gespräch. Dann legte sie den Hörer hin und bat die andere Schwester, sie solle doch bitte darauf achten, daß der Hörer nicht aufgelegt würde.
Peter verfolgte, wie Rhonda dem Wachmann ausrichtete, daß ein Anruf für ihn da sei. Er schien unsicher, ob er seinen Posten verlassen sollte, aber Rhonda erklärte, der Anruf komme vom Revier und der Anrufer habe gesagt, es sei dringend.
Kaum hatte der Polizist sich erhoben, schlüpfte Peter in Booths Zimmer.
Booths Krankenhauskittel verdeckte den Großteil seiner Verbrennungen, aber hier und da sah Peter leuchtende hellrote und purpurfarbene Hautflecken, umgeben von zahllosen Narben. Booths Gesicht war immer noch mit Creme bedeckt.
»Hi, Mr. Booth. Ich bin Peter Hale, Gary Harmons Anwalt«, begrüßte ihn Peter mit einem, wie er hoffte, gewinnenden Lächeln. »Wir sind uns in Portland begegnet.«
»Was machen Sie hier?« fragte Booth. Seine Stimme war wieder normal. »Ich dachte, der Prozeß ist vorbei.«

»Ist er auch. Nein, ich habe eine Frage bezüglich der Verhaftung auf dem Whitaker-State-Campus. Wo Sie freigesprochen wurden.«
»Was wollen Sie denn über die Sache wissen?«
»Chris Mammon muß sich deswegen noch vor Gericht verantworten.«
»Also, der soll mich mal. Mammon interessiert mich einen Scheißdreck.«
Peter überlegte rasch.
»Das wird Mr. Mammon vielleicht nicht helfen. Im Gegenteil, Ihre Antwort könnte seinem Fall wirklich schaden. Ich muß wissen, ob er uns die Wahrheit sagt. Wenn nicht, muß er am Ende ziemlich lange sitzen.«
»Was wollten Sie denn wissen?« fragte Booth, den alles interessierte, was ihm Christopher Mammon vom Hals halten konnte.
»Sie wissen doch noch, als Sie am Whitaker State verhaftet wurden – sollte Sandra Whiley Ihnen damals dreißigtausend oder dreitausend Dollar bringen? Das wäre ein großer Unterschied für das Urteil. Mammon behauptet, die Whiley sollte nur dreitausend bringen und er hätte nicht gewußt, wieviel Kokain in den Plastikbeuteln war.«
Booth schnaubte verächtlich. »Mammon lügt. Er wußte genau, wieviel Dope in den Beuteln war. Er hat's ja selber gewogen. Und er wußte, wieviel Knete die Whiley bringen sollte, weil er ihr gesagt hatte, sie solle dreißig Riesen bringen.«
»Das höre ich mit Bedauern. Sagen Sie, war Mammon eigentlich klar, daß die Whiley für die DEA gearbeitet hat?«
»Erst nachdem man uns geschnappt hat. Danach hab ich gesagt, die Zicke muß uns verpfiffen haben. Chris war wütend. Er sagte, das würde er rausbekommen.«
»Das haben wir auch gehört«, meinte Peter ernst. »Wo haben Sie die Whiley kennengelernt?«
Booth neigte den Kopf zur Seite und sah Peter mißtrauisch an. »Ich dachte, Sie wären an Mammon interessiert.«
»Bin ich auch. Er sagt, er habe die Whiley nicht gut gekannt. Ich dachte, wenn Sie sie gekannt haben, könnten Sie die Dinge klarstellen.«
»Er lügt Sie an. Ich persönlich glaube, daß er mit ihr gevögelt hat.«

»Ach, wirklich?«
»Für Kokain hätte die Zicke alles gemacht.«
Plötzlich lachte Booth.
»Was ist so komisch?«
»Wenn die Whiley für die Bundespolente gearbeitet hat, werden aber 'ne Menge Leute in diesem Nest ganz schön nervös sein.«
»Warum das?«
»Sie hatte nie viel Geld, also mußte sie sich ihren Schnee verdienen. Die eine Möglichkeit für sie war, selber zu dealen. Sie konnte 'ne Menge Namen nennen.«
»Nämlich wen?«
»›Mr. Football‹ zum Beispiel. Würde dem Arschloch ganz recht geschehen, so wie der mich hat hängenlassen, kaum daß ich ihm gesagt hab, ich hätte kein Geld.«
»Von wem sprechen Sie da?«
Ehe Booth antworten konnte, ging die Tür auf und der Wachmann kam herein. Als er Peter sah, legte er die Hand auf seine Pistole.
»Wer sind Sie, und was machen Sie hier?«
»Ich bin Rechtsanwalt«, antwortete Peter rechtschaffen empört. »Dieser Mann ist ein Zeuge im Fall Harmon. Ich habe das verfassungsmäßige Recht, mit ihm zu sprechen.«
»Zeigen Sie mir Ihre Legitimation«, forderte der Wachmann, zog die Pistole und richtete sie auf Peter.
»Kein Problem. Ich muß bloß an meine Brieftasche kommen, verstehen Sie?«
Peter zog langsam seine Brieftasche heraus und reichte dem Beamten eine Geschäftskarte. Der Polizist musterte Peter einen Moment lang.
»Yeah, Sie sind Harmons Anwalt. Jetzt erkenne ich Sie wieder. Ich weiß nicht, was Sie hier zu suchen haben, aber wenn Sie sich während meiner Wache hier reingeschlichen haben, laß ich Sie runter zum Revier verfrachten.«
»Bevor Sie das versuchen, erkundigen Sie sich lieber«, konterte Peter mit mehr Beherztheit, als er fühlte. »Whitaker hat nicht genug Geld, um die Entschädigung zu zahlen, die mir zugesprochen wird, wenn Sie mich festnehmen, weil ich mit einem Zeugen in einem Mordprozeß gesprochen habe.«

Der Wachmann blickte ein bißchen unsicher drein, blieb aber bei seiner Entscheidung. Mehrere Leute drängten sich in der Tür, um zu sehen, was los war. Der Beamte wandte sich an einen von ihnen. »Pfleger, rufen Sie im Polizeirevier an, und fragen Sie nach einem von den Sergeants. Sagen Sie, hier ist was zu klären.«

## 3

Dennis Downes hatte keine Ahnung, ob Peters Trick legal oder illegal war. Peter war Anwalt, und Booth war ein Hauptzeuge. Nach der Meldung von Peters Vordringen ins Krankenzimmer hatte er Becky O'Shay angerufen. Die hatte lange und laut geflucht und dann erklärt, sie sei in ein paar Minuten im Polizeirevier.

»Was glauben Sie eigentlich, was Sie da tun, Hale?« fragte Becky O'Shay, als sich die Tür zum Vernehmungszimmer hinter ihr geschlossen hatte.

»Meine Pflicht gemäß der Verfassung der Vereinigten Staaten.«

»Ihre Pflicht, daß ich nicht lache. Dieser Mann ist mein Zeuge, und er befindet sich in Schutzhaft. Sie sind bis zum Hals in Schwierigkeiten. Das Schlimmste, was Sie erwartet, ist eine Beschwerde bei der Anwaltskammer, und ich lasse von jemandem prüfen, ob Sie nicht irgendwelche Gesetze gebrochen haben.«

Peter war wütend auf Becky, aber er ließ es sich nicht anmerken. Statt dessen fragte er in beiläufigem Ton: »Glauben Sie, was ich getan habe, war so schlimm wie mir die Tatsache zu verschweigen, daß das Opfer, Miss Whiley, die Frau war, die Christopher Mammon und Kevin Booth am Abend ihrer Verhaftung dreißigtausend Dollar überbringen sollte?«

Peter bemerkte mit Befriedigung, daß Miss O'Shays normalerweise schon heller Teint jetzt den letzten Rest Farbe verlor.

»Glauben Sie, es ist so schlimm wie vor mir zu verbergen, daß Miss Whiley für die Polizei gearbeitet hat, etwas, das Mammon vermutet hat, so daß er eine mörderischen Haß entwickelte und somit ein sehr wahrscheinlicher Verdächtiger im Mordfall Whiley war?«

»Wovon ... wovon reden Sie da?« stammelte Miss O'Shay.

»Ich rede von der ernsten Verletzung Ihrer Pflicht als Staatsanwältin, der Verteidigung *alle* in Ihrem Besitz befindlichen Entlastungsmaterialien zukommen zu lassen. Ich denke, die Tatsache, daß Sie wußten, daß ein mordgieriger Maniak wie Christopher Mammon die Tote auf dem Kieker hatte, und mir dieses kleine Detail mitzuteilen unterließen, stellt eine ungeheuerliche Verletzung Ihrer Pflichten als Staatsanwältin, gerichtliche Amtsträgerin und Mensch dar.«

»Mammon hat die Whiley nicht ermordet, sondern Ihr Mandant«, erwiderte O'Shay.

»Das entscheidet eine Jury, nicht Sie.«

»Nur falls Sie's vergessen haben sollten, Sie Heißsporn, die Jury hat entschieden.«

»Sie kannte nicht alle Fakten.«

»Dieser Quatsch über Mammon ist genau das: Quatsch«, konterte Becky O'Shay, die anscheinend Ihren anfänglichen Schrecken überwunden hatte. »Ich habe Ihnen alle Informationen übergeben, auf die Sie ein Recht hatten.«

»Das werden wir sehen. Ich denke, es ist Zeit, Richter Kuffel aufzusuchen.«

Einen kurzen Augenblick schien Becky O'Shay Panik zu empfinden. Dann setzte sie sich Peter gegenüber und meinte etwas gefaßter: »Hören Sie zu, Peter, ich hätte nicht so wütend werden dürfen. Ich weiß, unter welchem Druck Sie gestanden haben. Und dann die Familie Harmon. Das ist für alle schlimm gewesen. Aber ich kann Ihnen sagen, hier sind Sie auf der falschen Fährte.«

»Ich habe die DEA-Berichte gesehen, die Sie Steve Mancini geschickt haben.«

»Wovon reden Sie?«

»Die Berichte, in denen der CRI erwähnt wird, der mit dem Drogendeal am Whitaker State zu tun hatte, wo Mammon und Booth festgenommen wurden.«

»Ich habe Steve Mancini keine DEA-Berichte geschickt.«

»Jemand hat's aber getan. Sie waren bei Ihren Ermittlungsunterlagen.«

»Zeigen Sie sie mir mal.«

»Ich habe sie nicht. Sie sind in Steves Akten.«

»Ich glaube, Sie bringen was durcheinander, Peter. Wenn die Whi-

ley für die Regierung gearbeitet hätte, würde man mir das mitgeteilt haben.«
Miss O'Shay erhob sich und ging auf die Tür zu.
»Wo gehen Sie hin?«
»Nach Hause. Es ist Sonntag.«
»Sagen Sie Downes, daß er mich gehen läßt?«
»Sobald ich sicher bin, daß Sie keine Gesetze gebrochen haben.«
»Und wann wird das sein?«
»Wenn der Stellvertreter, den ich mit der Sache beauftragt habe, mir Bescheid gibt.«
»Das paßt mir ausgezeichnet, Becky. Sie treiben damit bloß die Entschädigung in die Höhe, die ich erhalten werde, wenn ich die Polizei von Whitaker, die Staatsanwaltschaft von Whitaker und Sie persönlich verklage.«
Die Tür zum Vernehmungszimmer knallte zu, und Peter fluchte.

## 4

Die Polizei hielt Peter noch zwei Stunden fest, dann ließ sie ihn gehen. Während Peter noch in Gewahrsam war, war ihm der Gedanke gekommen, daß er sich Kopien der DEA-Berichte machen sollte, die er dem Richter vorlegen konnte, wenn er seinen Antrag auf ein neues Verfahren einbrachte. Peters Wagen stand noch immer am Krankenhaus, daher ging er zu Fuß hin, um ihn zu holen. Kurz nach acht kam er im Büro an. Alle Lichter waren aus. Peter ging sofort in den Aktenraum und nahm den Umschlag mit den Polizeiberichten heraus. Er wühlte sie zweimal durch, ehe im klar wurde, daß jemand die DEA-Berichte aus der Akte entfernt hatte.
Peters erste Reaktion war Wut auf Becky O'Shay. Sie mußte hinter diesem Diebstahl stecken. Sie war die einzige, der er etwas von den Berichten gesagt hatte. Eine Dummheit, das spürte er nun, aber er hätte niemals geglaubt, daß sic so weit gehen würde, um ihren Sieg zu verteidigen. Bestimmt hatte sie ihn so lange in Gewahrsam gehalten, um jemanden in das Büro schicken zu können und die Berichte aus den Akten entfernen zu lassen.
Zum Pech für Becky O'Shay gab es noch jemanden, der von den Berichten wußte. Peter ging in sein Arbeitszimmer und rief Steve

Mancini an. Es würde sehr schlecht für Miss O'Shay aussehen, wenn Steve vor Richter Kuffel bestätigte, daß diese beiden Dokumente existierten. Ohne Zweifel boten sie genügend detailliertes Material, um eine Überprüfung des Verhaltens von Becky O'Shay durch die Anwaltskammer des Staates Oregon zu begründen.

»Steve, ich bin's, Peter«, meldete er sich, als Mancini abhob.

»Wie geht's dir?« fragte Mancini. »Nach dem Schuldspruch hast du nicht allzugut ausgesehen.«

»Ich habe mich auch nicht allzugut gefühlt, aber jetzt bin ich auf etwas ziemlich Heißes gestoßen. Ich habe rausgefunden, daß Sandra Whiley mit dem Drogendeal zu tun hatte, der auf dem Whitaker-State-Campus schiefgelaufen ist. Du weißt schon, als Chris Mammon und Kevin Booth verhaftet wurden.«

»Was!«

»Ja. Ich glaube, Sandra Whiley hat mit der Polizei zusammengearbeitet, und Mammon ist dahintergekommen. Damit hat er ein gewichtiges Motiv, sie umzubringen.«

»Das ist ja unglaublich. Wie hast du denn das rausgekriegt?«

»Ich hoffe, du bist nicht sauer, aber nachdem ich von der Beziehung zwischen Mammon und der Whiley erfahren hatte, habe ich in deiner Akte über Kevin Booth nachgesehen. Ich konnte ja nicht Amos Geary bitten, mich in Mammons Akte reinsehen zu lassen, und da fiel mir ein, daß du dasselbe Ermittlungsmaterial hattest. Ich hätte dich vorher anrufen sollen, aber diese Idee hatte mich so gepackt, daß ich's einfach getan habe.«

»Das ist in Ordnung. Du hättest nicht in die Akte reinschauen dürfen. Sie ist vertraulich. Aber es geht um Garys Leben.«

»Danke, Steve. Jedenfalls fand ich zwei Berichte von der DEA in deinen Akten«, fuhr Peter fort. Dann erzählte er Steve von seinem Gespräch mit Booth im Krankenhaus, seiner Festnahme durch die Polizei und seiner Entdeckung, daß die Berichte aus der Akte entfernt worden waren.

»Während ich auf dem Polizeirevier war, muß Becky jemanden hingeschickt haben, der hier eingebrochen ist und sie entfernt hat«, schloß Peter, »aber sie hat einen Fehler gemacht. Sie hat vergessen, daß du die Berichte gesehen hast. Du kannst ihre Existenz bestätigen. Wenn der Richter weiß, daß ich die Berichte etwa um zwölf

Uhr mittags gesehen, ihr etwa um vier von ihnen erzählt habe und sie um acht verschwunden waren, wird er zum selben Schluß gelangen wie ich, und Becky ist geliefert. Kuffel wird Gary einen neuen Prozeß zugestehen müssen, wenn er entscheidet, daß Becky es unterlassen hat, entscheidende Beweismaterialien vorzulegen, die auf einen anderen Verdächtigen hindeuten.«
»Diese Berichte«, fragte Mancini zögernd, »wie haben die denn ausgesehen?«
»Sie waren getippt. Jeder war ein paar Seiten lang. Sie waren von DEA-Agenten verfaßt.«
»Pete, ich kann mich ehrlich nicht dran erinnern, irgendwelche Berichte von der DEA, die Becky mir geschickt hätte, in den Ermittlungsunterlagen gesehen zu haben.«
»Aber sie waren da drin.«
»Sicher. Ich meine, du hast ja die Berichte erst vor ein paar Stunden gelesen. Ich will damit nur sagen, daß ich eine ganze Weile nicht mehr in die Akte reingesehen habe und mich einfach nicht mehr an diese Berichte erinnere.«
»Wie kann das sein?«
»Booths Fall war keine große Kiste. Ich glaube, ich habe die Berichte einmal durchgelesen, ganz schnell. Er hat mir seine Version erzählt. Alles, was ich brauchte, um bei der Vorverhandlung zu gewinnen, stand in dem Bericht, den die Campuswachleute abgegeben hatten. Es tut mir leid. Ich werde noch mal ernstlich drüber nachdenken, aber jetzt im Moment kann ich mich nicht an irgendwelche DEA-Berichte erinnern.«
Wie betäubt legte Peter auf. Er hatte auf Steves Unterstützung gerechnet. Wenn sich Mancini nicht an die Berichte erinnern konnte, hatte er nichts in der Hand. Dann fiel Peter wieder ein, was Kevin Booth als letztes gesagt hatte, ehe der Wachmann in Booths Krankenhauszimmer gestürmt war. Daß die Whiley mit Kokain gedealt hatte, um ihren eigenen Stoff zu bezahlen. Booth hatte gesagt, mehrere Leute in Whitaker hätten zittern müssen, wenn die Whiley für die Polizei gearbeitet und Namen genannt hätte. Die einzige Person, die er noch hatte erwähnen können, ehe der Wachmann hereinkam, war »Mr. Football« gewesen, der Booth hatte fallenlassen, als er dahinterkam, daß Booth kein Geld hatte.

Peter ging zur Eingangstür der Kanzlei und untersuchte sie. Dasselbe tat er mit allen anderen Türen, die in das Gebäude führten. Keine wies Anzeichen eines gewaltsamen Eindringens auf. Derjenige, der die DEA-Berichte an sich genommen hatte, besaß einen Schlüssel zu Steve Mancinis Anwaltsbüro. Peter wollte es nicht glauben. Konnte Steve die Berichte entfernt haben? Peter lief in den Aktenraum zurück und klappte die Booth-Akte noch einmal auf. Die Telefonmitteilung über den angebotenen Deal von Becky O'Shay fehlte ebenfalls. Peter wurde es flau im Bauch. Warum half Mancini Becky O'Shay, und was versuchten sie zu vertuschen?
Plötzlich fiel Peter wieder ein, daß Steve es auch versäumt hatte, ihm von seinem Gespräch mit Don Bosco zu berichten. Von Steve war der Vorschlag gekommen, Peter solle Gary überreden, sich schuldig zu bekennen. Und Steve Mancini hatte ihm die Namen von drei Ermittlern genannt, aber der einzige, der zur Verfügung stand, war der unfähige Barney Pullen gewesen. Peter hatte angenommen, Steve sei seit dem Augenblick, da er Gary Harmons Verteidigung übernommen hatte, sein Verbündeter gewesen, aber nun hatte es den Anschein, daß Mancini eigene verdeckte Pläne hatte, und Peter hatte den Argwohn, daß ein Teil davon war, Gary den Anwalt aufzuhalsen, der für die Führung dieses Prozesses am wenigsten geeignet war.

## 5

**P**eter parkte seinen Wagen am Rand des Schotterweges, der zur Garage führte, und musterte Amos Gearys Haus. Wie sein Besitzer war es heruntergekommen und alt. Unkraut überwucherte den Vorgartenrasen, der in letzter Zeit keinen Rasenmäher mehr gesehen hatte, der Anstrich blätterte ab und war verblichen. Nur Gott kannte die ursprüngliche Farbe.
Im Vorderzimmer brannte hinter einer zerschlissenen Gardine eine Lampe. Peter zögerte, ehe er aus dem Wagen stieg. Er konnte wieder wegfahren, aber wohin?
Eine der Stufen, die zur Veranda hinaufführten, war zerbrochen. Peter stolperte über sie und fing seinen Sturz mit den Händen ab. Kein glückliches Vorzeichen. Peter dachte schon daran, wieder

umzukehren, doch da öffnete sich die Tür. Als Peter aufsah, stand Amos Geary in Bademantel und gestreiftem Schlafanzug vor ihm und blickte voller Verachtung auf ihn herunter.
»Herrgott, Hale, Sie sind ja zu nichts nutze. Können Sie nicht mal eine Treppe raufgehn, ohne sie kaputt zu machen?«
»Guten Abend, Mr. Geary«, stammelte Peter, als er sich verlegen erhob. Seine Hände schmerzten, wo sie gegen die hölzerne Veranda geschlagen waren.
»Was tun Sie auf meinem Grund und Boden?« wollte Geary wissen.
»Ich hab Probleme.«
»Interessiert mich nicht.«
Geary drehte sich um und wollte wieder hineingehen.
»Warten Sie!« rief Peter. »Es geht nicht um mich. Es geht um Gary. Gary Harmon ist in einer verteufelten Lage.«
Geary zögerte und drehte sich wieder um. Die Abendluft war kühl. Ein Windstoß wehte direkt durch Peter hindurch, und er erschauerte.
»Was wollen Sie von mir?«
»Sie sind der einzige Mensch, an den ich mich wenden kann.«
»Was ist denn mit Ihrem Busenfreund Steve?«
»Irgendwas ist faul, und Steve ist möglicherweise daran beteiligt.«
»Etwas ist faul?«
»Mir kommt's vor wie ein – äh, Komplott.«
Peter sprach das Wort zögernd aus, weil er wußte, daß es ihn paranoid erscheinen lassen würde.
»So was wie das Attentat auf Kennedy?« fragte Geary mit einem verächtlichen Prusten. »Vielleicht ist noch die CIA darin verstrickt? Gehen Sie heim, Hale. Sie hören sich lächerlich an.«
»Bitte, Mr. Geary. Ich weiß, ich habe Sie enttäuscht ...«
»Sie haben mich nicht enttäuscht. Ich habe erwartet, daß Sie versagen. Nein, Peter, Sie haben mich in meinem Glauben an meine Fähigkeit bestärkt, die Verdienste meiner Mitmenschen richtig einzuschätzen.«
Geary hatte die Tür fast geschlossen. Peter war verzweifelt.
»Verdammt nochmal«, schrie er, »hier geht es nicht um Sie oder mich. Es geht um Gary. Dieses arme Schwein sitzt im Gefängnis für einen Mord, den er nicht begangen hat.«

Geary hielt sich an der Gazetür fest und sah Peter über die Schulter an.
»Wessen Schuld ist das denn, Hale?«
»Meine! Sind Sie jetzt zufrieden? Da, ich hab es gesagt. Es ist meine Schuld. Ich bin alles, was Sie über mich gesagt haben. Ich bin ein egozentrisches, oberflächliches Arschloch, und ich bitte um Ihre Hilfe, weil ich weiß, daß ich Gary sonst nicht retten kann.«
»Zahlen Sie Harmons den Vorschuß zurück, den Sie sich erschlichen haben, gestehen Sie Ihre falschen Angaben, und sagen Sie ihnen, sie sollten sich zur Verteidigung ihres Sohnes einen richtigen Anwalt engagieren. Nur das kann ich Ihnen raten.«
»So einfach ist das nicht. Bitte, hören Sie mich zu Ende an. An der Sache hängt mehr als nur der Mord im Park. Ich glaube, Steve Mancini und Becky O'Shay stecken unter einer Decke, um etwas zu vertuschen. Ich weiß nicht, was es ist, aber es hat mit der Verhaftung von Christopher Mammon und Kevin Booth auf dem Campus vom Whitaker State zu tun.«
Peter meinte, daß Gearys Augen plötzlich klarer blickten und daß der alte Anwalt ein Stück gewachsen sei. Geary stieß die Gazetür auf.
»Kommen Sie rein. Es ist zu kalt, um sich auf der Veranda zu unterhalten.«
»Danke«, antwortete Peter.
Drinnen in Gearys Haus herrschte dieselbe Unordnung wie draußen. Die Wohnzimmercouch, auf die Geary wies, war in einem Blumenmuster bezogen, das zu nichts sonst im Zimmer irgendwie paßte. Sie war abgenutzt, und die Federn sackten durch, als Peter sich daraufsetzte.
»Wollen Sie einen Drink?« fragte Geary.
»Offen gesagt, ja.«
Geary schlurfte aus dem Zimmer und kam mit einer Flasche Johnny Walker und zwei einigermaßen sauberen Gläsern wieder. Er goß eine großzügige Menge Whisky in jedes Glas und reichte Peter eines davon.
»Legen Sie los«, sagte er, nachdem er einen Schluck getrunken hatte.

Peter begann am Anfang. Er erzählte Geary, wie Mancini ihn dazu gebracht hatte, Garys Fall zu übernehmen, und erläuterte seinen Verdacht, auf welche Weise Mancini den Prozeß sabotiert hatte. Schließlich berichtete er Geary noch die Ereignisse des Tages und schloß mit der Entdeckung, daß die Berichte und die Telefonmitteilung fehlten, und mit seiner Vermutung, daß Steve Mancini sie weggeschafft hatte.

»Das ist ja eine tolle Geschichte«, knurrte Geary, als Peter geendet hatte. »Manche Leute könnten glauben, Sie denken sich Ausreden aus, um zu erklären, warum Sie Gary Harmons Prozeß verloren haben.«

»Ich verstehe, daß jemand auf den Gedanken kommen könnte«, antwortete Peter und sah Geary fest in die Augen.

»Wenn ich die Sache richtig verstehe, haben Sie jetzt, wo die DEA-Berichte fehlen und Mancini und O'Shay ihr Vorhandensein leugnen, nicht den geringsten Beweis für Ihre höchst unglaubwürdige Geschichte, daß hier von der Regierung etwas vertuscht worden sein soll.«

»Das ist richtig.«

»Warum meinen Sie dann, daß ich Ihnen helfen könnte?«

Das war der schwierige Teil. Peter holte tief Luft.

»Als ich festgestellt habe, daß die Berichte nicht mehr da waren und daß Steve die wahrscheinlichste Person war, die sie hatte verschwinden lassen, kam ich zu dem Schluß, die einzige Möglichkeit sei jetzt noch, direkt an die Quelle zu gehen. Ich rief im DEA-Büro in Portland an. Es war nur ein Mitarbeiter im Dienst, weil Wochenende ist, aber schließlich wurde ich mit Guy Price verbunden, dem für die Sache verantwortlichen Agenten. Ich erzählte ihm alles und sagte ihm, wie wichtig es für mich sei, Kopien von den Berichten zu bekommen, damit ich zu Richter Kuffel gehen und ihn bitten könnte, den Fall neu aufzurollen. Ich war mir sicher, daß Price mir helfen würde. Er ist nicht so ein ehrgeiziger Kleinstaatsanwalt wie Becky. Er ist ein FBI-Agent.«

Peter legte eine Pause ein. Er war erschöpft, und bei der Erinnerung an einen der deprimierendsten Augenblicke dieses Tages fühlte er sich kein bißchen besser.

»Er hat Ihnen nicht geholfen, stimmt's?« sagte Geary.

Peter schüttelte den Kopf. »Er sagte, er könne irgendeine aktuelle Untersuchung weder bestätigen noch dementieren.«

»War das alles, was er gesagt hat?«

»Nein«, antwortete Peter mit einem müden Lächeln. »Er hat mir viel Glück gewünscht.«

Geary lachte. »Das hört sich so an, als wäre die Regierung in Aktion, mein Lieber. Wenn sonst nichts, lernen Sie hier in Whitaker eine Menge über die wirkliche Welt.«

»Yeah«, antwortete Peter kläglich.

»Sie haben mir immer noch nicht gesagt, wie ich Ihnen Ihrer Ansicht nach helfen kann.«

»Nach meinem Anruf bei Price habe ich fast aufgegeben. Dann ist mir eingefallen, daß es einen Menschen gibt, den ich kenne und der genügend Macht besitzt, um jemanden wie Price zum Reden zu bringen.«

»Ich hoffe, Sie meinen nicht mich?« fragte Geary ungläubig.

»Nein, Mr. Geary. Ich ... ich bin heute abend hierhergekommen, um Sie zu bitten, meinen Vater anzurufen und zu überreden, mit mir zu sprechen.«

## Achtundzwanzigstes Kapitel

Peter hatte nicht gut geschlafen, und die fünfstündige Fahrt von Whitaker nach Portland hätte ihn ermüden müssen, aber als er die Skyline des Zentrums seiner Heimatstadt und die hohen grünen Berge sah, die den Hintergrund dazu bildeten, schwamm er in Hochgefühl. Er war wieder daheim und im Haus seines Vaters willkommen.

Am Abend davor hatte Amos Geary in seinem Arbeitszimmer fast eine halbe Stunde mit Richard Hale telefoniert, während Peter nervös im Wohnzimmer wartete. Als Geary schließlich zu Peter sagte, sein Vater wolle ihn sprechen, hatte er gezögert. Jetzt, da die Gelegenheit zur Versöhnung gekommen war, hatte er Angst.

Als Peter das Arbeitszimmer betrat, lag der Hörer auf der Kante eines alten Rollpults. Peter hatte danach gegriffen, dann innegehalten, kurz bevor seine Finger den Kunststoff berührten. Was sollte er Richard sagen? So weit hatte er nicht vorausgedacht. Sollte er seinem Vater sagen, daß er ihn liebte? Sollte er sagen, wie leid es ihm tat, daß er ihn so oft enttäuschte? Sollte er dafür um Verzeihung bitten, daß er so weit hinter den Erwartungen seines Vaters zurückgeblieben war? Schließlich war alles, was er herausbrachte: »Dad?«, mit einer Stimme, erstickt von Gefühlen, denen er noch keinen Ausdruck zu verleihen vermochte.

»Amos hat mir dein Problem in groben Zügen geschildert, aber ich hätte es gerne, wenn du mir alles von Anfang an erzählen würdest«, hatte Richard erwidert. Es war, als hätte es einen Fall Elliot oder die dazwischenliegenden Monate der Verbannung nie gegeben. Zum einen war Peter erleichtert, daß ihm so ein emotionales Gespräch, mit dem er gerechnet hatte, erspart blieb und sie gleich Garys Fall erörtern konnten, zum anderen aber sehnte er sich nach einer tränenreichen Versöhnung, bei der er seine Sünden und Unzulänglichkeiten beichten und Richard ihm vergeben würde. Als er während der Autofahrt darüber nachdachte, kam er zu dem Schluß, daß sein Vater wohl nicht imstande war, seinen Sohn in einer warmen und verzeihenden Umarmung an sich zu drücken. Peter wußte, daß er an den Wangen seines Vaters niemals Tränen sehen würde. Richard Hale war einfach nicht der Typ Mann, der seine Gefühle ausdrücken konnte. Seine Hilfe in der Stunde von Peters größter Not war möglicherweise alles, was sein Vater zu geben in der Lage war.

Das Büro der Bundesanwaltschaft für Oregon lag im Zentrum von Portland, ein paar Querstraßen von der Kanzlei Hale, Greaves entfernt. Es war kurz nach fünf, als Peter im Glas des Eingangs zu dem Bürogebäude sein Spiegelbild musterte. Er hatte zu dem Treffen einen anthrazitgrauen Nadelstreifenanzug, eine Hermès-Krawatte und sein bestes Seidenhemd angezogen. Die Sonne spiegelte sich im Glanz seiner schwarzen Halbschuhe.

Als Peter das Foyer betrat, stand Richard ein wenig seitlich da. Er hatte zugenommen seit dem Tag, als er Peter in die Verbannung geschickt hatte, aber er war noch immer schmaler als das Vaterbild, das Peter vor seinem inneren Auge sah.

»Wie war die Fahrt?« fragte Richard.

»Lang und ermüdend.«

Richard lächelte.

»Danke, daß du das für mich tust«, sagte Peter.

»Du bist mein Sohn«, antwortete Richard schlicht. Dann wandte er sich den Aufzügen zu.

»Ich weiß nicht, was wir zu erwarten haben, Peter. Garantien gibt es nicht. Katherine weiß möglicherweise nichts von den Dingen, die in Whitaker vorgehen. Bestenfalls arbeitet einer der stellvertretenden Bundesanwälte mit dem DEA-Agenten zusammen, der mit dem Fall befaßt ist. Vielleicht weiß Price nicht einmal so sehr viel von dem Vorgang, oder wenn, haben seine Leute vielleicht nichts mit dieser Vertuschung zu tun. Das könnte das Werk der Staatsanwaltschaft in Whitaker und deines Freundes Mancini sein.«

»Das weiß ich. Ich möchte nur herausfinden, ob Whiley für die DEA gearbeitet hat und ob die O'Shay das wußte. Und ich möchte Kopien von allen Berichten, die beweisen, daß O'Shay von der Beziehung zwischen Mammon und der Whiley gewußt hat.«

Die Fahrstuhltüren öffneten sich auf einen Empfangsbereich. Richard teilte ihre Anwesenheit einer Empfangsdame mit, die hinter einem Fenster aus kugelsicherem Glas saß. Minuten später öffnete sich eine Tür, und eine hochgewachsene, gut gekleidete Frau mit Brille und kurzem, schwarzem Haar kam in den Warteraum heraus.

Katherine Hickox verdankte ihre Ernennung zur Richterin am Oberlandesgericht Richard Hale und anderen bei Hale, Greaves, und Richard Hale war es auch gewesen, an den sie sich gewandt hatte, als sie beschloß, sich um die Position eines Bundesanwalts zu bewerben. Richard hatte sie unter der Hand den Senatoren von Oregon empfohlen und mit einem hochgestellten Beamten im Justizministerium ein Telefongespräch geführt, mit dem zusammen er in einem Ausschuß der amerikanischen Anwaltsvereinigung gesessen hatte. Es war also keine Überraschung, daß Mrs. Hickox einwilligte, sich um halb sechs mit Peters Vater zu treffen und zu gewährleisten, daß auch Guy Price an dem Treffen teilnahm.

»Richard«, sagte sie und streckte ihm die Hand hin.

Richard ergriff sie, dann winkte er Peter heran.

»Das ist mein Sohn Peter. Er ist gerade von Whitaker herübergekommen.«

»Schön, Sie kennenzulernen«, begrüßte Mrs. Hickox ihn freundlich. Wenn sie von Peters Schande wußte, verbarg sie ihre Gefühle gut. »Gehen wir doch in mein Dienstzimmer. Guy wartet dort auf uns.«

Mrs. Hickox führte sie durch eine Reihe von Korridoren zu einem Eckbüro mit Panoramablick auf die Stadt. Als sie eintraten, erhob sich ein kleiner, muskulöser Mann in einem braunen Sportjackett. Nachdem Mrs. Hickox alle miteinander bekannt gemacht hatte, setzte sie sich hinter einen großen Eichenschreibtisch, und Price nahm daneben Platz.

»Erzählen Sie uns doch bitte, warum Sie unbedingt zusammenkommen wollten«, schlug Mrs. Hickox vor.

»Mr. Price«, begann Richard und faßte den DEA-Agenten direkt ins Auge, »mein Sohn hat Sie gestern aus Whitaker angerufen.«

Als Richard Mrs. Hickox angerufen hatte, um das Treffen zu vereinbaren, hatte er nicht erwähnt, daß sein Sohn ihn begleiten würde.

Price war plötzlich der Zusammenhang klar. Er machte kein erfreutes Gesicht.
»Zu Ihrer Information, Katherine: Peter hat in Whitaker in einem Mordprozeß die Verteidigung gehabt. Letzte Woche wurde sein Mandant des Mordes an einer Frau namens Sandra Whiley schuldig befunden. Bis gestern schien es niemand sonst in Whitaker zu geben, der ein Motiv für die Ermordung der jungen Frau hatte. Dann entdeckte Peter in den Akten eines Anwalts aus Whitaker, Steve Mancini, zwei DEA-Berichte. Diese Berichte führten ihn zusammen mit anderen Informationen zu dem Schluß, daß Sandra Whiley als DEA-Informatin in einem Fall in Whitaker gearbeitet hatte, in den ein sehr gefährlicher und gewaltbereiter Drogenhändler namens Christopher Mammon verwickelt ist.
Diese DEA-Berichte waren unter Polizeiberichte gemischt, die Mancini in dem Drogenfall von der Staatsanwältin erhalten hatte, die auch in dem Mordfall die Anklage vertritt. Als Peter sie nach den Berichten fragte, bestritt sie, irgend etwas darüber zu wissen. Peter ging in sein Büro zurück, um sich Kopien von den Berichten zu machen, und stellte fest, daß sie nicht mehr da waren. Er rief Mr. Price an und bat um Hilfe und bekam mitgeteilt, daß es gegen die Regel sei, das Bestehen einer laufenden Untersuchung zu bestätigen oder zu dementieren. Ich bin hier, um Mr. Price zu bitten, Peter doch zu sagen, ob Sandra Whiley in einem Fall betreffend Christopher Mammon für die DEA gearbeitet hat, damit Peter versuchen kann, ein Fehlurteil abzuwenden.«
Price machte ein verlegenes Gesicht. »Ich habe Ihrem Sohn gesagt, daß ich über laufende Untersuchungen nicht reden, nicht einmal sie bestätigen oder dementieren kann. Das ist leider immer noch meine Position. Ich wünschte, Sie hätten mich angerufen, ehe Sie Ihren Sohn vergeblich den ganzen Weg von Whitaker hierher machen ließen.«
»Ich verstehe die offizielle Position Ihres Amtes, Mr. Price. Sie müssen aber auch begreifen, welche Auswirkungen es hat, wenn Sie daran festhalten«, teilte Richard dem Agenten kühl mit. »Wenn Sandra Whiley für die DEA gearbeitet hat und die Staatsanwältin in Whitaker diese Tatsache Peter absichtlich vorenthielt, macht sie sich einer groben Verletzung der Offenlegungsstatuten schuldig. Wenn

sie dazu beigetragen hat, die Berichte vernichten zu lassen, um Peter daran zu hindern, ihr ein Amtsvergehen nachzuweisen, kann sie sich sogar eines Verbrechens schuldig gemacht haben.«

»Mr. Hale, ich weiß, Sie möchten Ihrem Sohn helfen, aber ich werde mit keinem von Ihnen beiden DEA-Angelegenheiten erörtern. Wenn diese Staatsanwältin irgendein Gesetz verletzt, sollte Ihr Sohn die Sache dem Richter vorlegen, der den Fall verhandelt.«

Hale starrte Price so intensiv an, daß der andere dem Blick auswich. Dann erklärte er in ruhigem Ton: »Katherine wird Ihnen bestätigen, daß ich nicht ohne Einfluß bin. Wenn ich dahinterkomme, daß Ihnen Sandra Whileys Rolle als Informantin der DEA in dem Whitaker-Fall bekannt war und Sie Stillschweigen darüber bewahrten, obwohl Sie wußten, es könnte einen jungen Mann das Leben kosten, werde ich persönlich dafür sorgen, daß Sie wünschen, Sie wären nie geboren.«

Prices Augen weiteten sich, und er sprang auf.

»Guy!« sagte Mrs. Hickox und streckte ihre Hand in seine Richtung. Price blieb stehen, aber er mußte mit sich kämpfen. Die Bundesanwältin wandte sich an Richard.

»Ich kann nicht zulassen, daß Sie Guy in meinem Büro drohen, Richard.«

»Sie haben völlig recht«, sagte Richard in einem Ton, der Price wissen ließ, daß er sein Versprechen dennoch halten würde. »Ich bitte um Entschuldigung, Mr. Price. Ich bin sicher, daß Sie wahrscheinlich gar nicht wissen, was in Whitaker vorgeht, und ich bin ebenso sicher, daß Sie das Richtige tun werden, wenn Sie feststellen, daß dort die Justiz behindert wird.«

Price funkelte Richard wütend an, hielt aber den Mund.

»Danke, daß Sie für Peter und mich Zeit hatten, Katherine.«

»Ich bringe Sie hinaus«, antwortete Mrs. Hickox steif.

Kaum waren Sie außer Prices Hörweite, sagte Mrs. Hickox: »Was fällt Ihnen ein, sich so aufzuführen? Ich arbeite nicht für Sie, und ich lasse mich von Ihnen in keinen Ihrer Fälle hineinziehen.«

Peters Vater blieb stehen und sah Katherine Hickox fest an.

»Sie arbeiten nicht für mich, aber Sie sind die höchste Justizbeamtin der Regierung der Vereinigten Staaten in diesem Distrikt. Ich wollte

Ihnen zur Kenntnis bringen, daß in Ihrem Amtsbereich möglicherweise etwas sehr Schmutziges vor sich geht. Etwas, an dem Sie doch nicht beteiligt sein wollen. Reden Sie mit Mr. Price, wenn wir weg sind. Hören Sie sich aufmerksam an, was er Ihnen zu sagen hat. Price mag ja sauber sein, aber er kann rauskriegen, ob jemand sonst Dreck am Stecken hat, und er kann dafür sorgen, daß Peter eine Kopie dieser Berichte erhält. Ich kenne Sie schon lange, Katherine, und ich weiß, Sie werden tun, was richtig ist.«

Als sich die Aufzugtüren schlossen und Peter und sein Vater wieder allein waren, atmete Peter erleichtert auf.

»Herrgott, Dad, bist du sicher, daß du weißt, was du tust? Price ist ein wirklich mächtiger Mann.«

Mit einem gequälten Lächeln drehte sich Richard zu Peter herum.

»Gerade weil Price so mächtig ist, habe ich ihn provoziert. Ich bin sicher, daß seit langem niemand mehr so mit ihm geredet hat. Ich wette, kaum waren wir aus dem Zimmer, hat er schon überlegt, was für eine Sorte Mensch die Courage haben kann, ihm so aufs Dach zu steigen, wie ich es getan habe. Und Katherine wird es ihm sofort erzählen, wenn er danach fragt, was wohl genau in diesem Moment der Fall sein dürfte.«

»Du hast ihn vielleicht so wütend gemacht, daß er aus Trotz nicht hilft.«

»Ich habe dieses Risiko abgewägt, aber Price ist ein Bürokrat. Er kann sich keinen Skandal leisten. Wenn jemand mit einer seiner Ermittlungen herummurkst, hat er das nicht gern.«

»Ich hoffe, du hast recht.«

»Wir werden's schnell genug erfahren.«

»Dad, ich danke dir. Du hast dich für mich in Ungelegenheiten gebracht, und dafür bin ich dir wirklich dankbar.«

»Ist doch nicht der Rede wert. Du bist derjenige, der sich für einen Mandanten die Beine ausreißt, und ich bin sehr stolz auf dich.«

Peters Brust schwoll, und er fühlte einen Klumpen im Hals. Die Fahrstuhltüren öffneten sich, und Peter folgte seinem Vater in die Eingangshalle.

»Was hast du vor?« fragte Richard.

Peter sah auf seine Uhr. Es war nach sechs.

»Es ist zu spät, um nach Whitaker zurückzufahren. Ich werde mir

wohl ein Hotelzimmer nehmen und mich morgen früh auf die Rückreise begeben.«
»Unsinn. Wir essen zusammen, und du wohnst bei mir. Du kannst in deinem alten Zimmer schlafen.«
»Sehr gern«, bedankte sich Peter. Er wußte nicht, ob sein Vater es bemerkte, aber er hatte Peter gerade das schönste Geschenk gemacht, daß er je erhalten hatte.

# Neunundzwanzigstes Kapitel

Peter war müde, aber glücklich, als er am nächsten Abend in seine Auffahrt einbog. Er und sein Vater hatten nicht über die Zukunft gesprochen, aber es war klar, daß sie eine gemeinsam hatten. Nicht sofort. Peter hatte Richard noch immer viel zu beweisen, aber es stand keine Mauer mehr zwischen ihnen.

Sofort als er nach Hause kam, haute er sich ein schnelles Abendbrot zusammen, duschte und zog Jeans und ein Sweatshirt an. Dann suchte er in den Fernsehprogrammen nach irgendwas vollkommen Geistlosem. Am nächsten Morgen hatte er vor, sich wieder mit aller Kraft in den Fall Harmon hineinzuknien. Heute abend würde er ausspannen und sich dann richtig ausschlafen.

Das Telefon klingelte während der Serienkomödie, die er sich ansah. Peter drehte den Ton leiser. Die Stimme am anderen Ende der Leitung klang weich und undeutlich, als versuchte der Sprecher, sie zu verstellen.

»Peter Hale?«

»Ja?«

»Ich sage das Folgende bloß einmal, also passen Sie gut auf. Wenn Sie die Wahrheit über Christopher Mammon und Sandra Whiley erfahren wollen, fahren Sie den Highway in Richtung Osten. Acht Komma drei Meilen hinter dem WELCOME TO WHITAKER-Schild ist auf der rechten Seite eine Schotterstraße. Fahren Sie die Straße runter, bis Sie zu einer Scheune kommen. Dort erwarte ich Sie. Wenn Sie bis halb elf nicht da sind, bin ich weg. Und kommen Sie alleine, oder ich lasse mich nicht blicken.«

Das Tiefland war ein ödes Gebiet aus rissiger brauner Erde, das ein paar Meilen östlich der Stadtgrenze von Whitaker begann. Niemand wohnte im Tiefland. Es war eine Gegend, durch die man hindurchfuhr, aber keine, der man mitten in der Nacht einen Besuch abstattete. Kaum verblaßte die Helligkeit der Stadtbeleuchtung, hatte Peter das Gefühl, durch ein Meer aus Tinte zu fahren. Es schien kein Mond, und die einzige Lichtquelle waren seine Scheinwerfer und die Sterne, die sich hinter einer dicken Wolkendecke versteckten. Der Highway bestand aus je einer Spur nach Osten und Westen. Der einzige Rest Farbe war die durchbrochene weiße Linie zwischen den Fahrbahnen. Zur rechten und zur linken Seite waren hier und da eine Steppenhexe oder ein Fleckchen mit Beifuß die einzige Abwechslung.

Peter stellte seinen Meilenzähler ein, als er an dem WELCOME TO WHITAKER-Schild vorbeikam. Als er acht Komma eins anzeigte, drosselte er das Tempo und starrte angestrengt auf die rechte Seite des Highway. Die Abzweigung war mehr ein Feldweg als eine Straße, und er hätte sie beinahe verpaßt. Der Wagen holperte, als er in den schmalen, ausgefahrenen Weg einbog. Peter blickte nervös um sich. Er war vollkommen allein. Nicht einmal mehr die durchbrochene weiße Linie war da, um die eintönig öde und kahle Landschaft aufzulockern, die im Scheinwerferlicht undeutlich sichtbar wurde, dann wieder verschwand, wenn er vorbei war.

Nach einer Weile richteten sich Peters Scheinwerfer auf eine Silhouette in der Ferne. Als er näher kam, erkannte er die verbrannten und vermoderten Balken einer verlassenen Scheune. Peter fragte sich, warum jemand auf die Idee gekommen war, in dieser Wüste könne man eine Landwirtschaft aufbauen, aber der Gedanke war flüchtig und wich einer unbestimmten Angst, als er bemerkte, daß keine anderen Wagen zu sehen waren.

Peter ließ die Scheinwerfer brennen und den Motor laufen. Er hatte eine Taschenlampe im Handschuhfach, die er nahm, bevor er ausstieg. Es war sehr merkwürdig, nachts draußen an einem Ort zu sein, an dem es kein Kunstlicht gab. Ohne die Scheinwerfer hätte Peter in absoluter Dunkelheit gestanden.

Ein Windstoß fegte über den flachen, trockenen Boden und fuhr schneidend durch Peter hindurch. Mit der freien Hand zog er den Reißverschluß seines Anoraks bis zum Hals hoch. Dann ging er ein paar Schritte von seinem Wagen weg und richtete den Blick fest auf die Scheune. Keine Gestalten tauchten auf, keine Lichter flackerten in ihren dunklen Winkeln.

Peter drehte sich langsam im Kreis. Er lauerte auf irgendeinen Laut, aber er hörte nur das tiefe Brummen des Windes. Vor Anspannung krampfte sich Peters Magen zusammen. Vielleicht wäre es das beste, wenn sich niemand blicken ließe. Er begann ernstlich zu bezweifeln, ob es klug gewesen war, in der dunkelsten aller Nächte in dieses Ödland zu kommen. Ihm fielen die Autopsiefotos von Sandra Whiley und die Beschreibungen ein, wie die anderen Opfer zu Tode gekommen waren. Sicher kein schneller Tod. Er stellte sich vor, wie sich die Klinge ins Fleisch bohrte, den Schmerz, die schreckliche Angst.

»War's schwierig, die Stelle zu finden?«

Peters Herz machte einen Satz. Er fuhr in Richtung der Stimme herum, wobei er unwillkürlich die Taschenlampe wie eine Waffe hob, aber es war niemand da, den er hätte schlagen können. Um ihn herum war alles schwarz und leer.

Peter blickte nach rechts und links und versuchte, den Atem anzuhalten. Plötzlich war eine Lücke in dem dunklen Vorhang, der ihn umgab. Ein verschwommener Fleck wurde zu einer vagen Form, und Christopher Mammon trat aus der Dunkelheit. Peter wich einen Schritt zurück. Mammon beobachtete ihn. Konnte er in den Wagen zurück und die Türen verriegeln, bevor Mammon ihn erreichte? Konnte er davonrennen und Mammon in der stygischen Finsternis dieses Wüstenjagdreviers abhängen?

»Ich habe gehört, Sie erzählen herum, ich hätte Sandra Whiley umgebracht.«

Peter versuchte zu sprechen, konnte es aber nicht.

»Nicht klug. Alle andern denken, Gary Harmon hat die Whiley ermordet. Falls ich sie ermordet habe, wären Sie der einzige, der den Verdacht hat. Es würde in meinem höchsten Interesse liegen, Sie an einen einsamen Ort wie diesen hier zu locken und Sie mir vom Hals zu schaffen, ehe Sie irgendwelche Scherereien anrichten könnten.«

Mammon ließ Peter eine Weile darüber nachdenken. Dann trat er einen Schritt nach vorn. Er hatte etwas Kleines und Schwarzes in der Hand. Peter wich wiederum zurück und stieß hart gegen die Seite seines Wagens. Mammon hob die Hand und richtete den Gegenstand auf Peter. O Gott, dachte Peter. Laß mich nicht jetzt sterben.

Ich bin noch nicht mal dreißig. Dann klappte ein Teil des Gegenstandes herunter und enthüllte irgend etwas Glänzendes.
»Sie können sich abregen«, sagte Mammon. »Ich werde Sie nicht umbringen. Ich bin Polizist.«
Es dauerte einen Moment, bis Peter die Worte kapierte. Etwa dieselbe Zeit brauchte sein Gehirn, bis es den Gegenstand in Mammons Hand als Lederetui für eine Polizeimarke erkannte. Peter plumpste gegen seinen Wagen, ohne dessen Halt er auf den staubigen, mit Steinen übersäten Boden gesunken wäre.
»Jetzt hören Sie gut zu«, erklärte Mammon. »Wenn Sie die Wahrheit erfahren wollen, müssen Sie mir garantieren, daß Sie nie, niemals jemandem von dieser Begegnung erzählen.«
»Wovon sprechen Sie?«
»Ich bin Undercoveragent in einer Operation, die mittlerweile seit zwei Jahren läuft. Sobald wir unser Gespräch beendet haben, verlasse ich diesen Kontinent. Niemand bei der DEA wird Ihnen meine Existenz bestätigen. Sie können unter Strafandrohung die Vorlage von Beweismitteln fordern, bis Sie alt und grau sind, aber Sie werden keine Spur von mir in irgendeiner der Akten finden, die Sie durchsuchen. Also, Sie spielen hier nach meinen Regeln, oder ich verschwinde, und Sie werden nie erfahren, was mit Sandra Whiley passiert ist.«
»Ich ... ich habe also keine andere Wahl.«
»Stimmt. Und noch etwas sollten Sie wissen. Sie und Ihr Vater haben ein paar Leute stinksauer gemacht. Ich habe Instruktionen von ganz oben, mich von Ihnen so weit fernzuhalten, wie ich nur kann.«
»Warum sind Sie dann hier?«
Mammon holte tief Luft. Eine Sekunde lang spiegelte seine Miene Zweifel wider.
»Wegen Gary. Diese arme Sau. Ohne mich säße er nicht in dieser Klemme. Ich hatte gehofft, er würde freigesprochen werden. Dann hätte ich ihn vergessen können. Aber jetzt ... Wenn er hingerichtet würde, wäre es meine Schuld.«
»Was meinen Sie damit?«
»Kevin Booth hat 'ne Zeitlang in Seattle gewohnt. Ein Bekannter von ihm arbeitete für Rafael Vargas, der für ein kolumbianisches

Kartell Kokain in die nordwestlichen Pazifikstaaten schmuggelt. Kevin lernte Vargas kennen und verdiente sich als Pascher ein Taschengeld. Als er letztes Jahr beschloß, wieder nach Whitaker zu ziehen, bat Vargas ihn, ein Vertriebsnetz aufzubauen.
Vor ungefähr acht oder neun Monaten wurde Sandra Whiley dabei geschnappt, als sie gerade Kokain an einen von Booths Kunden liefern wollte. Die örtlichen Behörden hatten keine Ahnung, für wen Booth arbeitete. Aber die Whiley plauderte alles aus. Einer der Polizeibeamten aus Whitaker rief die Polizeibehörde des Staates Oregon an, und sie nahmen Kontakt mit uns auf. Die OSP wußte, daß wir in die Organisation, für die Vargas arbeitete, einzudringen versuchten. Bis wir diese Lücke fanden, waren wir gegen eine Betonmauer gelaufen.
Ich habe zwei Jahre unter völliger Tarnung zugebracht, mir eine Vergangenheit aufgebaut und Kontakte herzustellen versucht. Dann wurde ich hierher versetzt, um in Booths Nähe zu kommen und ihn in eine Situation zu zwingen, wo er mich mit Vargas bekannt machen mußte.«
»Hat die Whiley gewußt, wer Sie sind?«
»Nein. Das konnten wir nicht riskieren. Sie dachte, ich arbeite fürs organisierte Verbrechen. Ihre Anweisung war, mich zu unterstützen, damit die DEA mich und Booths Gruppe verhaften könnte. An dem Abend, als Booth und ich am Whitaker State festgenommen wurden, wartete ich darauf, daß die Whiley mir dreißigtausend Dollar für die zwei Kilo Koks brachte, die im Wagen gefunden wurden. Dieses Geschäft sollte mir Glaubwürdigkeit verschaffen, wenn ich um eine Menge der Größenordnung verhandeln würde, die angetan wäre, Vargas aus der Reserve zu locken.
Unsere Festnahme war Pech, und sie passierte zu einer ausgesprochen ungünstigen Zeit. Ich mußte in Vargas' Augen glaubwürdig bleiben, deshalb wurde verabredet, daß Booth seine Vorverhandlung gewinnen und ich meine verlieren sollte.«
»Einen Moment mal. Was meinen Sie damit, man hat verabredet, daß Booth seine Vorverhandlung gewinnt?«
»Die ganze Sache war ein Schwindel. Ein höheres Tier aus dem Justizministerium nahm mit der O'Shay Kontakt auf. Er bat sie, die Vorverhandlung zu schmeißen, und das hat sie getan.«

Peter war wie gelähmt. So etwas hatte er noch nie gehört.
»Und wer war in die Farce eingeweiht?«
»Die O'Shay, Mancini und der Richter.«
»Und was war mit Earl Ridgely?«
»Er war die Woche verreist, und Becky O'Shay wurde gebeten, ihm die ganze Sache zu verschweigen. Er ist viel zu gewissenhaft, um mit der Manipulation eines Gerichtsverfahrens einverstanden zu sein. Sie sagte dem Richter, sie habe Ridgelys Einverständnis, aber das war eine Lüge. Ridgely weiß immer noch nicht, warum Booth seine Vorverhandlung gewonnen hat. Selbst Booth weiß es nicht. Die O'Shay, Mancini und der Richter legten sich ein Szenario für einen gesetzlichen Rahmen zurecht, um Booth rauszuhauen. Ich blieb im Gefängnis, um es so aussehen zu lassen, daß man mir trauen könnte, dann zahlte ich Kaution.
In der Mordnacht traf ich mich mit Booth, um ihn dazu zu bewegen, meine Rolle im letzten Teil unseres Planes, Vargas zur Strecke zu bringen, zu übernehmen. Der Plan funktionierte. Wir schnappten ihn nicht nur in flagranti mit zwanzig Kilo Kokain, sondern wir sind auch im Besitz von abgehörten Telefonaten und anderen Beweisen, die ihn mit dem Import und Verkauf eines Vielfachen dieser Menge in Zusammenhang bringen. Vargas weiß, daß er lebenslänglich ohne Möglichkeit einer vorzeitigen Entlassung zu erwarten hat. Wir hofften, er würde zusammenklappen und uns eine Möglichkeit verschaffen, in die nächste Ebene im Kartell einzudringen. Vor drei Tagen ist er zusammengebrochen.«
Mammon schwieg. Er wirkte verlegen.
»Als ich am Abend des Mordes ins Stallion kam, saß Harmon bei Booth. Ich mußte ihn loswerden, deshalb sagte ich ihm, Karen Nix sei geil auf ihn. Ich bin derjenige, der seinen Streit mit der Nix verursacht hat. Wenn ich ihn nicht reingelegt hätte, wäre das arme Schwein nicht für ein Verbrechen verurteilt worden, das er nicht begangen hat.«
»Wieso sind Sie so sicher, daß Gary unschuldig ist?«
»Ich weiß, wer die Whiley umgebracht hat.«
»Wer denn?« fragte Peter begierig.
»Während Gary sich mit der Nix gestritten hat, bin ich nach draußen gegangen und habe mit Booth geredet. Und in der Zeit habe ich

gesehen, daß die Whiley einem Mann zu seinem Wagen folgte. Sie stritten sich über irgend etwas, dann fuhren sie zusammen weg. Der Mann war ein Kunde von Booth. Jemand, dem die Whiley Kokain geliefert hatte. Steve Mancini.«

»O mein Gott«, sagte Peter. Alles ergab jetzt einen Sinn. Sandra Whiley mußte Steve gedroht haben. Mancini konnte sich keinen Skandal leisten, da die Finanzierung von Mountain View auf des Messers Schneide stand. Garys Verhaftung war ein Geschenk des Himmels, und Mancini tat sein Bestes, um sicherzustellen, daß Gary schuldig gesprochen wurde, indem er Peter einen unfähigen Ermittler in den Pelz setzte, den Antrag auf Nichtzulassung von Garys Aussagen sabotierte und dafür sorgte, daß Gary von einem egozentrischen, inkompetenten Idioten verteidigt wurde.

»Sie müssen für Gary aussagen.«

»Nein. Nicht jetzt. Vielleicht nie.«

»Wie können Sie sich weigern? Gary wird womöglich hingerichtet, wenn Sie nicht an die Öffentlichkeit treten.«

»Ich fahre morgen nach Südamerika. Wenn ich bleibe und aussage, wird meine Tarnung zerstört. Ich bin ganz dicht dran, vom Kartell akzeptiert zu werden. Wenn Mancini geschnappt werden soll, sind Sie derjenige, der es tun muß. Ich habe meine Karriere riskiert, indem ich mich mit Ihnen getroffen habe. Und ich werde sie mir nicht kaputtmachen.«

»Wie soll ich denn irgend etwas von alldem beweisen?«

»Ich weiß es nicht, Hale, aber ich hoffe bei Gott, Sie können es.«

# Dreißigstes Kapitel

## 1

Peter saß schon eine halbe Stunde in Amos Gearys Wartezimmer, als die Kanzleitür aufging. Während dieser halben Stunde hatte Clara Schoen nicht ein einziges Wort gesagt, und die wenigen Male, die sie in Peters Richtung geblickt hatte, hatte sie dazu genutzt, Todesstrahlen gegen ihn abzuschießen. Als Geary in das Wartezimmer eintrat, drehte sich ihr Kopf zu ihm herum, und ihre schmalen Lippen zuckten in freudiger Erwartung der Standpauke, die Peter ohne Frage von ihrem Chef erhalten würde. So war sie sehr verwundert, als sie sah, wie Geary den Halunken anlächelte, den er erst vor so kurzer Zeit aus ihren heiligen Hallen vertrieben hatte.
»Kommen Sie mit nach hinten«, sagte Geary, als er an Peter vorbeiging. Clara stand der Mund sperrangelweit offen. Geary war fast außer Sichtweise, als ihr einfiel, daß sie ihn an seinen ersten Termin vor Gericht erinnern wollte.
»Ich weiß, Clara. Lenny Boudreau um 10 Uhr 15 in Richter Staleys Saal«, erklärte Geary, ohne sich umzusehen. Clara blieb der Mund noch weiter offen stehen. »Stellen Sie keine Anrufe für mich durch, bevor Peter und ich nicht fertig sind.«
Geary schloß die Tür hinter ihnen und ging an seinen Aktenschrank, während Peter in einem Sessel Platz nahm.
»Clara denkt, ohne sie hätte ich meinen Stundenplan nicht im Kopf«, meinte Geary, als er auf der Suche nach der Akte Boudreau seinen Aktenschrank durchkramte. »Ich lasse sie bei ihrer Überzeugung. So fühlt sie sich unentbehrlich.«
Gearys Miene hellte sich auf, als er die Akte fand. »Na, hat Dick die Lage gerettet?« fragte er, während er sich hinter seinem Schreibtisch niederließ.
»Nein, aber es hat so was ähnliches wie einen Durchbruch in dem Fall gegeben.«

Geary füllte das Zimmer mit einer dichten Rauchwolke, als Peter ihm von dem Treffen im Büro der Bundesanwaltschaft, von seiner Begegnung mit Christopher Mammon und von allem berichtete, was er über Steve Mancini wußte.
»Mancini, hä?« brummte Geary nachdenklich, als Peter geendet hatte. »Das traue ich ihm ohne weiteres zu.«
»Meine Schwierigkeit ist, wie ich ohne Mammon als Zeugen beweisen will, daß Steve die Whiley ermordet hat, und wie ich für Gary einen neuen Prozeß bekomme mit der Begründung, daß die O'Shay Entlastungsmaterial geheimgehalten hat. Das Justizministerium hat in der Sache Verschwiegenheit angeordnet, es besteht für mich also keine Möglichkeit, ohne ein größeres Verfahren an die DEA-Berichte zu kommen, und die O'Shay gibt bestimmt nicht zu, was sie gemacht hat. Nach Mammons Verschwinden habe ich meinen Hauptzeugen verloren. Und außerdem ist es sehr wahrscheinlich, daß alle Exemplare der Berichte vernichtet sind.«
»Sie stecken ohne Frage in Schwierigkeiten«, stimmte Geary zu.
Peter seufzte. »Ich habe nur ein paar Tage Zeit, bis das Strafmaßverfahren losgeht. Es muß doch irgendeine Möglichkeit geben zu beweisen, daß die Whiley der CRI war.«
Peter bemerkte plötzlich, daß Geary einen verträumten Blick in den Augen und die Andeutung eines Lächelns auf den Lippen hatte. Die Zigarette, für den Augenblick vergessen, baumelte zwischen seinen nikotingelben Fingern, die Asche blätterte ab und fiel auf den Teppich. Auf einmal gluckste Geary in sich hinein.
»Rebecca hat Mist gebaut.«
»Wieso?« fragte Peter begierig.
»Na los, denken Sie nach. Wenn ein alter Trunkenbold wie ich es rauskriegt, sollte ein nüchterner junger Bursche wie Sie doch in der Lage sein, den Fall in Null Komma nichts zu knacken. Ich gebe Ihnen einen Fingerzeig. Es gibt einen Zeugen, der die O'Shay zu Fall bringen kann.«
Peter ging alles durch, was er wußte, während Geary seine Anstrengungen mit Schadenfreude beobachtete. Schließlich gab Peter auf.
»Oje! Die jüngere Generation«, gackerte Geary.
»Schnauze, Amos. Ich habe meinen Sinn für Humor verloren.«

Geary setzte sich auf und blies eine dicke Rauchwolke über den Schreibtisch. Peter hustete.
»Entspannen Sie sich, dann hören Sie genau zu. Ich werde Ihnen erzählen, wie wir diesen Fall aufdröseln können.«

## 2

Earl Ridgely machte ein überraschtes Gesicht, als er mit Becky O'Shay ins Dienstzimmer des Bezirksrichters Brett Staley kam und neben dem Schreibtisch des Richters Peter Hale und Amos Geary sitzen sah.
»Was liegt vor, Brett?« fragte Ridgely.
»Was ziemlich Unerfreuliches, Earl. Aber warum nehmen Sie und Miss O'Shay nicht Platz, dann kann ich Mr. Hale die Angelegenheit erklären lassen.«
Becky O'Shay hatte bemerkt, daß der Richter den Blickkontakt mit ihr gemieden hatte. Sie sah argwöhnisch zu Peter hinüber, sagte aber nichts.
»Am Sonntag machte ich eine sehr alarmierende Entdeckung, Mr. Ridgely«, sagte Peter. »Beinahe zufällig habe ich erfahren, daß Miss O'Shay Entlastungsmaterial zurückgehalten hat, das den ganzen Fall Harmon in einem andern Licht erscheinen läßt.«
»Earl, das ist Blödsinn«, sagte Miss O'Shay verächtlich. »Was am Sonntag wirklich passiert ist, ist folgendes: Mr. Hale hat sich in Kevin Booths Zimmer im Krankenhaus geschlichen und wurde festgenommen. Ich bereite eine Beschwerde bei der Anwaltskammer vor. Ich weiß nicht, was für eine Geschichte er sich zusammengereimt hat, aber auf diese Art will er sich an mir rächen, weil ich sein Verhalten der Ethikkommission gemeldet habe.«
»Warum hören wir uns nicht an, was Peter zu sagen hat, Becky?« schlug Ridgely vor. Miss O'Shay setzte zu einem Protest an. Dann dämmerte ihr plötzlich, warum sie sich in Richter Staleys und nicht in Richter Kuffels Dienstzimmer versammelt hatten, und sie wurde blaß.
»Becky weiß seit einigen Monaten, daß Sandra Whiley in einem Fall, in den Christopher Mammon, Kevin Booth, Rafael Vargas und ein sehr mächtiges kolumbianisches Drogenkartell verwickelt sind,

als DEA-Informantin gearbeitet hat, und sie hat diese Information der Verteidigung vorsätzlich verheimlicht«, sagte Peter.
»Ist das wahr?« fragte Ridgely sie.
»Earl, das ist Unsinn«, antwortete Miss O'Shay aufgebracht und zu laut.
»Ich nehme an, ich bin auch verrückt, wenn ich Ihnen unterstelle, daß Sie die Vorverhandlung gegen Booth und Mammon manipuliert haben?« sagte Peter. »Ich bin sicher, Ihr Chef wird mit Interesse zur Kenntnis nehmen, daß Sie Richter Staley mitgeteilt haben, Mr. Ridgely sei über Ihren Deal mit dem Justizministerium eingehend unterrichtet.«
»Welchen Deal?« fragte Ridgely Becky O'Shay.
»Miss O'Shay kam mit Steve Mancini und einem Beamten aus dem Justizministerium in Washington, D. C., vor der Vorverhandlung gegen Christopher Mammon und Kevin Booth zu mir«, antwortete Richter Staley. »Miss O'Shay sagte mir, Sie hätten einem Plan zugestimmt, nach dem ich Kevin Booths Fall bei der Anhörung abweisen solle, damit eine Geheimoperation der Bundespolizei nicht in Gefahr geriete.«
»Ich habe was?«
»Sie haben mir versichert, daß Ihr Plan Mr. Ridgelys Billigung hat, nicht wahr, Miss O'Shay?« fragte Richter Staley.
»Earl, es war keine Zeit, Sie ausfindig zu machen«, sagte die O'Shay verzweifelt. »Wir sollten nicht mal über die Sache reden. Wir könnten eine wichtige Geheimoperation gefährden.«
»Kann mir jemand erklären, was hier eigentlich vorgeht?« fragte Ridgely.
»Die Bundespolizei hatte einen Drogendeal im Visier, der auf dem Whitaker-State-Campus steigen sollte«, erklärte Peter. »Der Deal wurde dazu benutzt, um einem Undercoveragenten zu helfen, in ein kolumbianisches Drogenkartell einzudringen. Dann verpatzten die Campuswachleute die ganze Angelegenheit, indem sie Booth und Mammon festnahmen.
Sie waren auf Urlaub und nicht in der Stadt, deshalb nahm die DEA mit Becky Kontakt auf. Sie sollte erreichen, daß Booth wieder auf freien Fuß gesetzt wurde. Die Bundespolizei heckte einen Plan aus, wie bei Booths Vorverhandlung getrickst werden sollte. Becky

belog Richter Staley und sagte, sie hätte die ganze Sache mit Ihnen geklärt.
Als Gary wegen des Mordes an Sandra Whiley verhaftet wurde, wußte Becky, daß das Opfer Informantin gewesen war. Sie war von der DEA instruiert worden und hatte sogar zwei DEA-Berichte über den Whitaker-State-Fall an Steve Mancini geschickt, als sie an der Schiebung herumknobelten. Ich kam durch Zufall hinter die Berichte, und Becky überredete Steve, sie zu vernichten und abzustreiten, daß er sie je gesehen hätte. Sie wußte, daß Richter Kuffel den Schuldspruch gegen Gary aufheben muß, wenn er von ihrer Täuschung erfährt.«
»Ich kann's nicht glauben«, erklärte Earl Ridgely völlig verständnislos.
»Es gibt noch mehr und schlimmeres, als was ich Ihnen schon erzählt habe.«
Peter machte eine Pause und sah Becky direkt an. Er wollte jetzt zu einem Bluff greifen und hoffte, Becky sah nicht, wie groß seine Angst war, daß er falsch getippt hatte.
»Steve Mancini hat Gary Harmons Verteidigung vom Beginn des Prozesses an sabotiert. Die Berichte zu vernichten war nur seine letzte Aktion, zuvor hatte er bereits mehrere andere Dinge getan, um sicherzustellen, daß Gary schuldig gesprochen wurde. Ich habe nur nicht verstanden, warum er seinen Schwager in die Todeszelle schicken wollte. Aber Becky weiß die Lösung dieses Rätsels, nicht wahr?«
»Ich … ich weiß nicht, wovon Sie reden.«
»Warum sollte Steve wohl die DEA-Berichte für Sie vernichten, Becky? Warum sollten Sie ihm vertrauen, daß er das tat, statt mit Beweisen zu mir zu laufen, die Gary ein neues Verfahren eintragen würden? Sie wußten, daß Steve einen Grund hatte, warum er Garys Schuldspruch wollte. Sie wußten, daß Steve nach Ihrer Pfeife tanzen mußte oder seine Entlarvung riskierte. Sie wußten, daß Steve Mancini mit Sandra Whiley zusammen war, kurz bevor sie ermordet wurde.«
»Ist das wahr?« fragte Ridgely.
»Was zählt denn das alles?« beschwor die O'Shay Ridgely. »Harmon ist schuldig. Wie konnte er wissen, daß das Opfer im Stallion

gewesen war, Stunden bevor irgend jemand die Identität der Whiley kannte, wenn er sie nicht ermordet hat?«
»Ich habe vor diesem Treffen mit Gary gesprochen, um zu sehen, ob ich herausbekommen könnte, wie er einige der Dinge, die er anscheinend wußte, erfahren haben kann. Der Morgen, an dem die Leiche gefunden wurde, war der Morgen, an dem Steve geheiratet hat. Er hat Gary in die Kirche gefahren. Sie kamen am Park vorbei und sahen die Polizeiwagen. Donna erinnert sich, daß Gary das ganze Treiben aufgeregt beobachtete. Möglicherweise fragte er Steve, warum im ganzen Park Polizei war. Ich wette, Steve verplapperte sich und sagte, irgendein Mädchen, das am Abend zuvor im Stallion gewesen war, sei ermordet worden.
Ich habe auch mit Wilma Polk gesprochen. Ihr Mann war am Ort des Verbrechens gewesen. Er erzählte Mrs. Polk, daß derjenige, der die Whiley umgebracht hatte, sie wohl mit einem Beil zerhackt hätte. Mrs. Polk erzählte das ihrer Freundin, als sie auf dem Empfang nach der Trauung am kalten Bufett standen. Mrs. Polk erinnert sich, daß Gary direkt neben ihr stand und aufmerksam auf das lauschte, was sie sagte.
Und die Position der Beilhiebe. Ehe Bob Patrick Gary mit dem Schwarzlicht reinlegte, zeigte er ihm mehrere Autopsiefotos von den Kopfverletzungen der Whiley.
Es gibt einleuchtende Erklärungen für viele Beweise, die Gary belasten, aber Sie waren an der Wahrheit nicht interessiert, nicht wahr, Becky?«
»Ich … ich dachte, es war Gary. Ich glaube es immer noch. Ich wußte nicht, daß Steve an dem Abend mit der Whiley zusammen war, bis ich mit Booth sprach. Er hatte sie zusammen vor dem Stallion gesehen.«
»Und Sie sagten Booth, er solle die Klappe halten«, warf Peter ihr vor.
»Ich konnte es Ihnen nicht erzählen. Die Geschworenen hätten niemals einen Schuldspruch gefällt, wenn sie gewußt hätten, daß die Whiley Informantin und Steve bei ihr gewesen war, kurz bevor sie ermordet wurde. Es hätte zu viele weitere Verdächtige gegeben. Und Steve hat mir geschworen, daß er sie nicht ermordet hat.«

»Sie begreifen immer noch nicht, was Sie getan haben, oder?« fragte Peter, verblüfft über Beckys anhaltenden Widerstand. »Sie kapieren immer noch nicht, daß Sie einen schrecklichen Irrtum begangen haben. Wie konnten Sie die Möglichkeit verdrängen, daß Steve die Whiley umgebracht haben könnte, obwohl sie Ihnen ins Auge springen mußte? Wie konnten Sie ...«
Mit einemmal wußte Peter, warum Becky O'Shay Steve deckte. Er erinnerte sich, wie Steve und Becky sich verhielten, wenn sie zusammen waren, ihm fiel eine rätselhafte Bemerkung wieder ein, die Becky auf dem Hochzeitsempfang gemacht hatte, als Peter sie fragte, wie sie Steve kennengelernt hatte.
»Hat Steve geschworen, er sei unschuldig, während Sie miteinander Sex hatten oder nachdem Sie mit dem Vögeln fertig waren?« fragte Peter die O'Shay.
Beckys Augen weiteten sich. »Wovon sprechen Sie?«
»Wollen Sie abstreiten, daß Sie mit Steve Mancini geschlafen haben?«
Earl Ridgely starrte Becky O'Shay mit wachsendem Entsetzen an.
»Wenn Earl erfahren hätte, daß Sie Richter Staley angelogen haben, um die Vorverhandlung zu manipulieren, und daß Sie heimlich mit einem Verteidiger geschlafen haben, gegen den Sie als Anklagevertreterin aufgetreten sind, hätte er Sie auf der Stelle gefeuert. Haben Sie über Mancini geschwiegen, weil er gedroht hat, Sie der Öffentlichkeit preiszugeben?« fragte Peter.
»Nein, nein, so war es nicht. Als mir Kevin Booth erzählte, er habe Steve mit der Whiley vor dem Stallion gesehen, habe ich mir Steve vorgeknöpft. Er schwor, er sei unschuldig. Dann erinnerte er mich an ... an etwas, an das ich mich hätte entsinnen müssen. Steve und ich ... Also, äh, wir sind hin und wieder zusammen gewesen, seit ich nach Whitaker gezogen bin. Und, na ja ... Wir hatten vorgehabt, den Abend vor seiner Hochzeit gemeinsam zu verbringen.«
»Nein!« rief Peter.
»Sie glauben doch nicht etwa, daß Steve Donna Harmon aus Liebe geheiratet hat, oder?« fragte Becky O'Shay verächtlich. »Er machte sich Sorgen um Mountain View und dachte, Jesse Harmon würde sich mit einer ansehnlichen Summe beteiligen, wenn er erst mal mit seiner Tochter verheiratet wäre.«

»Dieser Dreckskerl«, schnaubte Peter. Amos Geary legte ihm beschwichtigend die Hand auf den Arm.
»Sie erzählten uns gerade, wie Sie erfuhren, daß Mr. Mancini unschuldig sei, Miss O'Shay«, half Geary nach. »Fahren Sie doch bitte fort.«
»Steve war in der Nacht, in der Sandra Whiley umgebracht wurde, bei mir. Er kam etwa gegen Mitternacht. Ich hatte den Eindruck, daß er nervös war. Als ich ihn fragte, erklärte er mir, Gary sei im Stallion in irgendwelchen Schwierigkeiten gewesen.
Später habe ich ihm vorgehalten, daß Booth ihn mit Sandra Whiley gesehen hatte, und er gab es zu. Er sagte, die Whiley sei im Stallion gewesen und habe ihn zur Rede gestellt, als er wegging. Das war auf dem Parkplatz. Sie war fast hysterisch und sagte ihm, sie müsse die Stadt verlassen. Sie fürchte sich zu Tode vor Christopher Mammon. Whiley hatte gedacht, er sei im Gefängnis, und ihn dann im Stallion gesehen. Whiley glaubte, Mammon würde sie verdächtigen, ihn am Whitaker State in eine Falle gelockt zu haben, und sie umbringen.
Sie machte ein furchtbares Theater, und Steve sagte zu ihr, sie solle in seinen Wagen steigen. Sie fuhren eine Weile herum, und sie forderte Geld von Steve, damit sie abhauen könnte. Er versuchte, ihr gut zuzureden, aber sie nahm keine Vernunft an. Sie drohte allen zu erzählen, daß Steve Kokain nahm, wenn er ihr kein Geld gäbe. Sie kündigte sogar an, daß sie bei seiner Hochzeit erscheinen würde. Steve sagte, er habe etwas Geld in seinem Büro. Er wollte nicht mit ihr zusammen gesehen werden, deshalb setzte er sie am Eingang zum Wishing Well Park ab und verabredete sich mit ihr für später am Brunnen.«
»Wann hat er Sandra Whiley angeblich abgesetzt?«
»Zehn Minuten vor Mitternacht. Er hatte auf die Uhr gesehen, weil er gegen Mitternacht eigentlich bei mir sein wollte.«
Peter beherrschte seine Aufregung. Der Barkeeper von der Ponderosa hatte ausgesagt, daß Gary sechs oder sieben Minuten vor Mitternacht in die Kneipe gekommen war. Wenn die Zeitangaben alle stimmten, konnte Gary unmöglich der Mörder sein.
»Was passierte nach Steves Aussage als nächstes?«
»Er sagte, er fuhr in sein Büro, klaubte jeden Penny zusammen, den

er finden konnte, was ungefähr dreitausend Dollar Bargeld waren, und fuhr direkt zum Park zurück. Steve sagt, er parkte in einer Seitenstraße und lief hinüber. Als er näher kam, sah er jemanden von dem Brunnen weglaufen. Zuerst dachte er, es sei die Whiley. Dann sah er ihre Leiche.«

»Wann haben Sie all dies erfahren?« fragte Earl Ridgely in fassungslosem Ton.

»Unmittelbar vor dem Brandanschlag auf Booth.«

»Und ... und Sie behielten das für sich? Sie ließen diesen armen Jungen und seine Familie einen Mordprozeß durchmachen, obwohl Sie wußten, daß er unschuldig war?« fragte Ridgely und sah Becky O'Shay voller Abscheu an.

»Ich wußte es nicht. Steve bestritt, die Whiley ermordet zu haben, und ich glaubte ihm. Ich glaube noch immer, daß Gary den Mord begangen hat.«

»Wie konnten Sie nur?« fragte Ridgely. »Die Whiley hat Mancini erpreßt, und er war zur Zeit des Mordes mit ihr im Park. Mein Gott, sind Sie geisteskrank?«

»Nein, Earl. Ich bin sicher, daß er sie nicht getötet hat. Ich konnte mich an den Anzug erinnern, den er trug, als er zu mir kam. Ich hatte ihn darin schon früher an diesem Tag gesehen. Es waren derselbe Anzug und dieselbe Krawatte. Dieselben Schuhe. Ich stellte fest, daß er im Stallion denselben Anzug getragen hatte, indem ich mich bei Karen Nix, den Barkeepern und einigen anderen Zeugen erkundigte.«

Becky O'Shay machte eine Pause und holte tief Atem. Sie blickte zu Boden, als sie weitersprach.

»Ich ... ich habe Steve in dieser Nacht ausgezogen. Ich sah sein Hemd, seinen Anzug. Der Mörder wäre überall mit Blut besudelt gewesen, aber an Steve Mancini war kein Tropfen Blut.«

# Einunddreißigstes Kapitel

Die Harmons saßen im Gerichtssaal in der ersten Reihe. Peter hatte ihnen gesagt, sie sollten zum Gericht kommen, aber wenig mehr, weil er ihnen nicht allzu viele Hoffnungen machen wollte. Steve Mancini saß eine Reihe hinter ihnen auf der anderen Seite des Saals. Ein Hilfssheriff hatte ihm eine Zwangsvorladung zugestellt, während er beim Frühstück saß. Mancini fragte sich, warum Earl Ridgely allein am Tisch der Anklage saß. Er wußte nicht, daß Becky O'Shay wegen Beeinflussung eines Zeugen und Amtsmißbrauchs sich in einer Gefängniszelle befand.

Gary Harmon sah verzweifelt aus, als ihn die Aufseher in Richter Kuffels Gerichtssaal führten. Er zuckte vor Nervosität und hatte nicht geschlafen.

»Bitte, holen Sie mich aus dem Gefängnis raus, Pete«, flehte er, als er zwischen Peter und Amos Geary Platz genommen hatte, »ich fürchte mich dort. Ich möchte bloß nach Hause.«

»Genau das können Sie vielleicht bald, Gary. Also, versuchen Sie sich zu beruhigen.«

Während Peter noch mit Gary sprach, kam Richter Kuffel aus dem Richterzimmer, den Antrag auf ein neues Verfahren in der Hand, den Peter nach dem Gespräch in Richter Staleys Dienstzimmer hastig aufgesetzt hatte. Er zog ein verdutztes Gesicht.

»Sie unterstützen diesen Antrag, Mr. Ridgely?« fragte der Richter, um sich zu vergewissern, daß er richtig verstand, was er eben gelesen hatte.

»Ja, Euer Ehren. Angesichts bestimmter Umstände, die mir zur Kenntnis gelangt sind, halte ich es im Interesse der Justiz für unbedingt erforderlich, daß das Gericht den Schuldspruch gegen Mr. Harmon aufhebt.«

Noch immer blickte der Richter verblüfft drein. Er fragte sich, wo Becky O'Shay war und warum Amos Geary bei Peter Hale saß.

»Wie begründen Sie diesen Antrag, Mr. Hale?« fragte Richter Kuffel.
»Ich glaube, mein erster Zeuge wird mit der Verwirrung aufräumen, Euer Ehren.«
»Sehr wohl, rufen Sie den Zeugen.«
»Mr. Harmon ruft Kevin Booth.«
Am Nachmittag zuvor, nach dem Treffen in Richter Staleys Dienstzimmer, hatten Earl Ridgely, Peter Hale, Amos Geary und ein Kriminalbeamter der Polizei des Staates Oregon Booth im Krankenhaus vernommen. Booth wurde in einem Rollstuhl in den Gerichtssaal geschoben und durfte von dort aus aussagen. Er trug einen Krankenhauskittel und einen Bademantel.
»Mr. Booth«, begann Peter, nachdem der Zeuge vereidigt war, »Sie haben im Fall Harmon bereits eine Aussage gemacht, stimmt das?«
»Ja.«
»War die Aussage, die Sie in Portland gemacht haben, wahrheitsgemäß?«
»Eine Sekunde, Mr. Hale«, sagte Richter Kuffel. »Sie fragen diesen Mann, ob er einen Meineid geleistet hat. Wenn er sagt, er habe gelogen, gibt er ein Verbrechen zu.«
»Das ist richtig, Euer Ehren. Aber Mr. Booth sagt auch unter der Zusicherung der Immunität gegen die strafrechtliche Verfolgung jeder im Fall Harmon gemachten Falschaussage aus, unter der Zusage, daß er für seinen Anteil am Zwischenfall am Whitaker State College nicht belangt werden wird, und unter Zusicherung von Behörden des Staates und des Bundes, daß er für seinen Anteil an dem Verbrechen, das zu seiner Verhaftung vor seinem Haus führte, nicht strafrechtlich belangt wird.«
Peter verschwieg dem Richter, daß sie die Hilfe der Bundespolizei erst erhalten hatten, als Earl Ridgely drohte, mit dem, was er über die manipulierte Vorverhandlung und die Geheimoperation gegen das kolumbianische Kartell wußte, an die Öffentlichkeit zu gehen.
»Sehr wohl. Fahren Sie fort.«
»Mr. Booth, ich wiederhole, haben Sie in diesem Fall wahrheitsgemäß ausgesagt?«

»Nein.«
»Ist Ihre Aussage, daß Gary Harmon im Gefängnis von Whitaker mit Ihnen über seinen Fall gesprochen hat, die Wahrheit?«
»Ja.«
»Hat Mr. Harmon Ihnen jemals erzählt, er habe Sandra Whiley ermordet?«
»Nein. Er sagte, er habe es nicht getan.«
»Warum haben Sie falsche Angaben gemacht über das, was Mr. Harmon Ihnen erzählt hat?«
»Ich hatte Angst, daß man mich wegen der Drogenklage durch die Bundespolizei ins Gefängnis steckt, also mußte ich einen Deal rausschinden. Das war mein einziger Ausweg.«
»Die Anklagevertreterin im Fall Harmon ist Rebecca O'Shay. Fürchteten Sie, Miss O'Shay könnte erfahren, daß Sie mit der Aussage über Mr. Harmons Schuld gelogen haben?«
»Nein. Sie wollte unbedingt, daß Harmon schuldig gesprochen wurde.«
»Mr. Booth, hat Miss O'Shay Sie angewiesen, der Verteidigung bestimmte Informationen zu verheimlichen, die Mr. Harmons Schuld in Zweifel gezogen hätten, wenn sie der Jury bekannt geworden wären?«
»Yeah.«
»Und was war es, worüber Sie nach Miss O'Shays Anweisung nicht sprechen sollten?«
»Die Whiley war 'ne Koksdohle, und sie hat bei mir gekauft. Sie hatte nicht viel Geld, deshalb mußte sie manchmal ihre Schulden abarbeiten. An dem Abend, als man mich mit Chris Mammon am Whitaker State hopsgenommen hat, war die Whiley mit dreißigtausend Dollar, die sie zu dem Treffen mitbringen sollte, zu spät dran. Als wir verhaftet wurden, dachte Mammon, die Whiley hätte uns hochgehen lassen. Er sagte zu mir, er würde sie umbringen, wenn er rauskriegte, daß das stimmte.«
»Und Sie haben Miss O'Shay von dieser Drohung erzählt?«
»Yeah. Sie wußte, daß Mammon am Abend des Mordes zur selben Zeit im Stallion war wie die Whiley. Ich dachte, das würde sie interessieren, aber sie sagte, Harmon sei's gewesen, und ich sollte niemandem sagen, daß Mammon die Whiley kannte.«

»Hat Miss O'Shay Ihnen aufgetragen, auch noch etwas anderes zu verschweigen?«
Booth sah sich nach Steve Mancini um, und seine vernarbten Lippen verzogen sich zu einem höhnischen Grinsen.
»Yeah. Ich hab ihr erzählt, daß ich an dem Abend, als Sandra Whiley ermordet wurde, gesehen hab, wie Steve Mancini mit ihr vom Stallion weggefahren ist.«
Donna preßte sich die Hand vor den Mund. Jesse Harmon fixierte Mancini mit einem Blick, in dem reiner Haß lag. Mancini sah sich nervös um. Er wollte sich erheben, hielt aber inne, als er die bewaffneten Aufseher bemerkte, die Earl Ridgely in den Türen des Gerichtssaals postiert hatte.
»Was geschah, als Sie Miss O'Shay diese Information mitteilten?«
»Sie sagte, ich sollte es lieber vergessen oder sie würde dafür sorgen, daß ich den Rest meines Lebens im Gefängnis absitzen könnte.«
»Kannte Mr. Mancini Sandra Whiley schon vor dem Abend ihrer Ermordung?«
»Klar. Mancini kaufte Kokain von mir. Die Whiley hat es ihm ein paarmal in sein Büro und nach Hause geliefert. Einmal, erzählte sie mir, hatte sie Sex mit Mancini, für 'n bißchen Schnee.«
Mancini war der Schweiß ausgebrochen. Auf der verzweifelten Suche nach einem Ausweg irrte sein Blick im Gerichtssaal herum.
»Keine weiteren Fragen, Mr. Booth.«
»Mr. Ridgely?« fragte der Richter.
»Keine Fragen.«
»Haben Sie noch einen Zeugen, Mr. Hale?«
Peter wandte sich zum Saal. »Wir rufen Steve Mancini, Euer Ehren.«
»Ich habe sie nicht umgebracht«, schrie Mancini.
Richter Kuffel klopfte mit seinem Hammer. Mancini erstarrte. Der Richter funkelte ihn an und sagte: »Sie sind als Zeuge aufgerufen worden, Mr. Mancini. Treten Sie bitte vor.«
Mancini zögerte. Er blickte sich unter den anklagenden Augen um, die ihn aus allen Ecken des Raumes anstarrten. Dann trat er mit unsicherem Schritt in den Zeugenstand. Peter sah Mancini direkt ins Gesicht, aber Steve erwiderte den Blick nicht.

»Sind Sie an dem Abend, als Sandra Whiley ermordet wurde, mit ihr von der Bar Stallion weggefahren?« fragte Peter.
»Ich bin ... Ich möchte mit meinem Anwalt sprechen«, antwortete Mancini mit zitternder Stimme.
»Mr. Hale, ich muß diese Verhandlung vertagen, damit Mr. Mancini sich mit einem Anwalt beraten kann. Nach allem, was ich bisher gehört habe, wird er wohl einen brauchen.«
Peter war darauf vorbereitet und erhob keinen Einspruch. Mancini erhob sich langsam. Ridgely gab zwei Polizeibeamten ein Zeichen, die an Mancini herantraten.
»Ich habe einen Haftbefehl für Sie, Mr. Mancini«, erklärte Ridgely. Steve erstarrte. »He, Earl, das kann doch nicht wahr sein. Ich habe sie nicht ermordet.«
Ridgely beachtete ihn nicht. »Bringen Sie Mr. Mancini bitte ins Gefängnis«, wies er die Beamten an. »Sorgen Sie dafür, daß er seine Bürgerrechte vorgelesen bekommt und die Erlaubnis erhält, einen Anwalt anzurufen.«
»Earl«, bettelte Mancini, aber Ridgely drehte ihm den Rücken zu, und Mancini wurde aus dem Gerichtssaal geführt.
»Kann Mr. Harmon in die Obhut seiner Eltern entlassen werden, Euer Ehren?« fragte Peter, sobald wieder Stille in den Saal eingekehrt war.
»Das wäre äußerst ungewöhnlich. Er ist eines schweren Mordes für schuldig befunden worden.«
Earl Ridgely stand langsam auf und wandte sich an das Gericht. »Rebecca O'Shay ist heute nicht anwesend, weil sie sich in Haft befindet. Miss O'Shay hat der Verteidigung vorsätzlich entscheidende Beweismittel vorenthalten. Beweise, die ernste Zweifel an Mr. Harmons Schuld aufkommen lassen.
Ich hatte noch nicht die Zeit, mir im Licht der neuen Erkenntnisse, von denen das Gericht soeben gehört hat, ein genaues Bild von diesem Fall zu machen, aber ich weiß genug, um der Meinung zu sein, daß der Gerechtigkeit am besten gedient sein wird, wenn man Mr. Harmon in die Obhut seiner Eltern entläßt, während ich mir über alles Klarheit verschaffe.«
Richter Kuffel kniff die Lippen zusammen und dachte über das Ersuchen nach.

»Sehr wohl«, erklärte er dann. »Mr. Harmon, ich ordne hiermit Ihre Entlassung in die Obhut Ihrer Eltern an. Sie werden sich an bestimmte Vorbehalte halten müssen, über die ich nach Rücksprache mit den Prozeßbevollmächtigten befinden werde. Können Sie dem folgen, was ich sage?«
Gary machte ein ängstliches und unsicheres Gesicht. Er drehte sich zu Peter herum.
»Er schickt Sie nach Hause, Gary«, sagte Peter.
Garys Mund stand eine Sekunde lang offen. Dann verzog es sich zu einem breiten Lächeln.
»Ich kann nach Hause?« fragte er, als könne er es nicht fassen.
Peter lächelte unwillkürlich zurück. »Yeah, Gary, Sie können nach Hause.«
Garys Augen leuchteten. Dann stieß er einen Freudenschrei aus und schlang die Arme um Peter.
»Sie sind ein guter Anwalt, Pete. Sie sind der beste Anwalt. Sie haben's geschafft, daß sie mich nach Hause schicken.«
Richter Kuffel machte Anstalten, hammerschwingend zur Ordnung zu rufen. Dann überlegte er es sich anders und legte den Hammer weg. Peter stand hilflos und sprachlos in Garys Umarmung und errötete heftig.

# Zweiunddreißigstes Kapitel

## 1

»Möchten Sie noch ein Stück Kuchen, Peter?« fragte Alice Harmon.

»Mrs. Harmon, wenn ich noch ein Stückchen Apfelkuchen esse, platze ich.«

»Ich glaube, ich kann noch irgendwo ein Stück unterbringen«, meinte Amos Geary.

»Gary, reich mir bitte Amos' Teller rüber«, bat Alice ihren Sohn. Als Gary den Teller ergriff, stand er mit dem Rücken zu Alice Harmon und konnte nicht sehen, wie seine Mutter strahlte.

Donna stand auf und wandte sich an Peter.

»Ich möchte etwas frische Luft schnappen. Wollen Sie mich begleiten?«

»Gern.«

Donna öffnete die Gazetür und führte Peter auf die Vorderveranda ihres Elternhauses. Es war Mitte September, die Sonne war fast untergegangen, und die Abendluft war eisig. Donna und Peter trugen Pullover. Sie spazierten in den Vorgarten. Donna schlang die Arme um sich, als sie langsam an dem weißen Bretterzaun entlangschlenderten, der Harmons Grundstück umgab.

»Es ist so schön, Gary wieder zu Hause zu haben«, sagte Donna. »Sie glauben nicht, wie sich Mom und Dad seither verändert haben.«

»Die Sache ist noch nicht ausgestanden«, warnte Peter. »Die Beschuldigungen müssen noch abgewiesen werden.«

»Sie werden ihn nicht wieder ins Gefängnis schicken«, sagte Donna zuversichtlich. »Das können sie nicht. Mr. Ridgely ist dafür zu anständig.«

Sie gingen eine Weile schweigend nebeneinander her. Dann sagte Donna: »Es ist erstaunlich, wie sich alles verschworen hat, um Gary schuldig erscheinen zu lassen. Daß er Wilma Polk belauschte, daß die O'Shay Booth von dem Malteserkreuz erzählte und Steve sich verplapperte, daß die Tote im Stallion gewesen war ...«

»Deshalb wird Earl sich Zeit lassen, ehe er jemand anderen beschuldigt. Er wird nicht noch mal einen Fehler machen wollen.«

»Was denken Sie, wer Sandra Whiley umgebracht hat?« fragte Donna, als sie an der mächtigen Eiche ankamen, die dem Vorgarten Schatten spendete.

»Ich weiß es nicht. Ich habe eigentlich nicht sehr viel darüber nachgedacht. Im Kino rettet der Verteidiger seinen Mandanten immer dadurch, daß er herausfindet, wer der Mörder ist. Im wirklichen Leben kümmert das die Verteidiger eigentlich nicht. Ich habe diesen ganzen Prozeß hindurch versucht, den Beweisen der Anklage entgegenzutreten, um einen berechtigten Zweifel zu wecken. Ich meine, es wäre phantastisch, wenn ich beweisen könnte, wer Sandra Whiley getötet hat, aber solange ich Earl überzeugen kann, daß er Gary auf freien Fuß setzen soll, habe ich meine Arbeit getan.«

»Sie müssen doch irgendeine Idee haben. Was ist mit Christopher Mammon? Ich habe gehört, er ist verschwunden.«

»Mammon ist ohne Zweifel nicht der Mörder.«

»Wie können Sie so sicher sein?«

»Wenn ich Ihnen das erzählte, müßte ich ein Versprechen brechen, das ich gegeben habe. Vertrauen Sie mir einfach. Ich weiß, daß Mammon es nicht war.«

Donna drehte Peter den Rücken zu und senkte den Kopf.

»Wenn Christopher Mammon nicht schuldig ist, dann ist es doch wahrscheinlich Steve.«

»Das ist wohl wahr«, antwortete Peter nachdenklich. »Er ist sicher der Hauptverdächtige. Wir haben gerade erfahren, daß seine erste Frau ihn verlassen hat, weil er sie ebenfalls geschlagen hat, er hat also zweifellos einen Hang zur Gewalttätigkeit. Das Problem bei den Beweisen gegen Steve ist Becky O'Shays Aussage.«

Peter verstummte. Donna drehte sich zu ihm herum, und er wurde rot.

»Entschuldigung ...«, begann er, aber Donna schüttelte den Kopf.

»Sie brauchen sich nicht entschuldigen. Ich bin froh, daß ich herausbekommen habe, daß er am Abend vor unserer Hochzeit mit ihr geschlafen hat. Das befreit mich von den letzten Zweifeln, die ich wegen Steve haben könnte.«

Sie gingen schweigend weiter, bis Donna fragte: »Werden Sie nach Portland zurückziehen, wenn Sie Garys Fall abgeschlossen haben?«

»Nein. Es war wirklich gedankenlos von mir, Amos auf seiner Arbeit sitzen zu lassen. Ab morgen arbeite ich wieder für ihn. Ich glaube nicht, daß ich ewig beim Strafrecht bleibe, aber es ist schon ziemlich spannend.«

»Ich bin froh, daß Sie in der Nähe bleiben«, sagte Donna und sah Peter direkt in die Augen. Peter zögerte einen Moment, dann ergriff er ihre Hand.

»Es gibt noch einen Grund, warum ich in Whitaker bleibe.«

Peter wartete, ob Donna die Hand wegziehen würde. Als sie es nicht tat, fuhr er fort: »Ich weiß nicht, ob jetzt gerade der richtige Zeitpunkt ist, um das zu sagen. Sie machen im Augenblick so vieles durch, und ich versuche immer noch dahinterzukommen, wer ich bin und was ich will. Es gibt außerdem so vieles an mir, das Sie nicht kennen. Dinge, die Sie vielleicht nicht mögen.«

»Wir müssen ja nichts überstürzen, Peter. Jetzt, wo Sie in der Stadt bleiben, können wir uns doch Zeit lassen. Sehen wir einfach, was sich ergibt. Okay?«

Dann küßte Donna ihn. Es war ein sanfter Kuß, aber er überwältigte Peter. Donna legte ihren Kopf auf seine Schulter, und sie hielten einander im Dunkeln in den Armen. Peter hatte sich noch nie fest an eine Frau gebunden. Selbst nur daran zu denken war ein bißchen unheimlich. War er imstande, einem Menschen treu zu sein? Vielleicht könnte er es ja. Seit er nach Whitaker gekommen war, hatte er ein paar recht erstaunliche Dinge zuwege gebracht.

## 2

»Sie sehen ziemlich selbstzufrieden aus«, stellte Amos Geary fest, als sie in Peters Wagen zurück in die Stadt fuhren.

»Was meinen Sie damit?« fragte Peter unsicher. Er hatte gerade noch einmal in Donnas Kuß geschwelgt.

»Sie ist kein Mensch, mit dem man herumspielen kann. Donna hat eine Menge durchgemacht. Wenn Sie's nicht ernst mit ihr meinen, lassen Sie die Finger von ihr.«

»Himmel, Amos, haben Sie doch bitte ein bißchen Vertrauen zu mir«, protestierte Peter.

»Angesichts Ihrer Erfolgsbilanz habe ich beschlossen, direkt zu sein.«

»He, den alten Peter gibt's nicht mehr.«

»Wir werden sehen.«

Sie fuhren eine Zeitlang schweigend weiter. Peter überließ sich wieder Gedanken an die Liebe, aber Geary grübelte über etwas anderes nach. Nach einer Weile stieß er einen langen Atemzug aus.

»Was ist?« fragte Peter.

»Ich habe an dieses arme Mädchen gedacht. Die Polizei hat so viel Zeit verloren, daß ich glaube, sie werden den Mörder von Sandra Whiley nie fassen.«

»Wir wissen, daß Mammon es nicht war. Steve habe ich noch nicht von der Liste gestrichen, aber es ist ziemlich unwahrscheinlich, daß er sie umgebracht hat, wenn die O'Shay die Wahrheit sagt.«

»Was sie vielleicht nicht tut. Wenn ich an diese O'Shay nur denke, wird mir schon übel.«

»Mir ist gerade etwas eingefallen. Ridgely sollte Steves Alibi für die Zeit überprüfen, als die anderen beiden Frauen ermordet wurden. Bei all der Aufregung haben wir vergessen, daß der Mensch, der Whiley umbrachte, möglicherweise auch sie ermordet hat.«

»Earl ist kein Dummkopf. Ich bin sicher, er hat schon überlegt, ob er Mancini mit den anderen Morden in Verbindung bringen kann. Ich sage nur eines – ganz gleich, wer diese Morde begangen hat, er ist ein durch und durch kranker Dreckskerl. Jemanden zu töten ist schon schlimm genug, aber eine wehrlose Frau mit einem Beil zu massakrieren, als wäre sie irgendein Schlachttier ...«

Beim Gedanken an ein so sinnloses Gemetzel versank Geary in Schweigen. Plötzlich fuhr Peter den Wagen an den Straßenrand und stoppte abrupt. Geary hatte seinen Sitzgurt nicht angelegt und wurde nach vorn geschleudert. Zum Glück konnte er sich mit den Händen am Armaturenbrett abfangen.

»Was zum Teufel ist denn in Sie gefahren?« schrie er.

Peter hörte nicht zu. Er sah wie betäubt aus.

»Hale, haben Sie so was wie ’nen Yuppieanfall? Reden Sie doch!«
Peter drehte sich langsam herum. Er sah blaß aus.
»Das Beil. Mein Gott, ich habe nicht mal dran gedacht ... Wir müssen ins Büro fahren und in Mammons Akte etwas nachsehen.«
»Wovon reden Sie denn?«
Statt zu antworten, trat Peter aufs Gas, und Geary wurde gegen die Sitzlehne gepreßt.
»Ich erklär’s Ihnen auf dem Weg«, sagte Peter, während Geary eilig seinen Gurt befestigte.

»Müssen wir hier abbiegen?« fragte Peter.
»Ich bin nicht sicher«, antwortete Geary.
»Ich dachte, Sie hätten die meisten Zeit Ihres Lebens hier gelebt.«
»Ich bin Anwalt, kein gottverdammter Geometer. Jetzt halten Sie die Klappe, und lassen Sie mich einen Moment nachdenken.«
Geary studierte eine Landkarte von Whitaker und Umgebung, während Peter mit den Fingern ungeduldig auf dem Steuerrad herumtrommelte.
»Okay. Das ist die Straße, die im Polizeibericht in Mammons Akte aufgeführt war.«
Peter fuhr eine Meile eine ungepflasterte Schotterstraße entlang. Es war Vollmond, und bald sahen sie das Objekt ihrer Suche vor sich. Peter hielt vor dem baufälligen Haus an.
»Sind Sie sicher, daß das legal ist?« fragte Peter.
»Es ist nicht legal. Es ist ein Einbruch. Aber wir arbeiten ja nicht für die Regierung, also kann Earl alle Beweise, die wir finden, im Prozeß verwenden, während wir unsere Haftstrafe wegen Einbruchs absitzen.«
»Danke für die Aufklärung. Jetzt geht’s mir viel besser«, sagte Peter und versuchte die Tür zu öffnen. Sie war nicht verschlossen. Peter hatte eine Taschenlampe mitgebracht, aber Geary knipste einen Lichtschalter an, so daß er sie nicht brauchte.
»Stromrechnung ist anscheinend bezahlt«, bemerkte Geary.
»Gott! Was ist denn das für ein Gestank?«
Beide Männer zuckten zusammen, als ein saurer und fauliger Geruch sie anwehte. Es war der Pesthauch der Verwesung, der sich im ganzen Haus verbreitet hatte. Fliegen umsummten faulende Pizza-

krusten und sich zersetzenden Käse, der an den Rändern fettfleckiger Pizzaschachteln klebte. Ungewaschene Kleidungsstücke lagen in Bergen auf der Couch.
»Diese Bude ist der reinste Schweinestall«, erklärte Peter.
»Durchsuchen wir ihn möglichst schnell, damit wir hier wieder rauskommen«, knurrte Geary.
Sie teilten sich die Arbeit. Peter übernahm das Schlafzimmer und das Bad, Geary durchsuchte das Wohnzimmer und die Küche. Die Suche dauerte nicht lange, weil das Haus so klein war.
»Irgendwas?« fragte Peter.
»Kein Stück«, antwortete Geary, als sie beide fertig waren.
»Ich war so sicher.«
»Ihr Gedankengang ist logisch. Möglicherweise hat er die Frauen irgendwo anders ermordet.«
»Vermutlich«, antwortete Peter niedergeschlagen.
Er ging nach draußen. Geary knipste die Lampen aus und schloß die Tür. Peter wollte gerade in den Wagen steigen, als er wie angewurzelt stehenblieb.
»Was ist das da?« fragte er.
Geary sah in die Richtung, in die Peter zeigte. Ein anderes Haus war schemenhaft im Mondlicht zu erkennen.
»Es lohnt sich, mal 'n Blick drauf zu werfen, wo wir schon da sind.«
Die beiden Männer knipsten ihre Taschenlampen an und wanderten eine Viertelmeile durch den Staub. Erst als sie an der Hütte ankamen, sahen sie, daß sie verlassen war, aber es hing ein Vorhängeschloß an der Tür.
»Was machen wir jetzt?« fragte Peter.
Geary hob einen Fuß und trat mit all der Kraft seiner fast zweieinhalb Zentner gegen die Tür. Das halb verrottete Holz splitterte und gab nach. Ein zweiter Tritt, und sie war offen. Ein Gestank, anders und widerlicher als der, den sie in dem anderen Haus gerochen hatten, wehte Peter an, als er über die Schwelle trat. Er preßte sich die Hand vor den Mund und ließ den Lichtstrahl der Taschenlampe im Inneren der Hütte herumwandern.
»Ach, du große Scheiße!« flüsterte er, als der Lichtstrahl auf die blutbefleckte Matratze fiel, die an die gegenüberliegende Wand geschoben war. Geary verschlug es die Sprache. Peter bewegte den

Lichtstrahl über den Fußboden und fing an zu würgen, als er bemerkte, daß fast jeder Zentimeter mit getrocknetem Blut bedeckt war.
»Peter«, rief Amos. Peter blickte in die Zimmerecke, in die Gearys Taschenlampe leuchtete. Er sah haufenweise Frauenkleider, eine Handtasche und zwei Brieftaschen.
»Um was wollen wir wetten, daß eine von diesen Brieftaschen Sandra Whiley gehört hat?« fragte Geary.
»Wenn Sie recht haben, will ich nicht derjenige sein, der sie gefunden hat. Lassen Sie uns hier verschwinden und die Polizei anrufen.«

## 3

Kevin Booth schlief, als Earl Ridgely sein Krankenhauszimmer betrat, gefolgt von Angehörigen der Kommission für Schwerverbrechen. Er wurde wach, als die Schwester Licht machte, dann setzte er sich auf.
»Was gibt's?« fragte Booth, rieb sich die Augen und suchte nach der Uhr. Dann sah er, wie viele Menschen in seinem Zimmer waren.
»Ich habe Ihnen ein paar Fragen zu stellen, Kevin«, erklärte Ridgely.
»Es ist drei Uhr nachts, Himmelherrgott. Kann das nicht warten?«
»Ehrlich gesagt, nein.« Ridgely zog sich einen Stuhl an Booths Bett. »Aber ich verspreche, daß ich nicht allzuviel von Ihrer Zeit in Anspruch nehmen werde. Aber erst werde ich Ihnen mal Ihre Bürgerrechte vorlesen.«
Ridgely zog eine laminierte Karte aus seiner Brieftasche und las Booth seine Rechte vor. Booth sah Ridgely an, als wäre der Staatsanwalt geisteskrank.
»Was soll das denn?« fragte Booth, als Ridgely fertig war.
»Können Sie erklären, warum Sandra Whileys Brieftasche und die Kleidung von Emily Curran und Diane Fetter in einer Hütte gefunden wurden, die weniger als eine Viertelmeile von Ihrem Haus entfernt liegt, und warum der Fußboden der Hütte mit Blut bedeckt ist?«
»Wovon … wovon reden Sie denn da? Was für 'ne Hütte?«
»Kevin, jetzt in diesem Moment suchen Fingerabdruckspezialisten

jeden Zentimeter der Hütte ab, und die Spurensicherung kämmt sie nach Haaren, Fasern und anderen Beweisen durch.«
»Also, Sie werden nichts finden, das in irgend 'ner scheißblutbeschmierten Hütte mir gehört. Ich weiß nicht, was Sie meinen, was Sie da gefunden haben, aber Sie haben nix, mit dem Sie mir irgendwelche Morde anhängen können.«
»Im Gegenteil«, erwiderte Ridgely, »wir haben eine ganze Menge. Zum Beispiel hatten Curran und Fetter eine ziemliche Dosis Kokain im Körper, als sie starben. Ermittlungen im Umfeld beider Frauen haben ergeben, daß sie häufig Kokain nahmen. Ich glaube, Sie haben beide Frauen mit Kokain beliefert und sie mit dem Versprechen von Gratisdrogen in Ihr Haus gelockt. Ich glaube, Sie haben sie high gemacht und dann vergewaltigt und ermordet.«
»Sie können glauben, was Sie wollen.«
»Ich denke auch, daß Sie einen riesengroßen Fehler gemacht haben. Peter Hale hat mich darauf aufmerksam gemacht. Er springt so ins Auge, daß ich mir richtig blöd vorkomme, so etwas übersehen zu haben.«
Ridgely wartete darauf, daß Booth etwas sagte. Als er das nicht tat, fuhr der Staatsanwalt fort.
»Sie waren entsetzt, als Sie mit Rafael Vargas verhaftet wurden. Nicht nur sahen Sie einer saftigen Haftstrafe in einem Bundesgefängnis entgegen, sondern Vargas drohte auch, Sie umzubringen, die Bundespolizei weigerte sich, sich mit Ihnen auf einen Handel einzulassen, und Steve Mancini wollte Sie nicht verteidigen. Da kamen Sie auf die Idee, Ihre Aussage gegen Gary Harmon für einen Schuldhandel einzutauschen, um nicht ins Gefängnis gesteckt zu werden. Sie erschlichen sich Garys Vertrauen und überredeten ihn mit Tricks, Ihnen alle Einzelheiten des Mordes an Sandra Whiley zu erzählen, die er der Polizei mitgeteilt hatte. Da Sie die Whiley umgebracht hatten, waren Sie in der Lage, das Geständnis mit ein paar zusätzlichen Informationen echt erscheinen zu lassen, aber das reichte Becky O'Shay noch nicht. Sie wußte, daß Ihnen keine Jury Ihre Geschichte jemals ohne einen erhärtenden Beweis abkaufen würde, und so sagte sie Ihnen, Sie bekämen keinen Deal, wenn Sie keinen Beweis liefern könnten, daß Gary gestanden hat.
Sie waren in Panik, hatten Entzugserscheinungen und konnten nicht

richtig logisch denken. Miss O'Shay war drauf und dran, Sie sitzenzulassen, und sie war Ihre letzte Chance, und so erzählten Sie ihr etwas, das nur der Mörder wissen konnte. Sie erzählten ihr, wo das Beil zu finden war, das Sie zur Ermordung von Curran, Fetter und Whiley benutzt hatten. Das Beil, das Sie in den Regenabzugskanal geworfen hatten, weil Sie fürchteten, daß Steve Mancini Sie vielleicht vom Schauplatz des Mordes hatte weglaufen sehen.
Gary Harmon konnte Ihnen nicht erzählt haben, wo die Mordwaffe versteckt war. Es war unmöglich, daß er Sandra Whiley ermordet haben konnte. Er saß in der Ponderosa, als der Mord geschah. Wenn nicht Gary Ihnen erzählt hatte, es liege in einem Regenabzugskanal in der Nähe des Whitaker-Campus, woher wußten Sie es dann?«
Booth starrte Ridgely mit weit aufgerissenen Augen an, dann musterte er die steinernen Gesichter der Männer, die um sein Bett standen.
»Ich will einen Anwalt«, sagte er endlich. »Ich will einen Anwalt.«
Ridgely nickte. »Ich dachte mir, daß Sie das verlangen würden, Mr. Booth, und das ist auch klug von Ihnen, denn wenn irgend jemand jetzt einen Anwalt braucht, dann Sie.«

# Epilog

Die Anzeigetafel über dem Stallion-Stadion vermeldete, daß im Spiel zwischen den Whitaker Stallions und Boise State noch achtundfünfzig Sekunden zu spielen waren, wobei die Stallions mit einem Touchdown führten und auf einen weiteren aus waren. Peter meinte, daß achtundfünfzig Sekunden etwa genau die Zeit waren, in der er den eisigen Regen noch ertragen konnte, der das letzte Spiel der Saison in einen Schlammringkampf verwandelt hatte. Donna schmiegte sich an ihn und litt genauso wie er. Nur Gary schien das gräßliche Wetter nicht zu bemerken. Er war aufgesprungen und schrie bei jedem Spielzug ganz außer sich über die sehr reale Möglichkeit, daß die ungeschlagenen Whitaker Stallions es wirklich bis ganz oben schaffen könnten.

Viele Dinge waren in den drei Monaten seit der dramatischen Aufhebung der Klage gegen Gary Harmon geschehen. Kevin Booth hatte nicht sehr lange durchgehalten. Verbindungen zwischen Booth und den drei ermordeten Frauen wurden mühelos festgestellt, nachdem die Polizei sich auf Booth als den Hauptverdächtigen zu konzentrieren begann. Um der Todesstrafe zu entgehen, hatte er einen Deal ausgehandelt, wonach er für den Rest seines Lebens ohne die Möglichkeit einer vorzeitigen Entlassung im Gefängnis blieb. Booth hatte die Staatsanwaltschaft mit dem Geständnis schockiert, daß er nicht nur Sandra Whiley, Emily Curran und Diane Fetter ermordet hatte, sondern auch seine Mutter, die er die Treppe hinuntergestoßen hatte.

Booth erzählte Earl Ridgely, daß er von seinem Pritschenwagen aus den Streit zwischen Sandra Whiley und Mancini beobachtet hatte. Dann war er ihnen gefolgt, als sie ziellos durch Whitaker fuhren. Whiley hatte in Booths Sexualphantasien herumgespukt, seit sie angefangen hatte, von ihm Kokain zu beziehen, aber er hatte Angst gehabt, sich an eine Frau heranzuwagen, die, wie er meinte, zu

Christopher Mammon gehörte. Booth hatte die Whiley im Verdacht, ihn verraten zu haben, als er am Whitaker State verhaftet wurde, und er sehnte sich danach, sie leiden zu sehen. Seine Demütigung durch Mammon hatte ihn in Wut versetzt. Er hatte wahnsinnige Angst vor Mammon, aber Whiley erschien ihm als mögliche Beute. Als Mancini Sandra Whiley am Wishing Well Park absetzte, hatte Booth sein Beil aus dem Pritschenwagen geholt und war ihr in der Absicht gefolgt, sie in seine Hütte mitzunehmen, wo er sie foltern und vergewaltigen konnte, aber Sandra Whiley hatte sich gegen Booth gewehrt und es mit ihrem Leben bezahlt.
Kaum war Steve Mancini sicher, daß er für den Mord an Sandra Whiley nicht belangt werden würde, gestand er, er habe zu vertuschen versucht, daß er in der Nacht ihrer Ermordung mit Whiley zusammen war. Sein Motiv, Garys Prozeß zu sabotieren, war schlicht Feigheit. Mancini hatte der Gedanke entsetzt, ein fähiger Anwalt und ein fähiger Ermittler könnten seine Unterredung mit dem Mordopfer ans Tageslicht bringen. Er fürchtete, man könnte ihn als Verdächtigen verhaften, und einen Skandal wegen seines Kokainkonsums konnte er sich nicht leisten, weil das Mountain-View-Projekt auf der Kippe stand.
»Sobald das Spiel aus ist, fahren wir zu mir und machen uns einen Riesentopf heißen Grog«, brachte Peter zähneklappernd heraus.
»Zwei Riesentöpfe, aber wir müssen uns überlegen, wie wir Gary aus dem Stadion loseisen. Er wird sicher runter aufs Spielfeld laufen, wenn das Spiel zu Ende ist, und den Spielern die Hände schütteln wollen.«
»Oh, Scheiße. Das habe ich vergessen.«
Das war Garys Ritual nach dem Spiel, das er sich nicht nehmen ließ.
»Ich werde dich dafür entschädigen«, lächelte Donna.
»Wann denn? Wir brauchen ein Jahr, um wieder aufzutauen.«
Eine Pfeife ertönte, und Garys Gesicht hellte sich auf.
»Geschafft, geschafft«, schrie er, und seine Fäuste trommelten in die Luft. Er packte Donna und zerrte sie hoch, dann umarmte er sie so fest, daß sie ihn bitten mußte, er solle aufhören.
»Pete, Pete«, kreischte Gary, »geschafft, geschafft!«

Dann drängelte er sich die eisige Tribüne hinunter und flitzte auf das Spielfeld.
»Es sieht so aus, als seien diese Dauerkarten für Gary das einzig Gute, das dein Arschloch von Mann je zustande gebracht hat«, witzelte Peter, als er und Donna sich vorsichtig den Weg von der Tribüne bahnten.
»Bald Exmann. Richter Kuffel verhandelt die Scheidung nächste Woche. Wenigstens hatte Steve den Anstand, sie nicht anzufechten.«
»Er hat noch viel mehr am Hals als bloß die Scheidung. Ridgely hat sich bereit erklärt, die Anklage gegen ihn fallenzulassen, wenn er seinen Beruf als Anwalt niederlegt. Und Mountain View hat ihn zugrunde gerichtet. Ich habe gehört, er will die Stadt verlassen.«
»Wie könnte er auch hier bleiben? Jeder in Whitaker weiß, was er getan hat.«
»Ich habe Earl gestern im Gericht getroffen. Becky O'Shay will sich nicht zu ihrer Verteidigung äußern. Sie kämpft ebenfalls gegen ihren Ausschluß aus der Anwaltschaft.«
»Ich hoffe, sie landet im Gefängnis für das, was sie Gary angetan hat.«
Donna und Peter fanden Schutz in der Nähe des Kiosks, wo sie immer nach dem Spiel auf Gary warteten. Peter kaufte zwei Tassen heißen Kaffee. Sie tranken eine Zeitlang schweigend und genossen die von der dampfendheißen Flüssigkeit gespendete Wärme. Nach einer Weile meinte Peter, es sei Zeit, über etwas zu sprechen, das er schon den ganzen Tag hatte sagen wollen, wozu er aber nicht den Mut gehabt hatte.
»Dad hat gestern abend angerufen.«
»Oh?«
»Er bat mich, zu Hale, Greaves zurückzukommen. Ich nehme an, alles ist verziehen.«
»Was hast du ihm gesagt?« fragte Donna zaghaft.
»Ich habe gesagt, ich könnte ihm nicht gleich eine Antwort geben. Ich habe ihm gesagt, meine Antwort hinge von einer Antwort auf eine andere Frage ab.«
»Was für eine Frage?«
»Nun ja, die Kanzlei läuft ziemlich gut. Ich habe durch Garys Fall

eine Menge Aufträge bekommen. Genügend, so daß Amos und ich einen Teilhaber engagieren wollen, der ihm bei den Pflichtverteidigungen hilft, damit ich mich auf die Körperverletzungen und laufenden Strafsachen konzentrieren kann. Das ist der eine Grund, hierzubleiben. Aber es gäbe einen viel triftigeren Grund, wenn du mich heiraten würdest, wenn deine Scheidung durch ist.«
Donna blinzelte erstaunt, dann füllten sich ihre Augen mit Tränen, und sie schlang die Arme um Peter. Ihre halbvolle Kaffeetasse flog durch die Luft.
»Heißt das ja?« fragte Peter und mußte lachen.
Ehe Donna antworten konnte, stürmte Gary die Betonrampe herauf und lief auf die beiden zu. Er hatte ein Trikot in der Hand, das so mit Schlamm beschmiert war, daß die Zahlen kaum noch zu lesen waren.
»Guckt mal, guckt mal«, rief er und hielt seine Beute in die Höhe. »Der Coach hat gesagt, ich darf es behalten. Er hat gesagt, ich bringe Glück. Er hat gesagt, die Stallions hätten ohne mich nicht gewonnen.«
»Das ist toll, Gary«, brachte Donna heraus.
»Wir haben's geschafft, Pete. Wir haben es bis ganz oben geschafft, und der Coach hat gesagt, ich hab dabei geholfen.«
Donna und Peter brachen in Gelächter aus, als sie dem vor Freude herumhüpfenden Gary zusahen. Donna umarmte Peter, dann umarmte sie ihren Bruder.
»Wir bringen dich nach Hause«, sagte Donna zu Gary, als sie auf den Parkplatz zugingen. Sie mußte schreien, um sich über die dröhnenden Hupen und heiseren Schreie der glücklichen Stallions-Anhänger, die Kälte und Regen nicht zu bemerken schienen, hinweg Gehör zu verschaffen.
»He«, schrie Peter, »was sagst du zu meinem Heiratsantrag?«
»Wir schaffen's bis ganz oben«, rief Gary einer Gruppe lärmender Schüler zu.
»Genau das denke ich auch«, sagte Donna zu Peter Hale.